Kill me softly
Louisa Beele

Drake

Sie befand sich in Lebensgefahr, und sie zu retten war eher ein natürlicher Reflex als Absicht. Leider brach ich eine mir selbst auferlegte Regel, als ich den Kerl ausschaltete, der sie in der Mangel hatte, denn zum ersten Mal hatte ich Zeugen.

Doch es wurde noch schlimmer, als sich herausstellte, dass sie die Tochter des Mannes ist, den ich als Nächstes töten werde. Nun weiß sie davon und es gibt im Grunde nur noch eine Möglichkeit.

Sie wird sich noch wünschen, nie gerettet worden zu sein.

Liv

Ohne ihn wäre ich längst tot, trotzdem macht er mir Angst. Ich weiß, ich sollte schnell verschwinden, um mein Leben und das meines Vaters zu retten. Aber ich kann nicht. Obwohl ich immer mehr düstere Details über ihn erfahre, ist all das nicht mehr wichtig, wenn ich in seine Augen schaue. Es ist, als läge die Schlinge längst um meinen Hals.

Sein Beruf ist das Töten und doch rettete er ihr Leben. Die Zeit sich sicher zu fühlen währt für sie allerdings nicht lange, denn sein nächster Auftrag führt ihn zu ihrer Familie. Sich auf ihn einzulassen bedeutet große Gefahr, trotzdem kann sie sich ihm nicht entziehen.

Weitere Bücher der Autorin im Latos Verlag:

Velvet Lips

KILL ME SOFTLY

ROMAN

LOUISA BEELE

Latos-Verlag
Calbe/Saale

Lektorat und Korrektorat: WortPlus – www.wortplus.eu
Umschlaggestaltung: Casandra Krammer – www.casandrakrammer.de
Satz: Latos-Verlag, Calbe/Saale

Druck und Bindung: PRESSEL Digitaldruck, Remshalden

1. Auflage 12/2017

ISBN: 978-3-945766-52-1

www.latos-verlag.de

Für alle, die sich die Mühe machen, hinter die Fassade eines Menschen zu blicken, um dabei vielleicht einen großen Schatz zu entdecken.

1. HOME SWEET HOME

Liv

»Nächsten Monat komme ich nach Hause.« Ohne nachzudenken, hatte ich die Worte ausgesprochen. Mein Herz klopfte wie verrückt, und ich hielt die Luft an.

Das war nicht gut. Am liebsten hätte ich meinen Kopf auf die Tischplatte geknallt, denn eigentlich hatte ich mir in den letzten zwei Wochen akribisch einen Plan zurechtgelegt, der keine Abweichung zuließ und mit dem ich Dad beibringen wollte, dass ich das Unternehmen in den Sand gesetzt hatte.

Dumm gelaufen! Jetzt war es zu spät, meine große Klappe hatte mir mal wieder das Genick gebrochen.

Eigentlich hatte ich ihn sanft drauf vorbereiten wollen. Zunächst hätte ich ihm von den personellen Einsparungen berichtet, durch die ich die Ausgaben immens einschränken konnte – leider nicht genug, um die roten Zahlen auszugleichen, aber darauf wäre ich erst in einer späteren Phase der Unterhaltung zu sprechen gekommen. Jetzt hatte ich mir das verbaut. Ganz große Klasse, Liv Holden! Mein Verhandlungsgeschick glich sonst auch einer Naturkatastrophe, die nichts als Verwüstung hinterließ, aber dass ich nun meine gut durchdachten Pläne, Dad milde zu stimmen, bereits nach fünf Sekunden über den Haufen geworfen hatte, war selbst für mich neu.

»Was soll das heißen?«, brummte mein Vater entsprechend irritiert in den Hörer. Dabei entging mir der drohende Unterton keineswegs. »Du bleibst, wo du bist. Ihr habt jetzt Hochsaison, und du kannst es dir als Geschäftsführerin nicht leisten, Urlaub zu machen.«

Ich schloss die Augen und atmete einmal tief ein. Letztendlich war es jetzt auch egal, er würde es sowieso herausfinden. »Dad, es gibt da ein Problem mit dem Restaurant. Wir sollten ernsthaft darüber sprechen.«

Mit der flachen Hand rieb ich mir über die Stirn und wartete auf das Donnerwetter.

Einige Sekunden herrschte absolute Stille, bis er in den Hörer schnaufte. »Etwas genauer, wenn ich bitten darf.«

Er war schon wieder in Eile und in Gedanken bereits beim nächsten Thema.

Bevor ich loslegte, räusperte ich mich noch einmal und versuchte, schnell alles zusammenzufassen. »In Ordnung. Es sieht so aus, als wenn … nein, es ist eine Tatsache … die Wintermonate haben uns das Genick gebrochen. Kaum Touristen und die Einheimischen haben uns nie richtig akzeptiert. Ich denke …«

»Was willst du damit sagen? Komm zum Punkt, Liv.«

Ich schnaufte. Wie ich seine kalte und rücksichtslose Art hasste, und wenn er mir das Gefühl vermittelte, ich würde ihm seine kostbare Zeit stehlen. Ich glaubte sogar, ihm war vollkommen bewusst, wie ich mich dabei fühlte. Aber wenn ich darüber nachdachte, hatte Dad nie besonders viel Rücksicht darauf genommen, was ich wollte oder was mir wichtig war. Zum Beispiel hatte ich nie ein Restaurant führen wollen. Doch dies war nicht der Moment für Selbstmitleid. Immerhin war ich selbst schuld. Mir hatte es geschmeichelt, als er mir die Geschäftsführung überlassen und mir damit sein Vertrauen in meine Fähigkeiten signalisiert hatte. Trotz meiner Bedenken, dass mich dieser Job nicht glücklich machen würde, hatte ich nie ein klares Nein von mir gegeben.

»Wir müssen schließen. Ich habe bereits für den nächsten Ersten alle Mitarbeiter freigestellt.« Angespannt kniff ich die Lippen zusammen und bemerkte, dass ich schwitzte. Diese Wirkung hatte er immer auf mich. Ich fühlte mich jedes Mal wie ein kleines Mädchen, das etwas angestellt hatte und auf seine Strafe wartete. Aber wenigstens war es jetzt raus und nicht mehr rückgängig zu machen. Immerhin hatte ich es verbockt und musste auch dafür geradestehen – damit hatte ich nicht das geringste Problem. Tief im Innern war ich sogar erleichtert, dass ich diesem Job nun nicht mehr nachgehen musste. Ich hatte ihn gehasst. Ich hasste Menschen im Allgemeinen. Na gut, hassen war vielleicht etwas zu stark ausgedrückt, ich ging ihnen einfach gern aus dem Weg. Beruflich war ich durch diesen Job jedoch täglich mit Unzähligen von ihnen in Kontakt gekommen.

»Du wirst das rückgängig machen. Es kommt nicht infrage, dass du ohne meine Erlaubnis das Restaurant schließt. Stell die Leute wieder ein. Noch heute!«

Er war immer lauter geworden, und ich hielt den Telefonhörer ein gutes Stück von meinem Ohr entfernt. Dennoch konnte ich ihn ohne Probleme verstehen.

»Dad, es hat keinen Sinn. Wir erzielen so gut wie keine Einnahmen, von Gewinnen ganz zu schweigen. Der Laden ist wirtschaftlich eine absolute Katastrophe und wird uns in den Ruin stürzen.«

»Das hast du nicht zu entscheiden.«

»Ich habe die Zahlen hier vor mir liegen«, versuchte ich es in einem ruhigen Ton, doch er ignorierte mich, wie er es immer getan hatte.

»Wir werden eine weitere Saison einlegen, und nun möchte ich nichts mehr davon hören. Wenn du entschuldigst, ich habe Wichtigeres zu tun.«

Und schon hatte er das Gespräch beendet. Sprachlos blickte ich auf das Telefon in meiner Hand.

»Verdammt noch mal! Ich entschuldige gar nichts«, brüllte ich in den Hörer, doch nur ein Tuten antwortete mir. Wütend knallte ich es auf den Tisch.

Eigentlich hätte ich mich nicht darüber wundern dürfen, denn nicht zum ersten Mal hatte Dad ein Gespräch abgebrochen, wenn er keine Lust mehr verspürte, es weiterzuführen. Doch diese Situation war eine völlig andere als sonst. Er konnte das nicht leichtfertig abtun, und ich verstand nicht, warum er an diesem Restaurant festhielt. Nicht ein einziges Mal hatte er einen Fuß hineingesetzt oder sich danach erkundigt. Es interessierte ihn schlichtweg nicht.

Bereits vor neun Monaten hatte ich ihn auf die ernste Lage hingewiesen, ihm alle Bilanzen und Kontoauszüge vorgelegt. Schon da war das Fortbestehen ungewiss gewesen, und auch damals hatte er es lediglich mit einem Schulterzucken abgetan und bemerkt, ich würde das schon regeln. Er hatte die Unterlagen nicht mal gelesen! Ich verstand es einfach nicht.

Trotzdem hatte ich alles versucht, um das Restaurant irgendwie am Laufen zu halten, und war dabei der totalen Erschöpfung mehr als einmal nahe gewesen. Ich stand ganz alleine da. Zwar hatte ich Angestellte, doch die kümmerten sich nicht über das geforderte Maß hinaus um das Restaurant, was ich ihnen nicht verdenken konnte, immerhin war ich ihre Chefin und hatte dafür geradezustehen, wenn es nicht lief.

Nun, ich hatte es nicht regeln können und war an dem Punkt angekommen, an dem ich mein Versagen akzeptierte. Ja, er hatte mir weitestgehend Handlungsfreiheit zugestanden, doch das schloss offensichtlich nicht ein, dass ich die Angestellten entlassen und das Restaurant schließen durfte. Und auch wenn er eben von mir verlangt hatte, meine Entscheidung rückgängig zu machen, konnte ich nicht zurück. Es war kein Cent übrig, und ich war auch nicht bereit, weiterhin auf einem sinkenden Schiff den Ozean überqueren zu wollen. Das war totaler Blödsinn.

Erschöpft setzte ich mich hinter den Schreibtisch meines kleinen Büros in Phoenix und wischte mir den Schweiß von der Stirn. Die Hitze machte mir zu schaffen. Zwar war ich in Miami geboren, doch den Großteil meiner Kindheit und Jugend hatte ich fernab der Heimat in Europa auf Eliteschulen verbracht, weshalb ich das mitteleuropäische Klima gewöhnt war.

Deprimiert blickte ich mich um. Überall standen Kartons und Kisten herum, weil ich den Auszug aus der Immobilie bereits eingeleitet hatte. Auch wenn ich die Angestellten noch weitere zwei Monate bezahlen wollte, würde ich in drei Wochen hier weg sein. Das Mietverhältnis war gekündigt, und wenn ich mich nicht irrte, gab es sogar schon einen Nachmieter. Leider war ich nicht mehr dazu gekommen, meinem Vater das alles zu erklären.

Ich hatte es so satt, dass er mich trotz meiner dreiundzwanzig Jahre immer noch wie ein Kleinkind behandelte. Zwar hatte er mir genug vertraut, um mich ein Restaurant leiten zu lassen, doch Entscheidungen durfte ich nicht treffen. Manchmal erweckte das Ganze den Eindruck, er hätte mir nur ein Spielzeug verschaffen wollen, um mich ein wenig zu beschäftigen. Aber damit war es nun vorbei.

Entschlossen räumte ich die letzten beiden Regale aus.

***

Pünktlich landete ich in Miami. Da mich niemand erwartete, nahm ich ein Taxi und ließ mich zu meiner Freundin Julie fahren.

Ja, ich war immer noch wütend auf Dad und ja, ich scheute eine erneute und sicherlich unerfreuliche Auseinandersetzung mit ihm. Deshalb hatte ich bereits vor dem Abflug versucht, Julie anzurufen, doch leider war immer nur ihre Mailbox angesprungen. Wahrscheinlich hatte sie wieder mal ihren Akku nicht aufgeladen. Das wäre nicht das erste Mal.

Ganz sicher wäre sie aber damit einverstanden, wenn ich ein paar Wochen bei ihr wohnte. Diese Auszeit hatte ich mir verdient, und ich würde sie genießen, bevor ich nach Hause zurückkehrte. Irgendwie fand ich, mein Dad verdiente diesen kleinen Betrug, wo er sich doch sowieso nicht um mich scherte.

Wenig später fand ich mich mit meinem Handgepäck vor Julies Haustür wieder, nur um feststellen zu müssen, dass sie nicht da war. Ich war frustriert, denn ich hatte mich schon darauf gefreut, noch ein wenig Schonfrist zu bekommen und mit dem Rest des Geldes, das ich durch den Verkauf des Inventars erhalten hatte, eine kleine Reise mit ihr zu unternehmen. Vorausgesetzt, sie könnte sich ein paar Tage freinehmen.

Etwas ratlos ließ ich mich auf die Stufen vor dem Eingang sinken und zog meinen Blazer aus. Hier wollte ich auf Julie warten, denn mein Vater würde mich umbringen, wenn ich schon nach Hause käme. Darauf konnte ich verzichten. Seine Tobsuchtsanfälle waren legendär und niemand, wirklich niemand setzte sich ihnen freiwillig aus. Ich musste schon lebensmüde sein, um das zu riskieren. Eigentlich war ich sogar lebensmüde, weil ich es riskierte. Allerdings erst nach dem Urlaub mit Julie.

Fast zwei Stunden später war ich nicht mehr so optimistisch. So ein Mist. Ich war erledigt, wenn Julie nicht gleich auftauchte.

Wahrscheinlich hatte sie Spätschicht in dem Café, in dem sie seit Jahren arbeitete. Das war zwar blöd, aber keine Katastrophe. Ich schloss die Augen, um mich ein wenig auszuruhen, und nickte ein.

Erst viel später, als es beinahe völlig dunkel war, wachte ich wieder auf. Verstohlen schaute ich mich um, ob ich jemandem aufgefallen war. Peinlich, falls man mich dabei beobachtet hatte, wie ich zusammengesackt, womöglich noch mit offenem Mund auf der Treppe geschlafen hatte. Es war jedoch weit und breit kein Mensch zu sehen. Ich befand mich hier am Ende der Straße, wo nur selten jemand vorbeikam. Nachdem ich erneut bei Julie geklingelt hatte, sie aber immer noch nicht öffnete, beschloss ich, lange genug gewartet zu haben. Hier konnte ich auf keinen Fall bleiben.

Auf der Suche nach dem Hintereingang ging ich seitlich am Haus ein paar Stufen nach unten und einen schmalen Gang entlang, der mich in den Hinterhof führte. Besonders vertrauenerweckend wirkte das hier nicht. Einzig eine winzige Lampe über dem Durchgang spendete etwas Licht. Ich versuchte, etwas mehr zu erkennen, doch meine Augen hatten sich noch nicht an die Dunkelheit gewöhnt. Aber ganz offensichtlich war ich nicht alleine. Direkt vor mir glomm eine Zigarette auf, kurz darauf hörte ich auch eine Stimme.

»Hey, schau dir die an.«

Jemand trat gegen mein Schienbein. Mehr vor Schreck als wegen des heftigen Schmerzes schrie ich auf. Dann machte ich intuitiv ein paar Schritte rückwärts und erkannte die Umrisse des Mannes, der mir nun folgte.

»Hey, Schlampe, gut, dass du da bist. Du kommst ja wie gerufen zu dieser Party. Fast wie ein Geschenk, fehlt nur noch die Schleife.«

Panisch schnappte ich nach Luft und wollte mich umdrehen, doch ein zweiter Kerl drückte mich hinunter auf eine kleine Mauer, gegen die ich geprallt war.

»Zeig mal, was du da hast«, sagte einer und riss mir die Tasche von der Schulter. Er durchforstete sie und streute dabei sämtlichen Inhalt auf den Boden, bis er schließlich meine Geldbörse in der Hand hielt. Er nahm das Geld heraus und stopfte es sich in die hintere Hosentasche.

In sein dreckiges Gelächter fielen mehrere Männer ein, und ich starrte mit klopfendem Herzen einen von ihnen an, der seitlich von mir stand. »Was soll denn das? Könnt ihr nicht …«, begann ich.

»Ach, sprechen kann das Vögelchen auch noch. Dann erzähl doch mal, kannst du auch schön blasen mit diesem hübschen Mund?«

»Was soll das? Lasst mich in Ruhe!« Meine Augen waren weit aufgerissen.

Der Typ kam näher. Er stand jetzt so nah, dass sein Körper mir die Sicht auf die restlichen Männer verwehrte und ich seinen Schritt direkt vor meiner Nase hatte. Übelkeit wallte in mir auf, als er seine Hüften vorstieß. Ich sah mich nach Hilfe um, konnte aber außer den vieren, die ich in der Dunkelheit erkannte, niemanden entdecken.

Als ich aufsprang, trat der Mann noch ein Stück vor und schubste mich zurück auf die Mauer. »Bleib genau so, das ist die richtige Höhe.«

Wieder lachten alle, als hätte er den besten Witz des Tages gemacht. Einer von ihnen schob sich nach vorne, die Hände in den Hosentaschen, und sah grinsend auf mich herunter. »Ist ja eine wahre Augenweide, die Kleine. Und so schöne volle Lippen.«

»Ja, ein richtiger Blasemund. Komm schon, Süße. Wir geben dir was zu tun. Du wirst jetzt jedem von uns so richtig schön den Schwanz lutschen, dann lassen wir dich vielleicht wieder laufen, klar? Aber nur, wenn du anständige Arbeit leistest. Wobei wir dich dann lieber noch behalten sollten.« Er lachte.

»Das traust du dich sowieso nicht, Steve«, kam von dem vierten im Bunde, der bisher nichts gesagt hatte.

Steve drehte sich ruckartig um. »Spinnst du, meinen Namen zu nennen, du Penner? Halt deine dreckige Fresse, sonst müssen wir die gleich umbringen.«

Wieder lachten alle, doch ich empfand die Situation von Sekunde zu Sekunde als bedrohlicher. Die Typen würden mich kaltmachen.

»Hört mal«, sagte ich, »lasst mich einfach gehen und wir vergessen das Ganze.«

»Wie, vergessen?«, fragte Steve, seine wieder Aufmerksamkeit auf mich gerichtet. »Du gehst nirgendwohin. Wir haben uns jetzt alle auf eine kleine Party mit dir gefreut und die wirst du uns nicht versauen, klar? Du bist schließlich der Überraschungsgast. Sitzt hier wie eine Nutte, die nur auf uns gewartet hat, also musst du auch damit rechnen, wenn man dich wie eine behandelt. Vollkommen logisch, oder, Jungs?«

Alle stimmten ihm zu.

Unzählige Male hatte ich Julie gesagt, sie solle aus dieser Gegend wegziehen, weil sich hier zu viele düstere Kerle rumtrieben, aber ich hatte nicht damit gerechnet, dass nun ich diejenige sein würde, die genau das zu spüren bekam.

Abrupt zog er den Reißverschluss seiner Jeans auf, und den Bruchteil einer Sekunde später baumelte sein Schwanz vor meiner Nase.

»Nein! Hört sofort auf damit«, rief ich. Ich kniff die Augen zu. Herrgott, das durfte doch nicht wahr sein. Ein Lachen bildete sich in meiner Kehle, aber nicht, weil ich diese Situation besonders lustig fand, sondern weil mir niemand glauben würde, was mir gerade passierte, weil ich selbst nicht glauben konnte, was geschah. Vielleicht war es aber auch das Bedürfnis, mich zu übergeben, wegen dem, was mir vermutlich bevorstand.

»Hat sie etwa Nein gesagt?«, fragte Steve in die Runde. Alle bejahten das. »Aber schließlich weiß doch jedes Kind, dass Nein eigentlich Ja heißt, oder? So, Kleine, jetzt nimm ihn schön tief und lutsch ihn richtig fest.«

Ich wich zurück. Wenn er dachte, ich würde ihr perverses Spiel mitmachen, ohne mich zu wehren, hatte er sich getäuscht. Doch Typ Nummer vier griff plötzlich in meine Haare und zerrte schmerzhaft meinen Kopf nach vorne. Tränen schossen mir in die Augen.

»Schön hierbleiben, Süße«, sprach er ganz nah an meinem Ohr. Ich roch Hochprozentigen, Tabak und Schweiß. Panisch schrie ich auf, was die vier wieder zum Lachen brachte.

»Was seid ihr für kranke Typen? Lasst mich sofort gehen!« Ich griff nach dem Handgelenk des Kerls. Zur gleichen Zeit versuchte ich, diesen Kevin, Dave, oder wie auch immer er hieß, mit meinem Schuh zu treffen, doch ich trat jedes Mal ins Leere.

Er verpasste mir eine Ohrfeige, dass mir Hören und Sehen verging. Benommen schnappte ich nach Luft. Ich schmeckte Blut; offenbar war meine Lippe aufgeplatzt. »Hör jetzt auf mit dem Theater. Ein kleiner Blowjob, okay, meinetwegen auch vier, aber wer zählt schon mit? Ist letztendlich doch scheißegal. Du brauchst einfach nur den

Mund aufzumachen. Und das wirst du jetzt tun, du Schlampe, sonst wird der liebe Mike hier deine Kehle so lange zudrücken, bis du blau anläufst. Wäre wirklich schade drum.«

Wieder schob er seine Hüfte vor und wollte mir seinen Schwanz in den Mund schieben. Mike zog meinen Kopf in Position, aber ich presste die Lippen fest zusammen. Nie im Leben!

Die anderen grölten und feuerten ihren Freund an, während ich von einer Welle der Übelkeit überrollt wurde. Jedes Mal, wenn ich versuchte, mich wegzudrehen, schoss mir ein scharfer Schmerz über die Kopfhaut. Wahrscheinlich würde mir dieser Arsch sämtliche Haare ausreißen. Was für eine abgefuckte Scheiße.

Plötzlich hörte ich ein Klicken, gefolgt von einer ruhigen Stimme, beängstigend ruhig, die mich erst recht erstarren ließ. »Nehmt sofort eure Finger von ihr.«

Auf der Stelle lag die Aufmerksamkeit der vier Männer nicht länger auf mir, sondern auf jemandem, den ich aus meiner Position nicht sehen konnte.

»Verschwinde und such dir deine eigene Schlampe. Die hier haben wir zuerst entdeckt.« Daves Stimme überschlug sich beinahe. Er klang alles andere als glücklich, dass der Kerl ihm die Nummer versauen wollte. Gott, ich hoffte sehr, dass er es auch schaffte.

Gerade wollte ich um Hilfe rufen, da verschwanden die Hände aus meinen Haaren und legten sich stattdessen um meinen Hals. Fest!

Ich röchelte. Tränen traten mir in die Augen, und während ich jedes noch so kleine bisschen Luft in meine Lungen zwang, hörte ich wieder diese Stimme. »Ich sag es nur noch einmal, verpisst euch, sonst werde ich die hier benutzen.«

Wären die vier Kerle nicht derart betrunken gewesen, hätten sie wohl längst die Flucht ergriffen, aber der Alkohol verlieh ihnen mehr Mut, als gut für sie war. Mir wurde allmählich schummrig vor Augen, meine Lunge brannte.

»Verpiss du dich doch. Mir wird die Kleine jetzt erst mal meinen Schwanz lut…« Der Rest des Satzes blieb ungesagt oder ging in dem lauten Knall unter, den die Waffe verursachte, mit welcher der Unbekannte auf Steve schoss. Lautlos sackte er vor mir zusammen.

Ich zog eilig die Füße zurück, als er draufzufallen drohte. Aber vor allem bekam ich endlich wieder Luft. Ich hustete und keuchte, und es dauerte einen Moment, bis ich wieder richtig atmen konnte.

»Verdammte Scheiße«, brüllte Mike oder Marc und ließ mich los.

Hustend fasste ich an meinen Hals und rang gierig weiter nach Luft.

»Scheiße, so eine Scheiße«, rief jetzt auch der andere mit schriller Stimme.

»Bist du irre? Du hast meinen Freund abgeknallt.« Fassungslos standen die drei um ihren leblosen Kumpel. Einer fing sogar an zu heulen. Ich hörte Schritte, dann sah ich den Mann im Profil. Er hielt seine Knarre an die Stirn des Kerls, der in Tränen aufgelöst zu Steve hinunterschaute.

Er war sehr muskulös und alles an ihm war dunkel – seine Kleider, seine Haare, sein Bart. Zumindest war es das, was er ausstrahlte: Gefahr und Dunkelheit. Das hatte er nicht zum ersten Mal getan. Ohne zu zögern oder irgendeine Gefühlsregung, hatte er Steve abgeknallt.

Ich richtete meine Aufmerksamkeit wieder auf den Mann mit der Knarre am Kopf. Der schrie soeben vor Angst auf. Ich konnte ihn sehr gut verstehen und hätte um nichts auf der Welt mit ihm tauschen wollen. »Nein, bitte. Es war nicht meine Idee. Ich hätte dem Mädchen nie was getan. Ich wollte gar nicht mitmachen, ich stehe nicht mal auf Frauen.« Er lachte hysterisch, klang dabei jedoch mehr wie ein heulendes Baby.

»Verpisst euch, ihr Schwachköpfe. Sofort!«, sagte der Mann leise, aber bestimmt.

Alle drei rannten wie auf Kommando davon und ließen ihren sterbenden oder vielleicht auch bereits toten Kumpel einfach liegen.

Ich erhob mich, stolperte immer noch nach Luft ringend rückwärts und drückte mich gegen das Geländer einer Treppe. Kurz wog ich meine Möglichkeiten ab, ebenfalls abzuhauen, aber mit den hohen Schuhen und derart wackeligen Knien hatte ich keine Chance, dem Riesen zu entkommen, der nun lässig auf mich zukam.

»Du hast ihn umgebracht«, keuchte ich. Mein Herz schlug bis zum Hals, und ich hatte das Bedürfnis, mich zu übergeben. Einerseits war ich erleichtert, weil ich dieser brenzligen Situation entkommen war, andererseits wusste ich nicht, ob ich mich damit in die nächste, womöglich noch viel schlimmere begeben hatte.

»Wäre dir die Alternative lieber gewesen?«, fragte er mit tiefer, grollender Stimme. Die Hälfte seines Gesichts wurde von der schwachen Lampe beleuchtet. Er runzelte die Stirn.

»Nein, aber …«

»Komm.« Er streckte mir seine Hand entgegen, die ich misstrauisch betrachtete. »Hier wird es gleich vor Bullen nur so wimmeln.«

Damit hatte er vermutlich recht, doch meine Instinkte schrien mir zu, dass ich so schnell wie möglich aus seiner Nähe verschwinden sollte, also ging ich langsam rückwärts, wurde immer schneller, bis ich mich umdrehte und stolperte. Er griff nach meinem Arm und konnte auf diese Weise gerade noch verhindern, dass ich mich im Dreck wiederfand.

»Ich komme ganz bestimmt nicht mit«, keuchte ich und entriss ihm meinen Arm.

»Sondern?«, fragte er gelangweilt. »Willst du ’ne Aussage machen? Bedaure, das kann ich leider nicht zulassen.« Er schüttelte langsam den Kopf, griff nach meinem Handgelenk und zog mich den Weg entlang, den ich gekommen war.

»Hey, lassen Sie mich sofort los.«

Weil er mich überrumpelt hatte und ich beinahe schon wieder gestolpert wäre, prallte ich hart an seine Brust. Erneut blieb mir die Luft weg und ich gab ein wenig schmeichelhaftes Ächzen von mir.

Leicht panisch drückte ich ihn mit beiden Händen weg, dabei registrierte ich den frischen und leicht holzigen Duft, der von ihm ausging. Mit großen Augen starrte ich ihn an. Mörder sollten nicht derart gut riechen und sich auch nicht so gut anfühlen. Meine Angst vermischte sich mit einem anderen Gefühl, das ich nicht ergründen konnte, aber entgegen meiner bisherigen Empfindungen war es nicht unangenehm.

Mittlerweile hatte ich mir ein wenig Freiraum erkämpft und drückte die flache Hand gegen seine stahlharte Brust, um Abstand zu ihm zu gewinnen. Ich spürte Bedauern in mir aufwallen. Was stimmte nicht mit mir? Ich wusste rein gar nichts über den Typen und hatte keine Ahnung, wohin er mich zu schleppen gedachte und ob er vielleicht noch viel ekelerregendere Dinge mit mir anstellen wollte, als die vier eben vorgehabt hatten. Seine Hand hielt meinen Unterarm immer noch umklammert, und er wirkte weiterhin sehr entschlossen.

Er hatte tatsächlich nicht vor, mich gehen zu lassen, und scheute sicher auch nicht davor zurück, mir das mit Nachdruck klarzumachen.

Ohne ein weiteres Wort, geschweige denn eine Erklärung, wohin er mich bringen wollte, zog er mich hinter sich her. Dabei achtete er jedoch keineswegs darauf, ob ich auch Schritt halten konnte. Ich verfiel ins Laufen und war damit beschäftigt, darauf zu achten, wo ich hintrat, damit ich nicht umknickte oder mit meinen Absätzen stecken blieb.

Nach ein paar Minuten zog er mich die Treppe zur Metrorail-Station hoch. Hier war auch um diese Zeit noch Betrieb. Er ließ mich los, aber nur, um seine Finger mit meinen zu verschränken und in gleicher Geschwindigkeit voranzupreschen. Hinter uns hörte ich Sirenen. Wahrscheinlich hatte er recht gehabt und wir waren gerade noch rechtzeitig davongekommen, bevor wir unangenehme Fragen hätten beantworten müssen und uns vielleicht ein Mord angehangen worden wäre. Scheiße, ich war hier mit einem Mörder unterwegs, dem seine Tat nichts auszumachen schien. Reue? Keine Spur!

Doch – Moment mal! Ich hatte mir nichts vorzuwerfen, denn ich war verdammt noch mal das Opfer und hatte eigentlich nicht vor, mich jetzt in seine Hände zu begeben, direkt nachdem ich gerade noch mal mit dem Schrecken davongekommen war. Genau das wollte ich ihm gerade sagen, als er sich am Ende der Treppe zu mir umdrehte und mich mit Schwung an eine Mauer schob. Mit seinem Körper drückte er mich gegen die Wand, und ich war zwischen ihr und ihm eingeklemmt. Ich wusste nicht, wie mir geschah, und wollte schon um mich schlagen, damit er von mir abrückte, sowie lautstark protestieren, doch kein Wort kam über meine Lippen, da er ganz plötzlich seinen Mund auf meinen drückte.

Heilige Scheiße! Vollkommen bewegungsunfähig fühlte ich mich nicht nur überrumpelt. Ich fühlte mich … keine Ahnung, was ich empfand, aber es fühlte sich nicht schlecht an. Dennoch war ich wie erstarrt – vor Schock, aber auch wegen dem, was dieser Kuss in mir auslöste.

Wie nah ich ihm war, seine Lippen auf meinen zu spüren, sein Duft, der mich umhüllte, die Wärme, die er ausstrahlte, und die Härte, die er an den Tag legte mit seinem festen und muskulösen Körper, all dessen war ich mir mehr als bewusst. Meine Sinne waren geschärft und ich war mir sicher, alles hundertmal verstärkt zu empfinden, weil diese Situation so absurd und doch überwältigend war. In meinen Ohren rauschte es, und den Lärm der Metrorail-Station nahm ich nur als dumpfes Pfeifen wahr. Das war keine Kleinigkeit, sondern gefährlich, und ich hätte ihn mit aller Kraft von mir stoßen sollen. Nur fühlte ich mich zu schwach und konnte außerdem nicht besonders gut denken.

War ich vollkommen verrückt geworden? Ich musste einen Schock erlitten haben, anders konnte ich mir nicht erklären, dass ich mir das von ihm gefallen ließ. Ich warf mich ihm ja beinahe an den Hals. Einem Mörder! Tat ich das tatsächlich? Nein, er hatte doch damit begonnen, oder? Hatte er? Ich gab das Denken auf, es fiel mir zu schwer. Ich fühlte nur die überraschende Wärme seiner Hand in meinem Nacken – irgendwie hatte ich gedacht, sie müsste sich kalt anfühlen –, die dafür sorgte, dass dieser Kuss noch intensiver und so viel inniger wurde. Sein Bart, nicht kratzig stoppelig, sondern angenehm weich, strich beinahe sanft über mein Kinn und die Wangen, während sein Mund immer wieder über meinen fuhr. Da waren unglaublich feste, doch zugleich weiche Lippen, die mich lockten, herausforderten und verwöhnten. Auch sie waren warm und so angenehm. Ich ließ es einfach geschehen, ohne noch ein einziges Mal einen Gedanken daran zu verschwenden, ihn von mir zu stoßen. Undenkbar. Dafür genoss ich diesen Moment viel zu sehr.

Noch nie hatte ich einen Mann mit Bart geküsst. Überhaupt hatte ich noch nicht sehr viele Männer geküsst, aber das hier war absolut einmalig und ich hatte das sichere Gefühl, es könnte noch viel besser werden.

Seine Hand fuhr über meinen Hals. Ich schluckte, als er meine Kehle berührte und dort für ein paar Sekunden verharrte. Mein Puls schnellte nach oben, und ich war mir sicher, dass ihm das nicht entging. Dann waren seine Finger am Ansatz meiner Haare, vorsichtig und zielstrebig zugleich fuhren sie in meine Strähnen und mir entwich ein Stöhnen. Verführend und fordernd berührte er mich. Gab es so etwas überhaupt? Musste man sich nicht für eines entscheiden? Ich wusste es nicht. Ich wusste gar nichts mehr, nur dass ich mir wünschte, wir könnten ewig so weitermachen – auch um das unaussprechlich Furchtbare dieses Abends auszublenden. Ich wollte nicht darüber nachdenken, wie unmöglich ich mich verhielt und in was für einer irren Situation ich mich befand.

Den Tumult und die Menschen, die an uns vorbeirannten, registrierte ich weiterhin nur am Rande. Ich bekam Wortfetzen mit und wie sich verschiedene Stimmen etwas zuriefen, dann war es wieder ruhiger. Ich fühlte mich wie in einer Seifenblase gefangen, mir bewusst, dass diese jederzeit zerplatzen konnte. Doch momentan schillerte sie in den buntesten Farben und duftete auch noch so gut.

Er ließ mich abrupt los, seine Lippen lösten sich von meinen und er griff wieder nach meiner Hand – die Seifenblase war verschwunden und ich war eine dumme Kuh. »Komm. Sie haben die Leiche. Ich bin wirklich nicht scharf drauf, dass die mich in der Nähe finden.«

Als wir weiterliefen, wurde mir schlagartig klar, dass das alles nur ein Ablenkungsmanöver gewesen war, ein Mittel zum Zweck, damit wir nicht auffielen. Ich war so dumm, so einmalig dumm und hatte die Chance, um Hilfe zu rufen, verpasst, stattdessen hatte ich auch noch mitgemacht. Trotzdem fuhr ich mit der Zunge über meine geschwollenen Lippen.

2. THE FALLEN ANGEL

Drake

Zu töten bereitete mir normalerweise keine Probleme. Es war nichts, was meine Routine in irgendeiner Weise störte. Streng genommen war es seit vielen Jahren mein Job, verknüpft mit dem Auftrag, die Leichen anschließend zu entsorgen. Aber wenn ich jemandem das Licht ausblies, dann tat ich das für gewöhnlich mit einem Plan und ohne das Risiko, dabei erwischt zu werden. Außerdem bestand niemals die geringste Gefahr, dass jemand mir zur gleichen Zeit eine Waffe an den Hinterkopf hielt, um mir aus nächster Nähe eine Kugel zu verpassen.

Es gab keine Eventualitäten! Und normalerweise erhielt ich für die Erfüllung eines solchen Auftrags eine Überweisung über einen sechsstelligen Betrag auf ein geheimes Konto.

Oberstes Gebot war es, keine Spuren zu hinterlassen. Das war oft mit viel Aufwand und akribischer Vorbereitung verbunden, aber für mich nun mal lebenswichtig. Niemand brachte ein Verbrechen mit mir in Verbindung!

Es versetzte mir keinen besonderen Kick zu töten, aber es machte mir auch nicht viel aus. Wahrscheinlich würde man das gar nicht für möglich halten, aber es war eine sehr abwechslungsreiche Tätigkeit. Oft sah ich den Menschen in die Augen, wenn ich abdrückte. Es war interessant, was man darin lesen konnte, wenn ihnen klar wurde, dass dies der Moment war, in dem es für sie endete. Dann waren wir uns beinahe nah. Nur er und ich – Opfer und Täter. Kein Tod glich dem anderen, und auch wenn ich sie meist auf ähnliche Art ausführte – eine Kugel zwischen die Augen –, war es immer wieder etwas Neues.

Auf einige Details hätte ich jedoch liebend gern verzichtet. Manche heulten wie kleine Babys und machten sich in die Hose. Das hasste ich. Warum mussten sie sich in der letzten Sekunde ihres

Lebens so erbärmlich aufführen? Als könnte ihr Verhalten irgendwas ändern. Warum traten sie nicht in Würde ab? Das, was ihnen geschah, hatten sie verdient. Nicht weil ich es so wollte oder entschieden hatte, sondern weil irgendjemand dieser Ansicht war und mir ein Vermögen dafür bezahlte, der gleichen Meinung zu sein. Eine Schuld musste beglichen werden, und schuldig waren sie alle auf die eine oder andere Art. Das war für mich Grund genug, einem Leben ein Ende zu setzen.

Letzten Endes hatten sie alle eine dunkle Seite, und auch ich würde vermutlich irgendwann mit einer Kugel im Kopf enden, da machte ich mir gar keine Illusionen.

Warum ich heute anders als sonst gehandelt hatte, begriff ich selbst nicht. Aber nicht das Töten war das Problem dabei, sondern das *Wie*!

Ja, das Mädchen war in Gefahr gewesen. Diese besoffenen Arschlöcher hatten vorgehabt, ihr den Mund mit ihren Schwänzen zu stopfen. Verdammte perverse Feiglinge! Aber das war noch lange kein Grund, so ein Risiko einzugehen. Warum hatte mich ihr Schicksal derart berührt, dass ich unvorsichtig geworden war? Schwebten wir nicht alle ständig kurz vor dem Abgrund?

Warum hatte ich mich in ihr Leben eingemischt? Ich kannte sie doch überhaupt nicht, und wen interessierte schon, was mit ihr geschah? Ganz sicher war sie nicht die einzige Frau, die in dieser Nacht in Florida vergewaltigt, missbraucht oder sogar umgebracht wurde. Nein, sie wäre eine von vielen gewesen, ein Licht, das, hätten sie es ausgeblasen, kaum jemand vermisst hätte. Die Menschen zerstörten sich selbst, hatten sogar Spaß daran, und – machen wir uns nichts vor – ich war einer der Schlimmsten von ihnen.

Trotzdem hatte ich wegen des Mädchens diesen Typen abgeknallt. Ein sauberer Schuss! Ich war verdammt wütend geworden, als ich entdeckt hatte, wie sie mit ihr umgegangen waren, und als ich die Panik in ihrer Stimme gehört hatte, war irgendwas in mir passiert. Sie hatte nicht einfach nur ängstlich gewirkt, sondern auch verdammt wütend. Ich wusste sofort, dass sie keine von denen war, die sich mit ihrem Schicksal abfanden, in der Hoffnung, mit dem Leben davonzukommen. Sie hätte bis zuletzt gekämpft, egal, was am Ende dabei herausgekommen wäre. Ich konnte mich nicht einfach umdrehen und so tun, als hätte ich von der Scheiße nichts mitbekommen.

Ach verdammt, vielleicht lag es daran, dass sie eine Frau war. Eine schöne und so unschuldig wirkende Frau zwischen all dem Dreck und Gestank, der mir tagtäglich begegnete.

Jetzt gab es einen Wichser weniger auf der Welt, und ich hatte der Menschheit einen Gefallen getan. Wen störte das schon? Vermutlich hätte ich die anderen drei auch noch umlegen sollen, doch ich wollte kein noch größeres Risiko eingehen, entdeckt zu werden. Außerdem hatte ich heute einen schlechten Tag. Ich war das Töten leid, deshalb hatte ich schlichtweg nicht die geringste Lust gehabt, noch mehr Leichen zu hinterlassen. Ab und zu verspürte ich diese Anwandlungen in letzter Zeit.

Die Typen würden schon den Mund halten. Das Loch im Kopf ihres Freundes war eine eindeutige Warnung an sie gewesen, die sie nicht so schnell wieder vergessen sollten. Ich ging außerdem davon aus, dass sie zukünftig keine Frauen mehr belästigen würden. Aber man wusste ja nie.

Absolut unentschuldbar war jedoch, dass ich den Dreck nicht weggeräumt, sondern ein leuchtendes Signal für die Cops hinterlassen hatte. Außerdem hatte ich jetzt dieses Mädchen am Hals, das mir widerwillig folgte. Ich konnte leider keine Rücksicht auf ihre Befindlichkeiten nehmen, sondern musste zusehen, dass wir den Tatort so schnell wie möglich verließen und ich meine Kanone loswurde. Denn, scheiße, eine Kugel steckte als Beweisstück in dem Arschloch, als hätte ich sie ihnen auf einem Silbertablett serviert. Die Waffe war damit für mich unbrauchbar geworden.

Das war verfickt unsaubere Arbeit und durfte mir nicht noch mal passieren.

Als sie in meinen Armen landete und unsere Körper sich berührten, war sie nicht überrascht. Sie zeigte nicht die geringste Gegenwehr, mit der ich eigentlich rechnete, mich sogar drauf freute.

Ihre Nasenflügel blähten sich, als würde sie an mir riechen, ihre großen dunklen Augen sahen fragend und beinahe unschuldig zu mir auf. Sie wirkte nicht ängstlich, o nein, es war vielmehr Neugier, die ich in ihrem Blick erkannte, und die Suche nach etwas anderem, was mir nur zu bekannt war. Abenteuer. Sie suchte das Abenteuer, auch wenn sie das vielleicht selbst gar nicht wusste und viel lieber vor mir weggerannt wäre.

Wieder zog ich sie hinter mir her. Mit dem Kuss hatte ich sie wohl ziemlich überrumpelt, aber in dem Moment war mir keine andere Lösung eingefallen. Natürlich folgten uns die Bullen. Ich hatte nichts anderes erwartet. Die Station der Hochbahn war der beste Ort, um sich in einer Ansammlung vieler Menschen zu verstecken. Wenn man es klug anstellte. Selbst wenn sie eine Spur gehabt hatten, wovon ich eigentlich nicht ausging, war diese nun verloren.

Das Opfer, sie zu küssen, war nicht besonders groß gewesen. Sie hatte gut geschmeckt und sich ebenso gut angefühlt. Weich, süß, warm und so voller Leben. Sie war so frisch. Ganz anders als die, mit denen ich sonst meine Zeit verbrachte. Für einen kurzen Moment hatte ich es genossen, sie zu küssen, und hatte mehr genommen, als eigentlich notwendig gewesen wäre. Sogar die Idee, sie für ein paar Spielereien in mein Bett zu schaffen, erschien mir verlockend.

Doch die Entscheidung, sie mitzunehmen, hatte ich bereits vorher getroffen, zu dem Zeitpunkt, als ich in ihre panischen Augen geblickt hatte und der Kuss noch gar nicht geplant gewesen war.

»Musst du so schnell rennen?«, rief sie atemlos. Wieder versuchte sie, mir ihre Hand zu entziehen. Ich ließ es nicht zu.

»Ja«, war meine knappe Antwort. Warum mehr Worte verschwenden als nötig?

»Ich breche mir gleich die Füße auf den hohen Schuhen.«

»Zieh sie aus.«

»Igitt, nein. Bist du verrückt? Ich laufe doch nicht barfuß auf diesem versifften Boden rum. Außerdem liegen hier überall Scherben.«

Ich grinste. Da musste ich ihr recht geben. Gerade rannten wir an etwas vorbei, das verdächtig nach Erbrochenem aussah. Ich konnte ihr wirklich nicht verübeln, dass sie sich von meinem Vorschlag nicht besonders begeistert zeigte. Aber mich amüsierte, dass es sie offenbar mehr störte, sich ihre Füße zu beschmutzen, als die Tatsache, dass ich – mit einer geladenen Waffe im hinteren Bund meiner

Hose und jederzeit bereit zu schießen – ihre Hand nicht mehr freigab.

»Wir sind gleich da.«

»Und wo genau ist das?«

Darauf gab ich ihr keine Antwort. Immer wieder drehte ich mich um, auf der Suche nach den Cops, die uns möglicherweise verfolgten. Aber ich hielt es beinahe für ausgeschlossen, dass sie unserer Spur gefolgt waren. Zu viele Menschen waren heute Nacht unterwegs, und wir befanden uns nicht mehr in der Gefahrenzone. Wieder einmal war ein Mord geschehen, den die sowieso überlastete Polizei leider nicht aufklären konnte. Die Akte würde in ein paar Wochen zu unzähligen weiteren gelegt werden und niemand würde noch darüber sprechen.

Nachdem wir die Station wieder verlassen hatten, war es nicht mehr weit bis zu meinem Auto. Ich ließ sie los, zog die Fernbedienung aus der Hosentasche und entriegelte die Türen. Als ihr bewusst wurde, dass ich vorhatte, den Weg im Auto fortzusetzen, fiel sie zurück. Ungeduldig drehte ich mich um.

»Was jetzt? Steigst du nun ein, oder was?«

Sie kaute auf ihrer Unterlippe, und ich hob die Schultern. »Mir auch recht, dann frag doch die Cops, ob sie dich nach Hause bringen.«

Mit dem Kinn deutete ich auf einen Polizeiwagen, der gerade an uns vorbeifuhr und auf unserer Höhe die Sirene einschaltete.

Erschrocken fuhr sie zusammen.

Ich hielt ihr die Tür auf und deutete mit einem kühlen Lächeln eine Verbeugung an. »Mylady?«

Sie stieg ein, hielt aber ihr hübsches Näschen beleidigt in die Luft. Eins war sicher: Hätten Blicke einen frühzeitigen Tod auslösen können, dann wäre es hier und jetzt vorbei gewesen mit Drake Johnson.

Mein Grinsen vertiefte sich.

»Ich weiß nicht, was so lustig ist«, sagte sie und verschränkte ihre Arme vor der Brust, während ich den Wagen mit einer Hand aus der Parklücke lenkte.

»Nicht?«

Genervt stöhnte sie auf und sah demonstrativ aus dem Fenster.

»Ich könnte es dir sagen, aber dann müsste ich dich anschließend töten.«

Ihr Kopf ruckte wieder zu mir herum, und obwohl ich meinen Blick auf die Straße gerichtet hatte, erkannte ich aus dem Augenwinkel ihre schreckensgeweiteten Augen.

»War nur ein Witz«, versuchte ich, sie zu beruhigen.

»Ein Witz? Mann, das ist nicht witzig. Nicht, wenn du es sagst.«

»War wohl der falsche Moment dafür.«

»Nein, der absolut falsche Spruch für *jeden* Moment, wenn er von dir kommt.«

»Du kennst mich doch gar nicht.«

»Darüber bin ich auch verdammt froh. Und damit das so bleibt, kannst du mich an der nächsten Ecke rauslassen.«

»Ich fürchte, das muss ich ablehnen.«

»Merkwürdig, das habe ich irgendwie schon geahnt.«

Ich nickte. »Gut. Das Leben ist voller Enttäuschungen. Besser, wenn man sich gleich darauf einstellt.«

»Ist das irgendeine chinesische Weisheit, die du aus einem Glückkeks gewonnen hast?«

»Nicht, dass ich wüsste.«

»Das erleichtert mich, denn da hätten mich die Chinesen doch sehr enttäuscht.«

»Du magst Chinesen?«

»Ich mag Menschen.« Sie überlegte. »Wobei das eigentlich nicht stimmt. Ich mag sie, solange sie mich in Ruhe lassen. Trotzdem ist es mir lieber, wenn sie leben. Ich weiß, das ist eine sehr merkwürdige Vorliebe, aber offenbar kann ich da nicht aus meiner Haut.«

Ich schwieg, bis ich kurz nach einer Ampel Gelegenheit hatte, in eine gerade frei werdende Parklücke zu fahren. Nachdem ich die Handbremse angezogen hatte, schaltete ich den Motor aus und wandte mich ihr zu. »Okay, Kleine, nur um das richtig zu verstehen, ich kam dir also ungelegen, als du gerade mit den vier Typen beschäftigt warst? Ich hab deine Schreie also missverstanden und du konntest es eigentlich gar nicht erwarten, einem nach dem anderen den Schwanz zu lutschen?«

Kaum merklich rutschte sie noch tiefer in ihren Sitz. »Nein, aber … hättest du nicht etwas weniger … drastisch eingreifen können?«

»Hätte ich ihn nur ein *bisschen* erschießen sollen?«

»Nein, das nicht, aber hättest du ihm nicht einfach eine verpassen können, damit er k.o. geht, oder ihm ins Bein schießen, sodass er sich wieder davon erholt?« Sie schüttelte fassungslos den Kopf. »Gott, du hast ihn umgebracht!«

»Ich mache keine halben Sachen. Und ich denke nicht, dass dieses Arschloch dein Mitleid verdient.«

»Das würde ihm jetzt auch nichts bringen.«

»Das ist wahr. Find dich damit ab. Leben und Sterben gehen nebeneinander her. Wäre ich nicht aufgetaucht, würdest du wahrscheinlich für den Rest deines Lebens an einem Trauma leiden, wenn sie dich nicht sowieso kaltgemacht hätten. Für dich war es das kleinere Übel.«

»Sag mal, erschießt du öfter mal jemanden?«

Ich hob gleichgültig die Schultern. »Gelegentlich.«

»Spinnst du? Und das sagst du mir einfach so? Ich könnte zum nächsten Officer gehen und ihm sagen, was ich über dich weiß.«

Ich schnaufte amüsiert. »Um mir darüber Gedanken zu machen, ist es wohl ein bisschen zu spät. Darf ich dich daran erinnern, dass der Typ dir auf die Füße gefallen ist, als ich ihn abgeknallt habe? Mit meiner Kanone!«

»Erzähl mir nicht, dass sie registriert war.«

Ich bedachte sie mit einem abfälligen Blick. »Natürlich nicht. Dann könnte ich mich ja direkt stellen.«

»Dachte ich mir schon.«

»Aber weil ich den Typen nicht verschwinden lassen konnte und sie die Kugel aus ihm rausholen werden, darf ich mir trotzdem ’ne neue Knarre besorgen.«

»Verlangst du etwa, dass ich sie dir ersetze?«

Ich winkte ab. Um meine Waffen hatte ich mich bisher immer selbst gekümmert, und ich hatte nicht vor, daran etwas zu ändern.

In ihrem Kopf arbeitete es, sie wirkte alles andere als glücklich, was vermutlich nicht überraschend sein sollte, wenn Tod und Gewalt nicht zum alltäglichen Leben gehörten.

»Was ist los?«

»Hast du überhaupt vor, mich gehen zu lassen? Oder wirst du mich auch erschießen?«

Die Frage war nicht mal blöd, denn tatsächlich wusste ich noch nicht genau, was ich mit ihr anfangen sollte. An ihr waren genug Spuren und genetisches Material von mir, um ein exzellentes Täterprofil zu erstellen. Sollte sie mich hinter Gittern sehen wollen, könnte sie dafür sorgen, dass es auch dazu käme. Vor ein paar Jahren hatten sie mich schon einmal geschnappt. Zwar hatten sie mir nichts nachweisen können, doch es gab eine Akte, also wäre es eine Kleinigkeit, mich zu finden und zu identifizieren. Ganz sicher hatte ich keine Lust, wegen des Mordes an dem Vogel heute Abend in den Knast zu wandern. Ich musste erst herausfinden, was die Kleine vorhatte und inwieweit ich ihr trauen konnte, dann würde ich ernsthaft darüber nachdenken, sie gehen zu lassen.

Mir wurde klar, dass ich ihr noch nicht geantwortet hatte, und als ich einen Blick auf sie warf, stellte ich fest, dass sie offenbar die ganze Zeit den Atem angehalten hatte, denn sie war bleich wie eine Wasserleiche.

»Hey, bleib mal locker. Heute werde ich niemanden mehr erschießen, also bist du erst mal sicher.«

»Was ist denn das für eine Antwort?«, fragte sie empört und schüttelte den Kopf. »Geht es nicht ein bisschen genauer? Ich wüsste schon gerne, ob es sich lohnt, mir weiterhin jeden Tag zweimal die Zähne zu putzen, oder ob das verschwendete Lebenszeit ist, weil ich meinen nächsten Zahnarztbesuch sowieso nicht mehr erlebe.«

»Du bist witzig«, sagte ich schmunzelnd und meinte es tatsächlich so.

»Du bist es nicht«, schoss sie zurück.

Ich nickte. »Kann ich nicht abstreiten. Humor liegt mir nicht. Ist in meinem Job nicht sehr gefragt. Aber ich schätze ihn bei anderen umso mehr.«

Ich beugte mich halb über sie und registrierte, wie sie erschrocken die Luft anhielt, doch als ich an ihr vorbei griff, um lediglich das Handschuhfach zu öffnen, atmete sie erleichtert wieder aus. Ich fand, wonach ich gesucht hatte, und zog den seidenen Schal hervor.

»Was hast du vor?« Ihre Stimme klang ein wenig schrill, als ich mich wieder aufrichtete und ihr den Stoff vor die Nase hielt.

»Denk mal scharf nach!«, sagte ich und begann, ihr die Augen zu verbinden.

»Aber …«, wollte sie protestieren.

»Beruhig dich. Das ist nur zu deiner Sicherheit.« Ich hatte hin und her überlegt und schließlich beschlossen, sie mit nach Hause zu nehmen, um mich dort in Ruhe mit ihr zu unterhalten. Solange sie noch etwas durcheinander und gereizt war, war das wohl keine so gute Idee.

»Zu meiner Sicherheit?«, fragte sie. »Nicht dein Ernst. Wie könnte ich mich in deiner Nähe sicher fühlen?« Sie wollte den Kopf wegziehen, doch ich hielt ihn fest.

»Wenn du kooperativ bist, stehen deine Chancen weitaus besser. Ich nehme dich mit zu mir und kann gut drauf verzichten, dass du bei nächster Gelegenheit irgendjemandem, der es nicht wissen soll, meinen Aufenthaltsort verrätst. Also seit so gut und mach, was ich dir sage!«

Das hatte sie wohl verstanden, denn nun wehrte sie sich nicht länger, sondern rutschte sogar etwas tiefer in ihren Sitz, als ich sie dazu aufforderte. Das konnte sie natürlich nicht kommentarlos auf sich sitzen lassen. War ja eigentlich klar! »Freut mich, wenn ich behilflich sein kann.« Sie drehte den Kopf weg.

Ich seufzte und startete den Wagen. Verstehen konnte ich sie ja, denn Zeuge eines Mordes zu sein war nichts, was man einfach so wegsteckte, gerade beim ersten Mal. Außerdem nahm ich an, dass sie etwas beunruhigt darüber war, mit dem Mörder selbst im Auto zu sitzen. So ging es allen Menschen, sobald sie wussten, was ich beruflich tat, aber die lebten in der Regel nicht lange genug, um sich intensiver mit dieser Problematik auseinanderzusetzen. Die anderen Frauen, die, die ich fickte, hatten keine Ahnung, wer ich war oder was ich tat. Oftmals kannten sie nicht mal meinen Namen, aber was spielte der schon für eine Rolle? Ich kannte ihren ebenso wenig und hatte auch nie das Bedürfnis verspürt, ihn zu erfahren.

Wir verließen die Hauptstraße und fuhren die geschlängelte Allee entlang, die zu meinem Grundstück führte. Ich war mir nur allzu bewusst, dass ich das Unvermeidliche nur hinauszögerte. Auch wenn ich sie vorerst gerettet hatte, würde mir nichts anderes übrigbleiben, als sie auszuschalten. Ich kannte sie nicht, deshalb konnte ich ihr auch nicht trauen.

Das Haus hatte ich bereits vor einigen Jahren gekauft, weil ich hier ungestört war und mich, wenn ich wollte, monatelang zurückziehen konnte. Es handelte sich um ein zweistöckiges Gebäude mit Flachdach und anderen modernen Elementen. Die Fassade bestach durch die Verbindung aus Beton und Holz. Ich mochte die Mischung aus natürlichen und robusten Materialien und ihre Gegensätzlichkeit. Warm und kalt. Außerdem war es schlicht und strahlte, wie ich fand, Männlichkeit aus. Vor mir hatte niemand in diesem Haus gewohnt. Es hatte eine Weile zum Verkauf gestanden, aber offenbar war es potentiellen Interessenten zu abgelegen, was jedoch genau das war, was ich suchte. Ich wollte keine störenden Nachbarn oder Beobachter. Genau der richtige Ort, um mich auf einen Auftrag vorzubereiten. In den letzten Jahren hatte es allerdings leer gestanden. Bis vor zwei Tagen.

Selbstverständlich fiel mir ihr skeptischer Blick auf, als ich ihr die Augenbinde abnahm und sie sich blinzelnd umschaute. Zwar war es dunkel und die Umgebung nur durch einige Spots beleuchtet, doch man konnte genug erkennen.

»Was machst du noch mal beruflich?«, fragte sie, während sie sich aufrecht hinsetzte, ohne den Blick von dem – zugegebenermaßen – beeindruckenden Gebäude abzuwenden.

»Hab ich noch gar nicht gesagt, und ich würde es auch lieber noch ein wenig länger für mich behalten.«

»Vermutlich möchte ich es gar nicht wissen, oder?«

Vermutlich nicht, dachte ich. Ich beschloss in dem Moment, dass ich ihr keinesfalls mehr über mich erzählen würde, als unbedingt notwendig war.

Wie schon gesagt, ein Leben bedeutete mir nichts. Im Grunde nicht mal, wenn es mein Eigenes war. Das hieß aber noch lange nicht, dass ich mich bald davon verabschieden wollte.

3. DON'T FASCINATE ME

Liv

Fasziniert betrachtete ich das Haus, vor dem wir gehalten hatten. Die Straße wurde von Laternen beleuchtet, die in regelmäßigen Abständen am Rand der Fahrbahn platziert waren, ansonsten war alles dunkel. Wo hatte er mich hier nur hingebracht?

Alle Achtung! Das war mal ein Haus. Dagegen erschien mir selbst das meines Vaters eher schlicht.

Bevor er um das Auto herumgekommen war, war ich bereits ausgestiegen und wartete unschlüssig, mit der Hand am Türgriff. Ich rieb mir noch die Augen, weil ich mich erst wieder an das Licht gewöhnen musste.

Ohne mich zu beachten, ging er die Stufen nach oben zum Eingang, und ich hatte schon die Befürchtung, ihm sei meine Anwesenheit entfallen. Er gab einen Code in das viereckige Kästchen neben der Tür ein.

»Worauf wartest du?«, wollte er wissen und schien beinahe ungeduldig, als er sich dann doch noch zu mir umdrehte.

Nervös kaute ich auf meiner Unterlippe. »Ich möchte da wirklich nicht rein.«

»Ich schätze, du hast keine Wahl.« Seine Stimme war so tief, dass es in meinem Magen vibrierte. Er sah mir in die Augen, keine Gefühlsregung war in seinen zu erkennen. Was ging nur in seinem Kopf vor, wenn er mich so betrachtete?

Eine Gänsehaut überzog meine Arme. Mein Blick wurde von seinen Tattoos angezogen. »Du zwingst mich also?«

»Du kannst auch freiwillig mitkommen.«

Ich hob die Augenbrauen.

»Hör mal …« Er kam wieder die paar Stufen zu mir herunter. »Ich verspreche, dass ich dich nicht anfassen werde. Daran bin ich gar nicht interessiert. Ich muss mir nur über ein paar Dinge klarwerden, die heute Nacht passiert sind, dann werde ich dich vermutlich gehen lassen. Vorher unterhalten wir uns.«

Plötzlich schien ihm etwas einzufallen, denn er runzelte die Stirn. »Vermisst dich jemand, wenn du heute nicht nach Hause kommst? Ein Freund, Verlobter oder so? Eltern?«

Ein seltsames Gefühl breitete sich in mir aus, das mir beinahe die Tränen in die Augen trieb. Verdammtes Selbstmitleid. Es gab niemanden, der sich über meine Abwesenheit gewundert hätte, doch dann fiel mir ein, dass dies zum Teil ja meine eigene Schuld war, denn niemand hatte überhaupt eine Ahnung von meiner Ankunft.

Ich schüttelte den Kopf und mir war übel, trotzdem sagte ich die Wahrheit. »Nein, niemand. Keiner weiß, dass ich überhaupt wieder in Miami bin.« Dann verdrehte ich die Augen. »Aber ich habe keine Ahnung, warum ich dir das gerade erzähle.«

Das Lächeln, das darauf über seine Züge glitt, überraschte mich, und ich hatte das merkwürdige Gefühl, es würde nicht besonders häufig vorkommen, dass er lächelte. Na ja, war wohl auch kein Wunder, wenn man Humor mit einer ansteckenden Krankheit gleichsetzte. Trotzdem fühlte ich eine angenehme Wärme in meinem Magen.

»Mach dir keine Gedanken«, sagte er gelassen. »Es ist nicht dein Fehler. Ich kann die Leute einfach sehr gut zum Reden bringen. Vor allem über Dinge, die sie auf keinen Fall erzählen wollen.« Während mir der Mund aufklappte, zwinkerte er mir kurz zu und ging dann wieder nach oben.

»Vermutlich?«, rief ich ihm hinterher.

Er sah mich fragend an.

»Du sagtest, du lässt mich *vermutlich* gehen.«

»Richtig«, sagte ich. »Vermutlich.«

Für ihn war das offenbar Antwort genug. Diesmal folgte ich ihm und redete mir ein, dass er das einfach nur gesagt hatte, um mich zu ärgern, und mich natürlich gehen lassen würde, wenn er mir ein paar Verhaltensregeln eingebläut hätte.

»Okay, entweder hast du einen sehr großzügigen Arbeitgeber oder bist verdammt gut in deinem Job«, versuchte ich es noch mal, als ich in der großen Halle stand. Auf keinen Fall wollte ich neugierig wirken, aber Marmor war auf dem Boden und aus dem gleichen

Material war auch die Treppe, die von dort in die erste Etage führte. Das warf schon einige Fragen bei mir auf. »Wahrscheinlich sogar beides.«

Er trat auf mich zu. Seine Finger spielten mit dem Schlüsselanhänger, als er dicht vor mir stand. »Du kannst es wohl nicht lassen, hm? Zu viel Neugier kann ungesund sein. Hat dir das schon mal jemand gesagt?«

Trotzig hob ich das Kinn. »Hm, nein, nicht in letzter Zeit. Aber wer nicht fragt, kriegt keine Antwort. Hat *dir* das schon mal jemand gesagt?«

»Wer zu viel fragt, verliert unter Umständen seine Zunge. Und das ist kein chinesisches Sprichwort, sondern eine gut gemeinte Warnung.« Einen Mundwinkel nach oben gezogen, ließ er mich stehen und ging nach oben.

»Außerdem habe ich gar nichts gefragt, sondern nur laut gedacht. Das wird doch wohl nicht verboten sein«, rief ich ihm hinterher, während ich ihm widerwillig folgte.

»Denk, so viel du willst, aber man sollte nicht alles laut aussprechen«, hörte ich ihn noch sagen.

Es interessierte mich viel zu sehr, wie ein Mörder wohl wohnte, sodass ich seine Warnung in den Wind schlug und mich in dem Luxushaus umsah, während ich nach oben stiefelte. Was das über mich aussagte, wollte ich lieber nicht ergründen, doch ich beschloss, dass heute Nacht sowieso alles egal sei. Morgen würden mir die Erlebnisse der vergangenen Stunden sicher wie ein Traum vorkommen. Wohl eher wie ein Albtraum, verbesserte ich mich. Aber jetzt tröstete ich mich mit dem Gedanken, dass er mir wahrscheinlich das Leben gerettet hatte und sich die Mühe sicher nicht gemacht hätte, wenn er es mir dieses sofort wieder nehmen wollte.

»Hier kannst du schlafen.« Er schob eine Tür auf und ließ mich vor. Ich warf einen Blick in den Raum und fühlte mich wie in der Suite eines Luxushotels. Es gab nichts, was ich hier vermissen musste. Ein hochfloriger heller Teppich bedeckte den Boden des riesigen Zimmers, und insgeheim freute ich mich bereits, barfuß darüberzulaufen. Das Doppelbett wirkte schlicht, aber hochwertig. Selbst die Bettwäsche sah kostspielig aus. An der Wand hing ein übergroßer Plasmabildschirm, und es gab ein paar Einbauschränke. Außerdem stand unter dem Fenster ein großer Schreibtisch aus Glas. Alles war in Beige und Weiß gehalten und wirkte frisch und ordentlich. Mir gefiel es.

Er ließ mir genügend Zeit, mich umzusehen, dann stellte er meine Tasche auf dem Boden ab und durchquerte das Zimmer, um eine weitere Tür zu öffnen. »Badezimmer. Eigentlich solltest du dort alles finden, was du brauchst. Wenn du was vermisst, gib mir Bescheid.«

Ich nickte. »Wow. Du willst, dass sich deine Gäste wohlfühlen.«

Darauf antwortete er nicht und schickte sich stattdessen an, den Raum zu verlassen.

»Danke«, sagte ich, wusste aber eigentlich gar nicht, wofür ich ihm dankte. Immerhin war ich nicht freiwillig hier. Offenbar war meine gute Erziehung an diversen Privatschulen dafür verantwortlich, dass ich selbst in ungewöhnlichen Situationen ab und zu höflich blieb. Wenn das passierte, war ich manchmal selbst überrascht.

Den Versuch abzuhauen schlug ich mir aus dem Kopf. Auch wenn er mich nicht eingeschlossen hatte, beschlich mich das sichere Gefühl, dass er ganz sicher Maßnahmen ergriffen hatte, die eine Flucht unmöglich machten. Ich wollte ihn nicht verärgern, denn wie er in so einem Fall reagierte, hatte ich heute mit eigenen Augen gesehen. Was wusste ich schon über den Mann? Vielleicht war er cholerisch veranlagt und wedelte den ganzen Tag mit seiner Waffe herum. Dann war es nicht sehr ratsam, ihn zu reizen. Ich wollte ganz sicher nicht sterben.

Ja, er hatte mich gerettet, war sofort eingeschritten und hatte dabei ein Leben ausgelöscht. Ohne zu zögern und ohne Gewissensbisse, hatte er geschossen. Immer noch war ich schockiert über den Vorfall, auch wenn sich mein Mitleid für das Opfer tatsächlich in Grenzen hielt. Der Kerl hatte einen Denkzettel verdient … aber gleich den Tod?

So bequem es ging, richtete ich mich ein. In meiner Tasche hatte ich ein paar Kleidungsstücke zum Wechseln und meine Kosmetiktasche mit ein paar Probepackungen Shampoo, Duschbad und Zahnpasta.

Trotzdem verwendete ich die sündhaft teuer aussehenden Fläschchen, die auf der Badezimmerablage standen, bevor ich erschöpft ins Bett fiel. Unglaublicherweise schlief ich sofort ein.

Als das Morgenlicht durchs Fenster schien, stand ich auf und ging ins Bad. Ich hatte tatsächlich geschlafen wie ein Stein und empfand deswegen beinahe ein schlechtes Gewissen. Hier war ich absolut nicht sicher, niemand hatte eine Ahnung davon, wo ich mich aufhielt, und ich schlummerte wie ein Baby – einfach unglaublich.

Schlagartig schossen mir wieder die Vorfälle des vergangenen Abends durch den Kopf. Wie die vier Männer mich in dem Hinterhof bedrängt und mir wehgetan hatten. Die Demütigung, die ich dabei empfunden hatte, und auch die Angst vor dem, was sie noch vorgehabt hatten. Dann war mein Retter erschienen. Nicht strahlend schön in glänzender Rüstung und auf einem weißen Pferd, sondern düster, beängstigend, einschüchternd, aber auch verdammt atemberaubend und gut aussehend. Statt eines stählernen Schwertes führte er eine Kanone bei sich, die er benutzte, ohne zu zögern. Ich war weiterhin vollkommen erstarrt, aber nicht mehr aus Todesangst, sondern weil dieser Mann etwas ausstrahlte, was mich verbotenerweise faszinierte. Er war ganz eindeutig böse, nicht der geringste Zweifel bestand daran. Durch seine Hand war vor wenigen Stunden ein Leben ausgelöscht worden.

Seine Augen waren mir trotz der Dunkelheit als Erstes aufgefallen. Nicht dass seine Größe sowie die durchtrainierte Figur nicht ebenso beeindruckend gewesen wären. Aber diese Augen, die Härte und Grausamkeit ausstrahlten, hatten mich ihn wie gebannt anstarren lassen. Nichts Menschliches hatte ich darin erkannt. In dem Moment waren es die Augen eines Mörders gewesen. Und ich hatte nicht wegsehen können.

Ich drehte das Wasser auf und überprüfte die Temperatur, bevor ich erneut unter die Dusche stieg. Meine Gedanken drehten sich wieder um ihn – nicht mal seinen Namen kannte ich.

Der Kuss hatte mir weiche Knie und ein feuchtes Höschen beschert, und wenn ich jetzt daran dachte, schoss mir wieder die Röte ins Gesicht. Ich sollte nicht so empfinden. Was stimmte nicht mit mir?

Gegen acht Uhr ging ich nach unten. Wenn mich meine Nase nicht trog, zog das Aroma frischen Kaffees durchs Haus. Vorsichtig stieß ich die Tür auf und stand tatsächlich in einer riesengroßen Küche, die das Herz jeder Hausfrau höherschlagen lassen würde. Nervosität erfasste mich, als ich ihn an der Insel in der Mitte des Raums sitzen sah. Vor ihm, auf der weißen Marmorfläche, stand ein MacBook und daneben eine Tasse. Als er mich reinkommen sah, klappte er den Bildschirm runter und stand auf.

»Guten Morgen«, sagte ich, plötzlich ganz verlegen, und strich mir meine noch feuchten Haare hinter das Ohr. Einen Föhn hatte ich nicht gefunden.

Knapp nickte er mir zu und ging zu dem modernen Kaffeeautomaten. Er warf mir einen fragenden Blick zu und ich bejahte knapp. Offenbar war der Morgen nicht seine bevorzugte Tageszeit und er hielt reden für überflüssig. Konnte er haben, wenn er wollte.

Wenig später hielt ich eine dampfende Tasse in der Hand.

»Auf Frühstück musst du leider verzichten, ich habe nichts hier.«

»Nicht so schlimm.« Ich nahm vorsichtig einen Schluck. Im gleichen Moment knurrte mein Magen und er sah mich mit hochgezogenen Augenbrauen an.

»Wir können gleich was zu essen besorgen, wenn du willst. Ich frühstücke für gewöhnlich nicht.«

»Kein Problem, ein Kaffee ist toll.« Aus dem Augenwinkel betrachtete ich ihn. »Hast du einen Namen?«, fragte ich, was ihn zum Lächeln brachte.

Ich war verwirrt, denn das schien gar nicht zu ihm zu passen.

»Sicher. Aber warum willst du ihn wissen?«

»Damit ich dich mit etwas anderem als ›Hey, du‹ ansprechen kann. Warum sonst?«

»Drake«, sagte er.

Ich lachte. »Das passt.«

»Inwiefern?« Er zog die Augenbrauen zusammen.

»Na ja, der Name klingt düster und geheimnisvoll. Irgendwie böse.«

Er legte den Kopf schief und betrachtete mich. »Du hältst mich für geheimnisvoll und düster? Da sollte ich mich wohl geschmeichelt fühlen. Ich bin aber nicht halb so geheimnisvoll, wie du denkst.«

»Vielleicht nicht, aber ganz sicher böse.«

Jetzt lachte er. Fassungslos sah ich ihm dabei zu.

»Böse ist ein ziemlich netter Ausdruck für das, was ich bin.«

Plötzlich war er wieder ganz ernst und betrachtete mich mit schief gelegtem Kopf. »Du gefällst mir.«

»So sehr, dass du mich gehen lässt?«

»Nein!«

Ich hob die Schultern und seufzte. »Schade, einen Versuch war es wert.«

»Erst müssen wir uns unterhalten …« Er runzelte die Stirn.

»Liv. Mein Name ist Liv.«

»Klingt gut.«

»Danke.«

Er nickte. »Drake war der erste Name, der meiner Mutter einfiel, weil sie ihn in der Zeitung oder wo auch immer gelesen hatte.« Trocken lachte er. »Irgendwie musste das Kind ja schließlich heißen.«

»Umso verblüffender, wie gut er passt.«

»Ist wohl mehr ein Zufall.« Er setzte sich wieder auf den Hocker vor der Kücheninsel und nahm einen Schluck aus seiner Tasse. Ich sah ihm dabei zu. Mir kam die Idee, dass ich ihn wohl stundenlang betrachten konnte, ohne dass es langweilig werden würde.

»Okay, reden wir. Und ich möchte, dass du mir genau zuhörst. Das, was gestern Nacht geschehen ist, vergisst du lieber und tust so, als wäre es nie passiert. Damit ersparst du uns beiden eine ganze Menge Ärger. Wenn ich mich darauf verlassen kann, und nur dann, kann ich darüber nachdenken, dich gehen zu lassen. Glaub mir, ich werde es wissen, wenn du auch nur mit dem Gedanken spielst, es jemandem zu erzählen. Dann werde ich dich finden. Ich werde dich immer finden, zweifle nie daran! Solltest du also darüber reden, wirst du dir wünschen, die vier Knallköpfe hätten das zu Ende gebracht, womit sie angefangen haben, und du wärst mir nie begegnet. Habe ich mich klar ausgedrückt?«

Ich schluckte. Mann, er verstand es, mich einzuschüchtern. »Vollkommen klar«, krächzte ich.

»Gut, dann hol deine Tasche. Ich bring dich zurück. Ich muss sowieso gleich los.«

Eifrig nickte ich. Beinahe empfand ich so etwas wie Enttäuschung, weil er mich offenbar nicht schnell genug loswerden konnte, dann schimpfte ich in Gedanken mit mir selbst. War ich eigentlich irre? Ich sollte verdammt noch mal froh sein, dass ich hier wegkonnte.

Eilig sprang ich vom Stuhl, dabei stieß ich beinahe meine Tasse um. Mit einer schnellen Bewegung, die ich kaum mitbekam, fing er sie auf. Seine Reflexe waren unglaublich.

»Wow! Ich …« Fasziniert starrte ich ihn an. »Also ich geh dann mal meine Sachen holen.«

Er nickte knapp und sah mich finster an. Als ich an der Tür über die Schulter sah, bemerkte ich, dass sein Blick auf meinem Hintern lag, aber diesmal war nicht die geringste Spur von Kälte oder Ärger darin. Eher Interesse, vielleicht sogar Neugier. Ich lief schnell weiter, denn das hier war gefährlich. Der Kerl war gefährlich, und noch war ich nicht in Sicherheit. Ich konnte nicht wissen, was in seinem Kopf vorging und ob er mir etwas tun würde, vielleicht nicht einmal vor Vergewaltigung zurückschreckte, obwohl er mich noch gestern genau davor bewahrt hatte. Aus einem mir völlig unbekannten, aber zweifellos verrückten Grund freute mich dennoch, dass er mich als Frau wahrgenommen hatte. Trotz des Kusses hatte ich bis jetzt daran gezweifelt, denn der war nichts weiter als ein Ablenkungsmanöver für die Cops gewesen.

In dem Zimmer, in dem ich übernachtet hatte, schnappte ich mir die Tasche und setzte mich aufs Bett. Telefonieren konnte ich nicht, denn das Handy hatte er mir gestern Abend ja weggenommen. Ich überlegte hin und her, ob ich ihn bitten sollte, es mir kurz zu geben, um Julie anzurufen. Schließlich fasste ich Mut und ging wieder nach unten.

»Ähm …«, machte ich mich von der Küchentür aus bemerkbar.

»Was?«

»Könnte ich kurz telefonieren?«

Ungläubig runzelte er die Stirn.

»Ich möchte nur sichergehen, dass meine Freundin zu Hause ist, um mich in die Wohnung zu lassen. Wir wohnen zusammen dort, aber ich hab keinen Schlüssel, weil ich so lange nicht in der Stadt war.« Ich log ihn absichtlich an, weil mein Bedarf an größeren Diskussionen gerade nicht besonders groß war. »Du kannst gerne zuhören.«

Schnaufend ging er hinaus und kam nach kurzer Zeit zurück. Er drückte mir das Telefon in die Hand und fixierte mich. »Keinen Scheiß, verstanden?«

Eifrig nickte ich. »Verstanden.«

Als ich es anschalten wollte, musste ich feststellen, dass der Akku leer war.

»Mist.«

Fragend sah er mich an.

»Ich müsste es aufladen.«

Lässig zog er eine Schublade auf, die sich in Reichweite befand, und schob mir über die Kücheninsel ein Kabel zu.

Erleichtert bedankte ich mich, schaute mich nach einer Steckdose um und wurde sofort fündig. Ein paar Minuten wartete ich ab, dabei ertappte ich mich dabei, wie ich nervös meine Finger knetete. Dann rief ich Julie an. Ich probierte es bestimmt fünfmal, aber immer wieder meldete sich die Mailbox, auf die ich bereits gesprochen hatte.

»Das kann doch nicht wahr sein. Wo treibt sie sich rum?«, schimpfte ich. »Ich muss nach einer anderen Nummer suchen, die ihrer Arbeitsstelle«, erklärte ich Drake, der mit vor der Brust verschränkten Armen an der Arbeitsplatte lehnte und mich misstrauisch betrachtete.

Ich rief Google auf und suchte die Adresse des Cafés, in dem sie arbeitete. Vielleicht erwischte ich sie dort.

Ihr Chef meldete sich.

»Hallo, hier ist Liv, eine Freundin von Julie. Entschuldigen Sie, dass ich anrufe, aber es ist dringend. Kann ich sie sprechen?«

»Julie Shaw?«

»Ja, genau«, sagte ich erleichtert. »Ich schwöre, es dauert auch nicht lange.«

»Bedaure, aber sie ist nicht hier. Hat sich zwei Wochen unbezahlten Urlaub genommen und irgendwas von Karibik gefaselt. Wollte mit ihrem Freund da hin.«

»Urlaub? In der Karibik?«, rief ich schrill. »Und was denn für ein Freund? Als ich letzte Woche mit ihr gesprochen habe, hat sie nichts davon erwähnt.«

»Keine Ahnung. Sie kam gestern Mittag wegen ein paar freier Tage zu mir. Sie hatte lange keinen Urlaub, deshalb war ich einverstanden. Hör mal, ich muss jetzt hier noch ein bisschen arbeiten.«

»Äh ja, natürlich.«

Er legte auf und ich blinzelte. »Ach, sie hat mir einen Schlüssel dagelassen?«, fragte ich in die Stille der unterbrochenen Leitung. »Das ist ja prima, den hole ich mir nachher ab … Oh, das wäre natürlich noch besser. Danke sehr.« Schnell drückte ich auf das Knöpfchen, bevor Drake dahinterkam, dass ich mich mit mir selbst unterhielt. Ich ging davon aus, dass er es merkwürdig finden würde, wenn ich zu meiner eigenen Wohnung keinen Zutritt hätte, und wollte nicht, dass er es sich im letzten Moment noch mal anders überlegte und mich doch nicht freiließ.

Wortlos nahm er mir das Telefon wieder ab und entfernte die SIM-Karte und den Akku.

Auf dem Weg ins Schlafzimmer ballte ich die Fäuste. Wir würden gleich fahren. So ein verdammter Mist! Was sollte ich denn jetzt tun? Mein schöner Plan, mit Julie zu verreisen, bevor ich mich meinem Dad, seinem Ärger auf mich und dem Leben in seinem Haus stellen musste, war dahin. Sie war verreist, aber ohne mich. Toll! Warum hatte ich mich bloß nicht im Vorfeld bei ihr gemeldet? Zum wiederholten Mal ärgerte ich mich darüber, dass ich sie hatte überraschen wollen, anstatt ihr von meiner Heimkehr zu erzählen. Ich dachte darüber nach, nun doch heimzugehen und meinem Dad zu gestehen, dass ich es durchgezogen und das Restaurant abgestoßen hatte. Im Grunde war es meins gewesen. Ich hatte damals die Verträge unterschrieben. Nur leider wäre das alles ohne das Geld meines Vaters nicht möglich gewesen, und er hatte auch nie damit hinter dem Berg gehalten, wer eigentlich das Sagen hatte.

Aber alles in mir sträubte sich dagegen, nach Hause zu gehen. Ich wusste, dass das Leben bei ihm kein Zuckerschlecken war. Immer, wenn ich von dort wegkonnte, ergriff mich eine ungeheure Erleichterung; ich konnte mich an keinen einzigen Moment erinnern, in dem ich das anders empfunden hatte. Nach dem Tod meiner Mutter hatte ich nur noch Ellen und meine Freundin Julie gehabt, die ich bereits aus der Vorschule kannte. Glücklicherweise waren wir über die letzten Jahre immer in Kontakt geblieben, und auch wenn wir es nicht oft geschafft hatten, uns zu sehen, war sie eine enge Bezugsperson für mich geblieben. Umso schlimmer, dass ich von einem Freund nicht das Geringste wusste.

An Mom konnte ich mich nicht mehr genau erinnern, denn ich war noch ein kleines Mädchen gewesen, als sie an einer tödlichen Krankheit gestorben war. Seit dieser Zeit hatte es nur Ellen gegeben. Sie war diejenige, die ich mit meinen großen und kleinen Problemen behelligte. Wenn ich Krach mit einer Freundin hatte, ging ich zu Ellen, und als ich meinen ersten Freund gehabt hatte, erzählte ich Ellen davon. Sie besuchte die Feste in der Schule und mit ihr buk ich Weihnachtsplätzchen. Mein Vater hatte von alledem keine Ahnung gehabt und sich auch nie mehr als nötig für mich interessiert. Ich wusste zwar, dass ich einen Dad hatte, aber empfand es selten so.

Anders als bei meinem älteren Bruder Nick. Auch er hatte – weit vor meiner Geburt – seine Mom verloren und musste ohne weibliche Bezugsperson aufwachsen. Stattdessen verbrachte er viel Zeit mit Dad, aber auch mit den anderen Männern – Dad nannte sie immer Geschäftsfreunde. Ich wusste nicht, ob es ihn besser oder schlechter als mich getroffen hatte. Nick musste nie eine Schule in einem anderen Land besuchen – oder er durfte nicht.

Unser Verhältnis war nie sehr eng gewesen, obwohl ich mir das oft gewünscht hatte. In der ersten Klasse, als ich gerade das Schreiben gelernt hatte, bat ich auf meinem Wunschzettel darum, dass Nick mit mir spielte. Nur einmal! Leider kam es nie dazu. Ich wusste nicht einmal, wo er sich heute aufhielt, vermutete aber, dass er sich weiterhin im Dunstkreis unseres Vaters befand.

Die Angst oder der Unwillen, nach Hause zurückzukehren, kam nicht von ungefähr. Ich wusste genau: Welche Pläne Dad auch immer für mich hatte, ich hätte nicht die geringste Chance, mich dagegen zur Wehr zu setzen. So war es auch mit der Eröffnung des Restaurants gewesen. Dabei wollte ich nichts anderes, als mein eigenes Leben zu führen und endlich etwas mit der exzellenten Schulbildung anzufangen, die Dad mir ermöglicht hatte. Aber ich ahnte, dass er eine andere Zukunft für mich geplant hatte, und bereute bereits, das Restaurant so früh aufgegeben zu haben. Zumindest war ich dort nicht unter seiner ständigen Kontrolle gewesen.

Jetzt lag ich hier auf einem fremden – wenn auch wunderschönen – Bett in einem unbekannten Haus, bei einem Mann, den ich vor der letzten Nacht nie gesehen und der gestern Abend einen Mann erschossen hatte. Seltsamerweise bereitete mir das gerade viel weniger Sorgen, als nach Hause zurückzukehren.

Alles, was ich brauchte, war Ruhe, um darüber nachzudenken, wie es für mich weitergehen sollte. Julie war also nicht da und ich besaß leider keinen Zweitschlüssel für ihr Apartment. Ich bezweifelte sogar, dass es einen gab. Meine einzige Freundin war noch nie ein Organisationstalent gewesen und ich verwarf die Idee, die Nachbarn danach zu fragen, noch bevor ich sie zu Ende gedacht hatte. Ich saß ganz schön in der Tinte.

Die Tür ging auf und Drake füllte den Türrahmen beinahe vollkommen aus. Ich drehte meinen Kopf in seine Richtung, und mein Herzschlag beschleunigte sich, als ich ihn betrachtete. Meine Lider waren leicht gesenkt, während ich jeder seiner Bewegungen folgte. Sein Blick wirkte durchdringend und seine Miene ernst. Ich nahm jedes Detail in mich auf und konnte einfach nicht wegsehen. Die Gefahr, die von ihm ausging, umfing mich wie ein Netz. Er faszinierte mich zunehmend, und obwohl ich wusste, dass er kein guter Mensch war, konnte ich nichts dagegen tun. Mein Atem ging flach, meine Nippel prickelten, aber ich regte mich nicht, denn ich war selbst schockiert von meiner Reaktion.

Seine Augenbrauen wanderten kaum merklich nach oben. Direkt vor mir blieb er stehen, berührte fast mit den Knien meine Beine, die vom Bett herabhingen. Meine Füße standen auf dem flauschigen Teppich, und ich musste mich dazu zwingen, sie nicht wegzuziehen. Stattdessen bohrte ich meine Zehen noch tiefer hinein.

Seine Arme und sogar die Hände waren von Tattoos übersät, und ich stellte mir vor, dass ich sie berühren, die dunklen Linien nachfahren und bis unter den Ärmel und noch weiter verfolgen würde. Ich registrierte, wie sich das Material des Shirts über seiner muskulösen Brust spannte, und war absolut sicher, dass sich ein durchtrainierter Sixpack darunter verbarg. Leider würde ich das nie sicher wissen. Es sei denn …

Mir wurde heiß und kalt gleichzeitig. Schnell verwarf ich den Gedanken, ihn verführen zu wollen. War ich vielleicht vollkommen verrückt geworden? Ein Trauma, resultierend aus dem gestrigen Erlebnis? Röte schoss mir in die Wangen und ich betete darum, dass er keine Ahnung von meinen Gedanken hatte.

Er starrte auf meine Brüste, und ich wusste, ohne hinzusehen, dass sich die Nippel durch den dünnen Shirtstoff abzeichneten, auch wenn er sich nichts anmerken ließ. Sein Mund verzog sich zu einem heißen Lächeln und er scannte jeden Millimeter meines Körpers. Ich konnte seinem Blick nicht ausweichen, als er mich ansah. Ich konnte es nicht, aber ich wollte es auch nicht. Zittrig stieß ich den Atem aus.

»Ich wäre bereit«, sagte er mit rauer Stimme. Langsam beugte er sich vor, dabei ließ er mich nicht aus den Augen. Sein Mund war leicht geöffnet und die Lider halb gesenkt.

»Was?« Bereit? Zwischen meinen Beinen pochte es, in meinem Kopf war nur Nebel und dieser verrückte Tagtraum von ihm und mir, wie wir zusammen … Ich war eindeutig scharf auf ihn!

Wahrscheinlich musste ich professionelle Hilfe in Anspruch nehmen, weil mein Verhalten nicht mehr normal sein konnte, doch ich hätte in diesem Moment alles dafür gegeben, noch einmal seine Lippen auf meinen zu spüren. Seine Hände über meinen Körper streichen zu fühlen, wie sie unter mein Oberteil glitten und langsam … Schnell schloss ich die Augen und versuchte, an etwas anderes zu denken. Ich hatte mich in einer verdammten Fantasie verloren, nur dass das hier die Wirklichkeit war und Drake ein Mensch aus Fleisch und Blut, der mich gerade erstarren ließ.

Gar nicht gut, Liv. Dieser Mann war in der Lage, wirklich schlimme Dinge zu tun. Wer konnte schon sagen, ob er das, was er diesem Typen angetan hatte, nicht auch mit mir vorhatte? Vielleicht befand ich mich hier in seinem Haus in großer Gefahr. Ich war ganz allein mit ihm hergekommen und er konnte mich ohne Probleme verschwinden lassen. Niemand würde hier nach mir suchen.

War es das vielleicht, was mich an ihm anzog? Dieses Düstere, die Gefahr, das Gefühl, ihm ausgeliefert zu sein?

Bisher war mir nicht bekannt gewesen, dass ich auf diese Art düsterer Erotik stand, aber auf einmal fiel es mir schwer, zu unterscheiden, ob es Drake war, der mich interessierte, oder die Gefahr, die er ausstrahlte. Womöglich war es die explosive Mischung aus beidem.

Nun war er über mich gebeugt und stützte seine Hände rechts und links von meinem Kopf ab. Instinktiv rieb ich meine Schenkel aneinander, auch wenn ich nicht die geringste Ahnung hatte, was das bringen sollte. Erleichterung würde mir das wohl kaum verschaffen, denn unverändert verbrannte die Hitze in meinem Unterleib mich beinahe. Ein wissendes Grinsen grub sich in seine Mundwinkel. So, als hätte er mir etwas voraus und wüsste Dinge, von denen ich nicht die geringste Ahnung hatte. Womöglich stimmte das sogar. Offenbar stand ich kurz vor einem Nervenzusammenbruch, wenn ich mich danach sehnte, dass mich der Mann küsste, der mich töten würde, ohne mit der Wimper zu zucken.

»Wir können fahren«, sagte er mit einer Stimme, die mich auch auffordern könnte, mir die Kleider vom Leib zu reißen. Ein Eimer eiskalten Wassers hätte nicht ernüchternder sein können, und als hätte genau dieser mich jetzt mit voller Wucht getroffen, keuchte ich auf.

»Herrje.« Mit zitternder Hand fuhr ich über meine Stirn und setzte mich ruckartig auf. »Äh, also, du könntest mich einfach dort rauslassen, wo wir uns gestern begegnet sind.«

Er nickte knapp und trat zurück. »Deine Wohnung.«

»Ja, genau. Jetzt weiß ich ja, wo ich den Schlüssel finde«, sagte ich und bemühte mich meine Nervosität zu überspielen.

»Und zwar?«

Fieberhaft versuchte ich, mich zu erinnern, was ich bei dem Telefonat alles gesagt hatte. »Meine Freundin hat ihn bei ihrem Arbeitgeber für mich hinterlegt. Sie wusste zwar nicht genau, dass ich kommen würde, aber für alle Fälle … Er bringt ihn mir vorbei.«

»Du kennst den Typen?«

Warum musste er so viel fragen? Das ging ihn doch gar nichts an. »Flüchtig. Hab ihn irgendwann mal kennengelernt.«

Ihm schien meine Antwort nicht zu gefallen, zwischen seinen Brauen bildete sich eine steile Falte. »Ich will nur sichergehen, dass du dich nicht in die nächste Scheiße reitest. Hast du keine Eltern in der Nähe, zu denen du kannst?«

Ich weiß nicht, ob es Verzweiflung war, weil ich tatsächlich keine Ahnung hatte, wohin ich gehen sollte, oder ob ich wegen seiner Fragen genervt war, aber plötzlich spürte ich Wut in mir aufsteigen. »Das ist ja wirklich ein schlauer Gedanke. Weißt du was? Lass mich einfach irgendwo raus, ich komme schon klar. Es ist nicht nötig, dass du dir den Kopf darüber zerbrichst. Wir tun einfach so, als hätten wir uns nie getroffen. Falls dir das entgangen sein sollte, ich bin schon seit einer Weile erwachsen und kann ganz gut auf mich aufpassen.«

Ich griff nach meiner Tasche und wollte zur Tür raus, da hielt er mich am Ellenbogen fest.

»Aua«, sagte ich, mehr wegen des Schrecks, als weil er mir tatsächlich Schmerz zugefügt hatte.

»Noch habe ich dir nicht wehgetan. Nicht mal ansatzweise. Ich kann dir allerdings nicht versprechen, dass das auch so bleibt, wenn ich jetzt keine vernünftige Antwort von dir bekomme.«

Atemlos starrte ich ihn an. Da war sie wieder, diese Gefahr, die von ihm ausging und die mir eine Gänsehaut verursachte. Oder waren seine Nähe und sein Duft dafür verantwortlich? Gott, ich konnte nicht denken, wenn er mich so ansah und dabei auch noch berührte.

Fakt war: Das hier war noch nicht ausgestanden. Nicht, solange ich mich in seiner Nähe befand und er bis zu den Zähnen bewaffnet war – ich zweifelte nicht eine Minute daran, dass er eine Knarre irgendwo an seinem Körper versteckt hatte. Wie standen die Chancen, dass ihm nicht noch einfiel, ein weitaus geringeres Risiko einzugehen, wenn er mich einfach abknallte? Wenn er mich in seinem riesigen Garten verbuddelte, würde mich niemand finden.

»Ich habe einen Schlüssel zu dem Apartment«, log ich erneut. »Und unsere Wohnung ist absolut sicher.«

Zögernd nickte er. »Okay. Komm jetzt.«

Nachdem er den Raum verlassen hatte, brauchte ich noch einen Moment, um wieder zu Atem zu kommen. In seiner Nähe hatte ich das Gefühl, die Fähigkeit dazu wäre mir vollkommen abhandengekommen. Er machte mir Angst, aber er faszinierte mich auch. Ich konnte mich nicht entscheiden, was davon schlimmer war.

***

Etwas über eine Stunde später befanden wir uns am Ziel. Natürlich hatte er mir wieder die Augen verbunden und angesichts der Tatsache, dass helllichter Tag war, auch noch eine Kappe auf den Kopf gesetzt, damit wir kein Aufsehen erregten. Ich war wieder tief in den Sitz gerutscht, noch bevor er mich dazu aufgefordert hatte. Als er mir nun beides abnahm, ging er behutsam vor, was mir wieder dieses verräterische Herzklopfen verursachte.

Im hellen Sonnenlicht blinzelte ich. Wir standen nur ein paar Meter von dem Ort entfernt, an dem ein Mann gestorben war. Immer wieder musste ich dorthin sehen, wo der schmale Weg in den Hinterhof führte. Menschen gingen daran vorbei, als wäre alles wie immer. Es war alles wie immer! Die Sonne schien und die Palmen warfen verzerrte Schatten auf die Stufen vor den Häusern. Doch die Panik, die ich in der Nacht empfunden hatte, kam so heftig zurück, dass ich für einen Moment den Atem anhielt.

Ich würde meine Freundin nicht antreffen, wenn ich klingelte. Julie war nicht da, und ich wusste immer noch nicht, wohin ich gehen sollte, aber das brauchte Drake nicht zu erfahren. Ich würde ihm weiterhin vorspielen, dass Julies Chef jeden Moment käme, um mir den Schlüssel zu bringen – als hätte der nichts Besseres zu tun! Die Möglichkeit, dass er mich zu Dad nach Hause fuhr, hatte ich mir selbst verbaut, dabei hätte ich mich nach einer wenig erfreulichen

Konfrontation mit meinem Vater in meinem Zimmer einschließen können. Trotzdem bereute ich es nicht, denn ich hegte die Hoffnung, mir würde die rettende Idee noch kommen. Vorerst war ich froh, ihn gleich los zu sein.

Wir hatten auf dem Weg hierher nicht mehr viele Worte gewechselt. Was gab es auch zu sagen? Über sich wollte er nichts erzählen, und ich hatte keine Lust, ihm meine Lebensgeschichte unter die Nase zu reiben. Wir würden tatsächlich auseinandergehen, als hätten wir uns nie getroffen. Dabei teilten wir ein dunkles Geheimnis, das uns für immer zusammenschweißen würde. Niemals könnte ich ihn vergessen. Die Erkenntnis schockte mich. Er würde für immer ein Teil meines Lebens bleiben, weil ich von dem Mord wusste, den er begangen hatte – für mich. Mir war klar, dass ich nicht einfach zur Polizei spazieren konnte, um ihn anzuzeigen. Mittlerweile waren mehr als zwölf Stunden vergangen, wie sollte ich rechtfertigen, dass ich nicht sofort Hilfe geholt hatte? Ich könnte angeben, mich in seiner Gewalt befunden zu haben. Aber ich war mir sicher, dass seine Drohung bitterer Ernst gewesen war: Er würde mich finden.

»Na dann«, sagte ich unschlüssig, als wir uns auf dem Gehweg gegenüberstanden. In der rechten Hand hielt ich meine Tasche, die linke hatte ich hinter meinem Rücken versteckt. Was sagte man in so einer Situation? *War schön, mir von dir den Arsch retten zu lassen? Danke, dass du für mich einen Mann getötet hast? Nett, von dir entführt zu werden? Sehr zuvorkommend, dass du mich nicht auch umgelegt hast?* Das klang doch alles lächerlich.

Aber vielleicht sollte ich ihm danken, dass er mich vor den vier Schwänzen bewahrt hatte, die die Typen mir zu gerne in den Mund geschoben hätten, während ich kurz darauf nichts dagegen einzuwenden gehabt hatte, mich von ihm küssen zu lassen.

O Gott! Ich kniff die Augen zusammen. *Hör auf zu denken! Das ist nicht normal.*

»Ich sollte wohl danke sagen«, brachte ich schließlich mühsam hervor, konnte ihm dabei aber nicht in die Augen sehen. Zu groß war meine Angst, er könnte ahnen, was mir durch den Kopf gegangen war.

»Nicht nötig. Vergiss es.« Seine Stimme klang locker, seine Körperhaltung war es nicht. Hatte das etwas zu bedeuten? »Und das meine ich wirklich so«, sagte er eindringlich. »Ich möchte, dass du es vergisst. Das ist besser für dich.«

Eifrig nickte ich. Ich wusste wirklich nicht, ob ich das alles vergessen konnte, aber das sagte ich selbstverständlich nicht. Das war kein Problem, mit dem er sich herumschlagen musste, es auf keinen Fall durfte, wenn mir mein Leben lieb war.

»Wiedersehen«, sagte er und drehte sich um.

»Wieder…« Ich konnte ihm nur noch hinterherstarren, als er die paar Schritte zu seinem Auto ging. Er sah nicht mehr zurück. Das Sonnenlicht blendete ein wenig, als er einstieg, und ich hob die Hand schützend über die Augen. Er führte ein Telefonat, sobald er im Wagen saß, und sein Gesichtsausdruck war noch grimmiger als sonst. Er hatte mich längst aus seinem Gedächtnis gestrichen, während er mir für lange Zeit im Kopf herumspuken würde.

Dann fuhr er davon.

Keine Ahnung, wie lange ich noch da stand, aber ich musste das alles erst mal verarbeiten.

Seufzend wandte ich mich schließlich dem Haus zu und sah an der Fassade empor. Konnte ja nicht schaden, es noch mal zu versuchen. Vielleicht war Julie, aus welchen Gründen auch immer, wieder heimgekehrt.

4. THE DIRTY LIFE

Drake

So eine verdammte Scheiße! Das war ja wohl die mieseste Aktion, die ich je durchgezogen hatte. Mit eisernem Griff umfasste ich das Lenkrad, was auf meine momentane Stimmung schließen ließ. Ich hatte mich unter Kontrolle – eine Eigenschaft, auf die ich stolz war und die außerdem lebenswichtig sein konnte. Wenn mein Gesicht auch einer starren Maske glich, so würde niemand auch nur ahnen, was sich hinter meiner Stirn abspielte. Trotzdem musste ich mich gerade extrem zusammenreißen. Für mich selbst beinahe unfassbar, hatte ich sie tatsächlich gehen lassen. Noch so ein Fehler, und ich könnte einpacken. Für meine potentiellen Kunden wäre ich nicht mehr als eine Lachnummer und eine Gefahr, denn auf diese Weise arbeitete man nicht effektiv und zuverlässig.

Ich war mir vollkommen bewusst, dass es ein viel zu großes Risiko darstellte, sie einfach so laufen zu lassen, aber was sollte ich denn tun? Ich hatte es einfach nicht fertiggebracht, sie umzulegen, wie ich es eigentlich vorgehabt hatte. Ständig war eine Szene in meinem Kopf abgelaufen: Wie ich mit einem schnellen Griff meine Waffe zog – sie hätte davon gar nichts mitbekommen – und abdrückte. Doch dann sah ich sie bluten. Frisches rotes Blut, das aus ihrem Kopf lief und den Boden unter ihr tränkte. Das perfekte Gesicht für immer zerstört, ihre Augen nicht länger lebhaft und neugierig, sondern starr und leer, nichts könnte sie noch von dieser Welt sehen und … mich nie wieder so ansehen. Dann ihr Herz, das plötzlich aufhörte zu schlagen, nachdem ich allein mit meiner Anwesenheit den Rhythmus erhöht hatte – und das nicht aus Angst.

Was war mit mir los? War ich dabei, den Biss zu verlieren? War ich unaufmerksam und unzuverlässig geworden? Es war gut, dass sie nun fort war, und mit ein wenig Glück brauchte ich sie auch nie wieder zu sehen.

Ich hätte mich einfach nicht in das Scheißspiel der vier Kerle einmischen sollen. Ein paar Blowjobs hätten sie nicht umgebracht. Widerwärtige Schwachmaten! Ich schlug auf das Lenkrad. Was wäre ich denn für ein Mensch, wenn ich bei so einem Scheiß einfach weggeschaut hätte? Bei all den verdammt abartigen Aktionen, die ich in meinem Leben schon durch hatte, wäre das die abgefuckteste gewesen. Gewalt gegen Frauen war absolut indiskutabel. Und das galt für jede Frau, nicht speziell für eine gewisse und wirklich bezaubernde Liv. Ich bereute die Entscheidung nicht, aber ich hätte sie hinterher umbringen müssen, denn ich war alles andere als scharf darauf, hinter Gittern oder auf dem elektrischen Stuhl zu landen. Was für ein Witz. Weil ich sie gerettet hatte, hätte sie sterben müssen.

Ich ärgerte mich schon darüber, dass sie mich anstarrte, als wären mir zwei Köpfe gewachsen. Hatte sie nichts Besseres zu tun und hatte sie mir nicht selbst gesagt, sie würde all das, was geschehen war, vergessen? Leider befürchtete ich, dass sie dazu nicht in der Lage sein würde. Und dann? Ja, was dann? Dann müsste ich ihr einen Besuch abstatten, was mir verflucht leidtun würde, denn Miss Liv hatte einen echt heißen Arsch und auch der Rest war nicht zu verachten. Wäre schade drum, ihren Körper in irgendeiner Grube vergammeln zu lassen.

Kurz war mir sogar der Gedanke gekommen, mir einfach ein bisschen Spaß mit ihr zu gönnen, doch dann hatte ich mich – wenn auch widerwillig – umentschieden. Die Sache war auch so schon kompliziert genug. Mit ihr zu ficken wäre ein kurzer, wenn auch sicher lohnenswerter Zeitvertreib gewesen, zumal sie nicht wirklich abgeneigt schien, aber ich sollte sie mir lieber aus dem Kopf schlagen. Sie bedeutete Ärger und war nur eine Frau. Ich konnte beinahe jede andere haben, wenn ich das wollte. Ich musste sie so schnell wie möglich loswerden und sie gar nicht erst in die Nähe meines Schwanzes lassen. Jeder, wirklich jeder Vollidiot wusste, dass Entscheidungen, die aus dem Schwanz heraus getroffen wurden, absolut unbrauchbar waren.

Ich fuhr mir durch die Haare und strich meinen Bart glatt. Die kleine Miss Liv sollte sich einen passenden Mann suchen, der sich um ihre sexy Titten kümmerte. Doch auch der Gedanke gefiel mir nicht. Genervt schaltete ich in den ersten Gang und betätigte die Kurzwahltaste meines Handys. Das Freizeichen ertönte, bis Ben endlich abgenommen hatte.

»Was hast du Neues?«, wollte ich wissen, während ich mich in den Verkehr einfädelte, dankbar für die Ablenkung, die ein Gespräch mit meinem besten Freund mir zweifelsfrei bieten würde.

»Mann, Drake. Wo warst du? Wir waren für gestern verabredet.«

»War beschäftigt. Ist viel liegengeblieben in den letzten zwei Jahren. Hab dir eine Nachricht geschickt.«

»Hast du die Unterlagen?«

»Bin auf dem Weg.«

»Gut. Du solltest nicht zu lange warten. Ich glaube, der Auftraggeber wird sonst nervös.«

»Ich bin schon an der Sache dran. Werde mich später einarbeiten und mich dann melden. Wie ist er auf dich gekommen?«

»Keine Ahnung. Die Kommunikation ist sehr eingeschränkt. Ich kann ihn nicht erreichen, aber er mich oder eben dich. Aber, Drake, er weiß über dich Bescheid, muss also Erkundigungen eingezogen haben. Vielleicht hat dich jemand empfohlen.«

»Möglich. Ich hoffe, das werde ich noch herausfinden. Ich weiß gerne, mit wem ich es zu tun habe.«

»Er zahlt vor Erfüllung des Auftrags. Und nicht zu wenig. Wen interessiert also, wer er ist?«

»Nur deshalb bin ich zurückgekommen. Ich denke, wir werden bald mehr wissen.«

Ab und zu bereute ich die Tatsache, ihm mal von meinem Job erzählt zu haben. Natürlich keine Einzelheiten, aber selbst die kleinen Andeutungen hatten schon ausgereicht, um die Abenteuerlust in ihm zu wecken. Ben suchte immer nach Grenzen, die er überschreiten konnte. Vielleicht aus Langeweile, vielleicht aber auch, um sich selbst auf die Probe zu stellen. Sicher war ich mir nicht. Aber inzwischen arbeiteten wir oft gemeinsam, weil es vieles enorm erleichterte. Abenteuerlich war nicht das Erste, was mir zu meiner Beschäftigung einfiel, zumindest nicht im romantischen Sinne. Vielleicht eher im zerstörerischen und tödlichen. Und was das anging, war es doch immer von Vorteil, wenn man jemanden hatte, der einem den Rücken freihielt.

Es gab Menschen, die waren für diesen Job geschaffen und jederzeit darauf vorbereitet, selbst mal eine Kugel zu kassieren. Sehr wenige Menschen, eigentlich wohl nur eine Handvoll. Diejenigen, die ohne Gewissen zur Welt gekommen waren und die nicht übermäßig an ihrem eigenen Leben hingen. Oder aber diejenigen, die es immer irgendwie schafften, sich selbst aus der miesesten und verfahrensten Situation wieder herauszuwinden.

Menschen wie ich.

Menschen wie Ben.

Außerdem brauchte ich ihn nicht nur für diese Jobs, sondern auch noch für etwas ganz anderes. Ben war ein Genie in allem, was Finanzen anging. Er hatte irgendein Studium in dem Bereich mit Bestnote abgeschlossen und spekulierte für mich an der Börse. Außerdem verwaltete er mein mittlerweile ansehnliches Vermögen und die Immobilien. Ich konnte mir keinen besseren Mann für diesen Job vorstellen. Er besaß als einzige Person mein uneingeschränktes Vertrauen.

»Du hast mit dem letzten Geschäft zweihunderttausend gemacht«, sagte er jetzt. Das andere Thema war vorerst auf Eis gelegt.

»Du meinst wohl, *du* hast mich um diese Summe reicher gemacht.«

»Wie auch immer. Mein Riecher war richtig. Und es war mir wie immer ein Vergnügen. Denk schon mal dran, dich zur Ruhe zu setzen.«

»Das kann ich noch nicht.«

Nein, noch nicht. Denn ich hatte noch etwas Wichtiges zu erledigen.

Im Grunde hatte ich noch nie ernsthaft mit dem Gedanken gespielt, mich aus dem Geschäft zurückzuziehen, denn es war alles, was ich in meinem Leben hatte. Was sollte ich stattdessen anfangen? Gut, ich hätte die Möglichkeit, so ziemlich alles zu tun oder eben auch sein zu lassen, weil ich mir in den vergangenen zwölf Jahren ein dickes finanzielles Polster geschaffen hatte, auf dem es sich prima ausruhen ließ. Eigentlich hätte ich wohl bis in alle Ewigkeit an irgendeinem Strand in der Südsee hocken, die schönsten Frauen ficken und teuren Hochprozentigen in mich hineinkippen können. Aber wollte ich das? Nein, im Moment definitiv noch nicht. Diese innere Unruhe und der Nervenkitzel waren so etwas wie eine Sucht. Und eine Sucht konnte man nicht einfach so von einem Tag auf den anderen hinter sich lassen. Nur wenn ich daran dachte, das Leben irgendeines korrupten Schweins auszulöschen, das mehr Dreck am Stecken hatte als manch verurteilter Massenmörder, stieg das Adrenalin und schnellte mein Puls nach oben. So ähnlich, wie in dem Moment, wenn eine schöne Frau mir den Schwanz lutschte, nur tausendmal besser. Wenn ich jetzt darüber nachdachte, gab mir das Töten wohl doch irgendeinen Kick.

Ben räusperte sich und erinnerte mich daran, dass ich ihn immer noch in der Leitung hatte.

»Sollen wir uns treffen?«, fragte ich. »Heute Abend im Joe's? Es ist mal wieder Zeit für ein paar anständige Drinks.«

»Bin dabei.«

***

Ich setzte den Wagen zurück und lenkte ihn in die kleine Lücke, die eigentlich kein Parkplatz war. Aber es würde nicht lange dauern, höchstens ein paar Minuten. Ich stieg aus und betrat das Gebäude.

Mit dem Schlüssel, den ich in einem Kuvert an mein Postfach erhalten hatte, ging ich zu den Schließfächern und suchte nach der richtigen Nummer. Kurz sah ich mich um, erst dann steckte ich den Schlüssel ins Schloss. Es war zwar nicht sehr wahrscheinlich, dass mir jemand hierher gefolgt war, denn dieser Auftrag war brandneu, aber ich überzeugte mich lieber mit eigenen Augen davon.

Erst vor zwei Tagen hatte ich davon erfahren und war sofort von New York hierher geflogen. Wie meistens war ich auch dieses Mal per Handy kontaktiert worden, welches man mir ohne Absenderadresse zugeschickt hatte. Selbstverständlich würde ich es nur in dieser Angelegenheit verwenden. Merkwürdig erschien mir diesmal aber, dass man es vorgezogen hatte, ausschließlich per Textnachricht zu kommunizieren.

Ich zog den Pappordner aus dem schmalen Fach und warf einen schnellen Blick hinein. Fotos, Ausdrucke von E-Mails oder anderen Schriftstücken sowie ein paar Zeitungsartikel waren darin enthalten. Alles wie immer. Dann klemmte ich ihn mir unter den Arm, zog meine Kippen aus der Hosentasche und schob mir eine davon zwischen die Lippen. Als ich sie mir noch im Gebäude anzündete, hörte ich das empörte Schnaufen eines Angestellten. »Sie dürfen hier nicht rauchen.«

»Schon klar«, murmelte ich, als ich an ihm vorbeiging. Hatten diese Typen nichts Besseres zu tun?

Ich fuhr auf direktem Weg nach Hause. Der Laptop lag noch in der Küche, und sofort musste ich wieder an Liv denken, dieses süße Wesen, das nur eine kurze unbedeutende Episode gewesen war. Eigentlich nicht einmal das. Sie war nicht mehr als eine flüchtige Bekanntschaft, und wenn ich Glück hatte und sie an ihrem Leben hing, würden wir uns nie wieder über den Weg laufen.

Aus einem Grund, den ich nicht hinterfragte, fühlte sich das merkwürdig an. Vielleicht hätte ich doch eine Nummer mit ihr schieben sollen, dann müsste ich jetzt nicht mehr darüber nachgrübeln, was wäre, wenn … Aber irgendwie schien sie keine zu sein, die sich auf flüchtige Abenteuer einließ, und für tränenreiche Gefühlsausbrüche oder sonstige Komplikationen hatte ich einfach keine Zeit und ganz sicher keine Nerven. Nein, es war gut so, wie es gelaufen war, beziehungsweise, dass eben nicht das Geringste gelaufen war – abgesehen von diesem einmaligen Kuss. Dennoch, irgendwas hatte sie an sich, das mich gefesselt hatte, und diese Tatsache nervte mich gerade ganz extrem. Ich schnappte mir den Laptop und die Unterlagen, dann ging ich nach oben in mein Arbeitszimmer und verstaute die Sachen in meinem Safe. Ich war mit Ben verabredet und würde mich später ausführlich mit dieser Sache auseinandersetzen.

Als ich die Bar betrat, scannte ich die anwesenden Gäste. Eine Gewohnheit, die ich auch an einem augenscheinlich freien Abend nicht ablegen konnte. Killer hatten keinen Urlaub und die, die ihnen auf den Fersen waren, erst recht nicht.

Alles schien unauffällig und ich sah Ben vor dem Tresen sitzen.

Die Location war gut besucht, deshalb dauerte es eine Weile, bis ich mich zu ihm durchgekämpft hatte. Gekleidet in einen dunklen Anzug, grinste er mich an.

»Hast du schon bestellt?«, fragte ich nach einem knappen Gruß.

»Hab auf dich gewartet.«

Ich machte dem Barkeeper ein Zeichen und orderte zwei Drinks, dann stellte ich mich mit dem Rücken zum Tresen und sah mich weiter unter den Gästen um. Die Luft war stickig und rauchgeschwängert. Meine Nase nahm nicht nur den Geruch von Tabak auf, auch der typisch süßliche eines guten Joints drang von Zeit zu Zeit in meine Nase. Gegen einen kleinen Trip hätte ich prinzipiell auch nichts einzuwenden gehabt, aber ich hatte die Angewohnheit, niemals so viel zu trinken, dass meine Aufmerksamkeit beeinflusst wurde, und schon gar nicht dieses Zeug zu rauchen, vor allem, wenn ich gerade *aktiv* war.

Ben reichte mir Feuer, als ich mir eine Kippe zwischen die Lippen schob. Tief inhalierte ich und stieß den Rauch wieder aus.

»Dieses Wochenende finden ein paar Kämpfe statt, ich war so frei, einen beachtlichen Betrag zu setzen. Auch in deinem Namen.«

Langsam nickte ich, ohne den Blick von der Menschenmenge zu nehmen. Ben war ein Spieler, nicht nur an der Börse, auch illegale Untergrundkämpfe hatten es ihm angetan. Nicht auf die krankhafte Art, zumindest glaubte ich nicht, dass es eine Sucht für ihn war. Er hatte lediglich seinen Spaß dran und verfügte über das nötige Kleingeld. Ich redete ihm nicht rein, denn auf diese Weise war mein finanzielles Polster gut gefüllt und ich konnte die Faszination verstehen, die davon ausging. Mehr jedenfalls als die für den Aktienmarkt.

»Ich weiß nicht, ob ich hinkann«, sagte ich.

»Ist okay, ich mach das schon.«

Ja, du machst das schon, dachte ich. Du machst alles, solange du nicht dein eigenes Leben führen musst. Ich hatte keine Ahnung, welche Geister ihn antrieben, aber ich vermutete, dass sein Leben nicht immer so rosig gewesen war, wie es heute wirkte. Über seine Kindheit und Jugend sprach er nie, daher nahm ich an, dass dort der Hund begraben lag. Ich hoffte nur, dass er – im Gegensatz zu mir – einen guten Therapeuten gehabt hatte.

Ich drückte die Kippe aus, nahm direkt die nächste zwischen die Lippen und beobachtete die Leute unter verengten Lidern hervor.

Ein paar Meter von mir entfernt tanzte eine Blondine ausgelassen. Sie trug ein knappes Top und einen Rock, der eigentlich nicht als solcher bezeichnet werden konnte. Es war ein Schal an der falschen Stelle, aber mir sollte es recht sein. Meine Lippen verzogen sich zu einem Grinsen. Vielleicht war das genau das Richtige, um mich ein wenig zu entspannen und auf die Geschäfte der nächsten Tage vorzubereiten, dachte ich, während ich ihr zusah. Aber ganz sicher eine gute Möglichkeit, mir diese verdammte Liv aus dem Kopf zu schlagen. Ich schüttelte den Kopf. Wer hieß denn so? Den Namen hatte ich nie zuvor gehört, doch er passte zu ihr, auch wenn ich ihr das nie gesagt hätte. Wozu auch? Sie spielte keine Rolle mehr.

»Bin gleich zurück«, sagte ich an Ben gewandt.

»Klar.« Er grinste mich an. »Lass dir Zeit, sie ist echt heiß.«

»Willst du sie?«, fragte ich und deutete auf die Kleine.

Abwehrend hob er beide Hände. »Nee, lass mal. Ich kann mir schon selber eine klarmachen.«

Ich tippte dem Mädchen von hinten auf die Schulter. Sie wirkte auf den ersten Blick ziemlich unschuldig, trotz ihrer Kleidung, und war wirklich klein. Fast so klein wie … Ärgerlich presste ich die Lippen aufeinander, doch dann drehte sie sich um. Fragend legte sie ihren Kopf schief und lächelte mich verführerisch an. »Aber hallo. Kennen wir uns?«

Nein, sie hatte nicht das Geringste von Liv. Keine hatte das. Die Frauen, die man in so einem Schuppen rumkriegte, glichen sich wie ein Ei dem anderen. Liv war anders. Irgendwie.

»Verdammt!«, stieß ich hervor.

Erschrocken riss das Mädchen die Augen auf.

Ich grinste sie beschwichtigend an und beugte mich zu ihr hinunter. »Noch nicht, aber vielleicht sollten wir das ändern.«

»Das sollten wir auf jeden Fall«, sagte sie begeistert und legte ihre Hände auf meine Schultern, nur um sie ganz langsam in meinen Nacken wandern zu lassen. Der Geruch von Alkohol und billigem Parfum drang in meine Nase, und ich wollte sie schon von mir schieben, weil es mich mittlerweile abtörnte. Aber worüber wollte ich mich beschweren? Bisher hatte es an diesen Frauen nie das Geringste auszusetzen gegeben. Sie waren unkompliziert und machten, was man von ihnen verlangte. Tabus kannten sie nur sehr selten. War ich auf einmal wählerisch geworden und wollte meine Frauen süß und nach Wiesenblumen duftend?

Schwachsinn!

Das Unschuldig nahm ich auf jeden Fall zurück. Sie wusste sehr genau, wie so etwas lief, wurde mir klar. Aber sie sah noch nicht derart verbraucht aus wie manche von denen, die so was schon seit Jahren abzogen. Es war allerdings nur eine Frage der Zeit, bis sich ihre täglichen Besuche in den verqualmten Clubs und der viel zu hohe Konsum von Alkohol, verschiedenen Drogen und Männern in ihrem Gesicht widerspiegelte. Trotzdem, oder gerade deswegen, ließ ich sie nicht stehen. Denn wie sie sich an mich schmiegte und sich langsam an meinem härter werdenden Schwanz rieb, fühlte sich viel zu gut an.

Auf jeden Fall wusste sie, was sie tat.

Vergessen.

Nur ein wenig, denn ich hielt meine Umgebung weiterhin wachsam im Blick, als ich sie über die Tanzfläche auf die andere Seite führte. Ich besorgte ihr noch einen Drink, den sie dankbar annahm und in einer rasanten Geschwindigkeit hinunterstürzte. Wenig später steuerten wir einen dunklen Gang an, in dem bis auf eine einzige Glühbirne alle defekt waren, und betraten einen dürftig eingerichteten Raum. Ich schaltete das Licht an und sah mich um. Sollte wohl so etwas wie ein Büro sein, in dem man auch übernachten konnte. Nichts Großartiges, aber vollkommen ausreichend für unsere Zwecke. Ich war schon ein paar Mal hiergewesen, ein Tipp vom Besitzer, den ich seit Jahren kannte.

Blondie begann bereits, sich zu entkleiden. Beinahe enttäuscht sah ich ihr zu – es war zu einfach und irgendwie auch scheiße, wo war da noch der Reiz –, doch als sie mir ihre nackten Titten entgegen streckte, verzogen sich meine Lippen zu einem Grinsen und ich schlenderte auf sie zu. Offenbar wollte sie keine Zeit verlieren, denn sie machte sich bereits an meinem Gürtel zu schaffen. Ich legte eine Hand an ihren Hals, umfasste ihn und sah sie an. In ihrem Blick flackerte etwas auf. Angst? Dann fuhr ich abwärts, bis ich ihre Brüste berührte. Silikon. Was sonst!

Genießerisch schloss sie die Augen und stöhnte, als ich begann, sie zu kneten. »Hm, das fühlt sich gut an«, raunte sie, während sie an meiner Jeans einen Knopf nach dem anderen öffnete. Als sie ihre Hand in meine Hose schob, um meinen Schwanz zu umfassen, reckte sie sich mir entgegen, presste ihre Titten an meinen Oberkörper. Erregung schoss in mir hoch; ich zog sie noch näher an mich und drückte meine Lippen auf ihre. Sofort schob ich ihr meine Zunge in den Mund und genoss gleichzeitig, wie sie meine Härte bearbeitete. Sie schmeckte süß und billig, so wie die meisten, denen ich begegnete. Sie war keine Überraschung. Bei Liv war das anders gewesen …

Ich knurrte an ihren Lippen, was sie für Erregung halten musste, denn sie bearbeitete mich nun noch eifriger und stöhnte heftiger. Mit einer Hand knetete ich ihre Brust, die andere hatte ich in ihren Haaren vergraben. Ihre weiche Haut unter meinen Fingern machte mich an, und als ich an ihrem Nippel zog, keuchte sie wieder.

Kurzerhand schob ich sie auf die Knie, wogegen sie nicht das Geringste einzuwenden hatte. Im Gegenteil, ihre Augen funkelten begeistert, als sie zu mir hochsah, während ich breitbeinig und mit pochendem Schwanz über ihr stand. Eine weitere Anleitung brauchte sie nicht, denn ihre rosige Zunge fuhr erst über ihre Lippen, bis diese feucht glänzten, und dann über meine Eichel.

Ich stöhnte und schloss kurz die Augen. Nur ein wenig diese ganze Scheiße, aus der mein Leben bestand, vergessen! Dann nahm sie ihn ganz in ihren Mund und saugte und leckte, als hätte sie das schon tausende Male getan – was wahrscheinlich auch so war. Das war heiß und genau das, was ich jetzt brauchte.

Meine Hüften schoben sich nach vorn, sodass sie mich noch tiefer aufnehmen konnte. Außerdem hatte ich ihren Kopf umfasst, um den Rhythmus zu bestimmen. Ab und zu würgte sie, doch das hielt sie nicht auf. Mich erst recht nicht. Immer schneller stieß ich ihr den Schwanz in den Mund und spürte bereits, wie sich meine Eier zusammenzogen. Mein Atem wurde heftiger.

Mit festem Griff in ihre Haare riss ich ihren Kopf zurück und zog sie auf die Beine. Sie taumelte ein wenig, und ihr erschrockener

Ausdruck machte mich an. Ja, das war es! Ich hätte nichts dagegen einzuwenden gehabt, wenn sie ein wenig Gegenwehr erkennen lassen hätte, aber davon war keine Spur zu sehen. Ich drehte sie herum und schob sie zur Lehne des Sessels, der dort, völlig unpassend, mitten im Raum stand. Als sie ahnte, was ich vorhatte, entwich ihr ein begeisterter Ausruf. Mit der flachen Hand auf ihrem Rücken drückte ich sie nieder, beugte sie über die Lehne, und sie reckte mir ihren hübschen kleinen Arsch entgegen. Dann positionierte ich mich hinter ihr und rieb meinen Schwanz in ihrer Spalte. Ich versetzte ihr einen Schlag auf die Arschbacke, auf der ich sofort einen knallroten Abdruck erkennen konnte, und erntete ein Keuchen, dann schob ich mich mit einem harten Stoß tief in sie.

Ja! Das war gut. Sie war schön feucht und eng.

Sie schrie vor Lust und keuchte, keine Ahnung, ob sie das nur spielte oder ob sie tatsächlich Spaß daran hatte, dass ich sie so rücksichtslos nahm. »O ja, steck ihn tief rein.«

Ich tat ihr den Gefallen, zog mich wieder zurück und fickte sie hart und schnell. Es dauerte nicht lange und ich war so weit. Heftig zuckend entlud ich mich in ihr. Die ganze Zeit hämmerte *Liv* in meinem Kopf. Es auszusprechen, gestattete ich mir jedoch nicht. Wäre ja auch noch schöner. Der Scheiß würde bald aufhören, wenn ich genug solcher Schlampen genommen hatte.

Wenig später verstaute ich meinen Schwanz wieder in der Hose, während auch sie sich anzog. Ich hatte nicht einmal eine Ahnung, wie sie hieß, war allerdings auch nicht daran interessiert, es herauszufinden.

»Das war heiß, Baby«, gurrte sie in verführerischem Ton, der mich jedoch lediglich abtörnte. Grinsend leckte sie sich über die Lippen. Der Lippenstift war vollkommen ruiniert, selbst das schwarze Augen-Make-up war verlaufen. Ihr Gesicht glich jetzt beinahe einer verzerrten Clownsmaske.

»Wenn du Lust auf eine Wiederholung hast …« Vielsagend hob sie die Augenbrauen, suchte auf dem Schreibtisch nach einem Stück Papier und einem Stift, dann beugte sie sich darüber und streckte mir wieder ihren Arsch entgegen, während sie etwas aufschrieb.»… dann ruf mich an.«

Mit dem Zettel wedelte sie vor meinem Gesicht herum, bis ich ihn zwischen Zeige- und Mittelfinger nahm. Ich hielt ihn hoch, um zu signalisieren, dass ich verstanden hatte. Offenbar hatte sie es aber nicht verstanden, denn sie lächelte. Ich schob ihr einen Schein zwischen die Titten, gar nicht sicher, ob sie tatsächlich eine Nutte war oder das hier zum Spaß machte. Es war mir auch egal. Da sie mich jedoch zufrieden anlächelte, ging ich davon aus, richtigzuliegen.

»Bis dann, Süßer«, flötete sie und öffnete die Tür. Noch einmal leckte sie sich über die verschmierten Lippen, dann war sie verschwunden. Hoffentlich bekam ich den Lippenstift wieder von meinem Schwanz ab.

Ich verdrehte die Augen und ließ den Zettel im gleichen Moment im Papierkorb verschwinden, ohne einen Blick drauf geworfen zu haben.

5. TIME FOR REVENGE

Drake

Nachdem der Computer hochgefahren war, gab ich mein Passwort ein. Dann blätterte ich in den aktuellen Unterlagen.

Was ich zu sehen bekam, machte mich fassungslos. Wie erstarrt war ich nicht in der Lage, meinen Blick von dem Foto abzuwenden, das einen gut gekleideten Mann Ende fünfzig zeigte.

Ed Holden hieß der Glückliche, dessen Lebensuhr seit heute an Tempo zugelegt hatte. Aufregung ergriff mich und ein befriedigendes Gefühl, weil nun endlich eintreten würde, worauf ich seit Jahren gewartet hatte. Der Name war mir ein Begriff. Selbstverständlich war er das. In seinen Kreisen war er bekannt wie ein bunter Hund und ebenso gefürchtet, erst recht in seinem Hoheitsgebiet hier in Miami. Ich hatte gewartet, immer mit der Gewissheit, dass der Moment irgendwann kommen würde. Ich brauchte lediglich Geduld, aber genau das war lange mein Problem gewesen. Am liebsten hätte ich den Mann damals sofort umgelegt, doch das hatte ich nicht riskieren können, da ich ihn in dem Glauben lassen musste, ich wäre umgekommen. Zwar nahm ich an, dass er diesbezüglich immer Zweifel gehegt hatte, da meine Leiche nie aufgetaucht war, doch solange es kein Lebenszeichen von mir gab, war auch das Gegenteil nicht bestätigt. Also brauchte ich nur zu warten, bis entweder Ruhe eingekehrt und ich nicht länger für ihn interessant war oder ein anderer auftauchte, der sich mindestens so sehr wie ich wünschte, dass Holden von dieser Welt verschwand. Die meisten besaßen nicht die Eier, es auch tatsächlich zu versuchen, doch mein Gefühl hatte mich nicht getrogen. Heute hatte ich die Belohnung für meine Geduld erhalten. Ich würde mich persönlich um das Ableben dieses elenden Hundes kümmern. Das war besser als alles, was ich mir vorgestellt hatte.

Egal, was man plante, Drogen- oder Waffenschmuggel, Prostitution, Geldwäsche, man musste an Holden vorbei. Es gab niemanden, der ihn nicht kannte … und fürchtete. Würde ganz schön Aufsehen erregen, wenn der Mann auf einmal von der Bildfläche verschwand und erst bei einer Beerdigung als Hauptakteur wieder auftauchte. Für ein paar Wochen würde alles drunter und drüber gehen und mein Auftraggeber diese Möglichkeit nutzen, um sich selbst ins Gespräch zu bringen und alles, was Holden vorher gehört hatte, an sich zu reißen. Das stand selbstverständlich nicht in den Unterlagen, aber ich wusste, wie so etwas ablief. Ich hatte es dutzende Male erlebt. Es ging immer um Geld, das Einzige, was sich änderte, war die Summe, die man dafür zu zahlen bereit war. Und die Summe, um die es hier ging, war unfassbar hoch.

Unsere letzte Begegnung lag ein paar Jahre zurück, und auch wenn ich nicht alles verfolgt hatte, was er in der Zwischenzeit getan hatte, ganz aus den Augen verloren hatte ich ihn nie. Es war so sicher gewesen wie das Amen in der Kirche, dass der Tag für ein letztes Wiedersehen einmal kommen würde.

Jetzt war es also wirklich so weit.

Die aufgeregte Freude und den wieder aufkeimenden Wunsch nach Rache konnte ich kaum unterdrücken.

Meine Suche auf Google gab keine besonderen Neuigkeiten her. Eigentlich hatte ich auch nicht damit gerechnet, aber ich trug gewöhnlich jede noch so unscheinbar wirkende Information zusammen und entwickelte dann meinen Plan. Was auf den ersten Blick unwichtig erschien, konnte für die Entscheidungen, die ich traf, ausschlaggebend sein. Sterben würde er auf jeden Fall, es kam nur darauf an, wann und wie, aber wirklich niemals auf das *Ob*! Dies war eine unumstößliche Tatsache.

Nacheinander hängte ich die Unterlagen an die Magnettafel, die eine komplette Wand des Arbeitszimmers ausmachte. Würde sich jemand Zugang zu diesem Raum verschaffen, hätte er alle nötigen Beweise, um mir das Genick zu brechen. Doch nach jedem Fall verschwanden die Sachen wieder und die Wand war weiß und unschuldig wie das Höschen einer Jungfrau. Genau so, als wäre nie etwas geschehen. Auf einen neuen Mordauftrag wartend. So war es damals gewesen, bevor ich aus Miami verschwunden war, und so würde ich es nach meiner Rückkehr weiterhin halten.

Schließlich trat ich ein paar Schritte zurück und setzte mich auf die Tischplatte. Mit vor der Brust verschränkten Armen, die Hand nachdenklich unter mein Kinn gelegt, nahm ich jede noch so kleine Information in mich auf. Holdens Gewohnheiten, die Menschen, mit denen er sich umgab, seine Lieblingsrestaurants, sein Fuhrpark und das Detail, dass zwei von seinen fünf Autos kugelsicher waren.

Er umgab sich mit verschiedenen Frauen, keine blieb länger. Darauf brauchte ich also keine Aufmerksamkeit verschwenden. Sie waren nicht mehr als ein kleines Spielzeug für ihn.

Aber es gab einen Sohn in meinem Alter, den er offenbar in die Firmengeschäfte eingeführt hatte. Natürlich – jemand musste sein Erbe ja irgendwann einmal antreten. Ein schweres Erbe. Ein wenig wunderte ich mich, dass ich den Auftrag erhalten hatte, nur den alten Holden zu killen, jedoch nicht Nick, seinen Jungen. Aber wahrscheinlich war das nur eine Frage der Zeit und erledigte sich eventuell auch von alleine. Er schien die rechte Hand seines Vaters zu sein und saß selbst bei *Familienfesten*, die immer im Gastraum seines Restaurants stattfanden, an Holdens Seite. Zwei weitere Männer waren ebenfalls nie weit entfernt. Seine Leibwächter. Offenbar genauso wie … »Scheiße!«, rief ich. Ich runzelte die Stirn und trat näher an das Bild, das meine Aufmerksamkeit erregt hatte. Auf einmal schien sich der Raum zu drehen. Das Blut pumpte schneller durch meine Adern, sodass ich es in meinen Ohren rauschen hörte. Es kam mir vor, als würde die Zeit stillstehen, und zum ersten Mal seit sehr langer Zeit hatte ich das sichere Gefühl, einen großen Fehler begangen zu haben.

Was hatte das zu bedeuten? Konnte das tatsächlich …? »So eine verdammt verfickte Scheiße!«

Ruckartig riss ich die Kopie eines Zeitungsartikels von der Wand, sodass der Magnet dumpf auf dem Boden aufprallte. Es bestand immerhin die Möglichkeit, dass ich mich geirrt hatte. Ich *musste* mich geirrt haben. Das Foto war von schlechter Qualität und sehr verpixelt. Die Frau, die neben Holden saß und verhalten lächelte, konnte jede sein, ich wusste jedoch, dass er eine Tochter hatte und für eine Freundin war sie selbst für Holdens Verhältnisse zu jung. Aber verflucht noch mal, warum sah sie dann wie eine jüngere Version von Liv aus? Und wieso war ich mir absolut sicher, dass sie es war?

Ich musste mich irren, weil die Kleine sowieso ständig in meinem Kopf herumschwirrte. Solche Zufälle gab es nicht.

Es dauerte ein paar Minuten, bis ich genauere Informationen hatte. Die ganze Zeit verfluchte ich mich für meine Arroganz, Liv nicht nach ihrem Familiennamen gefragt zu haben, doch es war sowieso nicht sehr wahrscheinlich, dass sie mir die Wahrheit gesagt hätte.

Das Foto war wirklich nicht sehr aussagekräftig, und ich sah noch einmal alle Daten und Familienangaben durch. Da stand es. Liv Holden, Tochter seiner zweiten Frau Angela Holden, die vor fast zwanzig Jahren von einer Krankheit dahingerafft worden war. Jede Wette, dass dieser Drecksack sie gekillt hatte, genau wie die Frau davor, Nicks Mutter. Allerdings war in den Unterlagen immer nur davon die Rede, dass sie spurlos verschwunden war. Es war auch egal, denn sie spielte keine Rolle mehr. Liv Holden allerdings schon. Sie spielte sogar eine sehr große Rolle, und es konnte gut sein, dass sie gerade dabei war, mir ein richtig dickes Geschäft, aber vor allem meine Rache zu vermasseln. Und das war alles andere als witzig! Das konnte ich nicht zulassen. Das war kein Zufall – die Kleine hatte mich verarscht.

Langsam bückte ich mich und hob den Magneten auf, dann hängte ich das Bild wieder zu den anderen. Die Ordnung war zumindest augenscheinlich wiederhergestellt, doch mein halb fertiger Plan drohte gerade zu scheitern. Mit beiden Händen stützte ich mich an der magnetischen Glasplatte ab und mahlte mit dem Kiefer, dass meine Zähne knirschten. Minutenlang starrte ich auf das Bild, bis ich eine Entscheidung getroffen hatte.

Liv hatte gesagt, sie sei erst gestern wieder nach Miami gekommen und niemand wisse von ihrer Ankunft. Das konnte natürlich eine Lüge gewesen sein, wie alles völliger Mist gewesen sein könnte, was sie mir erzählt hatte. Was war mit den Jungen, von denen ich einen abgeknallt hatte? Waren sie Teil eines Plans gewesen? Hatte sie mich mit ihnen auf sich aufmerksam machen wollen und dafür sogar ein Todesopfer in Kauf genommen? Holden hätte ich das ohne zu zögern zugetraut, aber dazu gehörte eine Menge Abgebrühtheit, und ich konnte nicht glauben, dass Liv so war. Die Gewalt, die sie ihr angetan hatten, war keine Einbildung gewesen, und die Angst, die ich in ihren Augen gesehen hatte, echt. Ich hatte sogar den erbärmlichen Schwanz des Kerls gesehen, bevor er ins Gras gebissen hatte.

Das war ernst gewesen!

War es doch, oder?

Hatte sie mich auch da verarscht?

Heftig, wie nach einem intensiven Lauf, atmete ich aus und ein, immer wieder, aus und ein.

Ich konnte nicht glauben, dass sie mich tatsächlich so hatte täuschen können. Aber warum, verdammt noch mal? Was hatte sie von mir gewollt?

Als ich aus dem Fenster sah, wurde es mir schlagartig bewusst. Ich hatte sie in mein Haus gebracht, und sie hatte sich nicht besonders dagegen gewehrt. Zwar waren ihre Augen verbunden, doch hier drin hatte ich sie sich frei bewegen lassen. Sie war in der Lage, eine erstklassige Beschreibung abzuliefern. Zusammen mit der geschätzten Fahrtzeit und der Umgebung, die von hier aus ersichtlich war, verfügte sie über Informationen, die mich zu Fall bringen konnten. Wenn sie nicht sogar mit einem Peilsender ausgestattet gewesen war. Sie wusste, wo ich wohnte. Sie wusste, was ich jahrelang geheim gehalten hatte.

»Scheiße!«, sagte ich wieder, weil mir nichts anderes einfiel. Wutentbrannt wirbelte ich herum und schlug mit der Faust auf die Magnetwand, die ein Knirschen von sich gab. Ich hatte mich von dem Mädchen hereinlegen lassen. Ich hatte einen Riesenfehler begangen, wie es nicht mal ein Anfänger getan hätte.

Ich musste das Miststück finden – und dann Gnade ihr Gott.

6. TOO MUCH, TOO CLOSE

Liv

Mit hochrotem Kopf verließ ich das Hotel gegenüber von Julies Apartment. Die vorbeieilenden Passanten beachteten mich gar nicht, obwohl ich das Gefühl hatte, jeder müsste mir ansehen, dass ich gerade achtkantig hier rausgeflogen war. Natürlich hatte ich schon damit gerechnet, dass ich auffliegen würde, wenn ich keine gedeckte Kreditkarte vorlegen konnte.

Nun war ich des Hauses verwiesen worden und man hatte mir auch gleich zu verstehen gegeben, dass ich es bei anderen Häusern ihrer Kette erst gar nicht zu versuchen brauchte. Das hatte ich auch ganz sicher nicht vor, denn diese Peinlichkeit reichte mir vorerst vollkommen aus. Ich hatte meine Uhr als Pfand dagelassen, das einzig Wertvolle, was ich noch bei mir getragen hatte.

Unschlüssig, wohin ich jetzt gehen sollte, zerbrach ich mir den Kopf darüber, welche Wahl mir überhaupt noch blieb. Wenn doch nur das Geld aus den Inventarverkäufen endlich auf dem Konto eingehen würde. Mit dem Mann bei der Bank konnte man sicher reden, er kannte mich und meinen Vater, obwohl ich mir nicht sicher war, ob er sich noch an mich erinnern würde. Letztendlich blieb mir wohl nichts anderes, als nach Hause zu gehen. Was spielte es schon für eine Rolle? Ich würde ein Donnerwetter erleben, weil ich bei dem Restaurant versagt hatte, aber ich hoffte, dass er sich schnell wieder beruhigte und mir bald verzieh. Mein Versuch, das Unvermeidliche hinauszuzögern, war bisher ein völliger Reinfall gewesen.

Na ja, und schließlich musste ich ihm wohl auch beichten, dass ich den Nachmietern die ganze Einrichtung zu einem Spottpreis überlassen hatte. Aber ich war, ehrlich gesagt, froh gewesen, dass sich überhaupt ein Käufer dafür gefunden hatte, lange sah es nämlich nicht danach aus. Warum Dad das Restaurant in einem anderen Bundesstaat unbedingt halten wollte, verstand ich weiterhin nicht.

Er behauptete immer, sich im ganzen Land etablieren zu wollen. Aber, bitte, in Phoenix, Arizona?

Genervt seufzte ich. Eigentlich hatte ich mir noch ein paar freie Tage gönnen wollen, aber ohne Geld konnte ich das vergessen. Und ohne Julie sowieso.

Den Hals reckend hielt ich Ausschau nach einem Taxi. Ich würde also wirklich heimfahren. Lange hatte ich mit der Entscheidung zu kämpfen gehabt und mich dagegen gesträubt, doch als ich mich jetzt dazu durchrang, merkte ich, wie mich Erleichterung durchfloss. Ein geregeltes Leben war ja auch nicht schlecht.

Früher oder später musste ich mich sowieso dem stellen, was ich von meinem Vater erwarten durfte. Aber ich würde mich nicht seinen Wünschen fügen. Das hatte ich viel zu lange getan. Jetzt war es an der Zeit, meine Träume und Vorstellungen vom Leben durchzusetzen und den Beruf zu ergreifen, der mir am Herzen lag. Wenn ich nur die geringste Ahnung davon gehabt hätte, wie dieser Job aussehen sollte.

Vielleicht würde er auch Verständnis haben und mich unterstützen, wenn ich ihm nur klarmachen konnte, was es mir bedeutete, ein selbstbestimmtes Leben zu führen. Möglicherweise war das alles aber auch nur eine schöne Vorstellung.

Trotzdem war ich froh, dass ich diese Entscheidung jetzt gefällt hatte und nach Hause gehen würde. Und ich freute mich sogar ein wenig darauf. Er war schließlich mein Vater und wollte sicher, dass ich glücklich war. Warum brachte ich es dann nicht fertig, mir ein Taxi zu rufen, und stand hier wie bestellt und nicht abgeholt auf dem Bürgersteig?

Ich nahm die Tasche in die andere Hand, als ich bemerkte, dass ein Wagen neben mir hielt. Die Tür öffnete sich und ein Mann stieg aus. Erschrocken riss ich die Augen auf, erst recht, als ich seinen ganz und gar nicht erfreuten Gesichtsausdruck sah. Aus irgendeinem Grund war Drake verdammt wütend auf mich.

Automatisch wich ich ein paar Schritte zurück. Ziemlich unsanft griff er nach meinem Arm und zog mich hinter sich her bis zum Auto. »Hey, was soll denn das?«, protestierte ich.

»Steig ein!«, blaffte er und ich tat, was er verlangte.

Nachdem er mich beinahe auf den Beifahrersitz geschubst hatte, weil es ihm offenbar nicht schnell genug ging, war ich mir allerdings nicht mehr so sicher, ob es eine gute Idee war, ihm widerspruchslos zu gehorchen. Ein merkwürdiges Gefühl in meiner Magengrube warnte mich, lieber den Mund zu halten. Ich konnte nicht abschätzen, wie er reagierte, wenn er wütend war. Und wütend war er zweifelsfrei, denn als er neben mir auf dem Fahrersitz Platz nahm, breitete sich diese Stimmung sofort im Wagen aus und legte sich in Form einer Gänsehaut auf meinen gesamten Körper. Außerdem registrierte ich den Abdruck der Waffe unter seinem dunklen Jackett, als er sich vorbeugte. Ich wusste sehr genau, dass dieser Mann gefährlich war und ich mir genau überlegen musste, was ich zu ihm sagte. Dass er mich geküsst hatte, bedeutete rein gar nichts. Vermutlich würde er nicht zögern, mir ein Messer zwischen die Rippen zu stoßen, wenn er der Meinung war, es sei notwendig.

Nur – was hatte seine Stimmung mit mir zu tun? Gerade wollte ich ihn das fragen, weil meine Neugier mich trotz allem nicht in Ruhe ließ, und holte schon tief Luft, da wandte er sich mir zu.

»Ich will kein Wort hören. Kein verschissenes Wort, hast du das verstanden, du Miststück?«

Meine Augen fielen mir beinahe aus dem Kopf.

»Du wirst noch bereuen, dass du versucht hast, mich zu verarschen.« Darauf fuhr er mit quietschenden Reifen los, sodass ich in den Sitz gepresst wurde. Für einen Moment hatte ich große Probleme zu atmen, was allerdings auch mit der plötzlich aufwallenden Todesangst zusammenhängen konnte. Und die war nie angebrachter gewesen als jetzt, in der Nähe eines kaltblütigen Mörders.

Dieses Mal hatte er mir nicht die Augen verbunden. Zwar ließen wir das Zentrum hinter uns und passierten einige kleine Vororte, doch ich glaubte, das war nicht die Strecke, die wir vorletzte Nacht zu seinem Anwesen genommen hatten, sie führte stattdessen in die entgegengesetzte Richtung.

Bereits seit einigen Minuten brannte mir die Frage auf der Seele, was eigentlich genau mit ihm los war, und ich zerbrach mir den

Kopf darüber. Wieso warf er mir vor, ich hätte ihn verarscht? Hatte er herausgefunden, dass Julie gar nicht da war und sich stattdessen im Urlaub befand? Wenn ja, dann war seine Reaktion trotzdem ein wenig übertrieben.

Ich entschied mich für ein etwas unverfänglicheres Thema, um mich heranzutasten. Was war ich nur für ein Feigling. »Wo wollen wir eigentlich hin?«, fragte ich betont locker.

Als ich schon dachte, er hätte mich gar nicht gehört, gab er auf einmal ein verächtliches Schnaufen von sich. Ich biss mir auf die Unterlippe. Na gut, ich würde also nichts erfahren.

»Wieso bist du so sauer auf mich?«, wagte ich mich vorsichtig vor.

Er stieß einen Fluch aus, der mir rote Ohren bescherte, und ich war ganz bestimmt nicht zimperlich. »Hab ich dir nicht gesagt, du sollst dein verfluchtes Maul halten?«

»Nicht genau in diesen Worten, aber …« Ich hob die Schultern.

Er schnaufte wieder.

Aus den Augenwinkeln warf ich ihm einen vorsichtigen Blick zu und registrierte erstaunt, dass sich so etwas wie Belustigung in seiner Miene widerspiegelte, jedoch nur flüchtig, dann kehrte die Wut zurück. Vielleicht hatte ich mir das aber auch nur eingebildet.

»Du bist verdammt mutig, Liv.«

»Ach ja? Finde ich eigentlich nicht.«

»Glaub mir. Mancher würde sich eher die Zunge abbeißen, als eine dicke Lippe zu riskieren. Offenbar verspürst du so etwas wie Todessehnsucht.«

»Also eigentlich hänge ich an meinem Leben. Auch wenn es nicht immer so verläuft, wie ich es mir wünsche, bin ich im Großen und Ganzen ziemlich zufrieden. Zumindest werde ich es bald sein, wenn einige Dinge geklärt sind.« Ich schüttelte den Kopf. Was redete ich denn da für einen Blödsinn?

Sein Lachen wirkte trocken und kein bisschen amüsiert. Ja, ich hatte mir diesen Gesichtsausdruck eben nur eingebildet. Er war kein Mann, der sich über irgendwas amüsierte.

»Dann solltest du das hier gut im Gedächtnis behalten. So glücklich wirst du garantiert so schnell nicht wieder. Dafür werde ich persönlich sorgen.«

Ich schluckte. »Was willst du damit sagen?«

Er warf mir einen kalten Blick zu. »Was mich richtig ankotzt, ist, dass ihr tatsächlich glaubt, ich wäre blöd genug, auf dieses dilettantische Theater hereinzufallen. Glaubst du etwa, du hast es mit einem verschissenen Anfänger zu tun? Warst du nicht dabei, als ich den Jungen abgeknallt habe?«

Ich verstand immer weniger von dem, was er sagte.

»Doch, ich … natürlich war ich dabei«, flüsterte ich.

»Der Typ bedeutete mir nichts, und es war mir egal, dass er auf dem Asphalt seinen letzten Atemzug ausgehaucht hat, während ihm noch der Schwanz aus der Hose hing. Ich hätte auch die anderen drei kaltmachen können, ist dir das klar?«

Mit erhobenen Augenbrauen sah er mich an.

»Es macht keinen Unterschied für mich, ob ich einen Typen abknalle oder vier, verstehst du?«

»Äh …«

»Das ist alles, was dir dazu einfällt? Es hätte ja auch dich treffen können, Süße. Und noch habe ich mich nicht entschieden, ob es nicht genau so kommen wird.«

»Mich?«, fragte ich und mir wurde noch viel kälter. »Aber ich wollte ja gar nicht, dass er stirbt.«

»Davon gehe ich aus. Aber du hast es riskiert. Ohne dass dich die Konsequenzen interessierten.«

»Was?«, fragte ich. Allmählich wurde ich wütend. »*Ich* habe es riskiert? Und was denn überhaupt für Konsequenzen? Hab ich die Typen etwa dazu eingeladen, über mich herzufallen? Steht auf meiner Stirn: Nimm dir, was du brauchst, aber auf eigene Gefahr? Bin ich etwa Freiwild, nur weil ich Brüste habe? Es hätte jede sein können, ich bin gar nichts Besonderes, aber nein, ich war diejenige, die zur falschen Zeit am falschen Ort war. Also bitte, sag mir noch einmal ganz genau, womit *ich* riskiert habe, dass einer von ihnen sein Leben verliert!« Wütend funkelte ich ihn mit vor der Brust verschränkten Armen an. Keine Ahnung, ob ich ihn damit abwehren wollte oder es meinen überkochenden Emotionen zu verdanken war, die ich unter Kontrolle zu halten versuchte. Fakt war allerdings, dass ich verdammt sauer auf den Kerl neben mir war. Viel mehr regte mich jedoch auf, dass er nichts erwiderte. Er tat, als hätte ich gar nichts gesagt, blickte nur weiterhin mit diesem düsteren Gesichtsausdruck auf die Straße vor uns und ignorierte mich völlig.

Mir platzte die Hutschnur. »Lass mich jetzt sofort aussteigen!«

»Im Leben nicht«, stieß er nicht im Mindesten beeindruckt hervor.

»Du lässt mich jetzt hier raus. Sofort! Das ist Kidnapping, was du hier tust.«

»Damit kann ich leben.«

»Schön für dich, aber ich kann damit ganz und gar nicht leben.«

Nach einer Weile drosselte die Geschwindigkeit, um auf die US-41 abzubiegen. Ich ergriff, ohne auch nur eine Sekunde darüber nachzudenken, die Gelegenheit, riss kurz vor der Kurve die Tür auf und ließ mich rausfallen. Schmerzhaft landete ich auf der Seite, und für einen kurzen Augenblick blieb mir die Luft weg. Dann rollte ich einen Abhang hinunter. Büsche und Sträucher zerkratzten mir die Arme und das Gesicht, und Blätter blieben in meinen Haaren hängen, aber ich beachtete das alles nicht weiter. Ächzend rappelte ich mich auf und schüttelte die kurzzeitige Benommenheit ab. Meine Knie schrabbten über den steinigen Boden, Kiesel drückten sich in meine Handflächen. Dann rannte ich los. Ich hatte keine Ahnung, wohin ich lief, ich wollte einfach nur weg. Weg von diesem Wahnsinnigen, der Frauen offenbar für willenlose Geschöpfe hielt und nach Belieben mit einer Waffe herumfuchtelte.

Immer wieder peitschten mir Äste ins Gesicht und gegen den Körper. Wir befanden uns in den Everglades, ich musste wegen der Sümpfe aufmerksam sein. Wenn er mich erwischte, konnte er mich ja einfach gleich hier ertränken oder den Alligatoren zum Fraß vorwerfen.

Ich wollte mich umdrehen, um zu sehen, ob er mir folgte, doch so hätte ich wertvolle Sekunden verloren. Also rannte ich immer weiter, in der Hoffnung, er wäre von meiner Aktion derart überrumpelt, dass er nicht sofort darauf reagierte.

Meine Lunge schmerzte und ich keuchte vor Anstrengung. Schweiß lief über mein Gesicht und mein Kopf fühlte sich an, als würde er jeden Moment platzen. Die heiße Sonne Floridas brannte erbarmungslos auf mich nieder, trotzdem ließ ich nicht an Geschwindigkeit nach. Das regelmäßige Laufen, mit dem ich mich fit hielt, machte sich jetzt bezahlt.

Plötzlich spürte ich einen Schlag im Rücken. Mein Oberkörper brannte und ich verlor die Kontrolle. Mit einem lauten Ächzen und um Atem ringend fiel ich nach vorne. Es war zwecklos, mich aufrappeln zu wollen, denn ein massives Gewicht drückte mich zu Boden. Außerdem bekam ich kaum noch Luft. Trotzdem zappelte ich, so sehr ich konnte, in der Hoffnung, ihn irgendwie von mir werfen zu können. Immerhin konnte ich mich nicht so einfach ergeben. Mir war vollkommen bewusst, dass es um mein Leben ging.

»Gib auf, kleine Kämpferin. Du hast nicht die geringste Chance«, raunte Drake mir ins Ohr. Er war nicht mal außer Atem.

»Runter von mir. Du hast kein Recht, mich festzuhalten.«

»Ich werde mit dir machen, worauf ich Lust habe«, sagte er amüsiert.

»Geh. Von. Mir. Runter!«, zischte ich und stemmte mich nach oben, was mit Sicherheit dafür sorgte, dass mein Kopf knallrot anlief, ansonsten aber rein gar nichts nützte. Er bewegte sich nicht von der Stelle.

»Bedaure, das kann ich leider nicht tun.« Seine Stimme klang nicht mehr ärgerlich, sondern beinahe sanft … zärtlich … was sich ganz nah an meinem Ohr erst recht gefährlich anhörte.

Wieder versuchte ich, ihn von mir zu drücken. Vergeblich. Er griff in meine Haare und zog meinen Kopf ein paar Zentimeter in die Höhe.

»Aua, du tust mir weh. Lass mich los!«, protestierte ich atemlos, obwohl es eigentlich nicht sonderlich schmerzhaft war. Aber er hatte mich vollkommen unter Kontrolle. Vom Gewicht seines Körpers auf den Boden gedrückt und mit dem festen Griff in meinem Haar, war ich nicht in der Lage, mehr als den kleinen Finger zu bewegen.

»Wehr dich nicht länger. Es ist zwecklos. Du bist mir vollkommen ausgeliefert.«

Seiner Nähe und seinem harten, stählernen Körper auf meinem war ich mir vollkommen bewusst. Vor allem, weil ich etwas verdächtig Hartes spürte, das sich gegen meinen Po drückte. Soweit ich mich erinnerte, trug er die Knarre jedoch in einem Halfter am Oberkörper. Was ich spürte, war keine Waffe, zumindest nicht im herkömmlichen Sinne. Der kranke Typ hatte Spaß an dem Ganzen. Es machte ihn an, mich so wehrlos unter sich zu haben.

Ich hielt ganz still, mein Atem ging heftig und ich verspürte Angst genauso wie Erregung. Ich fröstelte, obwohl ich gleichzeitig wie ein Schwein schwitzte.

»Ist dir klar, dass ich dir antun könnte, wonach immer mir ist, und du könntest rein gar nichts dagegen tun?«

Jeder Zentimeter meines Körpers war angespannt und schien um seine Aufmerksamkeit zu betteln. Als ich mich noch einmal – sehr halbherzig diesmal – nach oben stemmte, bewegte sich mein Hintern wie von alleine an seinem Unterleib. Sofort schämte ich mich. Gott, das durfte doch alles nicht wahr sein. »Bitte«, sagte ich mit zitternder Stimme.

Auch sein Körper war angespannt. Er hielt ganz still, und Schweigen breitete sich aus. Ich war davon überzeugt, er müsste meinen heftigen Herzschlag hören.

»Worum bittest du mich jetzt?«, wollte er mit seiner unsagbar tiefen Stimme wissen. Er ließ meine Haare los und strich sie mir hinter die Schulter. Sein Gesicht war direkt neben meinem, und wenn er sprach, spürte ich seinen Atem auf meiner Wange und das Kitzeln seiner Barthaare.

Abrupt stieß ich den Atem aus.

Zu nah! Er war mir viel zu nah! Auf diese Weise konnte ich nicht mehr denken, denn überall war nur noch er. Ich spürte ihn an jedem Zentimeter meines Körpers, überall dort, wo wir uns berührten, aber auch dort, wo ich ihn mit Sicherheit niemals hinlassen würde. Seine Nähe war verstörend erregend. Ihn zu riechen machte alles noch viel schlimmer, denn er roch einmalig gut. Sein Atem strich so verführerisch über meine Haut, sein Schwanz presste sich an meinen Po. Das war verrückt und heiß, aber vor allem war es verflixt beängstigend und absolut inakzeptabel. Trotzdem wollte ich mich am liebsten gegen ihn drängen.

Den rauen Boden unter mir spürte ich noch deutlicher, als sich meine Nippel nun verhärteten und sich von dort aus ein heißes

Prickeln in meinem gesamten Körper ausbreitete. Meine Hüftknochen wurden schmerzhaft auf die Erde gepresst, sodass ich als Souvenir dieses Ausflugs sicher Hämatome davontragen würde. Aber der süße Schmerz zwischen meinen Schenkeln, heiß und pochend, trat auf einmal in den Vordergrund und waberte durch meine Adern, um sich von dort in jeden noch so abgelegenen Bereich meines Körpers vorzuarbeiten. Süß und schmerzhaft, wie passend für diese unpassende Situation. Ich wand mich und wollte, dass er wegging. Gleichzeitig wollte ich ihn spüren, wollte, dass er mich weiterhin so sinnlich berührte und mit diesem Tonfall zu mir sprach. Ich wollte ihn in meiner Nähe, ihn riechen, sein Gewicht auf mir fühlen und am Klang seiner Stimme hören, dass er mich begehrte, so wie eben.

Ich spürte, wie er seine Lippen auf meinen Hals legte und die verschwitzte Haut hinabfuhr, bis zum Übergang zu meiner Schulter. Sein Bart kitzelte mich und ließ mich erschauern. Wie musste es sich erst anfühlen, wenn er damit über die Innenseiten meiner Schenkel strich? Mühsam schluckte ich. Mein Mund war ausgetrocknet. Gott, hatte ich je einen erotischeren Moment erlebt? Zitternd holte ich Luft, während mir Tränen zwischen den Lidern hervorquollen. Das alles war viel zu viel für mich. Herrgott, was passierte hier nur? Warum konnte ich weder denken noch richtig und falsch auseinanderhalten? Ich befand mich mitten in einem Albtraum.

Drake war noch lange nicht fertig mit mir, und ich konnte mich nicht mehr wehren. Meine Kraft war erschöpft, ich war verwirrt und müde. Der Dreck klebte an meiner schwitzigen Haut, was ihn nicht im Geringsten zu stören schien, vielleicht gefiel ihm das sogar. Er biss leicht in meinen Nacken, während er wieder über meine Haare strich, die Finger dann darin vergrub und zugriff. Dabei ignorierte ich das Ziehen an meiner Kopfhaut. Die andere Hand schob sich am Rücken unter meine Bluse und legte sich auf meine Rippen, die sich immer noch heftig hoben und senkten.

Wie konnte sich etwas so Verbotenes derart fantastisch anfühlen?, fragte ich mich und schloss die Augen.

Seine Fingerspitzen tasteten sich quälend langsam an meiner Seite entlang bis zum unteren Rand meines BHs. Kaum merklich verringerte er den Druck, und wie von selbst nahm mein Körper sein

Angebot an, indem ich den Oberkörper leicht anhob. Seine Hände fuhren nach vorne und legten sich auf meine Brust. Wieder erschauerte ich und presste die Lider fest zusammen. Das Feuer zwischen meinen Beinen loderte heftiger.

Ich wollte, dass er aufhörte, aber ich wollte auch, dass er weitermachte. Es fühlte sich überwältigend an, doch ich schob das auf das Adrenalin, das meine Flucht hervorgerufen hatte. Geschlagen ließ ich meinen Kopf sinken. Grashalme stachen in meine Lippen, der Boden war warm.

Das hier geschah nicht wirklich, weil ich solche Dinge einfach nicht erlebte. Wie war dieser Kerl überhaupt in mein Leben gelangt und, noch viel wichtiger, wie würde ich es hinbekommen, dass er ganz schnell wieder daraus verschwand?

Verzweifelt schniefte ich und war selbst erschrocken von dem schmerzerfüllten Klang. Drake hielt in seinen Bewegungen inne und verspannte sich am ganzen Körper. Lautlos ließ er seinen Atem entweichen und zog seine Hand unter meinem Oberteil hervor. Plötzlich war das Gewicht auf mir verschwunden und mit ihm die Wärme und das betörende Gefühl, das von seiner Nähe ausgelöst worden war. Ich konnte wieder atmen, doch die Angst blieb.

Mühsam richtete ich mich auf, bis ich kniete, drehte mich herum und saß nun auf meinem Hintern im Dreck. Nicht gerade eine viel bessere Position, doch zumindest hatte ich ihn jetzt im Blickfeld, als ich meinen Kopf hob.

Breitbeinig, seine dunkle Hose war mindestens so schmutzig, wie ich mich fühlte, starrte er mit grimmiger Miene auf mich herunter. Nichts war mehr von dem Mann zu erkennen, der mich noch vor wenigen Sekunden so verführerisch berührt hatte.

Wütend strich ich mir ein paar Strähnen aus dem Gesicht und funkelte ihn an. »Du verdammtes Arschloch«, schrie ich ihn an. »Was stimmt nicht mit dir?«

»Viel interessanter finde ich die Frage, was mit dir nicht stimmt«, stieß er zwischen zusammengebissenen Zähnen hervor.

»Mit mir?« Ich sprang auf die Beine und baute mich vor ihm auf, was nicht den gewünschten Effekt erzeugte, weil er mich um einen Kopf überragte. »Mir mir und meinem Leben ist alles vollkommen in Ordnung. Zumindest war es das, bevor du mir über den Weg gelaufen bist.«

Schnaufend verdrehte er die Augen. »Das hatten wir doch schon, also erspare mir dieses langweilige Gequatsche.«

»Fein! Dann setz dich doch einfach in deinen beschissenen Wagen und mach, dass du verschwindest. Gute Nachricht, Drake: Du brauchst mich nie wieder zu sehen.«

»Hast du gerade *fein* gesagt?« Er prustete los.

»Was ist daran so witzig?«, fauchte ich.

»Gar nichts. Ich finde es … fein.« Wieder lachte er.

»Idiot!« Ich quetschte mich an ihm vorbei und stapfte den Weg entlang, den ich gekommen war. Zumindest war da eine Straße und ich hoffte, dass mich irgendein Auto mitnehmen würde, sobald ich sie erreicht hätte. Dass es so einfach aber nicht werden konnte, hätte mir eigentlich klar sein müssen. Nach ein paar Sekunden hörte ich, dass er hinter mir ging. Ich beschloss jedoch, ihn weitestgehend zu ignorieren.

Leider war das nur möglich, bis wir wieder bei seinem Auto angekommen waren. Meine Tasche lag darin und ich hatte vor, sie mitzunehmen. Meine Papiere waren darin, mein Pass und der Führerschein, außerdem das Handy.

»Gib mir meine Sachen und dann bin ich weg«, sagte ich schnippisch mit vor der Brust verschränkten Armen. Krampfhaft wich ich seinem Blick aus. Ich traute mir selbst nicht und schon gar nicht den Emotionen, die er in mir weckte. Das Vernünftigste, was ich tun konnte, war, ihm ganz schnell zu entkommen.

Lachend entriegelte er das Auto. Dann öffnete er die Beifahrertür und forderte mich mit einer Kopfbewegung auf, einzusteigen.

Genervt rollte ich mit den Augen. Ich dachte gar nicht daran.

»Rein da!« Sein Tonfall duldete keinen Widerspruch.

»Vergiss es!«

»Entweder du machst das jetzt freiwillig oder ich werde nachhelfen.« Seine Augen fixierten meine. »Miss Liv Holden.«

Ein paar Minuten später saß ich tatsächlich wieder neben ihm und zerbrach mir den Kopf darüber, woher er meinen vollen Namen wusste. Er hatte mich damit überrumpelt, sodass ich mich beinahe widerstandslos in den Wagen hatte schubsen lassen. Doch ich schwieg und grübelte, ob ich ihm gesagt hatte, wie mein Nachname lautete.

»War wohl nicht beabsichtigt, dass ich dich so schnell entlarve, oder?«

Gelassen hob ich die Schultern. »Wenn's dich glücklich macht. Hab nichts zu verbergen.«

Das brachte ihm zum Lachen. »Ja, klar. Genau wie dein verfickter Vater und seine Hampelmänner ganz sicher nichts zu verbergen haben.«

»Was hat denn mein Vater damit zu tun? Und nenn ihn nicht so.«

»Das sollte gerade nicht dein größtes Problem sein. Ich glaube, dir ist der Ernst der Lage nicht bewusst.«

»Und wie ernst ist es?«, fragte ich schnaubend. »Woher kennst du überhaupt meinen Vater? Gehst du in seinem Restaurant essen?«

Drake schüttelte den Kopf und stöhnte genervt. »Ich glaub einfach nicht, dass ich mir das antun muss.«

»Musst du nicht, du hättest mich auch einfach gehen lassen oder, noch besser, mich gar nicht erst in dein Auto schleifen können.«

»Baby, ich kann dich nicht gehen lassen. Nicht, bevor die Sache erledigt ist.«

»Welche Sache denn, zum Teufel?«

Er löste seinen Blick von der Fahrbahn und wandte sich mir zu. »Ich rede davon, dass ich deinen Vater umlegen werde.«

7. NEVER TRUST THE MAFIA PRINCESS

Drake

Zugegeben, ihre Reaktion fiel anders aus als gedacht. Ich hatte damit gerechnet, dass sie sich herausreden oder zumindest die Ahnungslose spielen würde. Ich hätte mir auch vorstellen können, dass sie tobte und noch einmal versuchen würde, aus dem Auto zu springen. Genau darauf hatte ich mich eingestellt und war ihr in Gedanken ein weiteres Mal hinterhergejagt.

Aber nichts von alledem passierte. Da waren keine scheinheiligen Ausflüchte oder an den Haaren herbeigezogene Lügen, denn sie gab mir erst gar keine Gelegenheit für Anschuldigungen. Mit dem Schweigen, das jetzt bereits seit mehreren Minuten anhielt, konnte ich wenig anfangen.

Sie war ruhig und schien tief in Gedanken versunken zu sein. Ich konnte förmlich sehen, wie es hinter ihrer Stirn arbeitete. Vielleicht dachte sie darüber nach, wie ich dahintergekommen war, aber bitte, für wie unfähig hielt sie mich denn? Jeder Stümper wäre ihr bereits nach fünf Minuten auf die Schliche gekommen, und mit den Fotos und ihrem Namen hatte ich jeden Beweis, den ich brauchte, um mir ganz sicher zu sein. Sie hatte versucht, mich reinzulegen. Damit würde ich sie nicht durchkommen lassen, und das musste ihr klar sein.

Wütend schlug ich mit der Hand auf das Lenkrad. Sie zuckte zusammen, sagte jedoch nichts. Was sollte ich nur mit ihr machen?

Längst hatte ich nicht mehr mit einer Antwort gerechnet, da hörte ich plötzlich ihre leise Stimme: »Was wirst du mit mir tun?«

Aus dem Augenwinkel sah ich, wie sie mich anstarrte, doch ich gab vor, es nicht zu bemerken. Irgendwas machte ihre Frage mit mir, sie kratzte damit an meinem Schutzpanzer, der sonst immer funktionierte. Warum nicht heute und warum ausgerechnet nicht bei ihr? Sie war so süß, so ahnungslos und zog mich beinahe magisch an. Verdammter Dreck! Als hätte ich nicht genug Probleme. Aber davon durfte ich mich nicht täuschen lassen, und süß war nichts, was mich interessierte. Süß war was für Bankangestellte und Sachbearbeiter. Süß! Wieso kannte ich diesen Begriff überhaupt? War mir schon jemals etwas begegnet, was die Bezeichnung süß verdiente? Bei mir konnte sie damit nicht landen, falls sie das mit ihrer Frage beabsichtigt hatte. Außerdem hing sie vielleicht viel tiefer in der ganzen Sache drin, als ich ahnte. Zumindest vertraute ihr Vater seiner Tochter genug, um sie als Köder einzusetzen. Ich konnte ihr absolut nicht trauen, und das sollte ich keine Sekunde vergessen.

»Du willst wissen, ob ich dir etwas antue?« Ich gab vor, intensiv darüber nachzudenken. Warum hatte sie nicht gefragt, ob ich plante, sie ebenfalls umzubringen, so wie ich es mit ihrem Vater tun würde? Doch sofort wurde mir klar, dass es weitaus schlimmere Dinge gab als den Tod. Ich hatte gesehen, was man mit Menschen machen konnte, um sie zu zerstören, lange bevor sie tatsächlich tot waren. Die meisten hatten darum gebettelt, dass man ihrem qualvollen Dasein endlich ein Ende bereitete. Das Ende war für sie die Erlösung gewesen. O ja, es gab so viel Schlimmeres. Doch was wusste sie davon?

Ihre Antwort bestand aus einem Nicken.

»Ich weiß noch nicht, was ich mit dir mache, aber du kannst dich schon mal darauf einstellen, viel Zeit mit mir zu verbringen.«

Wieder nickte sie, was mich irritierte. Plante sie irgendeinen Blödsinn?

Die Hütte kam in Sicht, in der ich sie für die nächsten Tage unterbringen und ihr ein paar spezielle Fragen stellen würde. Ich fuhr halb um das Haus herum und parkte den Wagen im Schatten einiger Palmen.

»Weißt du«, sagte ich, »es hängt von der Art ab, wie du kooperierst, ob du aus der Sache lebend wieder rauskommst. Verstehst du das?«

Da sie wieder nur nickte, machte ich mir allmählich ernsthaft Sorgen um sie. Was war auf einmal los mit ihr? Sie war doch sonst so furchtlos gewesen. Hatte sie, jetzt wo es ernst wurde, weil ich hinter ihr Geheimnis gekommen war, auf einmal die Hose voll? So was wie ein Schock vielleicht?

»Dein Tod ist zunächst einmal nicht Bestandteil meines Jobs«, klärte ich sie auf.

Sie riss die Augen auf und starrte mich entgeistert an. Na, endlich konnte ich ihr eine Reaktion entlocken.

»Dein Job?«

»Hör auf, dich blöd zu stellen.«

Sie zuckte zusammen und schwieg eine Weile. »Das beantwortet meine Frage aber nicht«, stieß sie hervor.

»Komm«, blaffte ich und stieg aus.

Sie war aus dem Auto geklettert, bevor ich um den Wagen herumgekommen war, und folgte mir zum Haus.

Lange war ich nicht hiergewesen, und genau so sah es auch aus. Fast war ich über den Anblick des einst schönen Wochenendhauses erschrocken. Die Vernachlässigung der letzten Jahre hatte ihm nicht gutgetan. Das Holz war verwittert und hätte längst einen neuen Anstrich nötig gehabt. Überall blätterte die weiße Farbe ab, es wirkte insgesamt ungepflegt. Auf den ersten Blick schien zumindest das Dach noch in Ordnung, ich konnte keine fehlenden Ziegel entdecken, weshalb es wohl wenigstens nicht reinregnen würde.

Überall wuchs Unkraut und wir mussten uns den Weg zum Eingang durch hüfthohes Gestrüpp bahnen. Ich wusste, wir würden hier zunächst sicher sein, viel sicherer als in meiner Villa, die zwar mit allen verzichtbaren und unverzichtbaren Schikanen ausgestattet war, aber nun leider unter Holdens Beobachtung stand. Solange ich nichts Genaues wusste über das, was der Mann plante, nachdem er nun wusste, dass ich lebte und in der Stadt war, würde ich nicht dorthin zurückkehren. Ich musste – verdammt noch mal – nachdenken, was aber mit dieser Frau in meiner Nähe alles andere als einfach war.

Vielleicht hatte sie irgendwas in meinem Haus angestellt, eine Kamera oder ein Abhörgerät versteckt. Auf die Schnelle war mir zwar nichts aufgefallen, aber das hieß nichts. Diese kleinen Geräte waren mit bloßem Auge beinahe nicht zu erkennen, und natürlich hatte ich nicht darauf geachtet. Wer würde das schon? Immerhin hatte es bisher keinen Grund gegeben, so etwas zu vermuten.

Erneut stieg Wut in mir auf, weil ich sie in mein Haus gebracht hatte, um ihr Schutz zu bieten. Diese Schlampe hatte das schamlos ausgenutzt und mich damit in eine Falle gelockt. Weil der Ärger darüber erneut in mir hochstieg, zog ich sie rüde durch die Tür und schob sie zu einem Platz auf der Sitzbank in der Küche. Mit einem Keuchen ließ sie sich darauf nieder. Ich warf ihr einen tödlichen Blick zu, weil mich das Geräusch beinahe hart werden ließ. Dann ging ich zur Spüle und drehte den Hahn auf. Das Wasser lief einige Minuten, bevor ich ein Glas drunterstellte und es ihr reichte, sobald es voll war. Das Gleiche tat ich auch für mich. Als ich sie dabei beobachtete, wie sie es beinahe in einem Zug leerte, bemerkte ich zum ersten Mal die unzähligen Kratzer und blutigen Stellen auf ihren Armen und Beinen. In ihrem wild vom Kopf abstehenden Haar hatten sich Blätter verfangen. Unter ihren Augen lagen dunkle Schatten, die sie müde und erschöpft wirken ließen, trotzdem leuchteten ihre Wangen rot. Sie stellte das Glas ab und wischte sich über den Mund, meinem Blick wich sie aus.

Langsam ging ich zu ihr und hob mit dem Zeigefinger ihr Kinn an. Auf ihrer Wange prangte ein blutiger Kratzer und auch auf ihren Lippen war getrocknetes Blut. Ich ließ den Daumen darübergleiten, was ihr unangenehm zu sein schien, da sie ein paar Mal blinzelte. Sie wollte den Kopf wegdrehen, doch das ließ ich nicht zu. »Versuch nicht, vor mir zu fliehen. Das wird dir nicht gelingen.«

Jetzt hatte ich ihre volle Aufmerksamkeit, und auch das Feuer war in ihre Augen zurückgekehrt. Viel besser. Ich wollte sie gar nicht brechen, denn sie gefiel mir weitaus mehr, wenn sie sich kämpferisch gab. Obwohl das hier kein Spiel war, genoss ich die Duelle, die wir uns lieferten, viel zu sehr.

»Du willst mir Angst machen, habe ich recht?«, fragte sie verächtlich. »Nur zu, das schaffst du nicht. Wenn du mich töten willst, tust du es sowieso, ob ich dich anflehe, mich zu verschonen, oder es bleiben lasse. Also lasse ich es bleiben.«

Meine Lippen verzogen sich zu einem schmalen Lächeln. Ich beugte mich zu ihr hinunter und flüsterte ihr ins Ohr. »Jetzt auf einmal so mutig, kleine Kämpferin? Aber du hast recht, wenn ich dich töten will, tue ich es, ganz egal, was du versuchst. Wir könnten das alles hier auch abkürzen, wenn du mir einfach die Wahrheit sagst. Vielleicht stimmt mich das sogar ein wenig milder. Also: Woher habt ihr die Information, dass ich zurück bin? Und was wisst ihr darüber, was ich plane?«

Ihr Kopf ruckte hoch. Sie schluckte. »Was? Ich wusste gar nichts.«

»Lüg mich nicht an!« Immer noch hatte ich ihr Kinn umfasst und verstärkte den Griff, sodass sie ihr Gesicht vor Schmerzen verzog.

»Ich habe keine Ahnung, wovon du sprichst, ganz egal, wie oft du mich fragst.«

»Du bist erst an dem Abend in Miami gelandet, wo warst du vorher?«

»Ich war in Phoenix und habe dort ein Restaurant meines Vaters geleitet. Ihn habe ich lange nicht gesehen. Aber ich wüsste nicht, was dich das angeht«, sagte sie trotzig.

»Ich glaub dir nicht.«

»Ach nee, jetzt bin ich aber überrascht.«

»Wann hast du zum letzten Mal mit ihm gesprochen?«

Sie hob die Schultern und überlegte. »Weiß nicht, vor vier Wochen, glaube ich. Könnten aber auch drei oder fünf gewesen sein.«

»Und was sagte er?«

»Ich kann mir nicht vorstellen, dass dich unser Familienkram wirklich interessiert.«

»Verdammt richtig, eure Familienangelegenheiten interessieren mich einen Scheiß. Was hat er dir über *mich* erzählt? Was weiß er von mir?«

»Es tut mir sehr leid, Drake, ich kann dir leider nicht weiterhelfen. Über dich hat er kein Wort verloren. Ich kann mir vorstellen, wie hart das ist, vor allem, weil ich weiß, dass du so gerne im Mittelpunkt stehst«, sagte sie in einem übertrieben verständnisvollen Ton und grinste sogar, sodass ich erneut Wut aufsteigen spürte. Davon durfte ich mich aber nicht beeinflussen lassen.

»Erzähl mir trotzdem, worum es bei dem Telefonat ging.«

Sie stöhnte und ich umfasste ihr Kinn wieder heftiger – als Warnung.

»Au! Ich bat ihn, das Restaurant schließen zu dürfen. Wir schrieben rote Zahlen, es rentierte sich nicht.« Sie hob die Schultern. »Er hat es nicht erlaubt.«

»Aber du bist hier.«

»Ja.« Sie seufzte. »Weil ich es trotzdem gemacht habe. Aber davon hat er noch keine Ahnung. Ich hab auf eigene Faust das Restaurant verkauft. Drake, ich habe wirklich keinen Plan, wovon du die ganze Zeit sprichst, und was mein Vater getan haben soll, dass er es verdient hat zu sterben. Und das gefällt mir nebenbei bemerkt überhaupt nicht.«

»Darauf kann ich leider keine Rücksicht nehmen, Liv.«

»Aber warum?«, fragte sie mit glitzernden Augen. Waren das Tränen? Ich stöhnte innerlich auf.

»Was meinst du mit warum?«

Sie schniefte. »Bitte lass … lass mich gehen.«

Langsam schüttelte ich den Kopf. »Vergiss es!«

»Warum willst du das tun? Ich meine, wieso willst du meinen Vater töten? Was hat er so Schlimmes getan, dass er den Tod verdient? Und vor allem, wer will ihn sterben sehen?«

Ich ließ ihr Kinn los und trat einen Schritt zurück. »Verdammt noch mal«, fluchte ich und stieß die Fäuste in die Taschen meiner Jeans. »Was sollen diese beschissenen Fragen? Wieso sollte ich es dir erzählen? Damit du als Nächstes zu deinem Alten rennst, um es ihm brühwarm zu servieren? Das alles geht dich nicht das Geringste an. Und jetzt komm mit!«

»Falls dir das kurzzeitig entfallen sein sollte, weise ich dich gerne darauf hin, dass ich es, selbst wenn ich es wollte, meinem Vater nicht erzählen könnte, weil du Arsch mich hier gefangen hältst.«

Sie war sauer, wenn nicht sogar verdammt wütend. Ich antwortete ihr nicht und wandte mich zum Gehen.

Ohne darauf zu achten, ob sie mir folgte, stieg ich die Treppe nach oben. Zögernd kam sie mir hinterher. An der Badezimmertür wartete ich auf sie und schob diese dann auf, damit sie hineingehen konnte. Aus dem Schrank zog ich ein flauschiges Handtuch und reichte es ihr.

»Wasch dir den Dreck ab, danach reden wir weiter.«

Wenn ich gedacht hatte, sie wäre mir dankbar für diese Geste, so hatte ich mich getäuscht. Schnaufend entriss sie mir das Handtuch und bedeutete mir mit einer Kopfbewegung, den Raum zu verlassen.

Und ich ging, weil sie meine Nerven stark strapaziert hatte und weil sie durch das kleine Fenster niemals entkommen könnte. Aber vor allem ging ich, weil der Anblick ihres nackten Körpers mich zu sehr von meiner Aufgabe abgelenkt hätte. Warum hatte ich Idiot mir vor nicht einmal zehn Minuten noch gewünscht, sie wäre ein wenig kämpferischer?

Warum war ich eigentlich so geladen? Natürlich hatte sie etwas dagegen, dass ich ihrem Dad das Licht ausblies. Alles andere hätte mich gewundert. Das ganze Problem war allerdings: Was sollte ich jetzt mit ihr anfangen? Irgendwie fühlte es sich verflucht merkwürdig an, in ihrer Gegenwart Mordpläne zu schmieden, die mit Holden zusammenhingen, auch wenn er all das verdient hatte, was ihm nun bevorstand.

Wenn sie wirklich keine Ahnung von alledem hatte, war nur nachvollziehbar, dass sie gerade die Hölle durchlebte. Vielleicht hatten sie, wenn auch kein enges, zumindest ein gutes Verhältnis. Daddy und seine kleine Tochter.

Ich hatte keine Ahnung davon, wie es war, überhaupt einen Daddy zu haben, wusste nicht mal, wer mein eigener gewesen war und ob er noch lebte oder womöglich längst ins Gras gebissen hatte. Es machte für mich auch keinen Unterschied. Ehrlich gesagt, zweifelte ich sogar daran, dass meine Mutter mit Sicherheit hätte sagen können, wer es gewesen war. Als Nutte hatte sie sich täglich von unzähligen Kerlen ficken lassen, da konnte man schon mal den Überblick verlieren. Außerdem war es im Grunde völlig irrelevant, denn es hätte mich sehr gewundert, wenn der Mann Interesse an einem mit einer Prostituierten gezeugten Kind gehabt hätte. Das gehörte zu den Dingen, die man lieber unter den Tisch fallen ließ. Immerhin war ich nicht mal meiner Mutter so wichtig gewesen, dass sie ihr Leben nach meiner Geburt in irgendeiner Art und Weise geändert hätte. Als kleiner Junge hatte ich mir häufig einen wichtigen und einflussreichen Mann als meinen Vater ausgemalt. Vielleicht ein Politiker oder der Vorstand einer großen Firma. Mit seiner Bilderbuchfamilie – zwei Jungen, ein Mädchen – bewohnte er in meiner Vorstellung eine Villa in einem hübschen Vorort und hätte mich natürlich nie in seine Idylle aufnehmen können. Ich wusste immer, ich würde es irgendwann selbst in die Hand nehmen müssen, mich aus dem Dreck zu kämpfen, um ein ähnlich erfolgreicher Mann zu werden, wie es mein Erzeuger womöglich war. Mir vorzustellen, mein Vater sei ein vorbildlicher Bürger, war immer noch besser gewesen, als ihn mir als drogensüchtigen Abschaum zusammenzufantasieren.

Na ja, trotzdem waren im Laufe der Jahre noch ein paar andere Ideen darüber dazugekommen, wer mein Vater sein könnte. Diese Spinnereien waren eine gute Möglichkeit gewesen, mir die Zeit zu vertreiben, in der ich nicht in unsere schäbige Wohnung durfte, weil meine Mutter wieder irgendeinen Kerl dahatte.

Mittlerweile glaubte ich, dass mein Dad wohl viel eher ein kriminelles Arschloch sein musste, das meiner Mom nicht mal die Nummer bezahlt, sondern ihr im Anschluss an den Volltreffer seines Spermas noch die Fresse poliert hatte, damit sie ihre Klappe hielt und ihn nicht bei ihrem Zuhälter wegen des Gratisficks verpfiff. Zumindest wäre das eine Erklärung dafür gewesen, dass aus mir das geworden war, was ich heute war: Ein gewissenloses Schwein, das für genügend Geld wahllos Menschen abknallte. Ein schwarzer Fleck der Gesellschaft.

Zwanzig Minuten später kam sie wieder herunter. Für meinen Geschmack deutlich zu früh. Ich musste nachdenken und das konnte ich nicht, wenn sie mich die ganze Zeit wütend anfunkelte, während sie in einer knappen Shorts und einem Top vor mir herumtanzte. Ihre Haare hingen in nassen Strähnen ihren Rücken herunter und hinterließen nasse Stellen auf dem Stoff ihres Oberteils. Zwei große Flecken wirkten fast durchsichtig und ließen den BH durchschimmern. Ich fragte mich, ob sie keine Ahnung hatte, wie scharf sie in diesem Aufzug wirkte, und wollte eine Bemerkung fallen lassen, doch dann ließ ich es bleiben. Es hatte keinen Sinn, wenn ich eh nicht plante, dass zwischen uns was lief.

Zwar hatte die Dusche das Blut weggewaschen und ihre Haut glänzte rosig, doch die diversen großen und kleinen Kratzer waren weiterhin zu erkennen.

Ich zog die Schublade hinter mir auf und kramte eine Weile darin herum, bis ich gefunden hatte, wonach ich suchte. Stirnrunzelnd las ich die Aufschrift auf der Tube und nickte zufrieden. Abgelaufen seit einem halben Jahr, das ging noch und würde wohl kaum etwas ausmachen. Dann bedeutete ich ihr mit einer Kopfbewegung, zu mir zu kommen, und drückte sie wieder auf die Sitzbank. Ich bestrich nacheinander die verletzten Hautstellen mit der Salbe; sie hielt ganz still und beobachtete mich dabei. Das Schweigen zwischen uns war keinesfalls leise, es fühlte sich merkwürdig an. Ich konnte sie beinahe denken hören und wollte sie auffordern, damit aufzuhören. Dann wurde mir jedoch bewusst, wie irre sich das anhören würde, und ich bearbeitete die nächste Wunde ruppiger als beabsichtigt.

Offenbar tat ich ihr weh, denn sie zuckte zusammen, sagte jedoch keinen Ton.

»Du wirst wahrscheinlich keine Narben davontragen, aber es hat dich ganz schön erwischt«, sagte ich und betrachtete eine Wunde, die mehr wie ein Schnitt als ein Kratzer aussah. Vielleicht hätte sie genäht werden sollen.

Sie hob nur gleichgültig die Schultern. »Und wenn schon, ich bin ja selbst schuld, oder?«

»Allerdings. War eine beschissene Idee, zu glauben, du könntest mir entkommen.«

»Es hätte klappen können.« Aufmerksam verfolgte sie die Bewegungen meiner Hand. Glaubte sie, dass ich ihr mit der Tube die Kehle durchschneiden würde?

Ich kniff die Augen zusammen. »Nein. Ich hätte nicht aufgehört nach dir zu suchen. Und glaub mir, ich hätte dich gefunden.«

Sie schnaubte verächtlich und lachte. Irritiert runzelte ich die Stirn. »Was ist so witzig?«

»Na ja, ich frage mich, was es für einen Sinn ergibt, dass du mich mühevoll verarztest und dir Gedanken darüber machst, ob Narben zurückbleiben. Ich schätze, dass das keine besonders große Rolle mehr spielt, wenn du mir eine Kugel in den Kopf gejagt hast. Die kleinen Kratzer werden dann nicht mehr besonders ins Gewicht fallen.«

Wie recht sie hatte. Allerdings war ich mir ja noch gar nicht sicher, was ich mit ihr anfangen sollte. Heute zumindest wollte ich sie noch am Leben lassen. Wer weiß, vielleicht würde ich doch noch ein paar interessante Dinge erfahren.

Jetzt brachte sie mich mit ihren Äußerungen allerdings zum Grinsen. Allein dafür verdiente sie meinen Respekt. Es gehörte schon einiges dazu, nicht zu wissen, ob sein Gegenüber einen umbringen wollte, und trotzdem noch so etwas wie Humor an den Tag zu legen.

Sie seufzte, als ich nicht antwortete. »Zumindest werde ich meinem Schöpfer dann in einem vorzeigbaren Zustand gegenübertreten … abgesehen von dem Loch im Kopf natürlich. Vielleicht könntest du es mit irgendwas abdecken, einem Pflaster oder so. Wenn Ellen das sieht, ist sie …«

Ich umschloss ihren Hals, und sie sah zu mir hoch. »Vielleicht«, überlegte ich, »bist du verrückter, als ich dachte. Du solltest jetzt lieber still sein, wenn du willst, dass wir hier möglichst schnell fertig sind.«

Sie hob gleichmütig die Schultern. »Wusste nicht, dass du es eilig hast. Ich hab nämlich nichts mehr vor heute.«

»Ich habe kein Interesse daran, dich zu quälen. Wie ich schon sagte, weiß ich noch nicht, was ich mit dir machen werde, aber wenn du verletzt bist, versorgen wir deine Wunden. Fertig. Ich bin kein so abgefuckter Dreckskerl, wie du vielleicht glaubst, und plane nicht, dich zu foltern.«

Irritiert schüttelte sie den Kopf.

»Was?«, fragte ich.

»Das … ich verstehe das nicht. Das ist zu hoch für mich. Ganz ehrlich! Deine Fürsorge – erst das mit der Dusche und jetzt schmierst du Salbe auf meine Kratzer – das verwirrt mich. Wenn du dich die ganze Zeit wie ein Arschloch aufführen würdest, wäre es leichter für mich.«

»Du willst, dass ich mich wie ein Arschloch aufführe?«, fragte ich ungläubig.

»Nein! Ja … na ja, ich weiß auch nicht.«

»Mach dir mal keine Sorgen, dazu kommt es schon noch.«

»Das ist es ja«, rief sie. »So etwas verwirrt mich. Wie kann eine Person so gegensätzlich sein?«

»Zerbrich dir nicht deinen hübschen Kopf. Das hat überhaupt nichts zu bedeuten.«

»Ja«, sagte sie niedergeschlagen, und ich fragte mich, was das schon wieder zu bedeuten hatte.

Irgendwie wollte ich noch etwas Versöhnliches sagen. »Also … du kannst dir absolut sicher sein, dass ich dich nicht unnötig leiden lassen werde, wenn ich keine andere Möglichkeit sehe, als dir das Leben zu nehmen. Es wird ganz schnell gehen.«

Ungläubig starrte sie mich an, dann schüttelte sie langsam den Kopf und wich für die nächsten Minuten meinem Blick aus. Ich widmete mich wieder ihren Kratzern und Schürfwunden. Zumindest versuchte ich es, denn sie zappelte ständig auf ihrem Stuhl herum.

»Liv, halt still!«, sagte ich.

Überrascht hob sie den Kopf. »Irgendwie ist es merkwürdig, wenn du meinen Namen sagst.«

»Warum?« Ich bereute schon, gefragt zu haben. Eigentlich wollte ich es gar nicht wissen.

»Keine Ahnung, es fühlt sich verkehrt an … so … intim.«

Verzweifelt stöhnte ich. »Schweig jetzt einfach.«

»Es regt dich furchtbar auf, mich hier zu haben, stimmt's?«, wollte sie wissen und sah mich neugierig mit diesen schönen Augen an.

Ich ließ von ihr ab und legte die Tube auf den Tisch. Ohne zu antworten, ging ich zur Spüle und wusch mir die Hände.

»Sag schon! Du hasst es, oder?«

Ruckartig drehte ich mich wieder zu ihr um. »Natürlich hasse ich es. Ich hasse, dass du nicht still sein kannst und dass du in dem Ding vor mir rumtanzt.« Mit kreisendem Zeigefinger deutete ich auf ihr Oberteil, was sie die Brauen runzeln und an sich herabsehen ließ. Dann stand sie auf und kam einen Schritt auf mich zu.

»Ding? Ich verstehe nicht, was du meinst.«

Am liebsten hätte ich sie geschüttelt, stattdessen hob ich abwehrend die Arme. »Ich werde es dir ein einziges Mal erklären. Ich habe nicht viel zu verlieren und das, was man mir nehmen könnte, ist mir nicht wichtig genug, um mein Verhalten dafür zu ändern. Ich hänge ausschließlich an meinem Leben, und selbst da bin ich nicht sonderlich konsequent. Was ich sagen will, ist, dass ich niemals etwas bereue. Niemals! Ganz im Gegensatz zu dir wahrscheinlich. Also wenn du nicht willst, dass ich dich hier und jetzt auf diesem Tisch ficke …« Mit dem Kopf deutete ich auf den Esstisch. »… dann halt jetzt einfach deine Klappe und zieh dir was Anständiges an.«

Vor Überraschung stand ihr der Mund auf. Leider nur kurz. »Ach, du willst mich ficken? Und du willst auch meinen Dad töten? In welcher Reihenfolge, wenn ich fragen darf? Gibt es da eine, die dir den besonderen Kick gibt? Und nachdem du mich gefickt hast, willst du mich dann auch töten? Sozusagen als krönenden Abschluss? Oder währenddessen? Vielleicht sogar vorher? Das macht dich an, oder? Du bist so ein perverses Arschloch, das scharf wird bei dem Gedanken, seine Sex-Gespielin kaltzumachen.«

Lässig hob ich die Schultern. Sie wollte mich provozieren, allerdings war mir nicht ganz klar, wohin das führen sollte. »Nein, nichts davon. Meine Vorlieben sind nicht halb so ungewöhnlich, wie du denkst. Aber dich zu berühren fühlt sich nicht schlecht an. Wir könnten viel Spaß miteinander haben, Liv. Wenn du es nicht darauf angelegt hast, solltest du nicht in diesem Aufzug vor mir rumlaufen. Nur eine kleine Empfehlung.«

»Was?«, rief sie empört. »Du rettest mich vor den miesen Vergewaltigern, nur um dann selber über mich herzufallen? Was bist du für ein Mensch?«

»Mach dich nicht lächerlich.« Ich trat näher und fuhr mit dem Zeigefinger am Ausschnitt ihres Tops entlang. Ihre Haut war so weich und zart und ich wusste haargenau, wie wahnsinnig gut sich ihre Brüste in meinen Händen anfühlen würden. »Ich brauche keine Gewalt anzuwenden. Ich kann riechen, wie feucht du bist. Und das, obwohl du ganz genau weißt, dass du es mit einem Killer zu tun hast. Meine Warnung ist nett gemeint, mehr nicht.«

»Du bist abartig«, fauchte sie. »Deine Warnung ist lächerlich und überflüssig.« Lachend schüttelte sie den Kopf. »Und wenn du der letzte Mann auf der Welt wärst, würde ich eher da unten verstauben wollen, als dich auch nur in meine Nähe zu lassen.«

»Wir wissen beide, dass du lügst. Aber das ist okay. Irgendwann wird es so weit sein. Vorfreude und so … du weißt schon.«

»Mir fällt alles Mögliche im Zusammenhang mit dir ein. Ganz sicher auch Vorfreude. Allerdings eher darauf, dass sie dich kriegen und du bis in alle Ewigkeit hinter Gittern schmorst.«

»Dazu wird es nicht kommen.«

»Wie kannst du dir da so sicher sein? Du wirst nicht ewig damit durchkommen.« Ihre Schultern sanken kaum merklich nach unten, doch ihr Rücken blieb gerade. Sie wollte nicht, dass ich ihren Stimmungsumschwung bemerkte. Doch Pech gehabt, mir entging nichts.

»Ich werde vielleicht nicht ewig damit durchkommen, aber noch läuft es gut für mich, auch wenn ich dank dir ein wenig umdisponieren muss.«

»Sag mir, warum du meinen Vater umbringen willst«, sagte sie leise, plötzlich wieder die kleine ängstliche Liv, die sie so oft mit aller Macht verstecken wollte.

Ihre Frage klang diesmal so ehrlich und unverfälscht, dass ich auf einmal das seltsame Gefühl hatte, doch auf dem Holzweg zu sein. Konnte das alles nur Zufall gewesen sein? Sie, zur falschen Zeit am falschen Ort, und ich, genau in dem Augenblick ebenfalls dort, um ihr zu helfen?

Wieder zwang ich sie mit der Hand um ihr Kinn, mich anzusehen, forschte in ihren braunen Augen nach dem kleinsten Anzeichen einer Lüge. »Du hast wirklich keine Ahnung, oder?«

Langsam, soweit mein fester Griff das zuließ, schüttelte sie den Kopf.

Ich fluchte. »Du weißt nicht, was dein Vater tut?«

»Er hat diese Restaurants … aber ich habe mir schon gedacht, dass er mit den Einnahmen meine Schulausbildung oder unser Haus nicht bezahlen könnte. Ich denke, er macht irgendwas mit Immobilien. Etwas in der Art, oder?« Sie wirkte unsicher – und da hatte ich Gewissheit.

Scheiße! Ich war auf der falschen Fährte. Das Mädchen hatte nicht die geringste Ahnung, und diese Tatsache verursachte mir gerade eine Gänsehaut.

Holden war schlau gewesen und hatte sie aus dem Weg geschafft, indem er sie weit weg von zu Hause auf Privatschulen geschickt hatte und sie ein Restaurant in der Walachei führen ließ. Sie sollte von seinen Geschäften nichts mitbekommen.

»Süße«, sagte ich leise und legte den Kopf schief. Mir war zum Kotzen zumute. »Ich sage dir das jetzt nur, damit du ein wenig besser nachvollziehen kannst, warum Holden verdient hat, was ihm blüht. Dein alter Herr hat grob geschätzt siebzig Prozent aller Verbrechen der letzten zwanzig Jahre in Florida zu verantworten. Drogen, Korruption, Frauenhandel und was weiß ich noch alles. Die Liste ist unendlich. Es ist ein offenes Geheimnis, dass er bei beinahe allem seine Hände im Spiel hat, und ich kann nicht glauben, dass du nichts davon mitbekommen hast.«

»Du lügst«, sagte sie atemlos.

Bedauernd schüttelte ich den Kopf. »Ich kann dich nicht zwingen, mir zu glauben, aber es ist die Wahrheit. Dein Vater ist nicht besser als ich. Ganz sicher sogar noch schlimmer.«

Sie sprang auf und funkelte mich an. Die Kämpferin war zurück. »Hör sofort auf damit! Es mag sein, dass das Verhältnis zwischen ihm und mir nicht immer das beste war, aber er würde so etwas nicht tun. Du bist ein Lügner und ein Mörder. Ich hasse dich.«

Sie rannte aus dem Haus, und ich sah ihr hinterher. Ich machte mir keine Sorgen darüber, dass sie wieder versuchen könnte, zu fliehen. Im Umkreis von mehreren Meilen war nichts und niemand, der ihr weiterhelfen konnte. Aber ich würde sie auch noch einmal suchen und verfolgen, fast freute ich mich sogar darauf. Doch jetzt war ich erst mal allein, konnte endlich wieder richtig atmen.

8. UGLY TRUTH

Liv

Wütend, verwirrt und enttäuscht saß ich auf der kleinen Holztreppe hinter dem Haus. Ich hatte es nur bis zur Terrasse geschafft und mich dann erschöpft auf die Stufen fallen lassen, um in die Natur zu starren. Die Sonne brannte unbarmherzig vom Himmel. Zu all den Verletzungen würde ich nun auch noch einen Sonnenbrand bekommen, doch das war mir gerade völlig egal. Wenn meine Stunden gezählt waren, brauchte ich mir über Hautkrebs ohnehin keine Gedanken mehr zu machen.

Ich war mir absolut sicher, dass er log. Mein Vater hatte die Dinge, die Drake ihm unterstellte, nicht getan. Vielleicht hatte er das eine oder andere illegale Geschäft laufen und führte das Restaurant nur zum Schein, aber ganz sicher war er kein Mörder. Herrgott noch mal, er war mein Vater, den ich zwar nie als besonders fürsorglich oder liebevoll kennengelernt hatte, doch ganz sicher hatte er niemanden umgebracht oder Frauen etwas Übles angetan. Er liebte mich und er liebte Nick.

Nick! Ich würde ihn fragen, und er würde mir bestätigen, dass nichts an Drakes Anschuldigungen dran war. Vielleicht war jemand eifersüchtig oder wollte sich für ein vermasseltes Geschäft rächen, sodass Drake ihn aus dem Weg räumen sollte, doch was es auch immer war, nichts rechtfertigte den Mord an meinem Vater. Er war kein böser Mensch. Auf keinen Fall. Ellen hätte davon gewusst und es mir erzählt. Sie hatte mir alles erzählt und würde so etwas garantiert nicht für sich behalten.

Drake traute ich nicht über den Weg, er hatte schließlich jemanden vor meinen Augen erschossen. Deshalb war ich mir absolut sicher, dass er log.

Mein Körper reagierte sofort, als ich bemerkte, dass Drake sich mir näherte. Ich musste mich dazu zwingen, ruhig sitzen zu bleiben, und zählte meine Atemzüge. Ich brauchte nicht verstecken, wie durcheinander ich war, nicht nach diesen Neuigkeiten und nicht, während ich immer noch diesen inneren Kampf mit mir ausfocht.

Offenbar war mein Körper an diesen Tatsachen aber nicht interessiert, sondern erinnerte sich nur daran, wie Drake mir zu verstehen gegeben hatte, dass er scharf auf mich war, während er sich auf mich geworfen und seinen stahlharten Körper an mich gepresst hatte. Mit seiner Erektion hätte er die amerikanische Flagge hissen können. Aber ich ging davon aus, dass ich schlicht die einzig verfügbare Frau war. Was hatte ich schon für eine Ahnung, wie oft ein Mann wie er Sex brauchte.

Kurzzeitig hatte ich überlegt zu flüchten, doch ich war nicht scharf darauf, dass er mir wieder so nah kam und mich mit seinem Gewicht niederdrückte. Es war bereits beim ersten Mal verstörend gewesen, und ich konnte nicht einmal sagen, ob ich es furchtbar oder erregend gefunden hatte. Jetzt, nach seiner Warnung, war mir die Gefahr einfach zu groß, dass er wahrmachte, was er mir angedroht hatte. Er hatte rein gar nichts zu verlieren, ich jedoch schon.

Aus tiefstem Herzen seufzte ich. Hätte er mich doch nur niemals geküsst an diesem ersten Abend, dann gäbe es jetzt nichts, wonach ich mich sehnte.

Wortlos ließ er sich neben mir auf der Stufe nieder, und obwohl wir uns unter freiem Himmel aufhielten, hatte ich das Gefühl, seine Gegenwart engte mich ein.

Meine unzähligen kleinen Kratzer pochten und schmerzten, jetzt wo das Adrenalin aufgebraucht war und ich wieder zur Ruhe kam. Außerdem fühlte ich mich erschöpft, zur Ruhe würde ich in Drakes Nähe jedoch nicht kommen. Aber wen wunderte das schon?

»Ich kann verstehen, dass es dich erst mal ziemlich umgehauen hat, so etwas über deinen Dad zu erfahren. Aber das ist noch nicht alles und ich denke, du solltest auch das hören. Ich habe eine alte Rechnung offen und nun endlich die Gelegenheit, seine Schuld einzufordern.«

»Mich hat gar nichts umgehauen. Ich … ich glaube dir einfach nicht, und es gibt nichts, was du sagen könntest, um das zu ändern. Also spar dir deinen Atem. Ich möchte das alles nicht hören.«

»Egal, wie du darüber denkst und wie lange du vor den Tatsachen noch die Augen verschließt, es ändert nichts.« Seine Arme lagen locker auf seinen Knien, auf den ersten Blick wirkte er ganz gelassen und entspannt. Doch als er weitersprach, verkrampften sich seine Finger und seine Stimme war dunkel. Sein Blick fixierte den Horizont. »Vor einigen Jahren hatte ich einen Freund. Einen sehr guten Freund. Wir arbeiteten Hand in Hand. Er für die Guten und ich … na ja, für die nicht so Guten. Aber wir halfen uns gegenseitig, versorgten uns mit wichtigen Informationen, wenn es nötig war. Ich hörte mich im Milieu für ihn um, wenn er auf offiziellem Weg nicht weiterkam – er war ein Cop –, und er gab mir Informationen oder Akten, die er eigentlich nicht hätte rausgeben dürfen. Wir profitierten voneinander, aber wir vertrauten uns auch. Schließlich waren wir wohl so etwas wie Freunde.« Er sah mich intensiv an. »Es funktionierte, Liv! Holden geriet – auch dank mir – in den Fokus einiger Ermittlungen, und die Cops waren ihm wegen eines Verbrechens, das er zweifelsfrei begangen hatte, dicht auf den Fersen. Bis zu dem Zeitpunkt hatte ich ein paar Mal für ihn gearbeitet, doch es kam zu Problemen zwischen uns und ich hatte den Verdacht, er würde mich über kurz oder lang ausschalten. Ich musste ihn erledigen! Die Cops schafften es, Alex bei ihm einzuschleusen, ohne eine Ahnung zu haben, dass ich schon seit Monaten für ihn arbeitete. Wir hatten gedacht, es wäre sicherer, wenn wir von zwei Seiten an ihm dran wären. Doch Holden und seine Handlanger kamen irgendwann dahinter, nahmen Alex gefangen, während ich nach einem Schusswechsel entkommen konnte, und folterten ihn über mehrere Tage. Sie wollten mich, doch Alex verriet mich nicht, hätte er auch gar nicht gekonnt, denn ich war längst untergetaucht. Noch Monate danach konnte ich nicht richtig schlafen, weil ich jederzeit damit rechnete, Holden und seine Männer kämen, um mich zu holen. Doch Alex hat offensichtlich bis zum Ende unsere direkte Zusammenarbeit bestritten. Er war absolut loyal und ich ihm dafür etwas schuldig.« Drake schüttelte den Kopf. »Ich konnte ihm nicht helfen, obwohl ich es versucht habe. Er ist vollkommen umsonst gestorben. Seine Kollegen bei der Polizei hatten nicht genügend belastendes Material, um diesen Scheißkerl dranzukriegen. Und so entschloss ich mich, eine Zeit lang von der Bildfläche zu verschwinden, immer in dem Bewusstsein, dass der Tag der Rache kommen würde.«

Langsam drehte ich meinen Kopf und sah, dass seine Lippen zu einem schmalen Strich zusammengepresst waren.

»Es tut mir leid um deinen Freund, wirklich, das ist eine furchtbare Sache, aber mein Vater hat das nicht zu verantworten.«

Drake gab einen verzweifelten Laut von sich.

Eine Frage brannte mir unter den Nägeln. »Was ist mit Alex geschehen? Wie haben sie …?«

Er senkte den Kopf und sah auf seine Hände, die womöglich schon jemanden erwürgt hatten und trotz der zahlreichen Narben sehr schön waren. Große lange Finger, übersät mit Tattoos.

»Sie haben seiner Frau Fotos seines Leichnams nach Hause geschickt, auf denen er blutüberströmt und von Wunden zerfetzt zu sehen war.«

»Nein!« Vor Entsetzen schlug ich mir eine Hand vor den Mund.

»O doch«, sagte er wenig beeindruckt. »Und sie konnte ihn nicht einmal beerdigen, weil seine Leiche nie gefunden wurde.«

»Das ist so schrecklich, Drake. Und es tut mir so leid. Für Alex, für seine arme Frau und auch für dich«, stieß ich hervor. Tränen brannten in meinen Augen.

»Genau so ist dein Dad. Leugne es, wenn du es nicht wahrhaben willst, aber er ist ein kaltblütiger Mörder. Gewöhne dich besser so schnell wie möglich an den Gedanken. Dann bleiben dir eine Menge Enttäuschungen und viel Schmerz erspart.«

»Nein«, schluchzte ich. »So ist das nicht. Wie kannst du sagen, es wäre weniger schmerzhaft, wenn ich akzeptiere, dass mein Dad zu so etwas in der Lage ist? Wie kannst du so etwas nur denken? Du bist grausam. Du bist ein Mörder. Nur du!« Mittlerweile liefen mir Tränen an den Wangen hinunter, über mein Kinn und den Hals hinab. Ärgerlich wischte ich sie weg. Aber dass er mich so aufgelöst sah, war mir mittlerweile auch schon egal.

Das war eine furchtbare Geschichte, und ich war sprachlos. Es gab keine Worte, die auch nur im Mindesten ausdrücken konnten, wie leid es mir für Drake, aber vor allem für diesen Alex tat. Aber ich hasste ihn für seine Lügen, die er mir nur erzählte, um Dinge zu erfahren, von denen ich nichts wusste. Mein Dad war kein Mörder. Er hatte damit nichts zu tun.

»Es tut mir leid«, stieß ich schließlich hervor.

Auf einmal schüttelte er den düsteren Gesichtsausdruck ab.

»Es ist lange her. Ich dachte, es wäre gut, wenn du alles weißt. Damit du verstehen kannst, dass es für mich nur einen Weg gibt. Ich muss etwas wiedergutmachen.«

Ich ahnte, welche Geister ihn trieben, und empfand trotz allem Mitleid für Drake. »Er wäre sowieso gestorben, Drake, auch wenn er kooperiert hätte. Läuft das nicht immer so?«, fragte ich leise.

Ich wollte, dass er mich ansah, doch sein Blick war stur geradeaus gerichtet.

»Er hat versucht, wenigstens dich zu retten, deshalb schwieg er. Für ihn war es längst zu spät.«

Widerwillig nickte er. Aber das zu wissen, machte die Sache kein bisschen besser, nahm ich an.

»Er ist mein Dad«, flüsterte ich. Ich wollte nicht mehr weinen und ich wollte mich nicht so fühlen, doch ganz tief in mir schmerzten diese furchtbaren Anschuldigungen gegen meinen Vater und alle Männer, die ich kannte, seitdem ich ein kleines Mädchen gewesen war.

»Das ändert jetzt natürlich einiges«, sagte er und ließ seine Fingergelenke knacken.

»Was meinst du damit?« Ich drehte meinen Kopf, sodass ich ihn ansehen konnte.

Jetzt hob auch er seinen Blick und fing meinen auf. »Es mag sein, dass du keine Ahnung von dem Scheiß hast, den dein Vater macht, oder es einfach nicht glauben willst, aber ich kann dich trotzdem nicht gehen lassen. Du weißt zu viel über mich und das, was ich vorhabe.«

Gar nicht amüsiert verzog ich meine Mundwinkel zu einem Lächeln. »Ja, und vielleicht könnten wir mal kurz darüber sprechen, woher ich das alles weiß, hm?«

Kaum zu glauben, doch zum ersten Mal wirkte er zumindest im Ansatz ein wenig zerknirscht. »Nicht nötig. Ich weiß sehr wohl, dass ich es war, der seine Tarnung aufgegeben hat, weil er ein Mädchen vor halbwüchsigen Vergewaltigern retten wollte. Aber was soll's?«

Abwehrend hob er beide Hände. »Ich kann es nicht mehr rückgängig machen.«

»Tatsächlich? Und was ist jetzt die Lösung des Problems? Du willst mich also wirklich auch umlegen, obwohl ich mit der ganzen Sache nichts zu tun habe? Weil du einen Fehler gemacht hast? Ist das dein Ernst?«

Fassungslos registrierte ich, wie ein Schauer über meinen Rücken lief, als er nicht antwortete. Wahrscheinlich hatte ich genau ins Schwarze getroffen, er hatte es mir immerhin mehrmals angedroht. Ich hatte es mit einem kaltblütigen Mörder zu tun, dem es nichts ausmachte, gleich zwei statt nur einen Menschen umzubringen. Und als er mir tief in die Augen sah und ich in seinen nicht den Ansatz einer Gefühlsregung erkennen konnte, empfand ich Angst, große Angst.

Er würde nicht zögern, eine Waffe auf mich zu richten und abzudrücken. Dieser Mann besaß kein Gewissen. Er hatte keine Probleme damit, eine Frau zu begehren und ihr dennoch im nächsten Moment den Todesstoß zu verpassen.

Plötzlich fröstelte ich und schlang schützend meine Arme um den Oberkörper.

»Vielleicht behalte ich dich aber auch nur, bis die Sache erledigt ist.«

Mit der *Sache* war dann wohl der Mord an meinem Vater gemeint. Großartige Aussichten.

»Aber auch danach könnte ich dich immer noch verpfeifen. Solange ich lebe, wirst du nie sicher sein«, sagte ich.

»Das ist mir bewusst.« Langsam nickte er. »Aber sag mal, willst du mich gerade davon überzeugen, dass du eine Gefahr für mich darstellst und es kaum erwarten kannst, zu singen wie ein Vögelchen, damit sie mich drankriegen? Willst du mir erzählen, dass es die bessere Idee wäre, dich kaltzumachen?«

Hatte er recht? Ganz bestimmt nicht! Ich wollte nicht sterben!

Wenn ich die Möglichkeit hätte, würde ich ihn bei der erstbesten Gelegenheit verraten.

Mit großen Augen sah ich ihn an, sagte jedoch kein Wort.

Ja, das würde ich. Ich musste es tun, es ging immerhin um meinen Dad.

***

Als die Sonne langsam unterging, saß ich immer noch auf der Treppe, weshalb mir mittlerweile der Hintern wehtat. Drake war wieder hineingegangen, aber ich hatte ihm nicht folgen wollen. Ich wollte mich nicht in seiner Nähe aufhalten, auch wenn ich das früher oder später trotzdem wieder tun müsste … falls … ja, falls mir eine erneute Flucht nicht gelingen sollte.

Bei nächster Gelegenheit würde ich es wieder wagen, denn ich hatte keine andere Möglichkeit, wenn ich leben wollte. Er glaubte doch wohl nicht, dass ich wartete, bis er seine Waffe auf mich richtete. Ich verspürte keinerlei Todessehnsucht, und selbst wenn für meinen Vater jede Hilfe zu spät käme, würde ich nicht aufgeben. Es bestand die minimale Chance, Dad zu retten, wenn es mir gelang, ihn zu erreichen, bevor Drake es tat.

9. THE FIRE IS ALREADY BURNING

Drake

Die ganze Zeit, in der sie draußen auf den Stufen der Veranda saß, ließ ich sie nicht länger als ein paar Minuten aus den Augen. Ich war mir nicht ganz sicher, ob sie nicht bei nächster Gelegenheit wieder abhauen würde. Das konnte ich ihr nicht mal übelnehmen, wenn man bedachte, dass sie gerade echt am Arsch war. Wahrscheinlich hatte sie mehr als nur ein bisschen Angst vor dem, was ich mit ihr tun würde.

Aber so sehr ich mir auch einzureden versuchte, dass ich lediglich die Kontrolle über sie behalten und ihr keine Möglichkeit zur Flucht geben wollte, war das nicht der einzige Grund für mich, sie immer wieder anzustarren.

Ihre Haare hatte sie zu einem lockeren Knoten hochgesteckt. Irgendein Stab hielt die Konstruktion und ließ den Blick auf die sanfte Halslinie und ihren Nacken zu. Alles sah ziemlich zerzaust und gerade deshalb unglaublich sexy aus. Bisher war mir nie klargewesen, dass ich diesbezüglich einen Fetisch hatte, doch ich konnte nicht wegschauen, bildete mir ein, wie ich mit meinen Lippen und meiner Zunge über diese Stelle fuhr, sie küsste und schmeckte. Ich bildete mir ein, sie wieder zu riechen, ihren betörenden Duft einzuatmen, wie ich es heute schon einmal getan hatte, auf dem Boden, im Dreck. Ihre Haut war klamm vor Schweiß und Schmutz gewesen, dennoch konnte ich mich nicht erinnern, dass mich ein Duft jemals dermaßen angemacht hatte. Sie hatte nach Erregung gerochen, und ich stellte mir immer öfter vor, sie zu ficken.

Genervt verdrehte ich die Augen und versuchte mich mit irgendwas abzulenken, aber als sie sich auch nach zwei Stunden immer noch nicht von der Stelle rührte, fragte ich mich, ob sie sitzend eingeschlafen war.

Mittlerweile war es dunkel und ich hatte im Küchenschrank noch ein paar Konservendosen gefunden. Heute würden wir uns mit Ravioli begnügen müssen. Als ich die Pampe auf zwei Teller verteilt hatte, ging ich damit zu ihr raus.

Sie blickte kaum auf, als ich näher kam.

Es war der Kugelschreiber einer Hotelkette, den sie sich in die Haare geschoben hatte, um ihre Strähnen zu diesem Knoten zu bändigen, erkannte ich. Meine Mundwinkel zuckten. Sie musste die Küchenschublade danach durchsucht haben, denn ich konnte mich erinnern, dass er schon seit Jahren dort lag.

Auch als ich mich neben sie setzte, beachtete sie mich nicht. War mir auch recht, so konnte ich sie noch ein wenig beobachten. Das Licht der einzigen Lampe war nicht wirklich hilfreich, wie ich erkannte, als sie stirnrunzelnd auf den Teller sah, den ich ihr reichte.

»Was ist das?«, fragte sie und schnüffelte mit ihrer hübschen Nase an dem Essen.

»Ravioli.«

Misstrauisch kniff sie die Augen zusammen. »Willst du mich vergiften?«

»Das ist das Abendessen, nicht mehr und nicht weniger. Falls es dich beruhigt, ich habe die andere Hälfte davon.« Ich deutete auf meinen Teller, aber immer noch hielt sie unschlüssig den Löffel in der Hand.

»Gib ihn mir«, sagte sie, streckte mir ihren entgegen und griff nach meinem.

Genervt stöhnte ich, tat ihr aber den Gefallen.

»Kann es jetzt losgehen?«

Sie hob nur die Schultern und begann zu essen.

»Ich kann nicht fassen, dass du glaubst, ich würde dich vergiften wollen«, sagte ich nach einer Weile.

»Das halte ich nicht für ausgeschlossen.« Der nächste Löffel landete in ihrem Mund und ich sah dabei zu, wie sich ihre feuchten Lippen darum schlossen. Dann zog sie ihn wieder heraus und leckte sich über den Mundwinkel.

Scheiße, ich wurde schon wieder hart, allein, weil ich ihr beim Essen zusah. Schnell wandte ich den Blick ab und starrte in die Dunkelheit.

»Komm lieber mit rein«, sagte ich wenig später. »Abends schleichen hier 'ne Menge wilder Tiere rum.« Ich stand auf und nahm die Teller mit, doch sie blieb immer noch sitzen und reagierte nicht.

»Liv, ich muss dich bitten, jetzt mitzukommen«, sagte ich etwas härter.

»Warum? Ich lauf dir schon nicht weg. Heute zumindest nicht.«

»Darauf kann ich mich nicht verlassen, bedaure.«

»Ach, und was hast du vor? Willst du mich irgendwo anketten?«, wollte sie wissen, während sie sich endlich erhob. Dabei streckte sie ihren Körper und drückte den Rücken durch. Sofort wanderte mein Blick zu ihren Titten. Die waren wirklich nicht zu verachten, und eigentlich hätte ich sie verdammt gerne mal nackt gesehen. Spätestens, als sie ihre Augen schloss, vor Schmerz aufstöhnte und den Kopf langsam drehte, um ihren Nacken zu entspannen, regte sich mein Schwanz erneut.

Mit einem Fluch auf den Lippen ließ ich sie stehen. Allerdings nicht, ohne ihr noch was zuzurufen: »Wenn du in zehn Minuten nicht drin bist, hole ich dich und glaub mir, dann setzt es was. Auf deinen nackten Arsch.«

Ihr geschockter Gesichtsausdruck entschädigte mich für all den Ärger, den sie mir heute gemacht hatte, und siehe da, keine zehn Minuten später stand sie mit verschränkten Armen und trotzigem Gesichtsausdruck in der Küche. Als hätte ich das geahnt.

»Wo soll ich schlafen?«, fauchte sie.

»Ja, das wird eine weitere Überraschung für dich sein. Wir werden uns ein Bett teilen.«

»Im Leben nicht. Ich nehme die Couch.« Mit dem Kopf deutete sie auf den Zweisitzer, der zum Schlafen äußerst ungeeignet war.

»Das kann ich leider nicht zulassen, weil ich dich dann nicht im Auge behalten kann.«

»Das ist nicht dein Ernst.«

»Mein absoluter.«

»Na schön, dann …« Wütend stapfte sie die Treppe nach oben.

Kurz drauf folgte ich ihr und fand sie wie ein Päckchen in das dünne Laken gewickelt. Ein verführerisches Päckchen. Lediglich ihr Kopf schaute noch hervor. Sie hatte sich auf ihrer Seite des Bettes so weit nach außen gelegt, dass sie zweifellos über kurz oder lang herunterfallen würde.

Mir lag ein Spruch auf den Lippen, der was mit dem Auspacken eines Geschenks zu tun hatte, aber ich verzichtete darauf. Mittlerweile war ich ebenfalls ziemlich müde und konnte eine Mütze Schlaf dringend gebrauchen.

Leider wurde ich, kaum dass ich eingeschlafen war, durch ein lautes Poltern geweckt. Es folgte ein schmerzhafter Ausruf.

»Was soll der Mist?«, fragte ich, mit der Geduld langsam am Ende.

»Nichts!«

Ich sah ihr dabei zu, wie sie ins Bett kletterte, nur um sich wieder an die äußersten zehn Zentimeter zu quetschen.

»Fuck! Das glaube ich jetzt nicht.« Ich sprang auf, umrundete das Bett, hob sie hoch und warf sie auf die Mitte der Matratze. »Hier bleibst du, und wag es ja nicht, dich auch nur einen Hauch von der Stelle zu rühren.«

Vor Schreck rührte sie sich tatsächlich nicht mehr.

Als ich gerade kurz davor war, endlich einzuschlafen, stand sie auf, bemüht, besonders leise zu sein. Als würde ich es dann nicht mitbekommen!

Ich würde sie umbringen! Ganz sicher. Und das hatte nicht das Geringste mit ihrem Vater zu tun. Ich würde sie umbringen, weil sie mich wahnsinnig machte. Vorher würde ich sie allerdings ficken, überlegte ich noch. Aber dann hätte ihr letztes Stündchen geschlagen.

»Wohin, zum Teufel noch mal, willst du denn jetzt?«, knurrte ich.

Vor Schreck zuckte sie zusammen.

»Ich muss mal«, sagte sie kleinlaut.

Ich stöhnte nur und legte meinen Arm über den Kopf, während ich das Tapsen ihrer Füße auf dem Holzboden vernahm. Nach zwei Minuten befand ich, dass es lange genug gedauert hatte, und positionierte mich vor dem Bad.

Als sie herauskam, sah sie niedergeschlagen aus.

»Was ist los? Klappt es nicht?« Knapp deutete ich Richtung Badezimmer.

»Natürlich klappt es«, fuhr sie mich wütend an. »Ich … weiß auch nicht … neben dir kann ich nicht schlafen … das ist unnormal. Ich kenne dich überhaupt nicht und jetzt verbringe ich schon die zweite Nacht mit dir in einem Haus. Hast du … vielleicht eine Zigarette?«

Als ich nicht gleich antwortete, verdrehte sie die Augen. »Ich verspreche auch, dass ich die Hütte nicht niederbrennen und auch nicht abhauen werde. Wo soll ich auch hin, mitten in der Nacht? Die nächste Straße ist viel zu weit weg und draußen ist es stockdunkel, ich würde gar nicht weit kommen.«

»Auf dem Küchentisch.«

»Danke!« Sie schenkte mir ein erleichtertes Lächeln, das mich mehr umhaute als alles, was ich in den letzten Stunden mit ihr erlebt hatte. Sie hatte mich angelächelt, und ich wurde gerade vollkommen irre, weil ich wirklich darüber nachdachte, mir darauf einen runterzuholen. Ich musste das in den Griff kriegen und durfte mich nicht so von ihr verrückt machen lassen.

»Verschwinde«, brummte ich, und sie lief eilig die Treppe runter. Erschöpft fuhr ich mir durch die Haare. Das durfte doch alles nicht wahr sein. Dieses Weib war anstrengender als jeder Auftrag, den ich bisher erledigt hatte. Wenn ich irgendwann einen Fehler machen sollte, trug garantiert sie die Schuld.

Als sie nach einer Viertelstunde immer noch nicht wieder oben war, fragte ich mich, ob ihr eigentlich klar war, dass sie gerade extrem nachlässig mit ihrem Leben umging.

Natürlich war ich nicht eingeschlafen, sondern hatte auf verdächtige Geräusche gelauscht, die danach klangen, dass sie entgegen ihrer Aussage die Flucht plante oder vielleicht mit irgendeinem Gegenstand auf mich losging. Zwar hatte ich die scharfen Messer versteckt, aber im Grunde konnte sie mich schon mit den Scherben eines Glases angreifen, wenn ich nicht aufpasste. Aber als beinahe noch beunruhigender empfand ich, dass ich gar nichts hörte. Also blieb mir nichts anderes übrig, als ebenfalls nach unten zu gehen, um nach ihr zu sehen, was meine Laune keineswegs aufheiterte. Und ich wusste: Sollte sie nicht in der Küche sitzen, Gnade ihr Gott.

Sie saß nicht in der Küche, und ich wollte schon auf irgendwas einschlagen, bevor ich sie wieder einfangen und ihr eigenhändig und voller Genuss den Hals umdrehen würde, als ich bemerkte, dass die Tür zur Veranda nur angelehnt war. Sie saß an der gleichen Stelle, an der sie auch schon den Großteil des Abends verbracht hatte.

Die Tür gab ein Ächzen von sich, als ich sie aufschob, was Liv aufschrecken ließ. Neben ihr auf der Treppe stand ein Aschenbecher, der bereits zur Hälfte mit Kippen gefüllt war.

»Willst du es selbst erledigen, indem du dir die Lunge in einer einzigen Nacht ruinierst?«

Sie hob gleichgültig die Schultern, als wäre ihr das egal, und nahm einen weiteren tiefen Zug. Provozierend blies sie den Rauch in meine Richtung, bevor sie die Zigarette ausdrückte. Dieses Miststück!

Sie griff nach einer Weinflasche, die zu gut zwei Dritteln geleert war.

Überrascht runzelte ich die Stirn. »Wo hast du die gefunden?«

Sie hob die Schultern. »Lag ganz hinten im Kühlschrank.«

Ich nahm sie ihr ab und las das Etikett. »Ist der überhaupt noch gut?«

»Er ist in Ordnung.«

Als sie die nächste Kippe aus der Packung ziehen wollte, ging ich näher und nahm sie ihr aus der Hand. Sie ließ es sich gefallen, was mich wunderte. Forschend schaute ich ihr ins Gesicht und setzte mich neben sie.

Ihre Züge lagen im Dunkeln, sodass ich nicht wusste, was gerade in ihr vorging. Die Beleuchtung hier draußen war wirklich lachhaft, aber ich konnte dennoch erkennen, dass sie erschöpft wirkte und ihre Augen glänzten – was wahrscheinlich dem Wein zu verdanken war. Unentwegt starrte sie mich an. Ich wusste nicht, warum ich so empfand, doch neben ihr zu sitzen, tat irgendwie gut. Es fühlte sich richtig an. Ich war nicht mehr allein, was totaler Schwachsinn war, denn immerhin war sie so etwas wie meine Gefangene und hielt sich nicht freiwillig hier auf. Aber ihr Blick, der traurige Ausdruck darin, vermittelte mir die Illusion, dass uns irgendwas verband. Irgendwas Düsteres und nicht Nachvollziehbares. Aber es war zweifelsfrei da.

Ohne zu wissen, was ich da eigentlich tat, umfasste ich ihr Gesicht und hob es mir entgegen. Fragend schaute sie mich an, wehrte sich aber nicht. Nein, sie hatte keine Angst vor meiner Nähe, vielmehr wirkte sie neugierig. Ich registrierte ihren angehaltenen Atem. Das Bedürfnis, sie zu küssen, war mit einem Mal allumfassend, und selbst ein Geschwader aller Cops der Umgebung hätte mich nicht davon abhalten können, mir diesen Kuss jetzt zu holen.

Sie wusste genau, was ich vorhatte, denn ihr entwich ein leises Keuchen, das ich bis in meine Eier spürte. Erwartungsvoll starrte sie mich an, forderte mich heraus, und beinahe meinte ich sogar, ihre Stimme zu hören, die mich lockte. *Tu es doch endlich!*, schien sie zu sagen. Sie wollte es ebenso wie ich, erkannte ich, und ich musste zugeben, dass das total heiß war.

Schließlich lagen meine Lippen auf ihren. Scheiße, fühlte sich das geil an. Weich und zart und mit diesem Duft, der mich schon bei unserer ersten Begegnung angemacht hatte, obwohl auch der Geruch von Zigaretten und Wein an ihr haftete. Aber es war perfekt. Sie war perfekt! Immer noch wartete sie ab, als wüsste sie nicht recht, ob sie es zulassen durfte. Vielleicht traute sie sich selbst nicht.

Scheiß drauf, mich interessierte all das nicht. Solange sie nicht wild um sich schlug, war doch alles gut, oder?

Ein paar Mal strich ich mit meinem Mund über ihren, um die Lage abzuchecken – ja, und auch, um mehr von ihrem verdammt erregenden Duft einzuatmen –, dann ließ ich meine Zunge in ihren Mund gleiten. Was für ein Wahnsinnsgefühl! Wie ein Pubertierender war ich sofort hart und umfasste ihren Kopf auch mit der zweiten Hand. Sie atmete zischend ein, als sich unsere Zungen berührten, und hob einladend ihr Kinn, als wollte auch sie noch so viel mehr. Sie schmeckte süß und saftig und hielt mich nicht auf. Der Kuss vertiefte sich und steigerte sich von vorsichtigem Betasten zu ausgewachsener Leidenschaft. Unsere Zungen umkreisten und kosteten sich. Ihr heftiges Atmen und die Intensität, mit der sie meinen Kuss erwiderte, waren etwas, womit ich nicht gerechnet hatte, doch ich nahm alles an, was ich von ihr kriegen konnte, und dankte dem Wein, der wahrscheinlich für ihren Hunger auf Sex verantwortlich war.

Niemals hatte ich etwas derart Unschuldiges gekostet, oder ich erinnerte mich nicht mehr. Obwohl ich wusste, wie falsch das war, wollte ich immer mehr. Ich wollte sie ganz und dachte nicht daran aufzuhören.

Sie lehnte sich zurück und stützte sich auf ihren Ellbogen ab, was mich dazu zwang, mich halb über sie zu beugen.

Ja, Baby, das ist heiß. Ich hatte sie beinahe dort, wo ich sie brauchte, um sie zu ficken. Sollte ich so weit gehen? Doch noch waren wir nicht an dem Punkt angekommen. Noch immer genoss ich es viel zu sehr, sie einfach nur zu küssen, als wäre ich nicht auf etwas anderes aus. Immerhin war das zwischen uns sowieso eine völlig abgefuckte Sache, wenn man bedachte, dass ich in wenigen Tagen ihren Vater abknallen würde. Würde es ihr gefallen, wenn ich sie danach mit meinem Schwanz tröstete?

Nein, das würde es vermutlich nicht. Sie würde mich eines Tages hassen, wie sie noch nie jemanden gehasst hatte. Es gab nur diesen Moment, nur diese Gelegenheit, um bei ihr zum Zuge zu kommen, da sie offenbar für den Moment verdrängte, was ich vorhatte. Ein zweites Mal würde sie das nicht zulassen. *Ich* würde es nicht zulassen.

»Lass mich gehen«, hauchte sie an meinen Lippen.

Was zur Hölle!

»Bitte, Drake, lass mich gehen.«

Wie sie ihre Zunge einsetzte, war der absolute Hammer, doch ich hatte verstanden, was sie gerade gesagt hatte. Ich stützte mich auf meine Arme, löste mich widerstrebend von ihr, sodass es zwischen meinen Lenden schmerzte, und sie sah unter gesenkten Lidern zu mir hoch. Was alles nur noch schlimmer machte.

Ihre Lippen glänzten feucht von unserem Kuss und waren rot vom Wein.

»Was soll der Scheiß?«, brummte ich. Jeden Moment würde mein Schwanz platzen.

»Du brauchst mich nicht, und ich werde niemandem verraten, was mit dem Jungen in der Nacht geschehen ist. Niemals.«

»Du weißt genau, dass ich dich nicht gehen lassen kann. Es geht nicht nur um den Jungen.«

Sie schüttelte den Kopf, als wollte sie das nicht hören. »Selbst wenn ich das wollte, könnte ich dich nicht verraten. Deinen vollen Namen kenne ich nicht. Ich … ich würde dir sogar versprechen, meinem Vater nichts von dir und dem, was du vorhast, zu erzählen.«

Ich schnaufte. »Klar!«

»Wirklich nicht, Drake. Ich will nur weg, frei sein und ihn bitten, das Land verlassen zu können, für eine Reise oder so. Dann werde ich Beweise für seine Unschuld finden. Ich bin ganz sicher, es wird alles in Ordnung kommen.«

»Ich werde Holden überall finden. Vor mir zu fliehen, bringt ihm gar nichts.«

Nervös leckte sie sich über die Lippen. Ich konnte nicht wegsehen, musste mich sogar zwingen, sie nicht sofort wieder an mich zu reißen und zu küssen, bis sie mich anflehen würde, aufzuhören.

»Aber wenn sich herausstellt, dass er unschuldig ist, würdest du dann darauf verzichten, deinen Auftrag auszuführen?«

Ich stöhnte und setzte mich auf. »Liv, hör auf damit.«

»Wenn es so wäre, würdest du es dann trotzdem tun?«

Mit einer Hand fuhr ich mir über den Bart. Wie sollte ich sie nur davon überzeugen, dass es kein Vielleicht gab? Dass das Wort unschuldig im Zusammenhang mit ihrem Vater keinerlei Bedeutung hatte? Sie glaubte tatsächlich immer noch, dass ich mich irrte?

Im Grunde war es völlig egal, ob derjenige schuldig war oder nicht. Wenn jemand der Ansicht war, er solle mit seinem Leben bezahlen, war ich der Mann, der das erledigte. Hier lag der Fall aber ein wenig anders, denn es war endlich die Chance gekommen, auf die ich seit Jahren gewartet hatte. Ich würde meine Genugtuung bekommen und ihn umlegen, so wie er es verdiente.

Aber was brachte es schon, ihr das noch mal zu erklären? Sie hatte ihre eigene Wahrheit. Ein wenig konnte ich sie schon verstehen; wahrscheinlich war das vergleichbar mit meiner Fantasie, mein Erzeuger wäre irgendein bedeutender Mann. Es war menschlich, sich an jeden noch so kleinen Strohhalm zu klammern.

»Liv«, begann ich, während ich eine Menge Emotionen unterdrückte. Allen voran den dringenden Wunsch, sie zu ficken. Aber, hol mich doch der Teufel, ihre Worte ließen mich nicht kalt. »Wenn sich herausstellen *sollte*, dass Holden unschuldig ist, dann würde ich darauf verzichten, diesen Auftrag zu beenden. Ich würde davon zurücktreten, okay? Bist du jetzt zufrieden?«

Alles nur, damit sie endlich aufhörte zu nerven.

Und damit dieser traurige Ausdruck aus ihren Augen verschwand.

»Wirklich?« Ich sah die verdammte Hoffnung in ihrem Gesicht aufleuchten wie ein Scheißfeuerwerk. Wieso hatte ich sie bloß aus der Gewalt der vier Halbstarken befreit? Mein Leben wäre bedeutend einfacher, wenn die Typen ihr Ding mit ihr gemacht und sie danach gekillt hätten. Aber leider war es nicht so gekommen, denn ich hatte mich ja als Retter aufspielen müssen. Gut gemacht, Johnson!

»Dann … lässt du mich gehen?«, fragte sie vorsichtig.

Ich legte mich zurück und legte meinen Arm auf das Gesicht. Das hier geschah doch nicht wirklich, oder?

»Das kann ich nicht. Noch nicht.«

»Aber wieso? Ich habe doch gesagt, ich verrate kein Sterbenswörtchen, wenn du mich beweisen lässt, dass Dad unschuldig ist.«

»Wie stellst du dir das vor? Ich soll dir tatsächlich glauben, dass du meinen Namen und das, was ich vorhabe, mit keinem Wort erwähnst?« Das Lachen konnte ich kaum noch unterdrücken.

»Ja! Ich breche mein Versprechen nicht. Du musst mir nur Zeit geben. Sagen wir … vier Wochen. Wenn ich bis dahin keine Beweise habe, dann …«

Den Rest sprach sie nicht aus. Sie war nervös, knetete ihre Hände. Ich richtete mich auf. »Dann was? Dann gibst du mir die Freigabe, ihn abzuknallen?«

»Nein, so meinte ich das nicht.«

»Na, dann vielleicht dich?«

»Drake«, rief sie entrüstet. Sie sah so süß verzweifelt aus. Zitterten ihre Lippen etwa? Ich konnte meinen Blick nicht davon abwenden, sie waren so verdammt rot, und ich wollte sie immer noch, verdammt!

Es vergingen ein oder zwei Minuten, und etwas veränderte sich. Sie atmete ruhig und sah mir tief in die Augen, dann erhob sie sich und kletterte auf die Stufe vor mir. Misstrauisch runzelte ich die Stirn.

Direkt vor mir, zwischen meinen Beinen kniete sie und sah zu mir hoch. »Ich kann nicht hierbleiben. Bitte …«

Scheiße! Sie brachte wirklich meine übelsten Seiten zum Vorschein. Liv wollte gehen, und dafür konnte ich sicher einiges von ihr verlangen. Mein Schwanz pulsierte noch immer und drückte von innen schmerzhaft gegen meine Hose. Es gab momentan nur eines, woran ich Interesse hatte. Holden war in den Hintergrund getreten, ich blendete ihn aus. Jetzt wollte ich sie, mit Haut und Haaren. Ich wollte ihre Haut spüren, wollte sie küssen und berühren, bis sie vor Lust stöhnte, und in dem Moment in ihre Augen sehen, in dem die Leidenschaft die Führung übernahm.

Aufmerksam versuchte ich, in ihrer Miene zu lesen. Sie wirkte furchtlos, beinahe mutig, wenn das Kinn nicht ein wenig zu sehr in die Höhe gereckt gewesen wäre. Fast wie eine Amazone! In Wahrheit hatte sie eine Wahnsinnsangst vor mir oder vielmehr vor dem, was ich vielleicht mit ihr tun würde. Aber wem machte ich etwas vor? Scheiße, es machte mich an. Ich war ein Mann und sie eine Frau, der ich nicht mehr lange widerstehen konnte.

»Du willst also hier weg?«, fragte ich mit rauer Stimme.

Sie nickte und ließ ihre Hand langsam und unmissverständlich meinen Schenkel entlang nach oben fahren. Sie leckte über ihre Lippen, diese wahnsinnig roten Lippen.

»Dann mach meine Hose auf!«

Ich war so ein Arschloch!

10. BLOODY RED WINE

Liv

Vergeblich versuchte ich, das Zittern meiner Hand zu unterdrücken. Wahrscheinlich würde er mich auslachen und meine Versuche, sexy zu wirken, verhöhnen, wenn er es bemerkte. Doch im Moment starrte er mich einfach nur an, während meine Hand sich immer weiter der Gefahrenzone näherte. Sein Schwanz musste eine beachtliche Größe haben; als ich sah, wie er sich gegen den Jeansstoff drückte, schluckte ich nervös.

Was zum Teufel tat ich hier eigentlich? War ich wirklich dabei, mir meine Freiheit mit einem Blowjob zu kaufen? Was würde er sagen, wenn er wüsste, dass mein Höschen bereits feucht war? Mich machte die Vorstellung an, ihn in den Mund zu nehmen und ihm Vergnügen zu verschaffen. Erst recht, als er mich intensiv ansah.

Falls das meine einzige Möglichkeit war, ihn zu überzeugen, was hatte ich dann für eine Wahl? Frauen hatten für ihre Freiheit sicher schon viel verwerflichere Dinge getan.

Verwerflicher, als ihrem Entführer den Schwanz zu lutschen? Freiwillig? Wohl kaum.

Ich verdrehte die Augen und hoffte, meine innere Stimme zum Schweigen zu bringen, dann veränderte ich meine Position und kniete mich etwas bequemer vor ihn. Ich war betrunken, keine Frage, und deshalb auch total enthemmt. Ich würde das hier morgen so was von bereuen, aber jetzt wollte ich daran noch nicht denken. Diese Situation war anders als die, in der ich mich vor ein paar Tagen befunden hatte. Die vier Typen waren beängstigend und widerwärtig gewesen.

Meine Finger berührten beinahe den Reißverschluss. Ich atmete tief ein, dann spürte ich das kalte Metall an den Fingerspitzen. Langsam zog ich ihn herunter, was sich in der Stille ungewöhnlich laut anhörte, und öffnete den Knopf. Als Nächstes schob ich den Bund seiner Unterhose hinunter, bis ich freien Zugang hatte, und umfasste seinen Schwanz. Er war warm und fühlte sich angenehm an, aber er war verdammt riesig, wovon ich mich noch mal überzeugen konnte, als ich ihn hervorholte und die ganze Länge entlangfuhr. Erst als Drake zischend ausatmete, wurde mir bewusst, dass ich mir über die Lippen geleckt hatte. Ich wurde knallrot. Sollte ich wenigstens so tun, als würde ich das nicht wollen?

Was ich hier tat, war so verrückt, trotzdem wollte ich auf keinen Fall damit aufhören. *Ich tue das für meine Freiheit! Unter normalen Umständen würde ich mich nie darauf eingelassen. Auf keinen Fall ohne den Wein!*

Widerwillig zog ich meine Hand zurück und konnte sehen, wie Drakes Penis leicht wippte. Schwindel erfasste mich, trotzdem stemmte ich mich langsam hoch und legte meine Lippen an die Eichel. Scheiße nein! Das war wirklich total erregend und ich gierte danach, zu spüren, wie sein Atem heftiger wurde, sein Körper sich anspannte. Jede seiner Reaktionen erregte auch mich. Eine Hand ließ ich auf seinem Schenkel liegen, dessen Muskeln angespannt waren, mit der anderen umfasste ich die Wurzel, umkreiste mit der Zunge die Spitze und leckte den ersten Tropfen auf. Das war gut … so gut. Langsam senkten sich meine Lider.

Seine Hände schossen vor und umfassten meinen Kopf. »Nimm ihn richtig in den Mund. Ganz tief, hast du verstanden?«

Ich versuchte zu nicken und sog ihn in meinen Mund. Er war so groß, dass ich Schwierigkeiten hatte, ihn aufzunehmen. Meine Lippen glitten vor und zurück, und als ich ihn wieder entließ, umkreiste meine Zunge noch einmal die Spitze. Er schmeckte gut und sauber, ein bisschen nach Duschgel und ein bisschen nach ihm selbst, so wie er auch heute Nachmittag gerochen hatte, als er im Dreck auf mir gelegen hatte. Mein Körper erinnerte sich an diese Situation und schob sich wie von selbst näher an ihn heran.

Das hier war so verdammt erotisch. Ich wollte mehr, leckte über die gesamte Länge und bemerkte die Unebenheiten der Blutgefäße unter der Haut. Gierig nahm ich ihn wieder auf und achtete weiterhin auf seine Reaktionen. Sein Atem ging flach, und als ich merkte, wie er mich anstarrte, wich ich seinem Blick aus.

»Mach die Augen auf und sieh mich an.«

Ich blinzelte. Mein Herz klopfte, während unsere Blicke ineinander versanken.

»Ich will, dass du mich ansiehst. Die ganze Zeit.«

Als Einverständnis nahm ich ihn wieder tief auf, bis er an meinen Rachen stieß. Tränen stiegen mir in die Augen und ich ließ ihn wieder ein wenig frei. Und ich sah ihn dabei an.

Er stöhnte und ließ seinen Kopf zurückfallen. Jedoch nur kurz, dann sah er mir wieder dabei zu, wie ich ihn verwöhnte. Sein Griff wurde fester und er dirigierte mich.

»Nicht so, Baby. Nimm ihn ganz auf. So tief du kannst.«

Ich saugte und lutschte und nahm seinen Geruch in mir auf. Das war so wahnsinnig erregend, und ich hatte jeden Gedanken an eine Flucht von mir geschoben. Es zählte nur dieser Moment. Als er seine Hüften vorstieß, während seine Hände meinen Kopf umklammerten, spürte ich noch mehr Feuchtigkeit in den Stoff meines Slips sickern. Er gab nun vollkommen den Rhythmus vor, stieß immer wieder tief in meinen Mund. Tränen traten mir in die Augen und liefen die Wangen herab.

Seine Atmung wurde heftiger, und ich genoss, wie meine harten Brustwarzen an seinen Schenkeln rieben. Wenn das so weiterging, würde ich kommen, ohne dass er mich nur einmal richtig berührte. Hatte ich schon mal etwas derart Erotisches erlebt? Nein, auf keinen Fall. Die Situation war so verdammt heiß, weil sie so irre und verdreht war und sich nicht so gut anfühlen sollte. Eigentlich hätte ich um mein Leben laufen sollen, weg von ihm, aber in diesem Moment war er alles, was ich wollte, alles, wonach ich mich sehnte.

Der Zug an meinen Haaren war ein wenig schmerzhaft, wenn es sich auch vollkommen von dem unterschied, was die Männer vor zwei Nächten mit mir versucht hatten. Es war hart und ganz sicher auch beängstigend, aber ich wollte es. Ich wollte, dass er mich auf diese Art nahm, weil er es schaffte, in mir dieses Begehren auszulösen. Das alles geschah mit meinem Einverständnis, auch wenn ich das später abstreiten würde.

Er zog meinen Kopf zurück und sah zu mir herab. Sein Schwanz glänzte feucht in dem schummerigen Licht.

»Das ist total abgefuckt, was wir hier tun, aber ich werde ihn jetzt so tief reinschieben, dass du glaubst, du müsstest ersticken. Das wird nicht schön, das wird dreckig und hart. Ich sage es dir nur, damit du vorgewarnt bist, und nicht, damit du dich anders entscheiden kannst. Denn dafür ist es zu spät, Kleines. Mach deinen Mund wieder auf.«

Schon stieß er gegen die Barriere meiner geschlossenen Lippen, die sich wie von selbst öffneten und um seinen Schaft legten. Ich stöhnte.

Sofort begann er, tief in mich zu hämmern, indem er mir seine Hüften rhythmisch entgegen hob. Seine Hände in meinen Haaren, hatte ich keine Möglichkeit, ihm zu entkommen, und das machte mich noch viel mehr an. Meine Nase lief, Tränen rannen unaufhörlich an meinen Wangen hinunter. Ich bekam zunehmend schlechter Luft. Er wurde schneller, immer schneller. Meine Kopfhaut brannte, meine Brüste fühlten sich schwer an und rieben weiter über seine Schenkel. Ob der Schwindel, den ich mit einem Mal verspürte, dem Wein zu verdanken war oder dem, was hier gerade passierte, konnte ich nicht mehr unterscheiden, doch am Ende war es doch auch völlig egal. Das Pochen in meiner Mitte schien einem Rhythmus nachzugehen, nämlich dem, in dem er meinen Mund fickte.

Ich spürte, als er so weit war, und ohne mich vorher zu warnen, spritzte er seinen Samen in meinen Mund, sodass ich nur noch schlucken konnte. Seine Hände hielten mich, und ich sah fasziniert zu, wie sein Körper erschauerte. Er keuchte und fluchte, dann zog er seinen immer noch halbsteifen Schwanz heraus. Ich leckte mir über die geschwollenen Lippen.

Jetzt schaffte ich es nicht mehr, ihn anzusehen.

»Fuck!«, sagte er wenig später, nachdem er seine Hose geschlossen hatte. »Das war totale Scheiße.«

Er bemerkte, wie ich erstarrte, und legte seine Hand auf meinen Arm. »Nicht du oder wie du mir …« Er schüttelte den Kopf, dann lachte er bitter. »Das war der Wahnsinn. Du warst der Wahnsinn.«

Ich hatte den Eindruck, als wollte er noch mehr sagen, doch dann kniff er seine Lippen zusammen, die ich so gerne geküsst hätte. Stattdessen nahm ich einen Schluck aus der Weinflasche. Zwar ein mieser Ersatz, aber besser als gar nichts. Er umfasste plötzlich das

Gelenk der Hand, mit der ich die Flasche hielt, und dirigierte meinen Arm nach unten. Ich reichte ihm den Wein, den er mir zwar aus der Hand nahm, jedoch unbeachtet auf den Boden stellte. Er zog mich näher. Beinahe verlor ich dabei mein Gleichgewicht und musste mich mit der freien Hand an der Treppe abstützen, damit ich nicht auf ihn fiel. Unsere Oberkörper berührten sich, und erneut loderte das Feuer auf, das immer noch in mir schwelte. Ich spürte seine andere Hand auf dem Rücken, war ihm ganz nah, und als wir uns in die Augen sahen, öffneten sich meine Lippen von ganz allein einen Spalt.

Drake gab einen erstickten Laut von sich, bevor er mich küsste. Ein bittersüßes Gefühl. Er ging nicht fordernd oder stürmisch vor, sondern strich lediglich sanft über meinen Mund. *Nicht nachdenken! Bloß nicht nachdenken! Nimm einfach, was sich so perfekt anfühlt.* Die Stimme in meinem Kopf bettelte beinahe darum, jetzt bloß nicht der Vernunft den Vortritt zu lassen. Dazu war es sowieso schon zu spät, entschied ich.

Mir entwich ein leises Seufzen, woraufhin er meinen Arm losließ und die Hand in meinen Nacken legte. Vielleicht hatte er auf meine Zustimmung gewartet.

Sein männlicher Duft benebelte mich, seine Zunge schob sich zwischen meine Lippen, fand meine, umschmeichelte sie, und während unser immer heftiger werdender Atem sich vermischte, schmiegte ich mich an ihn. Er bedrängte mich nicht, vielmehr waren wir ebenbürtig, gaben und nahmen die Zärtlichkeit und Leidenschaft dieses Augenblicks. Allein dieser Kuss beförderte mich in den Himmel. Wie konnte sich das mit ihm so verdammt gut anfühlen?

Offenbar kehrte allmählich die Nüchternheit zurück, denn wie sonst sollte ich mir erklären, dass sich wie von selbst meine Hand auf seine Brust legte? Die Innenfläche prickelte bei der Berührung. Ich spürte, wie seine Muskeln unter dem Stoff arbeiteten. Wie gerne hätte ich die nackte Haut berührt. Stattdessen stemmte ich mich dagegen und schob mich hoch, bis ich wieder aufrecht saß. Wir lösten uns voneinander, und während wir beide noch heftig atmeten, legte sich sein Kopf kaum merklich schief. Fragend. Beobachtend. Was konnte er in meiner Miene lesen?

Es fiel kein Wort. Unter meinen gesenkten Lidern warf ich ihm einen Blick zu, aber er starrte in die Dunkelheit hinaus. Ich konnte immer noch nicht fassen, dass ich ihm eben freiwillig einen Blowjob gegeben hatte. Was mich noch viel mehr erschreckte, war die Tatsache, dass ich es wahrscheinlich sofort wieder tun würde. *Warum zum Teufel habe ich ihn dann gestoppt?*

Eine Stunde später sah alles anders aus. Meine Euphorie hatte sich in Luft aufgelöst, mir war schwindelig vom Wein und ich war mittlerweile zu dem Schluss gekommen, dass ich mich absolut dämlich verhalten hatte. Ja, ich schämte mich sogar dafür, dass es mir gefallen hatte, ihn auf diese Art zu befriedigen. Und dann noch diese Knutscherei im Anschluss …

Ich hatte mich ziemlich schnell ins Bett verzogen, ohne mehr als ein paar Worte mit ihm zu wechseln, weil mir die Situation zunehmend unangenehmer wurde. Ein paar Minuten später senkte sich die Matratze neben mir, als er sich zu mir legte. Mein Rücken war ihm zugewandt, und ich kniff die Augen fest zu.

»Liv?«, hörte ich ihn flüstern, doch ich konzentrierte mich auf eine gleichmäßige Atmung und gab vor zu schlafen. Wie gut, dass er nicht hören konnte, wie heftig mein Herz pochte.

Natürlich schlief er einige Minuten später, was mich ärgerte, weil ich dagegen hellwach war. Er hatte sich ausgezogen und lag mit nacktem Oberkörper neben mir, wie ich feststellen musste, als ich mich umdrehte. Bei dem Versuch, seinen tätowierten Körper zu betrachten, fielen mir die Augen beinahe aus dem Kopf, doch es war leider zu dunkel.

Ich war wütend und verwirrt. Das konnte so nicht weitergehen, entschied ich, und das durfte es auch nicht.

Dann fällte ich eine Entscheidung.

11. THE BIRD HAS FLOWN AWAY

Drake

Erst die Sonnenstrahlen sorgten dafür, dass ich die Augen aufschlug, was ungewöhnlich war, da ich normalerweise bereits im Morgengrauen wach wurde. Diesmal war es aber kein Wunder, da ich erst eingeschlafen war, als es schon wieder hell geworden war.

Mir fiel wieder ein, was dazu geführt hatte, und meine Lippen verzogen sich zu einem Lächeln. Liv … Diese Frau hatte mich mehr als nur ein bisschen überrascht.

Plötzlich verspürte ich ein unangenehmes Kribbeln im Nacken und hob ruckartig den Kopf. Neben mir war das Bett leer. Nur die Kuhle im Kissen deutete darauf hin, dass dort vor längerer Zeit jemand gelegen hatte. Ich streckte die Hand aus und fühlte keine Körperwärme auf dem Laken. Das dünne Betttuch lag zusammengeknüllt am Fußende.

»Liv«, rief ich und sprang aus dem Bett.

Sicher war sie wieder draußen auf der Veranda und rauchte meine letzten Kippen.

Barfuß lief ich die Treppe nach unten. Tatsächlich war die Tür angelehnt. Erleichterung machte sich breit, doch als ich – mit der Hand die Augen vor der Sonne abschirmend – nach draußen trat, konnte ich sie nirgendwo entdecken.

»Liv, wo bist du?«, rief ich noch einmal. Weil ich keine Antwort erhielt, ging ich wieder ins Haus. Ich schaute im Bad nach und im Wohnzimmer, ging sogar noch mal ins Schlafzimmer, doch es war Fakt, Liv war abgehauen.

»Na warte, du Miststück. Das wirst du bereuen.«

In Höchstgeschwindigkeit zog ich meine Hose und ein frisches Shirt an. Zeit für eine Dusche blieb mir nicht. Mein Leben konnte von jeder Sekunde abhängen, die ich hier noch herumtrödelte, während sie bereits wer weiß wo war.

Ich las auf meinem Handy die Uhrzeit ab und stieß einen Fluch aus. Viertel nach neun. Ich hatte mich von ihr hereinlegen lassen. Sie hatte mich mit dem Blowjob in Sicherheit wiegen wollen, obwohl sie nie einen Zweifel daran gelassen hatte, dass sie schnell von hier wegwollte. Konnte sie heute Morgen schon einen Cop erreichen? Fieberhaft überlegte ich, wie weit das nächste Department entfernt war, doch im Grunde war das sinnlos. Wenn sie sich von einem Anhalter hatte mitnehmen lassen, war sie längst bei ihrem Daddy.

Ohne lange zu überlegen, stieg ich in meinen Wagen und fuhr los. Wieder nahm ich die US-41, die wir auch gestern hierhergefahren waren.

Es war sehr wahrscheinlich, dass sie zurück in die Stadt wollte.

Konzentriert suchte ich den Straßenrand zu beiden Seiten ab, deshalb musste ich die Geschwindigkeit immer wieder drosseln, aber nirgendwo war eine Spur von ihr.

Als an einer Kreuzung eine Tankstelle in Sicht kam, hielt ich, um zu fragen, ob man sie dort gesehen hatte. Ein Kerl mittleren Alters mit einem Bauchansatz kam mir entgegen. »Einmal volltanken?«

»Nein, ich hab nur eine Frage.«

Sofort verdüsterte sich sein Gesicht. Fragen hatte niemand besonders gern. »Was gibt's denn?«, wollte er wissen.

»Ich bin auf der Suche nach einer Frau. Anfang zwanzig, rötlichblonde Haare, lang, braune Augen, denke ich. Nicht besonders groß.«

»Aber hübsche Titten?«

»Sie war hier?«

Er hob die Schultern und wollte sich schon abwenden. »Schon möglich.«

»Hey.« Ich hielt ihn am Arm fest. »Erzähl mir mehr.«

Als er mich auffordernd ansah, griff ich in meine Hose und zog ein Bündel Scheine hervor. Zwei davon drückte ich ihm gegen die Brust. Er nahm sie schnell, bevor sie herunterfielen. »Und jetzt rede!«

»Die Beschreibung passt auf eine, die vorhin da war. Hier ist nicht besonders viel los, daher fällt so eine Hübsche schon auf, wenn sie sich mal blicken lässt.«

»Wo ist sie?«, fragte ich ungeduldig.

»Keine Ahnung. Ist mit irgendeinem Kerl abgehauen, den sie angerufen hatte.«

»Was für ein Kerl?«, presste ich hervor.

»Was weiß ich! Er hat sich mir nicht vorgestellt. So um die fünfzig, gut gekleidet.«

Holden war über sechzig, also hatte er sie nicht selbst abgeholt.

»Von wo aus hat sie telefoniert?«

Er machte eine Kopfbewegung zu einer Telefonzelle am anderen Ende des Tankstellengebäudes, direkt neben den Toiletten. Verdammt! Solche Dinger gab es noch? Die Nummer würde ich also nicht herausfinden.

»Wann war das?«

Grübelnd zog er die Brauen zusammen und fuhr sich mit der Hand über die schweißnasse Stirn. »Vor 'ner Stunde, nehme ich an.«

»Vor einer Stunde ist sie hier weg?«

»Nee, vor 'ner Stunde hat sie angerufen. Weg sind sie erst seit Kurzem. So lange hat sie hier gewartet. Ich hab natürlich nicht auf die Uhr geschaut. Konnte ja nicht wissen, dass sich jemand dafür interessieren würde. Mir ist nur der Wagen aufgefallen, nettes Teil.«

»Was war das für einer?«

»Nagelneuer Mercedes Benz in Schwarz. Kein Staubkorn drauf. Sah aus, als wäre er eben erst vom Band gelaufen, und hat geschnurrt wie ein Kätzchen, als sie davongefahren sind.«

Ich nickte. Einer der ungepanzerten Wagen. Er musste offenbar sehr sicher sein, dass keine Gefahr drohte. Das war gut. »In welche Richtung sind sie gefahren?«

»In welche Richtung …«, überlegte er. »Da lang. Sie sind da lang gefahren.« Er zeigte auf den Weg, aus dem wir gestern gekommen waren.

Ich hielt ihm noch einen Schein hin, den er sofort an sich riss. »Wie viele saßen im Wagen?«

»Ich denke, bloß einer. Sie setzte sich auf den Beifahrersitz. Die Scheiben waren hinten getönt, also keine Ahnung, ob da auch noch jemand war.«

»Ging sie freiwillig mit?«

Jetzt starrte er mich an, als hätte ich den Verstand verloren. »Sie hat ihn doch angerufen. Sie sah auch nicht so aus, als würde sie sich wehren, und wer würde nicht gerne mal in so einem Schlitten durch die Gegend fahren?«

»Danke.« Ich drehte mich um und stieg umgehend wieder in meinen Mustang, den ich Richtung Miami Beach lenkte.

Ich hatte nur eine Chance: Ich musste sie erwischen, bevor sie bei Holden ankamen und sie ihm brühwarm alles erzählen konnte. Natürlich war es nur pure Spekulation, aber wenn ich Glück hatte, war Holden nicht selbst gekommen, sondern hatte jemanden geschickt, um sie abzuholen. Es bestand die geringe Chance, dass ich ihr das Maul stopfen konnte, bevor sie ihn warnte.

Ich hielt mich nicht an Geschwindigkeitsbeschränkungen und nahm Abkürzungen, wo ich nur konnte. Mein Plan würde nur aufgehen, wenn ich sie an ihrem Ziel gebührend empfing, und wenn ich mit meiner Vermutung richtiglag, brachte man sie in ihr Elternhaus. Wo sich das befand, wusste ich selbstverständlich, und ich würde diese geringe Chance nutzen, denn eine andere Möglichkeit hatte ich nicht.

»Ich krieg dich, Liv Holden«, sagte ich halblaut. »Und dann gnade dir Gott.«

12. CATCH AND KILL

Liv

Zu meinem Ärger hatte Drake mir mein Handy abgenommen, weshalb ich erst mal nach einem Telefon suchen musste. Ein Anhalter war so nett gewesen, mich ein Stück mitzunehmen, jedoch war sein Akku leer. Dafür schlug er vor, mich bei der nächsten Tankstelle rauszulassen, und gab mir sogar noch etwas von dem Klimpergeld, welches überall im Auto herumflog. Darüber war ich mehr als glücklich, denn ich hatte selbst keinen Cent bei mir, wie ich ihm peinlicherweise gestehen musste.

Das Freizeichen ertönte und mein Herz klopfte vor Aufregung.

»Dad?«, rief ich sofort, noch bevor er etwas sagen konnte.

Für ein paar Sekunden herrschte Schweigen. »Liv? Bist du das?«

Mein Vater klang ungeduldig, und ich beeilte mich, das Chaos in meinem Kopf in ein paar einfache Sätze zu sortieren. »Ja, ich bin's. Hör zu, Dad, du musst mir helfen. Ich stehe hier an einer Tankstelle …« Ich schaute nach dem Namen, der an dem Gebäude angebracht war, und gab ihn meinem Vater durch.

»Moment mal, du bist in Miami? Was hat das zu bedeuten? Und wieso stehst du an einer Tankstelle?«

»Das ist eine lange Geschichte. Ich erkläre es dir, sobald ich zu Hause bin, versprochen.«

»Worauf du dich verlassen kannst!«, blaffte er. »Wir hatten eine Abmachung: Du verwaltest das Restaurant! Stattdessen muss ich jetzt erfahren, dass du dich ohne mein Wissen bereits wieder in Miami befindest? Dir ist klar, dass das Konsequenzen für dich haben wird?«

»Es gibt gute Gründe. Lass uns später darüber reden. Kannst du mich jetzt abholen? Bitte?« Unruhig schaute ich immer wieder die Straße hinab. Ich betete darum, dass Drake nach der kurzen Nacht noch schlief.

»Bleib, wo du bist!«, befahl mein Vater und legte ohne ein weiteres Wort auf.

Angespannt wartete ich auf Dads Wagen, während ich immer wieder argwöhnisch Ausschau nach einem dunklen Mustang hielt. Mittlerweile musste Drake längst wach geworden sein, und ich nahm an, dass er – vorsichtig ausgedrückt – über mein Verschwinden nicht sehr begeistert war.

Als der Wagen kam und ich Barry darin erkannte, spürte ich einen Stich der Enttäuschung. Der Gedanke, mein Vater mache sich nicht mal ein bisschen Sorgen um mich oder hatte Besseres zu tun, als mich selbst abzuholen, schmerzte.

Mir war klar, dass wir früher oder später miteinander reden würden. Wenn er sich genügend über das, was ich ihm über Drake berichten wollte, aufgeregt hatte, würde ich sicher auch zu meiner Standpauke wegen des Restaurants kommen. Doch zuerst würde er mir sagen, dass Drakes Anschuldigungen nichts als Unsinn waren und er ihn verwechselte. Anders konnte es nicht sein. Anders durfte es nicht sein.

Trotzdem fühlte ich die Enttäuschung tief in meinen Eingeweiden. Eiskalt schien sie sich auszubreiten und von mir Besitz zu ergreifen. Vergeblich versuchte ich, dieses Gefühl zu verdrängen, indem ich mir einredete, dass Dad als Geschäftsführer eines Restaurants zu beschäftigt war, um sich auch noch mit den Sorgen und Problemen seiner Tochter auseinanderzusetzen. Im Grunde hatte er gar keine Ahnung von meinem Leben, und bis auf die Tatsache, dass er mich mit der Leitung des Restaurants in Kansas betraut hatte, gab es beinahe nichts, was uns verband. Ich hatte ihm damit beweisen wollen, dass ich sein Vertrauen verdiente und er sich auf mich verlassen konnte. Leider war das absolut in die Hose gegangen. Restaurant pleite, eine Menge Geld in den Sand gesetzt. Er würde nicht sehr begeistert sein.

Manchmal fragte ich mich, ob ich ihm überhaupt etwas bedeutete. Ich war zwar seine Tochter, aber wie ein besorgter Vater hatte er sich auch heute nicht gerade verhalten. Meine persönlichen Angelegenheiten waren eigentlich noch nie zu ihm durchgedrungen, es war immer Ellen gewesen, die sie abgefangen, sich um mich gesorgt und gekümmert hatte und damit wohl das gewesen war, was einer Mutter am nächsten kam.

Ach, Ellen! Beim Gedanken an sie kamen mir beinahe die Tränen. Ich hatte sie so vermisst und freute mich darauf, mich endlich wieder in ihre Arme zu schmiegen. Ja, ich war erwachsen, doch dafür konnte man doch gar nicht zu alt werden, oder? Jeder brauchte jemanden, der für einen da war. Ihn liebte.

Ich seufzte und stieg in den Wagen.

Barry war nicht besonders gesprächig, und ich konnte ihm gerade mal entlocken, dass wir nach Hause fahren würden, wo Dad auf mich wartete. Es gab nicht den geringsten Zweifel daran, dass Dad im Anschluss an meinen Bericht über Drake Maßnahmen ergreifen und die Cops einschalten würde. Innerhalb kürzester Zeit hätten sie ihn geschnappt und ins Gefängnis verfrachtet. Alles wäre wieder beim Alten. Dad war dann wieder sicher und ich war es auch.

Beinahe hätte ich erleichtert aufgeatmet, doch nach einem Seitenblick auf Barry ließ ich es bleiben. Der Kerl war mir nicht geheuer. Nicht nur, dass er so gut wie gar nicht sprach, er sah auch immer grimmig aus. Eine Weile überlegte ich, was eigentlich seine Aufgabe war. Ich hatte ihn nie im Restaurant aushelfen sehen, aber vielleicht war er auch eher ein guter Freund meines Vaters als ein Angestellter. Zumindest würde das erklären, warum er oft bei uns zu Hause gewesen war. Tatsache war jedoch: Ich wusste es nicht.

Wir waren gerade auf einer kurvigen Stelle, als ich einen lauten Knall hörte und der Wagen ins Schlingern geriet. Barry fluchte, wir rutschten quer über die Straße und drehten uns in die entgegengesetzte Fahrtrichtung. Vergeblich versuchte Barry, die Lenkung unter Kontrolle zu bekommen, während ich gar nicht wusste, was überhaupt los war. Ich vermutete zuerst eine Reifenpanne, doch dann hörte ich Schüsse und die Frontscheibe zersprang. Schützend hielt ich mir die Hände vor das Gesicht und schrie.

Um Gottes willen! Jemand hatte auf den Wagen geschossen. Barry schrie mich an: »Geh in Deckung, verdammt!«

Ich duckte mich und presste die Stirn auf die Oberschenkel. Das durfte doch nicht wahr sein. Wieder ertönte ein Schuss, der mich aufschreien ließ, und wir kamen nach einem letzten Rucken zum

Stehen. Doch hier konnten wir nicht bleiben, stellte ich panisch fest, als ich den Kopf wieder hob. Wir befanden uns mitten in einer Kurve und gaben eine hervorragende Zielscheibe für weitere Schüsse ab.

»Barry!«, schrie ich. »Wir müssen hier weg. Ich weiß, wer das ist. Barry, los, fahr doch. Er wird noch mal schießen, wir sind hier nicht sicher.«

Weil ich an seinem Arm rüttelte, sackte sein Kopf nach vorne, und ich sah das Blut, das aus einer Stirnwunde über sein Gesicht lief.

»Barry! O nein, mach die Augen auf. Du blutest.« Ich rüttelte weiter an seinem Arm, als könnte ich damit irgendwas erreichen. Das Blut tropfte auf sein Hemd.

Barry machte seine Augen nicht auf. Er machte auch sonst nichts weiter. Er war tot. Die Erkenntnis traf mich in dem Augenblick, in dem ich den kupfernen Geruch des Blutes wahrnahm und jemand die Beifahrertür aufriss.

Drake sah düster und gefährlich aus. Außerdem war er furchtbar wütend. Ich machte mir keine Illusionen; seine Wut galt mir allein, denn ich hatte ihn dazu gebracht, einen Mann zu erschießen. Schon wieder. Gott! Ich war schuld daran, dass Barry tot war!

Keine Frage, jetzt war es so weit und er würde mich ebenfalls töten. Ich wusste ja, dass er nicht lange fackelte. Ich war nur eine weitere Kerbe auf seiner *Erledigt-Liste*. Er beugte sich ins Auto, und ich kniff instinktiv die Augen zusammen, doch er griff über mich hinweg und löste den Sicherheitsgurt. Dann zog er mich ziemlich unsanft aus dem Auto und schubste mich gegen die Karosserie. Mit einer Hand drückte er meine Kehle zu, während er die andere in den Stoff meines Shirts krallte und mich gegen den Wagen presste. Ich spürte den Seitenspiegel schmerzhaft an meiner Hüfte.

»Diesen Scheiß hast du nicht umsonst gemacht!«

»Du verdammter …«, japste ich und schlug auf ihn ein.

»Sei still!«, fuhr er mich an und zog mich hinter sich her zu seinem Auto, das mitten auf der Fahrbahn stand. Meine Schläge machten ihm nicht das Geringste aus. Als wir den Wagen beinahe erreicht hatten, drehte er sich zu mir um und umfasste mein Kinn so fest, dass es schmerzte. Seine Augen sprühten Funken. »Du allein trägst die Schuld daran, dass der Kerl tot ist. Du konntest dir doch wohl denken, dass ich dich nicht so einfach entkommen lasse. Ich hatte dich gewarnt, Liv, dass ich dir überallhin folgen würde. Du, Liv, hast ihn auf dem Gewissen. Das solltest du nicht vergessen!«

Ich riss mich los und funkelte ihn hasserfüllt an. »Nein! So leicht mache ich es dir nicht. Du hast abgedrückt! Du hast ihn umgebracht, Drake. Er hatte nicht mal eine Ahnung davon, warum er überhaupt sterben musste.«

»Ich glaube nicht, dass das irgendeine Rolle spielt.«

»Er hat gar nichts gewusst, sondern nur die Anordnungen meines Vaters befolgt, indem er mich abgeholt hat.«

»Mir kommen gleich die Tränen«, sagte Drake abfällig. »Er ist genauso ein Verbrecher, wie dein alter Herr es ist, und glaube mir, er hat es mehr als verdient. Einer weniger, der sich mir in den Weg stellen könnte. Scheiß auf Barry Conway.«

»Du kennst Barry?«, fragte ich verblüfft.

Zur Antwort bekam ich nur ein Schnaufen.

Das war alles zu viel für mich, und meine Nerven, die sowieso schon blank gelegen hatten, verabschiedeten sich gerade vollends. »Du hast ihn einfach erschossen.«

Drake hob die Schultern, während er sich seine Knarre wieder in den Hosenbund steckte. »Du bist abgehauen, Kleines. Hast du ernsthaft angenommen, dass ich dir das durchgehen lasse? Glaubst du, dein kleiner Blowjob hat dazu geführt, dass ich nachlässig werde? Dann muss ich dich nämlich enttäuschen. Das nächste Mal denkst du etwas ausführlicher darüber nach, welche Folgen deine Taten haben könnten, verstanden?«

»Ich schwöre dir …«, presste ich hervor.

»Was denn?«

»Ich werde dich persönlich …«

»Umbringen? Nur zu! Aber bedenke bitte, dass ich darauf vorbereitet sein werde. Du wärst nicht die Erste, die das versucht. Sieht so aus, als würde einer von uns beiden früher oder später auf jeden Fall dran glauben, aber, Süße, ich werde es nicht sein. Und jetzt steig ein!«

Er öffnete die Tür und verlieh seiner Aufforderung mit einer Kopfbewegung Nachdruck.

Schweigend saß ich neben ihm, während im Rückspiegel der Mercedes meines Vaters immer kleiner wurde. Ich weinte nicht, zumindest glaubte ich das, aber warum liefen dann trotzdem unaufhörlich Tränen meine Wangen hinab? Ärgerlich wischte ich mir über das Gesicht.

»Das war sehr dumm von dir«, sagte er leise. Dann schlug er wütend auf das Lenkrad, sodass ich vor Schreck zusammenzuckte. »Du hast mir keine Wahl gelassen, Liv.«

»Man hat immer eine Wahl. Niemand hat dich gezwungen, zu diesem Mann zu werden, der du heute bist. Das hast du dir selbst angetan.«

Darauf sagte er nichts, starrte nur mit gerunzelter Stirn auf den Weg vor uns. Schließlich räusperte er sich.

»Du hast nicht ganz unrecht.«

»Ach!«

»Niemand ist dafür verantwortlich, dass ich ein Auftragskiller geworden bin, außer mir selbst.«

Jetzt hat er es ausgesprochen! Er hat es tatsächlich gesagt! Er ist ein Killer, der für Geld tötet. Ich habe gestern Abend einen Mehrfachmörder oral befriedigt und hatte auch noch Spaß daran. Und das Schlimmste ist, ich könnte mir noch viel mehr mit ihm vorstellen. Nein! Nein! Nein! Raus aus meinem Kopf, ihr verrückten Gedanken.

»Sag ich ja«, entgegnete ich schwach.

»Du glaubst vielleicht, ich bringe wahllos irgendwelche Leute um. Aber so ist es nicht. Barry Conway war kein großer Verlust, glaub mir, aber verdammte Scheiße, ich hasse es, Spuren zu hinterlassen. Wieder einmal. Da dein Vater und seine Leute jetzt wissen, dass du in Miami bist, werden sie nichts unversucht lassen, dich zu finden. Sie werden die Gegend durchkämmen, bis sie unser schönes kleines Häuschen gefunden haben.«

»Hoffentlich«, fauchte ich. »Je früher, desto besser.«

»Du wirst mich nicht aufhalten, Liv Holden«, sagte er mit gefährlich leiser Stimme. »Und bete lieber darum, dass mir von den Leuten deines Vaters keiner mehr in die Quere kommt.«

»Ich hasse dich«, sagte ich mit einer Inbrunst, die ich tief in meinem Herzen empfand.

»Nein, das tust du nicht«, sagte er ziemlich selbstsicher.

»O doch! Es gibt niemanden, den ich mehr verabscheue als dich. So wahr ich hier sitze.«

Er schwieg, dann hob er die Schultern, bevor er in den nächsten Gang schaltete. »Du würdest sofort deine Beine für mich breit machen, um dich von mir ficken zu lassen. Ich würde dich dazu bringen, meinen Namen zu stöhnen und mich um mehr anzuflehen. Du hasst mich nicht, Liv, du stehst auf mich. Allein wie du mich geküsst hast …«

»Und wenn schon«, erwiderte ich atemlos. »Das bedeutet lediglich, dass ich lange keinen Sex hatte. Es hat nicht das Geringste mit dir zu tun. Du bedeutest mir rein gar nichts und ich wünschte, ich wäre dir niemals begegnet.«

»Dann geht es dir wie mir.«

Ich presste meine Lippen fest zusammen. Jedes weitere Wort wäre verschwendet und zwecklos. Damit war das Thema offenbar beendet. Wir hingen unseren eigenen Gedanken nach, bis wir schließlich am Ziel waren. Dem hübschen kleinen Holzhaus in den Everglades.

13. THE TASTE OF REAL LIFE

Drake

Eine Zeit lang hatte ich heute wirklich geglaubt, ich würde sie nie mehr sehen und Holden sie in irgendein Versteck verfrachten, noch bevor ich sie finden konnte. Glücklicherweise war es nicht dazu gekommen. Sie war wieder bei mir.

Ich brauchte sie als Druckmittel, um an Holden ranzukommen, und ich brauchte sie noch viel mehr, weil sie mich einfach nicht mehr losließ. Sie hatte mich wortwörtlich bei den Eiern – und das nicht erst seit letzter Nacht.

Der Grund für die panische Verzweiflung, die mich den ganzen Morgen begleitet hatte, war nicht nur der, dass sie mich sicher bei Holden verpfeifen würde. Damit konnte ich umgehen. Ich war gut darin, unterzutauchen und dann aus dem Hinterhalt zuzuschlagen. Ich hätte nicht zum ersten Mal auf diese Weise gearbeitet. Nein, verdammt. Sie war es, die ich wollte. Ich konnte sie nicht aufgeben. Noch nicht. Der Tag würde kommen, das wusste ich wohl besser als jeder andere, aber noch nicht heute. Noch brauchte ich sie in meiner Nähe, um … Ja, für was eigentlich? Was war mit mir los? Wurde ich langsam alt und begann deshalb, mich an Menschen zu hängen? Einen Menschen? Eine Frau? Liv?

Meine Finger krampften sich um das Lenkrad. Das war doch lächerlich! Nein! Ich würde mich niemals an jemanden binden, das konnte ich niemandem antun, und ich wollte das auch nicht. Diese ganze Beziehung-und-Familie-mit-Kindern-Sache war was für andere, ganz sicher nicht für mich. Aber vergangene Nacht hatte es sich mit ihr auf so viele abgefuckte Arten richtig und gut angefühlt. So gut wie nichts anderes jemals zuvor. Und ich wollte mehr davon. Ich wollte sie besitzen und ihr meinen Stempel aufdrücken. Sie sollte mir gehören. Doch würde sie das zulassen? Würde sie mich freiwillig noch einmal so nah an sich ranlassen?

Wie auch immer, ich wollte sie bei mir haben, denn wir beide waren noch längst nicht fertig miteinander. Jetzt hatte ich sie zurück, und – das war total irre – ich würde sie auch vorerst behalten.

Keine Ahnung, wann ihr bewusst wurde, dass wir wieder in die Everglades fahren würden anstatt zur Villa, zumindest verlor sie kein Wort darüber, sondern schwieg während der Fahrt. Ich konnte es ihr nicht verdenken, immerhin hatte ich sie wiederholt entführt. In ihren Augen befand sie sich in meiner Gewalt, weil ich verhindern wollte, dass sie Holden vor mir warnte. Sollte sie das ruhig glauben! In Wahrheit war sie mein Pfand und ich wollte mittlerweile sogar beinahe, dass er wusste, dass ich sie hatte. Es ging hier nicht mehr nur um Holdens Leben, sondern auch um das seiner Tochter. Ich ging doch stark davon aus, dass Daddy etwas an seiner kleinen Prinzessin lag und er alles für sie tun würde.

***

»Komm schon, steig aus«, sagte ich gereizt, als wir angekommen waren.

Ohne sich zu beschweren, tat sie, was ich verlangte, und ging bereits vorweg zum Haus, während ich noch etwas aus dem Wagen holte.

Mit verschränkten Armen und einem angewinkelten Bein, den Fuß an der Wand neben der Haustür abgestützt, lehnte sie mit dem Rücken daran und starrte vor sich hin. Sie wirkte nicht geschlagen oder besiegt. Ihr Kinn war in die Höhe gereckt, die Schultern gerade; ich hatte es mit einer kämpferischen Liv zu tun. Nicht mit der anschmiegsamen von gestern Nacht, die zu viel Wein getrunken hatte und deren Lippen dessen rote Farbe angenommen hatten. Ich würde nie ihren Anblick vergessen, als sie mir … Scheiße! Bloß nicht dran denken. Jetzt waren sie zu einer schmalen Linie zusammengepresst, genau wie ihre Augen, und sie sah erschöpft aus. Ihre Wangen waren beinahe blass unter der Sonnenbräune. Als ich die Tür geöffnet hatte, ließ ich sie zuerst hineingehen. Zielstrebig stieg sie die Stufen zur ersten Etage hinauf. Nachdenklich sah ich ihr hinterher und versuchte, die letzten sechzig Stunden durch ihre Augen zu sehen und nachzuempfinden, wie es ihr dabei gegangen war. Zwei Mal musste sie dabei zusehen, wie ein Mensch starb. Erschossen. Und zwar von keinem Geringerem als mir. Irgendwie konnte ich nachvollziehen, dass sie sich in meiner Nähe nicht ganz wohlfühlte.

Ein paar Minuten wartete ich, dann ging ich hinterher, um nach ihr zu sehen. In der Schlafzimmertür blieb ich stehen und musste mich plötzlich am Rahmen abstützen. Wie sie da zusammengerollt lag – in der Mitte des Doppelbetts –, sah sie aus wie ein junges Mädchen, unschuldig und verletzlich. Dieser Anblick machte etwas mit mir. Er weckte in mir den Wunsch, diese Frau gegen alle Übel dieser Welt zu beschützen. Absoluter Blödsinn. Noch nie in meinem Leben hatte ich auf jemanden achtgeben müssen, nur auf mich selbst, und das war schon anstrengend genug gewesen. Dass ich es tatsächlich geschafft hatte, dreißig Jahre alt zu werden, ohne mir ein Messer in den Rippen oder eine Kugel im Herzen einzufangen, war in meinem Fall nicht selbstverständlich. Doch ich hatte mich durchgeschlagen und mir so etwas wie ein Leben aufgebaut. Was wäre, wenn ich sie da hineinließe? Wenn ich tatsächlich der wäre, der auf sie aufpasste? Damit würde ich sie gleichzeitig der Gefahr aussetzen, der ich mich tagtäglich stellte. Kam absolut nicht infrage.

Leise trat ich näher an das Bett heran, bis ich auf sie hinabblickte. Sie seufzte im Schlaf und ihr Mundwinkel zuckte. Ich zog meine Schuhe aus und das T-Shirt über den Kopf. Achtlos ließ ich es zu Boden fallen. Dann kniete ich mich auf die Matratze und rutschte näher an sie heran, bevor ich mich hinter sie legte, ohne sie richtig zu berühren. Vorsichtig ahmte ich ihre Stellung nach, sodass sie beinahe von meinem Körper eingehüllt war.

Ja, das war es. Das war der perfekte Moment.

Den Duft ihrer Haare in meiner Nase und mir der Wärme, die ihr Körper ausstrahlte, mehr als bewusst, sank auch ich in einen ruhigen Schlaf, wie ich ihn schon lange nicht mehr erlebt hatte.

***

Etwas kitzelte an meiner Nase. Reflexartig wollte ich daran reiben, doch ich konnte meine Hand nicht bewegen. Noch vollkommen benommen vom Schlaf blinzelte ich.

Was zum …? Hatte man mir die Hände und auch gleich die Beine gefesselt?

Schlagartig erfasste ich die Situation und registrierte eine Menge Details auf einmal. Ich hatte stundenlang geschlafen, ohne auch nur einmal aufzuwachen. Normalerweise ein absolutes No-Go, doch ich fühlte mich so ausgeruht wie lange nicht mehr. Meine Arme waren unter dem Körper und den Achseln von Liv gefangen, die sich ganz dicht an mich geschmiegt hatte und immer noch tief schlief. Ihre Beine hatten sich mit meinen verheddert, weshalb ich sie nicht bewegen konnte.

Scheiße, fühlte sich das gut an! Ich musste mir ein Grinsen verkneifen und war froh, dass sie von all dem hier noch nichts mitbekam. Sonst hätte sie wohl festgestellt, dass mein Schwanz ebenso begeistert über ihr Bedürfnis nach Nähe zu mir war.

Irgendwann in der Nacht musste sie sich unbewusst in meine Umarmung geschmiegt haben. Tatsächlich war ich daran völlig unschuldig, denn ich lag immer noch am Rand des Bettes, an den sie sich nun auch gedrängt hatte. Die andere Hälfte war leer, und so wie es momentan aussah, hätten dort noch einmal zwei Menschen Platz gefunden.

Nur über meine Leiche! Kein anderer Mann würde Gelegenheit bekommen, in ihr Bett zu steigen.

Ich entspannte mich, versuchte, mich nicht zu viel zu bewegen, um sie nicht aufzuwecken, aber das war kein Problem. Ich konnte mühelos stundenlang bewegungslos ausharren, auch wenn mein Schwanz die Sache etwas schwerer machte. Er hatte sich an ihren hübschen Po gedrückt, und genau da würde er auch vorerst bleiben, wenn es nach mir ginge. Ich wollte die Situation noch ein wenig auskosten. Meine Lider senkten sich wieder und ich vergrub meine Nase in ihren Haaren, doch das Grinsen wollte nicht ganz verschwinden.

Jede Müdigkeit war wie weggeblasen, als ich sie keuchen hörte. Hellwach, meine Sinne geschärft, achtete ich auf irgendwas Ungewöhnliches, doch da war nichts und niemand, nur wir beide.

Es war viel heller, ich musste noch einmal gute zwei Stunden geschlafen haben. Liv hielt den Atem an, wahrscheinlich verschaffte sie sich einen Überblick über die Situation, nur um festzustellen, dass ich an unseren ineinander verkeilten Körpern unschuldig war. So süß! So begehrenswert!

Ich befreite meinen Arm und umfasste ihre Taille, zog sie noch näher an mich heran. »Atme!«, raunte ich in ihr Ohr. »Atme, Liv.«

Zittrig holte sie Luft, und ich registrierte, dass sie nicht versuchte, vor mir zu fliehen. Na, das war doch mal etwas Positives.

Meine Hand lag auf ihrem Bauch, und ich wertete es als gutes Zeichen, dass sie sie nicht sofort wegschlug. Als ich sie langsam nach oben schob, bis die Fingerspitzen an die Unterseiten ihrer Brüste stießen, drückte sie kaum merklich den Rücken durch. Sie mochte es, wie ich sie berührte. Ich ging noch weiter, fuhr nach oben und streifte dabei nur kurz ihre Brustspitze, registrierte jedoch, dass diese hart wie eine Murmel war. Auf dem Dekolleté spreizte ich die Finger, sodass Daumen und Ringfinger ihr Schlüsselbein berührten. Die Haut war so weich und ihr Herz klopfte wild. Mein Unterarm ruhte auf ihren Brüsten und ich schob mich näher an sie, presste meinen Schwanz an den sexy Bereich zwischen ihren Arschbacken und wollte zustoßen. Es kostete mich jede Menge Selbstbeherrschung, es nicht zu tun, und ich war verdammt froh, dass wir beide noch Klamotten trugen. Sonst hätte ich mich wohl nicht zurückhalten können. Doch ich wollte sie nicht gleich überfordern, da ich annahm, dass sie davon alles andere als begeistert gewesen wäre. Ich strich über ihren Hals, die Stelle, an der ihre Halsschlagader pochte, und legte meine Finger locker um ihre Kehle. Ihr Kopf fiel nach hinten. Ich küsste sie aufs Ohr, die zarte Haut darunter, die so warm war und verführerisch duftete, und biss leicht in den sanften Übergang von Hals zu Nacken, den ich gestern bereits angestarrt hatte, als sie auf der Veranda gesessen hatte, die Haare hochgesteckt.

So gut! Liv war die Versuchung pur und ich wollte sie!

Meine Hand wanderte wieder nach unten, umfasste eine Brust und knetete sie, während meine Lippen an ihrem Hals lagen. Den Bereich, an dem mein Schwanz begierig pochte, blendete ich angestrengt aus, auch wenn mir selten etwas so schwergefallen war. Jetzt wollte ich sie stöhnen hören, ihr lustvolles Keuchen und ihre Stimme, die mir sagte, was ich für sie tun sollte. Ihr Atem kam mittlerweile stoßweise. Zweimal hintereinander schluckte sie, dann war es vorbei. Sie befreite sich aus meiner Umarmung und verließ das Bett. Fassungslos sah ich sie im Bad verschwinden und hörte wenig später das Wasser der Dusche rauschen.

Ich rammte die geballte Faust in das Kissen und vergrub mein Gesicht darin, dann rückte ich meinen schmerzenden Schwanz zurecht.

Auf einmal fühlte sich das Bett nicht mehr gemütlich an. Es war viel zu groß und kalt. Seufzend stand ich auf und ging nach unten.

Kaffee ist in jeder Situation eine gute Idee, dachte ich missmutig, während ich in meine Tasse starrte. Ein Geräusch sorgte dafür, dass ich meinen Blick hob. Liv betrat die Küche. Sie sah ziellos umher, als würde sie etwas suchen.

»Kaffee?«, fragte ich mürrisch, um ihr behilflich zu sein.

Sie kaute eine Weile auf ihrer Lippe herum, immer noch wild umherblickend. Das machte mich verrückt. Genervt rutschte ich von meinem Stuhl, um ihr eine Tasse einzugießen. Mittlerweile hatte sie am Tisch Platz genommen und ich stellte den Kaffee vor sie hin. »Milch? Zucker?«

»Zucker, bitte«, sagte sie leise.

Zucker und Löffel reichte ich ihr. Ich war ja so unfassbar fürsorglich.

Sie bedankte sich wieder höflich und schenkte ihre Aufmerksamkeit dem Zucker, der sich in ihrem Kaffee auflöste.

Das hielt ich nicht länger aus. Ich stieß die Hintertür so kräftig auf, dass sie an die Wand schlug, und ging raus auf die Veranda. Es war ein sonniger Tag, der Himmel strahlend blau, und vermutlich würde es sehr heiß werden. Allerdings war mir das Wetter vollkommen egal, ich musste mich konzentrieren, wenn ich nicht wollte, dass mein Leben und meine Karriere den Bach runtergingen.

Gerade überlegte ich, was in Sachen Holden als Nächstes zu tun sei, da hörte ich sie fluchen.

»Wie stellst du dir das eigentlich vor? Willst du mich aushungern? Ist das dein Plan?«

»Was?«, fragte ich verständnislos und drehte mich zu ihr um.

Wie eine Rachegöttin stand sie in der Tür und funkelte mich an. »Im Kühlschrank ist nichts, was man essen könnte, und auch deine Ration Ravioli dürfte nicht länger als einen Tag reichen. Wenn du mich schon gegen meinen Willen hier festhältst, solltest du dafür sorgen, dass ich nicht an Unterernährung sterbe, bevor du beschließt, was genau du mit mir vorhast.«

Ihr Blick bohrte sich in meinen. Nichts war mehr von der Unsicherheit zu sehen, die sie noch vor ein paar Minuten an den Tag gelegt hatte. Was zum Teufel war passiert?

»Wir können heute was einkaufen gehen. Es gibt da einen Publix ganz in der Nähe. Hat zwar keine besonders große Auswahl, aber es dürfte vorerst ausreichen.«

»Hm«, sagte sie, trank aus ihrer Tasse und ging wieder hinein. Ich folgte ihr und hörte sie am Spülbecken hantieren, wo sie ihre Tasse ausspülte und sie dann zum Abtropfen danebenstellte.

»Ich warte draußen«, klärte sie mich auf und verließ das Haus durch die Vordertür.

Grinsend sah ich ihr hinterher. Offenbar war sie eine von denen, die schlechte Laune bekamen, wenn sie hungrig waren. Wenn es weiter nichts war. In dem Punkt würde ich ihr helfen können. Ich schnappte mir die Autoschlüssel, die ich auf dem Küchenschrank deponiert hatte, damit sie nicht auf dumme Gedanken kam, und folgte ihr.

Natürlich hätte ich sie auch zurückpfeifen können, um ihr klarzumachen, wer hier den Ton angab, aber ihr Verhalten amüsierte mich, und ich war gespannt, was dieser Tag noch für Überraschungen bereithielt. Ja, ich freute mich sogar darauf.

14. JEALOUSY IS A BITCH

Liv

Ärgerlich starrte ich ihm entgegen, als er lässig, die Hände in den Hosentaschen vergraben, die Stufen runterspazierte, als hätte er alle Zeit der Welt. Meine Wut verrauchte sofort. Ich hatte mich wegen des Essens völlig kindisch benommen, aber irgendwo musste ich mit meiner Verwirrung auch hin.

Wie er aussah, sich bewegte, das war nichts anderes als atemberaubend sexy. Gefährlich und sexy. Auf eine düstere Art zog er mich an wie ein Magnet, und ich hatte nicht die geringste Chance, mich dieser unbändigen Kraft entgegenzusetzen. Dieser Mann war im wahrsten Sinne des Wortes gefährlich, und wenn ich nicht aufpasste und ihn zu nah an mich heranließ, wäre er auch gefährlich für mein Herz und meine Seele. Am meisten machte mir zu schaffen, dass ich mir selbst nicht mehr traute. Schon einmal war ich vollkommen ausgetickt, als ich – na gut, ich hatte immerhin beinahe eine Flasche Wein getrunken – ihn mit dem Mund verwöhnt hatte. Allein die Erinnerung trieb mir die Schamesröte ins Gesicht.

Heute dicht an ihn geschmiegt aufzuwachen war ein Schock, und ich konnte ihm nicht mal die Schuld daran geben, weil ich es gewesen war, die ganz offensichtlich nicht die Finger von ihm hatte lassen können. Sogar im Tiefschlaf hatte ich seine Nähe gesucht und dabei auch noch so gut wie lange nicht mehr geschlafen. Peinlich! Aber seine Berührungen, seine Hand an meinem Hals, das war so gut gewesen. Der Bart hatte an meinem Nacken gekitzelt und mir eine Gänsehaut verschafft, als er darübergestrichen war. In seiner Nähe war ich nicht mehr zurechnungsfähig. Ich war förmlich vor ihm geflohen, um mich unter einer eiskalten Dusche wieder abzukühlen.

Damit hatte ich ihm eigentlich genug Munition geliefert, um sich über mich lustig zu machen, aber nichts dergleichen war geschehen, was mich noch mehr verwirrte.

Bevor er das Auto entriegelte, fuhr er sich durch die Haare und strich nachdenklich über seinen Bart. Die Tattoos auf seinen Armen schienen sich aufgrund des Muskelspiels zu bewegen. Ich wünschte mir, seine Haut berühren zu können, mit den Fingerspitzen darüberzufahren und die Motive nachzuzeichnen. Ein Schauer fuhr durch meinen Körper. Es war Begehren, was ich empfand. Pures, schnörkelloses, aber ganz einwandfrei sexuelles Begehren. Meine Hand legte sich an meine schmerzende Stirn und ich merkte, dass sie zitterte.

Auf das Einkaufen freute ich mich tatsächlich. Als Drake mir mit dem Wagen durch den Laden folgte und mich aufforderte, etwas auszusuchen, waren wir fast wie ein Paar beim Wocheneinkauf. In meinem Bauch wurde es warm, weil mir diese Vorstellung so gefiel. Aber ich machte mir nichts vor, wir waren kein Paar. Er war mein Entführer und hatte mich ununterbrochen im Visier, jederzeit darauf vorbereitet, mich an der Flucht zu hindern oder mit der Waffe, die unter seinem Shirt im Hosenbund steckte, auf diejenigen zu schießen, die mich zu befreien versuchten. Er war ein gefährlicher Killer – am besten vergaß ich das nicht.

Tatsächlich fiel mir die Auswahl nicht besonders schwer. Der Laden war zwar klein und das Angebot übersichtlich, doch das Gemüse war frisch und die Fleischtheke begeisterte mich.

Wenn ich auch nicht in der Lage war, ein Restaurant zu führen, so war eines sicher: Kochen konnte ich. Bereits seit frühester Kindheit hatte ich Ellen zugeschaut, wenn sie für mich das Essen zubereitete und aus ihrem zerfledderten Koch- und Backbuch die köstlichsten Dinge zauberte. Sie war immer geduldig mit mir gewesen, deshalb durfte ich ihr meistens zur Hand gehen, auch wenn das oftmals Mehrarbeit für sie gewesen war. Nicht selten verschüttete ich das komplette Päckchen Mehl oder die Milch über die Arbeitsfläche und den Fußboden, sodass sie ewig damit beschäftigt war, meine Sauerei zu beseitigen. Doch nie wurde sie laut oder bestrafte mich dafür, sie tat es immer mit einem Lächeln ab und tröstete mich, wenn ich wegen des Missgeschickes traurig war.

Damals war es mein größtes Ziel gewesen, einmal so wie Ellen zu werden, ihr in allem nachzueifern. Sie war mein Vorbild und meine Vertraute. Sie war alles für mich, was meine eigene Mutter nicht mehr für mich sein konnte und mein Vater gewillt war zu sein.

Irgendwann konnte ich dann tatsächlich kochen. Ich war damals gerade zwölf und brachte schon ein komplettes Menü auf den Tisch. Noch heute konnte ich mich gut daran erinnern, wie ich meinem Dad zum Geburtstag eine Überraschung bereiten wollte, indem ich seine Lieblingsspeisen kochte und den Tisch festlich deckte. Ellen stand die ganze Zeit an meiner Seite, doch ich verbot ihr, mir auch nur mit einem Handgriff zu helfen. Ich wollte das alleine schaffen und war am Ende stolz und voller Vorfreude auf die Reaktion meines Dads.

Mehrere Stunden wartete ich angespannt auf die Geräusche eines sich nähernden Autos, darauf, dass er endlich heimkam. Die Kerze, die ich angezündet hatte, war längst runtergebrannt, und als Ellen mich ins Bett schicken wollte, weigerte ich mich so lange, bis ich vor Müdigkeit beinahe einschlief. Ich war mir so sicher, dass er noch kommen würde. Seinen Geburtstag würde er doch bestimmt mit seiner Tochter verbringen. Nick war zu diesem Zeitpunkt auf einem Schüleraustausch und konnte nicht dabei sein.

Er kam nicht und probierte keine meiner selbst gekochten Speisen. In der Woche darauf klärte er mich darüber auf, dass ich ab sofort nicht mehr in Miami zur Schule gehen würde, sondern in Europa, wo er eine ganz hervorragende Einrichtung für mich gefunden hätte.

In unserem Haus betrat ich die Küche danach nie wieder, um zu kochen oder zu backen. Viel zu tief ging die Enttäuschung, dass er meine Überraschung nicht einmal erwähnt hatte. In der Schweiz und in England, wo ich die nächsten Jahre verbrachte, baute ich meine Fähigkeiten jedoch aus, besuchte Kurse und nahm an Kochlehrgängen teil.

Ich schlenderte durch die Regale, nahm Packungen heraus, stellte sie wieder zurück und las mir die Zutatenlisten und die Nährwertangaben durch. Nicht ein einziges Mal wurde Drake ungeduldig oder drängte mich zur Eile, auch wenn ich es beinahe darauf anlegte. Bei der Abteilung mit den Fertigbackmischungen war er es dann, der stehen blieb und die Produkte betrachtete. Ich sah ihn im Profil, seinen konzentrierten Blick und wie er schließlich nach einer Packung griff. Neugierig beobachtete ich ihn, als würde es sich um etwas Außergewöhnliches handeln, aber ich konnte einfach nicht wegschauen, während er in die Zubereitungsanleitung eines Teigs vertieft war. Ein paar Strähnen seines Haars waren ihm in die Stirn gefallen, und ich konnte sehen, wie lang seine Wimpern waren. Das Motiv auf seinem Handrücken lenkte mich kurz ab, doch dann räusperte ich mich.

»Nimm das nicht!«, sagte ich und wollte ihm das Paket aus der Hand nehmen, um es wieder zu den anderen zu stellen. Er war jedoch schneller und hielt es außerhalb meiner Reichweite.

Fragend sah er mich an. »Und warum nicht? Ich bin sicher, in dem Einkaufswagen ist noch ein letztes bisschen Platz für das eine Teil, das ich mir aussuche.«

Ich biss mir auf die Lippe und mein Blick huschte zu dem übervollen Wagen. Hatte ich es übertrieben?

»Nein, das ist es nicht. Diese Mischungen sind voller Zusatzstoffe. Konservierungsmittel und Farbstoffe ohne Ende. Außerdem ist es gar nicht schwer, einen Kuchen ohne diese Hilfsmittel zu backen.«

»Schon gut. Ich wollte es gar nicht kaufen. Es hat mich nur an was erinnert.«

»Ach ja? An was denn?« Blitzschnell griff ich nach dem Päckchen und betrachtete es von allen Seiten. »Ich verstehe nicht, was daran so besonders ist. Es handelt sich um einen stinklangweiligen …«

»Schon gut, sagte ich!« Ärgerlich rammte er die Fäuste in die Hosentaschen. »Können wir diesen beschissenen Laden jetzt endlich verlassen?«

Sprachlos stellte ich die Mischung weg und sah ihm hinterher, als er den Wagen mit mehr Wucht als nötig um die nächste Ecke lenkte.

Erst als wir die unzähligen Einkaufstüten in das Auto räumten, schien er sich wieder an meine Anwesenheit zu erinnern. Offenbar war ihm kurzzeitig entfallen, dass bei mir Fluchtgefahr bestand, während er so schnell aus dem Laden gestürmt war, dass ich Mühe hatte, ihm zu folgen.

Er hatte sich eine Zigarette angezündet und nahm ein paar tiefe Züge. Sein Blick glitt langsam an meinem Körper hinab. Mir wurde heiß, als er mich so betrachtete. Ich fühlte mich nackt und spürte es beinahe körperlich, wie ein Streicheln, die Berührung seiner Fingerspitzen oder ein warmes Hauchen. Weil ich es nicht länger aushielt, sah ich weg und gab vor, die Lebensmittel im Kofferraum umzuräumen. Noch einmal inhalierte er, bevor er die Kippe auf den Boden warf und mit dem Fuß austrat. »Du brauchst Kleidung. Scheiße, daran hab ich nicht gedacht. Ich fürchte aber, hier werden wir so etwas nicht finden.«

Fieberhaft überlegte ich, wie lange er mich bei sich behalten wollte, wenn er sich um so was wie Kleidung sorgte. Sollte er einen Wintermantel erwähnen, würde ich einen Schreikrampf bekommen. Sein nachdenklicher Gesichtsausdruck und der Stimmungsumschwung im Laden beunruhigten mich.

»Äh, also ich brauche echt nichts. Das, was ich habe, reicht vollkommen.«

»Es gibt keine Waschmaschine im Haus, und ich habe nur wenig Lust, auf die Suche nach einem Waschsalon zu gehen. Los, komm. Ich hab eine Idee.«

Auf einmal gab es keine Eile mehr, zurück in sein Haus zu fahren. Wir bogen in die andere Richtung auf die Straße ein, und ich betrachtete neugierig die Landschaft, die an uns vorbeirauschte. Er hatte die Musik aufgedreht und damit jede Unterhaltung unmöglich gemacht. Rockmusik. Aber vielleicht war das auch Absicht und er wollte gar nicht mit mir reden.

Nach etwa einer halben Stunde hielten wir im Schatten einer Palme und er stieg aus. Da ich wohl kaum eine Wahl hatte, tat ich dasselbe und musste beinahe laufen, um mit ihm Schritt zu halten, als er auf die andere Straßenseite wechselte und dort ein Bekleidungsgeschäft ansteuerte. Nachdem wir eingetreten waren, stellte ich fest, dass der Laden deutlich größer war, als er von außen vermuten ließ. Nach hinten erstreckte sich ein riesiger Verkaufsraum, der T-förmig zulief. Dort gab es auch Umkleidekabinen.

Auf einmal vernahm ich ein Kreischen und eine Frau kam lachend auf uns zugeschossen. Erschrocken fuhr ich zusammen und starrte sie an. Sie hatte ein turbanartiges Gebilde auf dem Kopf, an den Seiten lugten dunkelrote Strähnen hervor. Creolen schwangen bei jeder Bewegung an ihren Ohren und ihre Augen hatte sie mit dunklem Kajal in Szene gesetzt, was ihr absolut gelungen war, denn es sah mörderisch gut aus.

Ich verspürte einen Stich, den ich einwandfrei als Eifersucht identifizieren konnte. Himmel, was war nur mit mir los, dass ich eine Frau beneidete, die Drake offenbar gut kannte und außerdem eine Million Mal besser zu ihm passte als ich? Ich wollte ihn doch, so schnell es ging, loswerden. Da konnte es mir doch total egal sein, ob er was mit dieser Frau hatte.

Trotzdem, als diese Schönheit sich jetzt von hinten an seinen Hals hing und er sogar lachte, fühlte sich das verdammt mies an. Um meine Gefühle zu verbergen, kniff ich die Lippen zusammen und versuchte dann ein Lächeln, das wahrscheinlich mehr als kläglich ausfiel.

»Ich fasse es nicht. Sexy-Drake in meinen bescheidenen Hallen.«

Klar, selbst ihre Stimme klang absolut angenehm, wenn nicht sogar erotisch. Ihr kehliges Lachen war es auf jeden Fall.

Drake drehte sich mit ihr, bis sie ihn endlich losließ und er sie in die Arme schließen konnte.

Ich schnaufte.

»Hey, Kleine«, sagte er mit einer sanften Stimme, die ich nie zuvor bei ihm gehört hatte. »Wie geht es dir?« Er zupfte an einer ihrer Creolen. »Außerdem sollst du mich nicht so nennen.«

»Seit wann bist du denn wieder hier? Gott, wir haben uns so lange nicht gesehen.«

»Ich …« Er warf mir einen schnellen Blick zu. »Ich bin mit einer Bekannten hier, die ein paar Sachen braucht.« Überflüssigerweise deutete er mit dem Kopf auf mich.

Jetzt blickte sie mich an und ihre Augen wurden groß. Offenbar hatte sie bisher gar nicht bemerkt, dass ich anwesend war. *Hallo! Krieg deine Begeisterung für diesen Mann mal wieder in den Griff, Mädchen!*

»Oh! Hi!« Sie kam auf mich zu und wischte ihre Hände an ihrer Skinny-Jeans ab, bevor sie mir eine zur Begrüßung reichte. Ihr strahlendes Lächeln wirkte echt, aber auch ein wenig neugierig und vorsichtig.

Es war doch zum Verrücktwerden. Ich konnte ihr rein gar nichts unterstellen; weder war sie zickig noch eingebildet. Sie war einfach nur perfekt und im Grunde genau so, wie ich selbst gerne sein würde. Offenbar hatte Drake eine ähnliche Meinung über sie, denn er ließ sie nicht aus den Augen und hatte sogar so etwas wie ein Lächeln auf den Lippen.

»Ich bin Chloe. Schön, dich kennenzulernen«, sagte sie.

»Hallo, ich bin Liv.«

»Liv! Was für ein schöner Name.« Sie seufzte. »Was würde ich dafür tun, auch so einen zu haben. Was kann ich für dich tun, Liv? Der Kerl hier …« Sie streckte den Arm aus und knuffte Drake in die Seite, der davon jedoch völlig unbeeindruckt blieb. »… meint, du brauchst ein paar neue Klamotten?«

»Na ja, also eigentlich …«

»Am besten was Praktisches. Kurze Hose, Top, so Zeug halt.« Angespannt fuhr er sich durchs Haar.

Chloe schnaufte und drehte sich ganz langsam zu ihm um. »So Zeug, ernsthaft? So sehr ich mich auch freue, dich zu sehen, am besten schnappst du dir aus dem Kühlschrank ein Bier und verziehst dich nach hinten. Es ist auch noch Auflauf da, bedien dich! Deine Hilfe wird hier nicht benötigt, stimmt's, Liv?«

Mir klappte der Mund auf und ich erwartete schon einen leicht gereizten Drake, doch er seufzte nur und spazierte nach vorne zur Ladentür. Dort spähte er hinaus und ging dann durch einen Vorhang aus aneinandergereihten Perlenketten in allen Farben in einen Nebenraum.

»So.« Chloe atmete erleichtert auf. »Den sind wir los. Männer beim Einkaufen! Was Überflüssigeres gibt es einfach nicht. Wenn meine Kundinnen ein solches Exemplar im Schlepptau haben, schicke ich sie immer eine Straße weiter. Dort führt Piet einen wirklich gut sortierten Laden für Computer- und Konsolenspiele.«

Ich musste lachen, und in dem Moment fiel jede Anspannung von mir ab. Auch wenn Chloe scharf auf Drake war, man musste sie einfach mögen.

»Dann wollen wir mal keine Zeit verlieren, oder?« Mit in die Hüften gestemmten Händen taxierte sie mich von oben bis unten, ging dann sogar einmal um mich herum. »Du trägst eine S. Und allzu bunt magst du es wohl nicht.«

»Das ist mir eigentlich egal. Eher dezent, denke ich.«

»Gut, gut, das kriegen wir hin.« Sie lief durch die Gänge, griff immer wieder zielstrebig nach Kleidungsstücken, die an den Ständern hingen, und stapelte sie auf ihrem Arm. Als ich schon meinte, sie würde bald unter dem Gewicht zusammenbrechen, versuchte ich vorsichtig, sie zu bremsen.

»Ich glaub, das reicht. So viel brauche ich wirklich nicht. Wie Drake schon meinte, etwas Praktisches ist mir am liebsten.« Skeptisch schielte ich auf das paillettenbesetzte Top und den Leder-Mini, der zuletzt dazugekommen war.

»Ja, warte!«, sagte sie und, zack, waren noch ein Overall und ein Wickelrock dabei. »Ah! Du brauchst auch noch Dessous!«, fiel ihr plötzlich ein. Das war der Moment, in dem ich ihr Einhalt gebieten musste.

»Chloe! Warte!«

Sie war bereits auf halber Strecke zur Unterwäscheabteilung und beachtete mich gar nicht. Dann wirbelte sie herum. »Größe?«

»Ich brauche wirklich nicht …«

»Schon gut!«, fuhr sie mir dazwischen. »Ich weiß schon. Du dürftest die gleiche Größe haben wie ich.«

Wohl kaum! Chloe besitzt Traummaße.

Ich seufzte und tröstete mich mit der Tatsache, dass ich ja noch nicht alles anprobieren brauchte, wenn ich in der Umkleidekabine stand, und vom Kauf der ganzen Sachen konnte sowieso keine Rede sein. Auf zwei oder drei Teile würde ich mich beschränken, da ich nicht vorhatte, noch länger als zwei weitere Tage bei Drake zu sein. Er konnte mich nicht länger gegen meinen Willen bei sich behalten. Und ich konnte nicht bei ihm bleiben. Ausgeschlossen!

Wieder musste ich an meinen Dad denken und an das, was Drake ihm vorwarf. Und daran, dass ich Drake von dem abbringen musste, was er mit ihm vorhatte.

Die Kabine war eindeutig zu klein, um eine so große Anzahl Kleidungsstücke dort abzulegen. Chloe brachte mir einen Hocker, und ich begann, mich zu entkleiden. Schon beim ersten Kleidungsstück, ein Top mit auf dem Rücken überkreuzten und geflochtenen Trägern, war ich begeistert und blieb das auch bei den meisten, die folgten. Es würde mir ein wenig schwerfallen, all die schönen Sachen hierzulassen, denn Chloe besaß tatsächlich einen sehr guten Geschmack. Beinahe jeder Rock, jedes Oberteil, Kleid und sogar die Dessous passten wie angegossen.

»Ich hab dir noch ein paar Schuhe vor die Kabine gestellt. Alles dabei, sportlich bis sexy«, flötete sie gut gelaunt, und ich lächelte. Offensichtlich befand sie sich voll in ihrem Element.

Kopfschüttelnd schaute ich in den Spiegel. Mein Lächeln verschwand augenblicklich. Ich drehte mich, sodass ich meinen Rücken sehen konnte, und zog das letzte Stück des Reißverschlusses nach oben. Wow! Keine Ahnung, warum ich das Kleid überhaupt angezogen hatte, aber ich war eben wohl doch nur ein Mädchen und viel zu neugierig, um mich nicht wenigstens einmal darin zu betrachten und zu sehen, wie es mir stand. Seidiger schwarzer Stoff schmiegte sich eng um meine Kurven und endete auf der Mitte der Oberschenkel. Der tiefe Ausschnitt ließ einen Blick auf den Ansatz meiner Brüste zu, die durch den BH perfekt in Szene gesetzt wurden, jedoch ohne allzu viel preiszugeben. Ich fühlte mich beinahe sinnlich, als ich mich vor dem Spiegel hin- und herdrehte und der Saum sanft um meine Beine strich. Aus einer Eingebung heraus griff ich nach den schwarzen Stilettos und schlüpfte hinein.

»Perfekt!«

»Hast du was gesagt?«

»Äh … Nein, war nichts.«

»Hast du das Kleid schon an? Zeigst du es mir mal?«

»Nein, warte! Ich ziehe noch etwas anderes an. Dies ist doch nicht so ganz pa…«

Ihre Hand erschien am Vorhang und riss ihn zur Seite.

»Ich hab gesehen, du hast auch die Schuhe rein… Wow!« Sie starrte mich mit großen Augen an, und echte Freude zeichnete sich auf ihrem Gesicht ab. »Das ist einfach nur wow!« Wie ein kleines Mädchen klatschte sie in die Hände. »Ich wusste es, du siehst großartig aus. Dieses Kleid ist wie für dich gemacht.«

Ich sah an mir herab. »Es ist wirklich sehr schön«, sagte ich zögerlich. »Leider ist es äußerst unpraktisch. Ich habe gar keine Gelegenheit, es zu tragen.«

»Ach was, dann musst du die Gelegenheit dafür schaffen, oder was meinst du, Drake?«

Erschrocken schnappte ich nach Luft. Er war hier? Auf keinen Fall durfte er mich in dem Kleid sehen, sonst würde er noch denken, ich wollte ihn damit um den Finger wickeln. Daran, dass er mir die nötigsten Wechselklamotten finanzieren musste, war er selbst schuld. Schließlich hatte ich ihn nicht gezwungen, mich mehrmals zu entführen und ohne Geld bei sich unterzubringen. Aber ich würde mir nicht von ihm unterstellen lassen, dass ich mich ihm an den Hals warf.

Im Hintergrund hörte ich Drake etwas sagen, was ich jedoch nicht verstand und Chloe dazu brachte, verständnislos die Stirn zu runzeln. Mein Herz klopfte und Hitze schoss mir in den Kopf. Panisch versuchte ich, den Vorhang wieder zuzuziehen, doch keine Chance, Chloe hielt ihn eisern fest.

»Keine Panik! Du siehst wirklich fabelhaft aus. Ich bin geradezu neidisch. Mir würde das niemals so gut stehen. Dreh dich mal! Drake, jetzt schau es dir an! Das ist der Hammer!«

In dem Moment erschien er in meinem Blickfeld. Chloe trat sogar ein wenig beiseite, damit er die perfekte Sicht auf mich in diesem verfluchten Kleid genießen konnte. Er hatte die Hände wie so oft in seinen Hosentaschen vergraben und stand leicht breitbeinig vor der Kabine. Es war faszinierend, was ich alles in seiner Miene lesen konnte. Angefangen bei genervter Ungeduld, weil ihm das hier offensichtlich alles viel zu lange dauerte, veränderte sich sein Gesichtsausdruck jedoch sofort in Erstaunen, als er mich ansah.

Sein Kopf lag leicht schief und seine Augen glitten wie heiße Kohlen über jeden Zentimeter meines Körpers, vom Kopf bis zu den Zehenspitzen. Jedes Detail nahm er in sich auf, und als sich unsere Blicke nach einer Ewigkeit endlich trafen, war ich auf das Schlimmste gefasst. Er öffnete seine Lippen, räusperte sich dann und schluckte.

»Wartet mal, ich glaub, ich hab da noch andere Schuhe. Bin gleich wieder da.« Chloe verschwand.

»Du solltest es nehmen«, meinte er knapp und räusperte sich.

Jetzt waren wir alleine, und die Luft um uns herum schien immer dünner zu werden. Es lag eine Art Elektrizität in dem Raum, vor allem aber in dieser kleinen Kabine, die immer wieder in Form kleiner Funken auf meine Haut traf – an den Stellen, die er gerade betrachtete. Ich spürte sie ebenso in meinem Körper, allem voran zwischen meinen Beinen, wo sie ein loderndes Feuer entfachten. Wie konnte es sein, dass allein sein Blick mich derart erregte?

»Das werde ich ganz bestimmt nicht nehmen.«

»Warum? Es steht dir.«

»Weil es unpraktisch ist und ich es einfach nicht möchte.«

»Ich mag es«, sagte er knapp und starrte nicht besonders diskret in meinen Ausschnitt.

Ganz sicher wollte er mich einfach nur provozieren, und ich verspürte das Bedürfnis, mich zu bedecken. Mein Stolz ließ es jedoch nicht zu. »Na toll! Und wieso sollte mich das interessieren?«

»Wenn du es schon nicht möchtest, dann trag es für mich.«

Ich schnaufte. »Wieso sollte ich das tun? Ich kenne dich doch überhaupt nicht.«

Anzüglich grinste er. »Kleines, um so ein Kleid zu tragen, kennst du mich bereits gut genug.« Seine Hand schoss vor und zog den Vorhang wieder zu, jedoch erst, als er eingetreten war. Erschrocken und mit klopfendem Herzen wich ich zurück, bis mein nackter Rücken gegen den Spiegel stieß.

»Was soll das? Geh hier wieder raus.«

Meine Bemerkung schien ihn gar nicht zu interessieren, denn seine schönen Lippen verzogen sich lediglich zu einem Grinsen. Langsam legte er seine Hand knapp über dem Nabel auf meinen Bauch und strich über meine Hüfte, um sich dann um meine Taille zu legen. Jede noch so zarte Berührung spürte ich durch den dünnen Stoff. Wären wir ein Paar gewesen, hätte er mich nun an sich ziehen können, um mich zu küssen. Fast wünschte ich mir, er würde genau das tun. Doch wir blieben einfach so stehen. Unsere Blicke ineinander versunken. Seine Hand, die durch das Kleid meine Haut zu verbrennen drohte, übte kaum merklich etwas mehr Druck aus und strich dann über meinen Po. Sie fuhr unter den Saum des Kleides, wo er zweifelsfrei die halterlosen Strümpfe ertastete.

»Wirklich sehr schön«, sagte er leise, betrachtete mich noch einmal von oben bis unten. Dann verließ er die Kabine wieder.

»Sie nimmt es«, hörte ich ihn sagen. »Mit den Schuhen und all dem Firlefanz, der dazugehört.«

Den Geräuschen nach zu urteilen, die Chloe von sich gab, war sie sehr erfreut über seine Entscheidung.

Keuchend entwich mir der Atem, und ich ließ mich auf dem Hocker, oben auf dem ganzen Kleiderstapel nieder. Wie schaffte er es nur, dass in den Momenten, in denen ich einen kühlen Kopf bewahren wollte, mein Gehirn wie leergefegt war? Und wieso war mir so unglaublich heiß, obwohl ich nichts außer diesem knappen Fetzen am Körper trug? Langsam drehte ich mich um und sah in die Augen meines Spiegelbilds. Sie funkelten, die Wangen waren gerötet und die Haare zerzaust, als hätte ich sie mir gerauft oder … Resigniert schloss ich die Augen. Ich nahm stark an, dass ich so oder zumindest so ähnlich aussah, wenn ich gerade Sex gehabt hatte. War es das gewesen, was er in meinen Augen gesehen hatte? Die Lust auf ihn, die zweifellos immer wieder aufflammte, so sehr ich mich auch dagegen wehrte?

Eilig schlüpfte ich aus Kleid und Schuhen und genoss für eine kurze Zeit die kühle Luft auf meiner nackten Haut.

Ich hörte Stimmen und lauschte. Chloe und Drake unterhielten sich, aber mehr als ein paar Gesprächsfetzen bekam ich nicht mit.

»Nein, ist sie nicht!« Das war Drake gewesen. Es folgte eine leise Erwiderung von Chloe, die ich leider nicht verstand.

»Chloe, hör auf, ich rede mit dir nicht über so was.«

Ihr glockenhelles Lachen erklang und kurz darauf auch das von Drake. Die Stimmen wurden leiser, offenbar entfernten sie sich. Chloe kümmerte sich nicht länger um mich, sondern war jetzt voll und ganz auf Drake fokussiert. Ein spitzer Pfeil der Eifersucht drang durch meinen Körper und hinterließ ein unangenehm schmerzendes Gefühl. Ich hasste mich dafür, denn Drake interessierte mich doch eigentlich gar nicht. Er war attraktiv, gut, das wollte ich ja gar nicht abstreiten, und irgendwie machte er mich auch an, aber mir würden sicher noch zehn weitere Männer einfallen, für die ich auch so empfand. Zum Beispiel … ähm … ja, da waren einige, nämlich … Ach, war doch auch völlig egal. Mit ein bisschen Glück wäre ich ihn schon bald los und brauchte ihn dann auch nie wieder zu sehen.

Das Problem war wohl einfach, dass die Nacht, in der ich zu viel Wein getrunken und mich Sachen getraut hatte, die ich sonst wohl niemals getan hätte, immer noch in meinem Hinterkopf herumschwirrte. Ich hoffte nur, zumindest er hätte das bald vergessen.

Die Kleidungsstücke sortierte ich auf zwei Haufen. Der eine bestand aus den Teilen, die ich ganz sicher nicht nehmen würde, und der zweite, viel kleinere enthielt die Dinge, die ich gerne kaufen wollte. Unschlüssig hielt ich das kleine Schwarze in der Hand und wusste nicht, wohin damit.

»Ach verdammt!« Es landete auf dem Kaufen-Stapel. Dann schob ich es zwischen die Tops und Shorts, sodass man es nicht sofort entdecken würde, wenn ich damit zur Kasse ging.

Schließlich trat ich aus der Kabine. Von den beiden war keine Spur zu sehen. Argwöhnisch sah ich mich um. Was war das zwischen den beiden? Ich war mir sicher, dass da was lief, erst recht, als ich sie wieder lachen hörte. Sie waren hinter dem Vorhang, hinter den Drake sich zuvor allein verzogen hatte.

Ich wartete an der Kasse und schnaufte, als Chloe schon wieder lachte und Drake wegen irgendwas aufzog. Als wäre es völlig unbeabsichtigt, ließ ich die Schuhe auf den Boden vor dem Kassentresen fallen. Beim Aufprall gaben sie ein dumpfes Geräusch von sich. Sofort tauchte Chloe auf.

»Du bist fertig? Schön. Gib mir die Sachen, die anderen kannst du dort auf den Tisch legen.«

Sie scannte nach und nach die Preisschilder, während Drake neben mich trat. Seine Körperwärme schien auf mich überzuspringen, obwohl ich wusste, dass das physisch vollkommen unmöglich war. Als Chloe das Kleid in den Händen hielt, lächelte sie zaghaft, sagte aber nichts. Ich lief knallrot an, weil ich Drakes Blick auf mir spürte. Leider war ich dumm genug, diesen auch noch zu erwidern. Ich entdeckte, dass kein Spott darin lag, er war völlig ernst, beinahe nachdenklich. Dann zückte er ohne wegzuschauen seine Kreditkarte und reichte sie an Chloe weiter.

Die anschließende Abschiedszeremonie dauerte in meinen Augen übertrieben lang. Sie hing wieder an seinem Hals und flüsterte ihm etwas ins Ohr, und er ließ sich das auch noch mit der größten Geduld gefallen. Argwöhnisch betrachtete ich seine Hände, die locker ihre Taille hielten. Überhaupt lächelte er in ihrer Nähe die ganze Zeit. Sie waren sich viel zu nah, um einfach nur locker miteinander befreundet zu sein. Ich beschloss, mir das nicht länger anzusehen.

»Ich werde schon mal zum Auto gehen. Danke, Chloe, für alles. Es war nett, dich kennenzulernen.«

»Oh! Warte, Liv. Ich möchte mich richtig von dir verabschieden.« Sie kam rüber und drückte mich. Die Einkaufstasche in der einen Hand, erwiderte ich die Umarmung mit der anderen.

»Vielleicht sehen wir uns bald wieder, ja? Sag diesem Kerl mal, er soll öfter vorbeikommen, sonst suche ich mir einen anderen.« Mit dem Kopf deutete sie auf Drake, dann zwinkerte sie mir zu. Mir wurde schlecht, weshalb mein Lächeln äußerst gequält ausfiel. So schnell es möglich war, flüchtete ich aus dem Laden.

Im Auto hielt ich es höchstens zwei Minuten aus, bevor mir die erste Frage entschlüpfte. »Wie lange kennst du sie schon?«

Drake ließ sich Zeit mit der Antwort. »Chloe?«

Wen denn sonst, Herrgott! »Hmhm.«

»Ein paar Jahre.«

»Sie ist sehr nett.«

»Ja, sie ist ein toller Mensch. Einer der besten, die ich kenne.«

Autsch! »Führt sie den Laden ganz alleine?«

»Ja, sie hat ihn schon lange. Ab und zu kommt eine Teilzeitkraft zur Unterstützung, aber Chloe steckt ihre ganze Energie und all ihre Zeit in ihr Geschäft. Am liebsten macht sie alles allein.«

O Gott, ich kann diese Frage nicht stellen. Er würde sich nur über mich lustig machen. Aber meine Neugier brachte mich beinahe um. Ich musste wissen, was zwischen ihnen war.

»Wir waren nie zusammen. Das ist es doch, was dich interessiert, oder?«

Amüsiert lachte ich und schüttelte den Kopf, als wäre allein der Gedanke, ich hätte darüber nachgedacht, total abwegig. »Ehrlich gesagt, nicht die Bohne«, japste ich, um Atem ringend. »Mir ist es total egal, mit welchen Frauen du dich in den Betten rumwälzt.«

Er reagierte gar nicht auf meinen Ausbruch.

»Aber Chloe ist wirklich hübsch und nett, sie führt ihren eigenen Laden. Warum also nicht sie? Ist sie nicht an dir interessiert?«

Drakes zuckende Mundwinkel und der offensichtliche Versuch, nicht zu lachen, ärgerten mich, aber ich ließ mir das nicht anmerken. Stattdessen ballte ich im Schoß meine Hände.

»Ich hab sie noch nicht danach gefragt. Schätze, die Möglichkeit stand nie im Raum.«

»Aber warum nicht? Sie ist hübsch, du siehst auch ganz passabel aus. Hat sie einen anderen?«

»Hatte sie. Aber das ist schon lange her.«

»Und seitdem nichts Neues? Will sie keine Beziehung?«

Drake holte tief Luft. »Du stellst zu viele Fragen.«

»Entschuldige bitte, dass ich ein bisschen Konversation führen möchte, damit wir uns nicht die ganze Zeit anschweigen.« Eingeschnappt sah ich aus dem Fenster, auch wenn ich ihm recht geben musste. Ich hatte ihn ja geradezu gelöchert.

»Damals habe ich ihr bei einer Sache geholfen … und sie mir. Vielleicht hat sie mir das Leben gerettet, ich weiß es nicht. Ich ihres allerdings ganz sicher.« Als würde ihm plötzlich klarwerden, dass er bereits viel zu viel gesagt hatte, schaltete er in den nächst höheren Gang und setzte einen düsteren Gesichtsausdruck auf.

Beinahe bereute ich, überhaupt gefragt zu haben. »Tut mir leid, ich wollte nicht neugierig sein«, sagte ich kleinlaut.

»Schon gut. Ich hätte nicht zu antworten brauchen. Chloe und ich reden nicht über damals. Niemals! Und ich spreche auch mit keiner anderen Person darüber. Ich würde aber immer wieder für sie da sein und bin ganz sicher, das würde sie auch für mich tun.«

Ich nickte betroffen.

Im gleichen Augenblick, in dem ich ihn ansah, wandte er sich mir zu. »Ich stehe nicht auf sie, klar?«

Mir war klar, dass er das lediglich gesagt hatte, weil er glaubte, mich damit zu beruhigen. Irgendwie tat es das auch, aber auf der anderen Seite verwirrte mich die Erleichterung, die ich empfand, noch viel mehr. Dann war da noch dieses andere Gefühl, das mir sagte, Drake würde für sie durchs Feuer gehen.

15. THE FEAR IN YOUR EYES

Drake

»Zieh das Kleid an!«

Erschrocken schaute sie zu mir auf. Sie saß auf dem Sofa und las in einer Illustrierten, die wir aus dem Supermarkt mitgenommen hatten. Den ganzen Nachmittag waren wir umeinander herumgeschlichen, wie Fremde, die nicht recht wussten, was sie miteinander anfangen sollten. Davon hatte ich jetzt genug.

Wir hatten gemeinsam zu Abend gegessen und ein wenig geredet. Nichts Wichtiges, nur belangloses Zeug. Davon hatte ich jetzt aber genug. Es war ja nicht so, als hätte ich nicht dringendere Dinge zu tun. Nur war ich mir im Moment nicht ganz klar darüber, wie ich das anstellen sollte, weil ich sie nicht aus den Augen lassen konnte. Außerdem ließ sie mich einfach nicht los. Sie ständig in meiner Nähe zu haben, aber nicht berühren zu dürfen, war harte Scheiße. Ich wollte sie und ich würde sie mir nehmen. Alles an ihr flehte mich bereits darum an. Die Anziehung zwischen uns war so deutlich spürbar, dass ich mit hundertprozentiger Sicherheit wusste, es ging ihr genau wie mir. Sie hatte mir den schärfsten Blowjob geschenkt, den ich je bekommen hatte. Zur Hölle, war das heiß gewesen. Wahrscheinlich wäre es ohne die Flasche Wein, die sie beinahe komplett geleert hatte, gar nicht erst dazu gekommen, aber sollte ich mich vielleicht darüber beschweren?

»Wie bitte?«, fragte sie. Ihre Stimme war höher als sonst. Ach, sie wollte die Ahnungslose spielen?

»Du hast mich verstanden, Liv. Kein Grund, Zeit zu schinden.«

Sie schlug die Zeitschrift zu und legte sie auf den Tisch. Langsam, mit sehr bewussten Bewegungen, sogar ihr Shirt zog sie noch zurecht, dann sah sie mir fest in die Augen. »Ich … nein, das mache ich nicht.«

»Und wieso nicht, wenn ich fragen darf?« Meine Stimme war tief, und ich wusste, wie drohend sie klang. Ich stand direkt vor ihr, und sie musste zu mir hochschauen. Das gefiel mir. Sie befand sich genau in der richtigen Position, um …

»Kann ich dir sagen, Drake. Dieses Kleid ist ein Knaller. Es war eine blöde Idee, es überhaupt zu kaufen. Ja, es ist wunderschön und es passt mir wirklich gut, aber das ist ein Kleid für eine Party, mit dem Ziel, seinem Freund zu gefallen oder ihm den Kopf zu verdrehen oder überhaupt erst einen zu finden. Ich … habe nichts davon geplant, also …« Sie stockte.

»Muss es gleich ein Freund sein? Reicht nicht einfach ein Mann, dem du darin gefällst? Der dich begehrt? Ein Mann, der schon bei der Vorstellung von dir in diesem Kleid hart wird? Einer, der dich hier und jetzt auf diesem Sofa ficken will? Ein Mann, der dich will und den du auch willst? Und was das Wichtigste ist: Ein Mann, der es dir genau so besorgen kann, wie du es brauchst? Und lüg mich nicht an oder streite es ab! Ich kann in dir lesen wie in einem offenen Buch.«

Es herrschte absolute Stille. Irgendwo im Haus knackte Holz, sonst war nichts zu hören.

»Ich will dich, Liv, wie ich schon lange nichts gewollt habe. Sag ja! Sag, dass du mich auch willst! Gib deinem Bedürfnis nach.« Es fehlte nicht mehr viel und ich würde sie anbetteln. Nichts, worauf ich besonders stolz war, doch ich wollte ihre Zustimmung, bevor ich mehr versuchte. Ich wollte mir den Sex nicht einfach nehmen. Es war mir wichtig, aus ihrem Mund zu hören, dass es ihr ebenso ging.

Sie stand auf, streckte ihre Hand aus und legte sie auf meine Wange. Ich spürte sie Zittern, als sie mir fest in die Augen sah. »Du wirst mich nicht töten. Nicht heute Nacht?«

Verständnislos legte ich den Kopf schief und runzelte die Stirn. Verdammte Scheiße, meinte sie diese Frage etwa ernst?

War das der Grund, warum sie zitterte? Der Grund, warum sie jeden meiner Schritte mit ihren Augen verfolgte? Wütend fluchte ich und riss ihre Hand fort, umklammerte fest ihr Handgelenk, bis sie keuchte und mir klar wurde, dass es zu fest war, viel zu fest. Ich lockerte den Griff, ließ sie aber immer noch nicht los.

In mir brodelte etwas Düsteres, und ich würde gut achtgeben müssen, um nicht die Kontrolle zu verlieren. Doch bis auf die Tatsache, dass sie um die Nase herum ein wenig blasser wurde, blieb sie von meinem Ausbruch unbeeindruckt.

»Und du wirst mir auch nicht wehtun?«

Ich schloss die Augen. Das war zu viel, selbst für mich. Wie konnte sie mich so etwas fragen und es auch noch so meinen? Sah sie denn tatsächlich nicht, dass ich sie wollte? Auf die gute Art. Auf die Art, die mit Geben und Nehmen einherging. Von mir aus würde ich derjenige sein, der gab. Ausschließlich. Das war mir scheißegal, wenn sie mir dafür nur ein wenig Vertrauen schenkte. Ich kapierte selbst nicht, warum mir das so viel bedeutete.

Ihre Hand fiel herab und mir wurde klar, dass ich sie losgelassen hatte. Ich umfasste ihr Gesicht. »Hab ich dir schon einmal wehgetan? Dich zu irgendwas gezwungen?«

Sie zögerte. »Nein.«

»Warum zum Teufel stellst du mir dann diese Fragen?«

»Du hast es bereits mehrmals angedroht. Ich habe keine Ahnung, wann es dich überkommt und du mir ein Messer in den Rücken jagen willst oder was auch immer. Das scheint für dich normal zu sein, nichts, was dich danach noch länger beschäftigt. Ich hab doch keine Ahnung, wie es in dir aussieht und was dich anmacht.« Ihre Stimme war zum Ende hin immer leiser geworden.

»Falls es dich beruhigt: Jede Frau, mit der ich Sex hatte, erfreut sich noch ihres Lebens. Soweit ich weiß, zumindest. Und wenn nicht, dann bin ganz sicher nicht ich dafür verantwortlich. Und was mich anmacht, kann ich dir mit einem Wort beantworten. Du! Ich habe lange nichts so sehr gewollt wie dich.«

»Soll mich das beruhigen?«, fragte sie mit erhobenen Augenbrauen. Sie deutete auf die Waffe, die immer noch in meinem Hosenbund steckte. »Willst du sie nicht ablegen? Nicht einmal, wenn wir über so etwas reden?«

Ich riss die Knarre raus und warf sie auf den Boden.

»Scheiße, du sollst mir gar nicht solche Fragen stellen. Sie ist weg! Sag mir eines, und ich will die absolute Wahrheit. Hast du Angst vor mir? Weil wir dann nämlich nicht das tun können, was ich jetzt verdammt noch mal gerne mit dir tun würde.«

»Und was willst du tun?« In ihren Augen blitzte etwas auf, was mir eine peinlich kindliche Freude bereitete. Zur Hölle, ich wollte sie so sehr.

Mit festem Griff zog ich ihr Gesicht näher an meins. Beinahe berührten sich jetzt unsere Nasenspitzen. »Ich will dich zum Schreien bringen, aber nicht vor Angst, sondern aus purer Lust. Ich will, dass du diese Nacht niemals vergisst und dass du mich um mehr anbettelst, während ich dich immer und immer wieder ficke. Und es wird so viel sein, zu viel, dass du mich irgendwann anflehst, aufzuhören. Ist das deutlich genug? Oder willst du noch mehr wissen?«

Sie schluckte. Und ja, da war sie, die unverhohlene Lust in ihren Augen. Sie war die ganze Zeit da gewesen, hatte unter der Oberfläche gelodert. Schon in der Nacht, als sie von zu viel Wein hemmungslos gewesen war, hatte ich es in ihnen gesehen. Doch sie betrunken zu nehmen, wäre absolute Scheiße gewesen. So wollte ich sie nicht. Ich wollte, dass sie alles vollkommen empfand und sich danach an jedes Detail erinnern konnte.

»Gut! Dann … ich werde es anziehen.« Ihr Blick flackerte, und sie wandte sich ab.

»Warte!« Ich musste eine Antwort von ihr haben. »Sag es mir jetzt: Hast du Angst vor mir?«

Ein paar Sekunden stand sie vollkommen unbeweglich, dann hob sie den Kopf, sah mich an. »Nein.«

Der Moment dehnte sich aus. Ich suchte nach etwas, was ich nicht fand, hoffte sogar, mich zu irren. Es war, als fiele ein verfickter Vorhang, der dem hier ein Ende setzte, ganz ohne mein Zutun. Ich war nicht mehr als ein Zuschauer. Langsam hob ich meine Knarre vom Boden auf und verließ das Haus durch die Hintertür. Ich konnte nicht eine Minute länger in ihrer Gegenwart verbringen. Das Miststück hatte mich angelogen. Sie hatte so große Angst, dass sie beinahe erstarrte.

***

Wie ein Wahnsinniger rannte ich in der Dunkelheit herum. Nicht zu weit vom Haus entfernt, denn ich musste sie im Auge behalten und durfte ihr keine Gelegenheit zur Flucht geben. Ich konnte mir gut vorstellen, dass ihr Wunsch, zu entkommen, gerade jetzt besonders groß war. Ärgerlich kickte ich einen Stein vor mir her, während ich versuchte, mich zu beruhigen. Ich wusste nicht mal, was mich so aufbrachte. War es ihre Abweisung, die eigentlich gar keine war? Sie hatte mich förmlich angeschrien, es zu tun. Warum hatte ich auch in ihre verflucht schönen Augen schauen müssen? Was hatte ich darin zu finden gehofft? Hingabe, Vertrauen, irgendein Zeichen, dass ihr das mit uns was bedeutete?

Ich fuhr mir so heftig mit beiden Händen durch die Haare, dass es an meiner Kopfhaut brannte. Doch der Schmerz war mir willkommen. Ein Versuch, mich abzulenken, und mir war auch die Verzweiflung klar, die ich damit ausdrückte.

Es war sowieso eine bescheuerte Idee gewesen. Wann hatte Sex schon mal etwas Gutes bewirkt? Zumindest, wenn es kein belangloser war. Dieser wäre nicht belanglos, das wusste ich mit absoluter Sicherheit, und genau das störte mich. Weder sie noch ich hätten diese Nacht vergessen. Jetzt würde es also nicht dazu kommen. Auch gut! Vielleicht war das sogar das Beste! Ich würde mir eine andere Frau suchen, die weniger kompliziert war und für die ich so unbedeutend war wie sie für mich. Angst würde so eine Frau nicht empfinden, wenn ich sie fickte. Eine für den flüchtigen Moment, um den Frust und die Anspannung loszuwerden.

Es war doch ganz einfach, denn es gab im Grunde nichts mehr, was mich noch überraschen konnte. Angst lähmte die Menschen. Man machte Fehler, wenn man Angst hatte, war angreifbar und verletzlich. Das konnte ich nicht gebrauchen. Wer Reue empfand, Schmerz, Trauer, der kannte auch Angst. Ich war ein gewissenloses Arschloch. Für mich war Angst einfach nur ein Wort, ohne jegliche Bedeutung. Das Leben hatte mich dazu gemacht, und das war gut so, denn so würde ich von diesem ganzen emotionalen Quatsch verschont bleiben.

Bedauerlicherweise verspürte ich nicht die geringste Lust auf irgendeine Tussi aus irgendeiner Bar, denn leider wusste ich schon jetzt, dass mir das nichts geben würde. Gar nichts! Der Frust würde bleiben und vor allem die innere Anspannung, die mir folgte, seit Liv bei mir war. Ich würde diese Sache abschließen, Liv loswerden und dann weitermachen wie bisher. Und ich würde ficken! Scheiße, verdammt, ja ich würde sie ficken!

16. BODY AND SOUL

Liv

Was war das denn gewesen? Warum war er so wütend geworden und rausgestürmt, als hielte er es keine Minute länger in meiner Gegenwart aus? Fieberhaft überlegte ich, ob ich irgendetwas gesagt, irgendwas getan hatte, was seine Flucht ausgelöst haben könnte, aber nein, da war nichts. Ich hatte ihm ja noch bestätigt, dass ich ganz sicher keine Angst vor ihm oder dem, was er tun könnte, empfand. Ich hatte mich ihm förmlich angeboten. Was also war sein Problem?

Fröstelnd schlang ich die Arme um meinen Oberkörper und verstand die Welt nicht mehr. Hatte ich ihn missverstanden? Nein! Noch deutlicher, als er es getan hatte, konnte man wohl mit Worten nicht ausdrücken, dass man jemanden begehrte. Mir war immer noch ganz heiß, wenn ich daran dachte. Trotzdem war er abgehauen, als hätte ich eine ansteckende Krankheit oder wäre eine lästige Kakerlake, die man nicht schnell genug loswerden konnte. Einen Moment lang hatte ich geglaubt, es wäre alles klar und wir würden es miteinander tun. Mein Herz war mir vor Aufregung fast aus der Brust gehüpft, und die Sehnsucht danach hatte mir beinahe körperliche Schmerzen bereitet. Die Angst, die ich empfand, ließ meinen Puls emporschnellen. In jeder einzelnen Sekunde war ich mir bewusst, dass ich eigentlich nicht so fühlen und mich nicht so nach diesem Mann sehnen durfte. Er war gefährlich wie nichts, was ich zuvor kennengelernt hatte. In manchen Momenten machte er mir mehr Angst, als es die vier Männer in dieser Nacht getan hatten. Aber es fühlte sich vollkommen anders an, und ich war nicht mehr in der Lage zu unterscheiden, ob ich mich vor ihm fürchtete oder vor dem, was ich bereit war zu tun. Eines war jedoch ganz sicher, Angst und Begehren ergaben eine explosive Mischung.

Er hatte mir doch nur irgendwas sagen sollen, um mich zu beruhigen. Aber was hatte er getan? Er war abgehauen. In einem Moment sollte ich noch dieses Kleid anziehen, nur damit er es mir in Windeseile vom Körper reißen konnte, und im nächsten überlegte er es sich anders und verschwand?

Als ich ihn wenig später an der Hintertür hörte, hob ich die Zeitschrift noch dichter vor mein Gesicht und gab vor, intensiv in die Lektüre vertieft zu sein. In Wahrheit hatte ich nichts von dem Artikel wahrgenommen.

Ich lag mit überschlagenen Beinen auf dem Zweiersofa und lauschte auf Geräusche, die mir sagten, wohin er ging und was er tat. Plötzlich umfasste er mein Fußgelenk, ohne dass ich ihn hatte näherkommen hören. Erschrocken schrie ich auf, als er auch noch mein zweites packte, mich herumdrehte, sodass ich ihm zugewandt saß, und mich dabei halb von der Couch zog. Während die Zeitschrift zu Boden fiel, stützte ich mich mit den Händen ab und starrte ihn erschrocken an.

»Was soll das? Lass mich los!«

»Ich habe nachgedacht.« Seine Stimme war so dunkel und intensiv, dass ich ihre Vibration tief in meinem Unterleib spürte. Wie machte er das nur?

»Und was ist das Ergebnis deiner Überlegungen?«, fragte ich angestrengt. Das war wirklich keine angenehme Position. Erfolglos versuchte ich, meine Beine wegzuziehen. Ich wollte auf keinen Fall von dem Sofa plumpsen, um dann vor seinen Füßen zu landen. Doch schon lockerte er den Griff, fuhr mit den Handflächen über die Außenseite meiner Unterschenkel, an meinen Knien und schließlich den Oberschenkeln entlang. Meine Haut prickelte, ein Schauer durchlief meinen Körper und meine Brustwarzen verhärteten sich. Er umfasste meine Taille und hob mich hoch, als würde ich nicht mehr als ein paar Pfund wiegen.

Vorsichtig ließ er mich vor sich auf dem Boden ab, schlang seine Arme um meinen Oberkörper und zog mich dicht an seine stählerne Brust. Gierig saugte ich seinen unverwechselbaren Duft ein, und ohne dass ich es zurückhalten konnte, entwich mir ein Keuchen. Genau hier wollte ich sein. Dafür würde ich in der Hölle landen, doch darüber wollte ich im Moment nicht nachdenken.

»Ich werde dich so lange verrückt machen, bis du endlich deine Angst vergisst. Du hast nichts von mir zu befürchten.« Er sprach ganz nah an meinem Ohr, und schon diese paar Worte erregten mich. Ich wollte mehr davon hören.

»Ich dachte, ich könnte dir widerstehen, aber ich kann es nicht. Ich glaube, wenn ich dich nicht haben kann, dann werde ich verrückt, Liv. Du hättest das nicht tun sollen!« Bedauernd schüttelte er den Kopf, dabei wirkte er beinahe gequält. »Der Wein … und dann hast du es mir besorgt, fuck, so gut wie keine vor dir. So heiß, so verführerisch.« Ich spürte seinen Atem auf meinem erhitzten Gesicht. »Sag, dass du es willst! Sag, dass ich dich nehmen soll. Auf jede erdenkliche und noch so schmutzige Art und Weise. So oft, bis wir beide nicht mehr wissen, wie wir heißen. Sag, dass du keine Angst vor mir hast. Sag es, Liv!«

Ich wand mich aus seiner Umarmung. Abstand zu gewinnen war unmöglich, denn ich fühlte die Kante der Sitzpolster an meinen Waden. Ich hätte über die Lehne springen können, um ihm zu entkommen. Aber das war es gar nicht, was ich wollte. Ich wollte genau hier sein, mit ihm, von ihm umschlungen, und seine Nähe spüren. Würde es jetzt tatsächlich passieren?

Irgendwie gelang es mir, mit meinen Fingern an den Saum meines Tops zu gelangen und ihn langsam nach oben zu schieben. Ich registrierte, wie sich Drakes Pupillen weiteten. Als ich mir das Oberteil über den Kopf zog, riss er die Körbchen des BHs nach unten und seine Lippen schlossen sich um einen meiner harten Nippel. Sofort begann er zu saugen. Die Erregung schoss mir in Wellen durch den Unterleib. Ich stöhnte. Meine Knie zitterten, meine Lider schlossen sich automatisch und mein Kopf fiel nach hinten. Ich glaubte, das Gleichgewicht zu verlieren, doch da waren seine Hände, warm und fest, die sich auf meine Schulterblätter legten. Immer noch sog er an der harten Spitze, dass es schmerzte, doch es war kein unangenehmer Schmerz, ich genoss seine rohe Liebkosung. Sein Atem ging heftiger, und als ich meinen Unterleib an ihn drängte, spürte ich seine Härte. Er hob mich hoch, sodass sich meine Schenkel von ganz alleine um seine Hüften legten. Er entließ meine Brustspitze aus seinem Mund und leckte noch einmal hart darüber, verschloss dann meinen Mund mit seinem. Sein Schwanz drückte sich an meine pochende Mitte, und ich bewegte meine Hüften, um mich an ihm zu reiben. Ich war längst feucht und konnte dennoch immer noch nicht glauben, dass das hier tatsächlich passierte. Er fluchte und vergrub eine Faust in meinen Haaren, zog meinen Kopf zurück und küsste meinen Hals. Ich spürte den sanften Biss kaum, mehr erahnte ich ihn. Ich glaubte nicht, dass er mir tatsächlich wehtun würde, aber das Wissen darum, dass er dazu in der Lage war und unter gewissen Umständen auch sicher nicht zögern würde, fühlte sich merkwürdig an.

Wir wollten es über alle Maßen, keiner von uns würde es jetzt noch stoppen. Allein der Gedanke erschien mir derart lächerlich, dass ich ein raues Lachen ausstieß.

Seine Lippen glänzten feucht, als er mich fragend ansah. Oh, ich konnte ihm nichts vormachen oder etwas verheimlichen. Er registrierte alles, jede Bewegung und jeden Wimpernschlag. Das lag in seiner Natur und war nötig für das Leben, das er führte.

Meine Hände legten sich um seinen Kopf, ich fuhr durch seine samtweichen Strähnen. Unglaublich, wie seidig sie sich anfühlten. Nichts an ihm konnte man als samten bezeichnen, aber sein Haar war es zweifellos. Wie würde es sich wohl anfühlen, wenn er damit über meine nackte Haut strich? Ich stöhnte und presste meine Lippen wieder auf seinen Mund. Erneut küssten wir uns wie Verhungernde, seine Zunge drang in meinen Mund ein und eroberte ihn beinahe augenblicklich. Ich hieß sie willkommen.

Drake schwang mich herum und verließ mit mir das Wohnzimmer. Ich hielt ihn umklammert, damit ich nicht hinunterfiel, doch er hatte mich fest im Griff. Ohne den Kuss zu unterbrechen, stieg er in die erste Etage, und ich hätte mich vielleicht fragen sollen, ob er das schon unzählige Male zuvor mit einer anderen Frau so gemacht hatte, denn er wusste blind jeden Schritt vor den anderen zu setzen. Aber das war mir vollkommen egal. Alles war mir egal. Jetzt wollte ich nicht denken, jetzt wollte ich nur ihn. Ich wollte ihn in mir und dass er mich an meine Grenzen brachte. Er sollte sein Versprechen halten.

Beinahe vorsichtig ließ er mich auf dem Bett ab. Das Laken lag noch immer zusammengeknüllt am Fußende, und er riss es mit einer schnellen Handbewegung herunter, sodass es uns nicht im Weg war. Er legte einen Finger an den BH-Verschluss zwischen meinen Brüsten. Sofort sprangen die Körbchen – die sowieso kaum noch etwas verdeckt hielten – auseinander. Er kniete sich über meine Hüften und beugte sich dann wieder über meine Brüste, zog jetzt die andere Spitze zwischen seine Lippen und saugte. Die Empfindung traf mich tief in meinem Bauch und zwischen meinen Beinen. Das Pochen wurde drängender. Meine Hände krallten sich in das Laken unter mir und ich warf meinen Kopf herum. Nun nahm er seine Hände hinzu. Streichelte und knetete und verführte.

Meine Finger suchten wieder seine Haare, griffen hinein und hielten seinen Kopf an Ort und Stelle. *Bloß nicht aufhören, bitte hör nicht auf!* Wenn das hier vorbei wäre, müsste ich nachdenken und bereuen, doch ich wollte nicht aus diesem verrückten Traum erwachen. Es war so perfekt und so verboten. Er umfasste meine Handgelenke und drückte sie mir über den Kopf. Dort hielt er sie mit einer Hand fixiert.

»Beweg dich nicht«, forderte er, ließ mich los und griff zum Bund meiner Hose. Er öffnete erst den Knopf, dann folgte der Reißverschluss, bevor er mir die Shorts über die Hüften zog. Als er sie mir ausgezogen hatte, hielt er sich nicht mit dem Höschen auf – das zerriss er kurzerhand, nachdem auch er sich aus seiner Hose befreit hatte – und spreizte meine Beine.

Erregung und Nervosität vermischten sich, wurden eins, und ich registrierte, wie sich die Matratze unter seinem Gewicht senkte, als er sich zwischen meinen Beinen niederließ. Unter gesenkten Lidern beobachtete ich, wie er seinen Schwanz in die Hand nahm, ein paar Mal daran auf und ab fuhr, während er mich unentwegt ansah. Ich leckte mir über die Lippen, als würden sie sich daran erinnern, dass sie ihn schon einmal gekostet hatten. Auch er dachte daran; das leichte Lächeln, das ich unter seinem Bart ausmachen konnte, war eindeutig. Seine Augen funkelten jedoch gefährlich und düster. Er strich über meine Mitte, verteilte die Feuchtigkeit und stöhnte. »Scheiße, das ist so heiß.« Im nächsten Moment stieß er tief in mich.

Mir blieb die Luft weg, und ich rang vergeblich nach Atem. Es war zu viel, zu tief, zu intensiv. Zu viel Drake. Mehr, als ich glaubte, ertragen zu können. Sein Duft umhüllte mich. Sein Schwanz füllte mich vollkommen aus. Ich hatte Angst vor dem Moment, in dem er sich zu bewegen beginnen würde, gleichzeitig konnte ich es nicht erwarten.

Er war über mir, hielt einen Augenblick inne. Sein ganzer Körper war angespannt, seine Stirn gerunzelt und sein Atem ging heftig. »Verdammt. Du bist so eng. Weißt du, wie unglaublich sich das anfühlt?«

Erwartete er darauf eine Antwort? Ich genoss das Gefühl von ihm in mir so sehr, und meine Emotionen schossen wie Feuerwerkskörper durch meinen Unterleib.

Dann zog er sich ein Stück zurück und ich schrie auf. Sofort schob er sich ruckartig wieder in mich. »Fuck! Ich kann nicht warten, Liv. Ich muss dich jetzt ficken. Hart und schnell.«

»Ja …«, stöhnte ich.

Wieder glitt er fast komplett aus mir heraus und stieß zu. Jetzt, in diesem Moment, wäre der Umstand, sterben zu müssen, nicht das Schlimmste, und das Verrückte an der ganzen Sache war, dass es wohl keinen Zeitpunkt gab, an dem Drake sich weniger wünschte, mir das Licht auszublasen. Wenn ich diese verwirrenden Gefühle mit in die Ewigkeit nehmen könnte, wäre ich der glücklichste Mensch, der je gelebt hatte. Niemals zuvor hatte ich so intensiv gefühlt, und niemals hatte es jemand geschafft, mich derart in Ekstase zu versetzen.

Seine Bewegungen wurden schneller, bei jedem Stoß drang er tief in mich ein, dehnte mich. Es dauerte nicht lange, bis sich meine Muskeln rhythmisch um ihn verkrampften und pulsierten. Ich war so kurz vor einem gigantischen Höhepunkt. Er fasste in meine Kniekehle und zog mein Bein nach oben, sodass er noch tiefer in mir war.

Zu viel!, hämmerte es in meinem Kopf. Zu viel und zu intensiv.

Mein Stöhnen klang selbst in meinen Ohren kehlig und rau. Ich schnappte nach Luft.

»Komm jetzt, Liv!«, befahl er, und mein Körper reagierte, gehorchte seiner Anweisung. Ich spannte mich an und ließ los!

Heiße Wellen strömten durch meine Adern, fanden sich in meiner Mitte, wo sie pulsierten, sich aufbäumten und mich höher und höher trugen. Die Wirklichkeit hatte jede Bedeutung verloren und ich verlor das Gefühl für Zeit und Raum. Die Wellen schienen immer intensiver zu werden. Zitternd und mich um ihn krampfend lag ich da, während er mich immer noch tief und schnell fickte. Intuitiv wusste ich, dass auch er jeden Moment so weit sein würde.

»Drake«, sagte ich. Ich wollte ihn noch einmal ansehen, wenn der Orgasmus ihn in seinem Bann hielt. In diesem Augenblick war er so schön, und jede emotionale Regung war zu erkennen.

»Gott, verdammt«, presste er hervor, die Gesichtszüge angespannt. Auf seiner Stirn hatten sich Schweißperlen gebildet, und ich nahm den Anblick in mir auf, während sich meine Muskeln weiter um ihn zusammenzogen. Mit einem Stöhnen legte er seine Stirn auf meine und hielt meinen Kopf. Der Höhepunkt erschütterte ihn, sein ganzer Körper zuckte, während er sich in mir ergoss.

Heftig atmend rollte er sich von mir herunter und blieb neben mir liegen. Ich spürte seinen Blick auf mir, fühlte mich auf einmal nackt und entblößt. Es schien, als könnte er durch mich hindurchsehen, erkennen, was ich dachte und was mich bewegte.

Er! Es war einfach nur er, dieser Mann, dessen Fingerspitzen über meine nackte Haut glitten, mit meiner Brustwarze spielten und mich streichelten, der mein Leben in mehrfacher Hinsicht vollkommen durcheinandergebracht hatte.

Immer noch konnte ich nicht wegsehen, als wären unsere Blicke fest ineinander verhakt. Seine nachdenkliche, beinahe ernste Miene macht mich nervös. Etwas vereinte uns – wie ein unsichtbares Band, das uns zusammenhielt, sich um uns festzog, ich konnte es deutlich spüren. Und auf einmal ging mir auf, dass ich nur Zeit brauchte. Zeit, die ich mit ihm verbrachte, die alles andere ausschließen und ihn vergessen lassen würde, was er vorhatte. Ich musste bei ihm bleiben, bis ich eine bessere Lösung gefunden hatte. Ich würde ihm etwas vorspielen und auf diese Weise meinen Vater retten.

Doch schon als mir diese Idee in den Sinn kam, zweifelte ich daran, sie tatsächlich durchführen zu können.

17. TOO GOOD TO BE TRUE

Drake

Während ich im Bad war, holte sie sich das Laken und deckte sich damit zu. Als könnte mich das von ihrem perfekten Körper fernhalten.

Ich legte mich neben sie, kroch ebenfalls unter das dünne Tuch und zog sie an mich, meinen Arm fest um ihre Taille geschlungen. Sie seufzte und ich war zufrieden, sie einfach nur zu halten. Wir hätten mühelos die nächste Nummer schieben können, ich war noch lange nicht gesättigt und mein Schwanz längst wieder bereit, aber mir gefiel es, sie so bei mir zu haben. Für den Moment!

Mir einzubilden, sie würde meine Nähe suchen, damit ich sie umarmen und schützen konnte, hatte etwas für sich. Es fühlte sich so normal an, und mir fiel nichts ein, was sich damit vergleichen ließ. Ich wollte mich noch ein wenig in der Illusion verlieren, mit ihr etwas Echtes zu haben und nicht nur einen flüchtigen Moment, den wir uns gestohlen hatten.

Wahrscheinlich bereute sie bereits, mit mir geschlafen zu haben, denn wenn wir uns nicht auf diese kaputte Art kennengelernt hätten, wäre es nie dazu gekommen. Diese Sache würde genauso schnell wieder beendet sein, wie sie angefangen hatte. Aber warum störte mich der Gedanke daran? Warum hatte die Tatsache, dass sie bald wieder aus meinem Leben verschwunden wäre, so etwas Erschreckendes an sich? Als würde ich sie verlieren. Aber zur Hölle, sie gehörte mir doch gar nicht, nicht mal ansatzweise.

Mein Gesicht in ihren Haaren vergraben, sog ich tief ihren unverwechselbaren Duft ein. Süß und blumig wie eine Frühlingswiese. Ich konnte nicht genug davon bekommen, doch ich fragte mich, woher ich überhaupt wusste, wie so eine beschissene Wiese roch. Ich schnupperte tatsächlich an der Frau, die ich gerade gefickt hatte. Ich musste mich mit irgendwas ablenken, doch ich konnte mich nicht überwinden, sie alleine zu lassen. Noch wollte ich sie ein bisschen genießen, sie spüren und berühren.

Um sie zu wecken, strich ich über ihre Seite und die perfekte Rundung ihrer Hüfte. Sie war so weich, und sie seufzte erschöpft, sodass meine Lippen sich von selbst zu einem Lächeln verzogen.

»Was hast du gesagt?« Ich hob meinen Kopf und lauschte.

»Ich bin gestorben.«

»Wieso denn das?«

»Ich weiß nicht. Du bist schuld dran.« Sie drehte sich um und schmiegte sich an mich. Ihren Arm legte sie auf meine Hüfte und ihr Gesicht vergrub sie an meinem Hals. War sie es jetzt etwa, die an mir schnupperte?

Ich rollte uns herum, sodass ich sie unter mir begrub.

»Das musst du mir noch mal genauer erklären.« Ich ließ nicht locker.

»Nein, ich finde, wir sollten keine Zeit verschwenden.«

Erstaunt wanderten meine Brauen nach oben, als ich ihre Hand an meinem Schwanz spürte. Sie umfasste ihn und drückte mit genau der richtigen Intensität, während sie langsam auf und ab fuhr.

Ich schloss meine Augen und stöhnte. »Ich hoffe, du weißt, was du da tust.«

»Soll ich aufhören?«, fragte sie frech.

»Untersteh dich!« Unvermittelt schob ich ihre Beine auseinander, strich mit meiner Rechten über ihre Schenkelinnenseite, und als ich zwischen ihren Schenkeln angekommen war, spürte ich ihre Nässe. Sie war für mich bereit, deshalb drang ich tief in sie ein und verfiel sofort in einen gemächlichen Rhythmus.

Ich nahm sie nicht zum letzten Mal in dieser Nacht, und wir verschliefen die Hälfte des nächsten Tages.

Schließlich erwachte ich, weil die Sonne mir gnadenlos ins Gesicht schien, und löste mich widerstrebend von Liv, die immer noch tief und fest schlummerte. Lautlos verließ ich das Schlafzimmer und nahm eine Dusche. Während ich meinen Kaffee trank, fuhr ich den Laptop hoch, um nach neuen Informationen zu suchen.

Wenn man vorrangig allein arbeitete, war man auf seine Instinkte und eine genaue Planung angewiesen. Ich verfügte nur über wenige Kontakte, die mir nützliche Informationen lieferten oder mich warnten, wenn etwas schiefzugehen drohte. Ich musste ständig auf der Hut sein. Das war lebenswichtig und unvermeidbar, wenn ich sichergehen wollte, dass mein Plan funktionierte.

Wie nicht anders zu erwarten, gab es keinerlei offizielle Meldungen bezüglich Livs Verschwinden. Holden hielt die Medien und vor allem die Cops aus der Sache raus. Das war nicht unbedingt von Vorteil für mich, denn ich nahm an, dass sie auf die richtige Gelegenheit warteten, mich auszuschalten. Jetzt, wo sie wahrscheinlich wussten, mit wem sie es zu tun hatten, hatte sich die Situation für mich deutlich verändert.

Ich hätte Liv auch einfach bei Holden lassen können. Es hätte im Grunde keinen Unterschied gemacht. Ich würde ihn so oder so abknallen, selbst wenn sie mich an ihn verriet, aber ich war noch nicht bereit, sie aufzugeben. Vielleicht sollte ich es als kleine menschliche Schwäche abtun, der beinahe jeder früher oder später mal erlag. Zumindest ließ es sich einfacher leben, wenn ich mir das immer wieder einredete. Eine kleine Zerstreuung, nicht mehr und nicht weniger. Und verdammt guter Sex. Aber es gab auch noch einen anderen Grund. Hier bei mir war sie vorerst aus der Schusslinie, denn ich wollte tatsächlich nicht, dass ihr etwas zustieß.

Auf meinem Handy hatte ich zwei neue Nachrichten von Ben. Ich rief ihn an, weil er die Bestätigung für ein paar Investitionen von mir haben wollte, die er bei Untergrundkämpfen zu tätigen gedachte.

Dann tat ich etwas, was ich normalerweise nie in Erwägung ziehen würde. Aber es ging nicht anders. Ich brauchte jemanden, der auf Liv aufpasste, während ich etwas erledigte.

»Ben, ich habe eine Bitte an dich.«

»Um was geht's?«

»Ich würde dich auch nicht damit behelligen, wenn es nicht unbedingt notwendig wäre. Aber ich habe hier ein Mädchen …«

»Ein … Mädchen?« Er lachte. »Seit wann kommst du mit denen nicht mehr alleine klar?«

»Nein, so ist es nicht. Du musst auf sie aufpassen, damit sie nicht abhaut.«

»Ein paar Informationen mehr wären hilfreich.«

»Es ist seine Tochter.« Als keine Antwort kam, gab ich ihm noch einen Hinweis: »Holdens.«

Immer noch sagte er kein Wort.

»Ben?«

»Sie ist Holdens Tochter?«, fragte er alarmiert. »Verdammt noch mal, das hast du nicht getan.«

»Doch, ich fürchte, genau das hab ich.«

»Du hast sie entführt?«

»Sagen wir so, sie ist mir in die Arme gelaufen. Ich muss zu meinem Haus. Ein paar Unterlagen holen. Dabei kann ich sie nicht gebrauchen.«

»Schon gut, bring sie her. Ich bin in meinem Apartment in der Collins Avenue.«

»Ich bin dir was schuldig.«

»Bist du nicht.«

Als ich aufgelegt hatte, dachte ich ernsthaft darüber nach, ob ich ihn hätte warnen sollen, die Finger von ihr zu lassen. Ben konnte schönen Frauen nur selten lange widerstehen, und die meisten ließen sich gerne von ihm flachlegen. Er war der typische Frauenheld. Aber er würde es niemals bei Liv versuchen. Davon war ich fest überzeugt.

Ich legte das Telefon auf die Arbeitsplatte und schaute auf. Liv stand in der Küchentür, atemberaubend schön. Sie hatte sich mein T-Shirt von gestern übergezogen, was mich aus irgendwelchen Gründen direkt wieder hart werden ließ, und sah derart bezaubernd aus, dass es beinahe wehtat. Ohne sie aus den Augen zu lassen, klappte ich den Laptop zu, stellte die Tasse weg und ging zu ihr, um sie zu küssen.

Heute Morgen und im Licht des sonnigen Tages wirkte sie ein wenig zurückhaltend und kicherte, als meine Hände an ihren Schenkeln unter das Shirt glitten.

Anerkennend grinste ich sie an.

»Lach nicht. Du hast meinen Slip zerrissen. Er ist nicht mehr zu gebrauchen.«

»Das ist perfekt, so muss ich ihn dir nicht wieder ausziehen.« Ich hob sie hoch und setzte sie auf den Tresen, dann stellte ich mich zwischen ihre Beine und spreizte sie weit genug, um dazwischen Platz zu finden.

»Leg dich zurück«, raunte ich.

Sie war so sexy, und mit einem Ständer in der Hose sah ich ihr dabei zu, wie sie meiner Aufforderung nachkam. Langsam schob ich das viel zu weite T-Shirt nach oben, entblößte ihre Brüste und spielte ein wenig mit den harten Nippeln, bevor ich ihren Bauch streichelte und mit der Zunge in ihren Nabel fuhr. Stockend holte sie Luft und ich betrachtete sie. Ich hatte freie Sicht auf ihre feucht glänzende Pussy und konnte nicht länger widerstehen. Meine Zunge schnellte über ihre Spalte, sodass sie sich keuchend aufbäumte, dann schob ich sie hinein und leckte sie. Ich konnte nicht genug davon bekommen und knabberte und spielte an ihrer Klit, bis sie mich anflehte aufzuhören und gleichzeitig, es auf keinen Fall zu tun. Ich musste lachen, weil ich sie offensichtlich in den Wahnsinn trieb, aber dabei war sie so wunderschön. Ihre Wangen glühten, und die Röte zog sich bis zu ihrem Hals hinunter. Wie ein Idiot starrte ich sie an, bevor ich meinen Kopf wieder zwischen ihre Beine schob. Sie zitterte, und ihr Griff in meine Haare war schmerzhaft. Ich hörte nicht auf, bis sie an meinem Mund kam. Gab es eigentlich etwas Schärferes?

Meine Hose war im Nu offen, und ich drang ohne weitere Verzögerung in sie ein. Dann nahm ich sie schnell und heftig. Mich zurückzuhalten fiel mir bei Liv offensichtlich besonders schwer, egal, wie oft wir es miteinander trieben.

Anschließend half ich ihr vom Tresen herunter und zog ihr Shirt glatt.

Scheiß drauf! »Komm her«, sagte ich, und sie schmiegte sich in meine Arme, damit ich sie küssen konnte. Es fühlte sich perfekt an.

***

»Du solltest dich anziehen. Ich hab was zu erledigen und kann dich nicht hierlassen«, sagte ich am Nachmittag.

Fragend sah sie mich an. Ihre Haare hatte sie zu seinem lockeren Knoten hochgesteckt, nachdem wir das letzte Mal miteinander Sex gehabt hatten. Wieder hatte sie dafür einen Kugelschreiber verwendet. Sie sah atemberaubend aus. Durchgevögelt war sie am schönsten, und ihre Lippen waren vom Küssen immer noch ganz rot.

»Wo wollen wir hin?«, fragte sie alarmiert und unterbrach damit meine alberne Schwärmerei.

»Wie ich sagte, ich hab was zu erledigen.«

Langsam nickte sie. Liv war intelligent. Sie wusste genau, dass sie keine weiteren Informationen von mir bekommen würde. Aber es wunderte mich dennoch, dass sie, ohne zu widersprechen, nach oben ging, um sich etwas anzuziehen.

Im Auto spürte ich die fragenden Blicke, die sie mir immer wieder zuwarf. Meine Kiefer mahlten. Ich fuhr nach Miami Beach, an dem großen Einkaufszentrum vorbei und suchte in der Nähe von Bens Apartment nach einem Parkplatz.

Liv sah sich um. Ich konnte ihre Gedanken lesen. Sie fragte sich, was zum Teufel wir hier machten. Ich würde ihr nichts sagen.

»Komm mit«, sagte ich knapp und ging auf das große Gebäude zu. Ben erwartete uns bereits, als wir aus dem Fahrstuhl stiegen. Er lächelte und begrüßte Liv, bevor er mir seine Aufmerksamkeit widmete. Der perfekte Gentleman eben. Ich konnte seine Neugierde spüren und dass er sich fragte, was das mit uns war.

»Lass sie nicht vor die Tür und beantworte keine Fragen. Ich hoffe, in zwei Stunden bin ich wieder hier.«

Liv fuhr herum und starrte wütend zu mir empor. »Das ist nicht dein Ernst«, fauchte sie.

»Leider doch. Du musst hierbleiben. Mach Ben keine Probleme, verstanden?«

»Du kannst mich!«, schleuderte sie mir entgegen und starrte mich an.

»Später, Baby«, erwiderte ich.

»Was hast du vor? Sag mir, wo du hingehst, Drake.«

Dass der Klang ihrer Stimme nun von wütend zu panisch umgeschlagen war, entging mir selbstverständlich nicht. Doch ich ließ mir nicht anmerken, dass mich für den Bruchteil einer Sekunde der

Wunsch überkam, sie an mich zu ziehen, um sie zu trösten. Es gab nichts, womit ich sie beruhigen konnte, denn es würde am Ende nicht alles gut werden.

»Geh hinein«, forderte ich sie leise auf.

»Nicht heute, oder?«, wollte sie wissen. »Du wirst das noch nicht heute tun.«

Es war nicht nötig, dass sie genauer in Worte fasste, wovon sie sprach, allerdings wollte ich ihre Befürchtung weder bestätigen noch verneinen. Je weniger ich darüber sagte, desto besser.

»Drake, sprich mit mir!«

Eine Weile hielt sie noch meinen Blick. Meine Kiefer mahlten, doch ich gab nicht nach. Sie würde nicht mehr von mir erfahren.

Ben nahm ihren Arm und zog sie mit sich ins Apartment.

Ich ignorierte seine hochgezogenen Brauen und die Fragen, die ihm auf der Seele brannten, die er aber nicht auszusprechen wagte.

»Drake, antworte mir, verdammt noch mal«, kreischte sie noch aus dem Flur.

»Sie ist kein Fan von dir«, stellte Ben fest, als er seinen Kopf noch einmal herausstreckte.

»Nein, das ist sie nicht. Du darfst sie nicht aus den Augen lassen, hörst du? Sie hat bestimmt ein paar Tricks drauf, um dir abzuhauen. Das darf auf keinen Fall passieren.«

»Das wird sie nicht. Verlass dich auf mich.«

Ich nickte, dann nahm ich den Fahrstuhl nach unten und ließ die beiden mit gemischten Gefühlen zurück.

Ich musste zu meinem Haus, weil ich die Unterlagen brauchte, die Holden betrafen. Alle Kontaktdaten, seine Gewohnheiten, seine Termine lagen dort unter Verschluss. Noch länger konnte ich nicht warten, denn damit ging ich ein Risiko ein. Und weil ich nicht genau wusste, was mich dort erwartete, wollte ich sie nicht mitnehmen. Sie war im Ernstfall mein einziges Druckmittel.

Ich rechnete fest damit, dass Holdens Leute bereits auf der Lauer lagen und mich erwarteten. Mit Liv wäre ich ihnen in die Arme gelaufen, und sie hätten sich über meine Dummheit noch kaputtgelacht – was ich ihnen nicht einmal verdenken könnte.

Stundenlang hatte ich mir den Kopf zerbrochen, wie viel Liv ihrem Vater am Telefon von mir erzählt haben konnte. Im Grunde wusste sie ja gar nicht Genaues und hätte lediglich meinen Namen und die ungefähre Lage meines Hauses weitergeben können. Aber selbst das reichte, damit ich die Typen auf meiner Matte stehen hätte. Auf diese Gelegenheit hatten sie immerhin zwei Jahre gewartet. Ich hatte sie nicht gefragt; sie hätte mich ohnehin angelogen. Hier ging es schließlich um ihren Vater, den sie immer noch für unschuldig hielt.

Meinen Wagen parkte ich noch auf der Straße, in einiger Entfernung meines Grundstücks. Ich kletterte über den Zaun und schlug mich durch die Bäume, um mich von hinten an das Haus anzupirschen. Nichts fiel mir auf. Dort waren keine verdächtigen Wagen, und ich konnte keine Spuren von jemandem entdecken, der auf der Lauer lag oder überhaupt hier gewesen war. Alle Eingänge und Fenster waren verriegelt, wie ich feststellte, als ich den Sicherheitscode eingab und so in mein Haus gelangte.

Fast schien es mir verdächtig, dass es rein gar nichts Auffälliges gab. Auf dem Weg nach oben blieb ich auf der Mitte der Treppe stehen und grübelte. Hatte sie mich vielleicht gar nicht verpfiffen?

18. TORN

Liv

Aus den Augenwinkeln betrachtete ich ihn.

Immer noch vollkommen aufgewühlt, hatte ich mich auf die große Couch verzogen – die keinem Vergleich zu der mikroskopisch kleinen und durchgesessenen in Drakes Hütte standhielt.

Meinen Ärger und die Befürchtung, womit Drakes Verschwinden womöglich zu tun hatte, konnte ich kaum unterdrücken. Er hatte geschafft, was ich auf jeden Fall hatte verhindern wollen. Er war unterwegs, um etwas zu erledigen, über das ich keine Kontrolle besaß und das ich zudem offenbar auch nicht wissen durfte. Ansonsten hätte er mich nicht bei diesem Kerl abgeladen, der mich bewachen sollte.

Lässig hatte er sich auf den Sessel mir schräg gegenüber gesetzt und schwenkte einen Drink, bevor er einen Schluck nahm und mir dabei in die Augen schaute. Er sah wirklich ziemlich gut aus. Dunkle Haare und Augen, glatt rasiert, und er trug einen perfekt sitzenden Anzug – bei der Hitze und in seinen eigenen vier Wänden. Das fand ich schon ein wenig schräg, und ich war drauf und dran, ihn zu fragen, ob er noch einen Termin als Trauzeuge wahrnehmen wollte. Aber trotz dieses Aufzugs hatte er irgendwas Wildes in seinen Augen, das nicht so recht zum Rest seiner Erscheinung passen wollte. Die Bezeichnung Bad Boy kam mir in den Sinn, und ich fand sie passend, wenn auch auf völlig andere Weise, als die, die ich mit Drake in Verbindung brachte. Tötete dieser Ben auch für Geld? Es würde mich nicht wundern, und vielleicht machten sie ja sogar gemeinsame Sache. Vielleicht hatten sie zusammen den Plan ausgetüftelt, meinen Dad umzubringen.

Meine Brauen zogen sich zusammen, und ich starrte ihn angriffslustig an.

Sein Lachen war tief, als er das Glas auf einem Untersetzer auf dem niedrigen Couchtisch absetzte.

»Ich nehme an, wenn Blicke töten könnten, hätte ich verdammt schlechte Karten.«

»Und ich nehme an, übers Töten weißt du bedeutend mehr als ich.«

Er wirkte überrascht, ging aber nicht auf meine Bemerkung ein. Stattdessen stand er auf und hielt sein Glas hoch. »Möchtest du nicht doch etwas trinken? Es ist sehr heiß heute.«

Überflüssig, zu erwähnen, dass die Klimaanlage auf Hochtouren lief, weil er es in seinem Anzug wohl sonst auch nicht ausgehalten hätte. »Nein danke, ich vertrage nicht besonders viel und kann mir was Schöneres vorstellen, als gleich lallend auf deiner Couch zu liegen.«

Wieder lachte er. Das hörte sich schön an und nahm ihm für einen kurzen Moment etwas von seiner Strenge und dem perfekten Aussehen. Er wirkte damit eine Spur natürlicher.

»Du kannst auch Wasser haben. Cola, Saft …? Was immer du willst und ich in meiner bescheidenen Hütte zur Verfügung habe.«

»Na gut, wenn du mir ein Wasser geben würdest, wäre das toll.«

»Kommt sofort.« Lässig verließ er den Raum.

Aus Langeweile sah ich mich um. Das Fenster, das beinahe die gesamte Wand einnahm, gab den Blick auf den Ozean frei, der sich türkisfarben vor uns erstreckte. Ich stand auf, um hinauszusehen. Es war großartig, der Strand befand sich direkt unter uns. Hier zu wohnen war sicher nicht billig, aber, wenn man es sich leisten konnte, jeden Cent wert. Die Einrichtung war minimalistisch und edel. Ich konnte keine Fotos oder irgendwelchen Nippes entdecken. Als einziger Bruch dieser absoluten Schlichtheit lag auf dem Tisch dieser Untersetzer und auf einem hohen Bord standen drei weiße Vasen in geometrischen Formen, jedoch ohne Blumen darin. Sonst gab es nichts, nicht einmal Gemälde oder Kunstdrucke an den Wänden. Alles war in Weiß und Grau gehalten, hier und dort schwarz abgesetzt.

»Sie waren ein Geschenk«, erklärte er lässig, als er sich wieder zu mir gesellte und das Wasser vor mir auf den Tisch stellte, natürlich ebenfalls auf einen Untersetzer.

Sein Kopf deutete auf die Vasen. Offenbar hatte er gesehen, wie ich sie betrachtet hatte. »Ich habe sie bekommen, weil offenbar jemand der Meinung war, mein Apartment könnte etwas *Wohnliches* vertragen. Was denkst du?«

»Ich denke, derjenige hatte recht. Deine Wohnung ist wirklich ein Traum, allein der Ausblick …« Mit ausgestrecktem Arm deutete ich auf die Glasfront. »Aber es sieht ein wenig aus, als würde eigentlich niemand hier wohnen.«

Neugierig sah er mich an, und ich hatte das Gefühl, mich ein wenig zu weit vorgewagt zu haben.

»Natürlich habe ich die anderen Räume noch nicht gesehen. Vielleicht hast du dich dort richtig ausgetobt und es ist urgemütlich oder kitschig. Du weißt schon, wo nicht sofort jeder, der vorbeikommt, einen Blick drauf werfen kann.«

»Eher nicht«, sagte er trocken. »Ich fürchte, hier sieht es überall ähnlich aus.«

»Na ja, schön ist es trotzdem«, erwiderte ich, konnte aber selbst hören, wie lahm sich das anhörte.

»Mach dir keine Gedanken. Ich bin nicht so oft hier, deshalb kann ich gut damit leben. Außerdem mag ich es lieber etwas schlichter.«

»Heute bist du aber hier. Etwa extra wegen mir?«

Er hob die Schultern. »Drake ist ein guter Freund.«

Was war das denn für eine Antwort? »Und du wolltest ihm einen Gefallen tun.«

»Ich würde ihm *jeden* Gefallen tun.«

Wow! Offenbar standen sie sich sehr nah. Ob er ihm auch einen Auftrag abnehmen würde, wenn dieser für Drake zu *unbequem* wäre? Wie zum Beispiel, eine tödliche Waffe zu benutzen? Um mich umzulegen?

Mein Schweigen missdeutete er und fuhr fort: »Es ist keine große Sache. Ich hatte nichts vor und es gibt Schlimmeres, als auf eine schöne Frau aufzupassen.«

»Sehr witzig.«

»War nicht als Witz gedacht. Ich sage immer, was ich denke. Meine schonungslose Ehrlichkeit ist meine Stärke. Oder aber auch meine Schwäche, je nachdem, von welcher Seite man es betrachtet.«

»Ich bin für Ehrlichkeit.«

»Dann geht es dir wie mir.«

»Was hat Drake dir über mich erzählt?«, versuchte ich, diese positive Eigenschaft direkt auszunutzen, aber es sah so aus, als wäre seine Loyalität noch weitaus ausgeprägter, denn er schüttelte nur bedauernd den Kopf, bevor er sich wieder erhob.

»Hast du Hunger? Ich könnte etwas bestellen. Wer weiß, wann der Mistkerl wiederkommt.«

An der Art, wie er Drake Mistkerl nannte, konnte ich erkennen, dass es genau das Gegenteil von dem war, was er wirklich von ihm hielt. Die beiden Männer waren auf den ersten Blick so vollkommen verschieden, erst auf den zweiten verband sie irgendwas Düsteres. Aber was mich verwunderte, war die Tatsache, dass ich mich in Bens Gegenwart bedeutend weniger unwohl fühlte als bei Drake. Vielleicht lag das aber auch daran, dass mein Herz in Drakes Nähe immer ein bisschen schneller schlug.

***

Ben legte schließlich einen Film ein, doch ich schlief kurz darauf trotz meiner Angst, Drake könnte gerade bei meinem Vater sein, ein. Die letzten Tage hatten mir alles abverlangt.

Das Geräusch von Bens Handy weckte mich wieder. Ich war sofort hellwach, als ich erkannte, mit wem er sprach.

»Ja, alles in Ordnung. … Nein, mach dir keine Gedanken. … Natürlich. Sie schläft. … Ja, auf meinem Sofa, Herrgott!«

Meine Augen hielt ich weiterhin geschlossen. Ben verließ den Raum, seine Stimme wurde immer leiser.

»Nicht dein Ernst! Hör mal, ich weiß nicht, was das mit euch ist, aber auf diese Weise …«

Verdammt! Er hatte eine Tür geschlossen, und ich konnte nicht mehr hören, worüber die beiden redeten. Aber ich fand zumindest meine Vermutung bestätigt, dass Ben über Drakes Geschäfte und auch über mich Bescheid wusste. Toll! Das half mir aber gerade auch nicht weiter.

Als er zurückkam, hatte ich mich wieder aufgesetzt. Er lächelte, als wäre alles in bester Ordnung. »Drake ist auf dem Weg hierher. Er wird jeden Moment da sein.«

Ich versuchte zu erkennen, was in ihm vorging. Eigentlich sah er ganz entspannt aus, nicht so, als hätte Drake ihm gerade mitgeteilt, dass er meinem Vater etwas angetan hatte. Aber meine Hände waren schwitzig und ich furchtbar nervös. Am liebsten hätte ich ihn gefragt, worüber sie gesprochen hatten, doch die Chance, dass er mir die Wahrheit sagen würde, war gering.

»Hey, alles in Ordnung?«, fragte er. Offenbar konnte ich meine Beunruhigung nicht so gut überspielen, wie ich es gern getan hätte. »Hat doch gar nicht wehgetan, hier zu sein, oder?«

Ich brummte, statt zu antworten, doch er war ohnehin schon auf dem Weg zur Tür, weil es gerade geklingelt hatte.

Mühsam zwang ich mich zu einem entspannten Gesichtsausdruck und legte die Hände locker in den Schoß, den Drang unterdrückend, eilig aufzuspringen.

Drakes Blick suchte mich, als er hereinkam, und erst als er mich erfasste, glättete sich seine Stirn, die er zuvor besorgt in Falten gelegt hatte. Was hatte er gedacht? Dass ich Ben in meiner Gewalt hatte?

»Können wir los?«, fragte er knapp.

»Hast du es getan?«

»Nein.«

Ich nickte und folgte ihm schweigend die Treppe runter. Zum Abschied winkte ich Ben kurz zu. Erst als wir bereits ein paar Minuten mit dem Auto unterwegs waren, schien Drake sich daran zu erinnern, dass ich neben ihm saß.

»Hast du Hunger?«

Ich verdrehte die Augen. Warum dachte alle Welt, ich bräuchte unbedingt etwas zu essen?

»Nein, es geht mir gut.«

Er nickte bloß und fuhr langsamer, bis er schließlich rechts abbog und auf einen einsamen Parkplatz direkt neben einem Aussichtspunkt rollte. Außer uns stand nur ein anderer Wagen am entgegengesetzten Ende unter einer Laterne. Er hielt in völliger Dunkelheit, die mir erst vollkommen bewusst wurde, als er die Scheinwerfer ausstellte. Man konnte lediglich das Glitzern des Wassers weit unter uns erahnen und, als er das Fenster ein Stück runterließ, das Rauschen der Wellen hören. Luftfeuchtigkeit und salzige Wärme drang in meine Nase, gemischt mit Drakes Geruch. Meine Nippel wurden hart, als er sich mir zuwandte und seine Hand um meinen Kiefer legte.

»Küss mich«, sagte er und kam mir dabei langsam näher.

Meine Lippen kribbelten und kleine Stromstöße schienen durch meinen Körper zu jagen, um tief in meinem Unterleib ein Feuer zu entfachen.

Wie gerne hätte ich ihn von mir geschoben, ihm zu verstehen gegeben, dass ich daran nicht im Mindesten interessiert war und er sich doch irgendein Flittchen suchen sollte, das nichts lieber wollte, als all seine Wünsche zu erfüllen. Doch die Wahrheit war, dass ich ihn bereits in der kurzen Zeit, die wir eben getrennt gewesen waren, schmerzlich vermisst hatte. Und jetzt musste ich mir eingestehen, sehnsüchtig auf jede noch so kleine Berührung gewartet zu haben. Es war mir einfach nicht möglich, Nein zu sagen.

Unsere Lippen berührten sich und die Welt um uns herum, in der Mord, Gewalt, Hass und Neid vorherrschten, in der Misstrauen und Lügen an der Tagesordnung waren und er und ich auf entgegengesetzten Seiten des Gesetztes standen, verschwand vollkommen aus meinem Bewusstsein.

Ich gab mich seinen Berührungen hin, den Händen, die sanft über meinen Körper glitten, überall eine Gänsehaut hinterließen, die mich von meinen Kleidern befreiten und mich erregten, bis ich nichts anderes tun konnte, als mich vollkommen fallen zu lassen, und mich sogar zwingen musste, ihn nicht um mehr anzuflehen. Alles, was ich wollte, war ihm nahe zu sein. Er sollte sich nehmen, was er begehrte, und mir damit das geben, was ich gerade so dringend brauchte. Ich konnte mir einbilden, dass mir in seiner Nähe nichts geschah. Nicht, wenn es so zwischen uns war. Außerdem konnte er auch niemandem sonst etwas antun.

Von jedem einzelnen Stück Stoff befreite er mich, während er noch immer vollständig bekleidet war und lediglich seine Hose geöffnet hatte. Er hob mich auf seinen Schoß und ich klammerte mich an seine Schultern, während ich mich auf ihn sinken ließ.

Erleichtert stöhnte ich auf, als er endlich in mich eindrang. Das war so gut, so wahnsinnig gut, und ich bewegte mich mit geschlossenen Augen auf ihm, gab das Tempo an und liebte jeden einzelnen Augenblick. Seinen abgehackten Atem und die Worte, die er mir zuflüsterte, nahm ich hungrig in mich auf. Ich war erfüllt von meiner Erregung, seiner Nähe, der Art, wie er sich in mir anfühlte. Als wir gemeinsam den Höhepunkt erreichten, war das lediglich eine kleine süße Kirsche auf einem riesigen Schokoladenkuchen.

Ich saß auf seinem Schoß, er war noch in mir und mein Herz hämmerte wie verrückt. Er streichelte meinen Rücken, und ich wollte meine Augen nicht öffnen. Die Wirklichkeit war viel zu beängstigend, sodass ich sie viel lieber noch ausgeblendet hätte. Leider ging das nicht. Sie drängte sich schon an den Rand meines Sichtfeldes, wenn ich ganz leicht blinzelte. Zart strich ich über seine tätowierten Arme, fuhr die dunklen Linien nach, die jetzt kaum zu erkennen waren.

Er griff in meine Haare und zog meinen Kopf behutsam zurück. Beinahe erstaunt sah ich ihm in die Augen. Dass er so zärtlich war, erschütterte mich sehr viel mehr, als wenn er mich auf die härtere Art nahm. Denn das war es, was ich von ihm erwartete. Das hier jedoch, seine immer noch streichelnden Hände und der Blick, der mir beinahe Tränen in die Augen trieb, brachten mich dazu, von seinem Schoß zu klettern und meine Kleidung zu suchen. Das war im Wagen gar nicht so einfach, und ich war außer Atem, als ich endlich wieder angezogen war. Er war ausgestiegen und ich konnte an dem goldenen Glimmen sehen, dass er sich eine Zigarette angesteckt hatte.

Ich stellte mich zu ihm. Wortlos hielt er mir die Kippe hin. Die Augen geschlossen, nahm ich einen tiefen Zug und dann noch einen, bis schließlich nur noch der Filter übrig war und ich mir beinahe die Finger verbrannte. Drake trat sie aus, als ich sie auf den

Boden fallen ließ. In meinem Schädel herrschte ein wildes Durcheinander und in mir Gefühle, die ich auf jeden Fall unterdrücken sollte.

»Als du Holden angerufen hast, nachdem du abgehauen bist …«

Mein Kopf ruckte hoch und ich versuchte, seinen Gesichtsausdruck zu erkennen.

»Was?«, fragte ich ungeduldig und war völlig verwirrt, weil er meinen Vater gerade jetzt erwähnte. Es war, als hätte man mich mit einem schmerzhaften Tritt zurück in die harte Realität verfrachtet.

Er holte tief Luft und schob die Hände in die Hosentaschen. Seine Haare waren so wunderbar zerzaust. Der Drang, sie zu berühren, war riesengroß, sodass ich meine Hände an meinen Oberschenkeln zu Fäusten ballte, um ihm nicht nachzugeben.

»Sag mir die Wahrheit: Hast du ihm überhaupt von mir erzählt?«

Ich wich seinem Blick aus und malte mit meiner Schuhspitze Kreise auf dem Boden.

»Liv, ich werde nur noch einmal fragen, dann …«

»Was dann? Was willst du dann tun, hm? Packst du dann deine Glock aus und hältst sie mir an den Kopf?«

»Liv …«

»Nein, nicht Liv. Ich weiß, dass ich so heiße, du brauchst es nicht ständig zu wiederholen. Liv Holden, Tochter von Ed Holden, dem Mann, den du unter die Erde bringen willst. Du erinnerst dich? Ich zumindest erinnere mich. Und nein, ich habe ihm kein Wort über dich erzählt, was im Nachhinein betrachtet wahrscheinlich ein großer Fehler war, wenn man sich mal vor Augen hält, dass es meine Schuld wäre, wenn du jetzt zu deinem Ziel kämst. Ich wäre dafür verantwortlich, weil ich ihn nicht gewarnt habe. Kannst du dir das vorstellen? Ich habe keine Ahnung, was mich dazu getrieben hat, zu warten, anstatt ihm die Informationen zu geben, die so wichtig für ihn gewesen wären. Stattdessen kann ich jetzt gar nichts machen, nur abwarten, ob du es tust oder nicht und wann. Und ich kann mich währenddessen weiterhin von dir ficken lassen, weil ich ja offenbar auch nicht über die geringste Willenskraft verfüge, um auch nur einmal Nein zu sagen, sobald du in meiner Nähe bist.«

Er schwieg, sah mich nur an, dann überzog ein leichtes Lächeln sein Gesicht.

»Woher kennst du dich mit Waffen aus?«

»Was?« Ich war irritiert. Ich war noch nicht darüber hinweg, dass ich gerade zugegeben hatte, ihm nicht widerstehen zu können.

»Die Glock.«

»Ach das. Mein Vater sammelt seit sehr langer Zeit Waffen. Als ich klein war, habe ich ihm manchmal dabei zugesehen, wenn er sie gereinigt hat oder sortiert. – Was denn?« Sein spöttischer Gesichtsausdruck irritierte mich.

»Er sammelt also Waffen? Das ist ja ein Ding.«

»Das brauchst du gar nicht so zu sagen. Es gibt jede Menge Menschen, die das tun, ohne jemals einer Fliege was zuleide zu tun. Es bedeutet gar nichts.«

»Natürlich.«

»Du glaubst mir nicht, aber weißt du was, es ist mir egal. Denk, was du willst, ich bin hier fertig.« Wütend stapfte ich zurück zum Auto und setzte mich hinein.

Ich hielt die Luft an, bis er schließlich auch einstieg und den Motor startete. Meine Hand legte sich wie von selbst auf seinen Arm. »Warum …« Ich schluckte. »Warum hast du mich heute dorthin gebracht, wenn nicht, um …?«

Er sah auf meine Hand – ernst, schrecklich ernst –, und ich war drauf und dran loszuschreien. Hatte er mich belogen und meinen Vater bereits umgebracht? Und danach seelenruhig in seinem Auto mit mir geschlafen?

»Ich musste noch etwas erledigen. Vorher. Das hier …« Er deutete abwechselnd erst auf sich und dann auf mich. »… hat nichts damit zu tun. Wenn du also gehofft hast, indem du mit mir …«

Gequält schluchzte ich auf. »O Gott. Sprich es bitte nicht aus, ich glaube, das würde ich nicht ertragen.«

»Ich kann nicht mehr zurück und ich will es auch gar nicht. Da habe ich dir nie etwas vorgemacht. Er ist für den grausamen Tod eines sehr guten Freundes verantwortlich und auch für viele weitere.«

Er berührte meine Hand, doch ich entzog sie ihm.

»Ich weiß es sehr zu schätzen, dass du ihm nichts von mir erzählt hast, auch wenn mir die Gründe nicht ganz klar sind.«

Nein, natürlich waren sie das nicht. Ich verstand es ja selbst nicht!

»Dadurch hast du mir etwas Zeit verschafft. Dein Schweigen …« Er kämpfte mit den Worten. »… beschützt mich irgendwie. Das hat noch nie jemand für mich getan. Danke, Liv.«

Toll! Einfach großartig! Was war das hier gewesen, ein Dankbarkeitsfick? Ich fühlte mich ganz furchtbar und hatte das Bedürfnis, mich zu übergeben. Gleichzeitig genoss ich es, zu spüren, dass er noch vor wenigen Minuten in mir gewesen war.

Mit beiden Händen bedeckte ich mein Gesicht. Er hatte mir nie etwas vorgemacht. Ich hatte auch nie geglaubt, ohne Beweise, die gegen seine Anschuldigungen sprachen, seine Meinung ändern zu können. Aber ich hatte mir Zeit erhofft, bis ich etwas Brauchbares in Händen hielt. Aber wie sollte mir das je gelingen?

Ich wollte nichts mehr hören und ihn auch nicht mehr sehen, doch er zog sanft meine Hände weg, hob mein Kinn an und küsste mich.

»Du hast mit dem ganzen Scheiß nichts zu tun. Weil du es nicht gewusst hast. Ich kann das unterscheiden, glaub mir.«

»Nein, das ist nicht wahr. Solange ich deine Gefangene bin, stecke ich in der Sache genauso drin wie du oder mein Vater.«

»Und wenn ich dir verspreche, dir nichts anzutun?«

Ich lachte auf. »Das ist ja sehr gnädig. Aber versprich nichts, von dem du nicht weißt, ob du es halten kannst. Wir wissen nicht, wie das alles ausgeht.«

»Nein, das wissen wir nicht. Aber ich habe meine Prinzipien.«

»Lass mich raten, welche das sind.« Ich legte den Zeigefinger an die Lippen. »Ach, ich hab's. Du bringst Menschen nur um, wenn dich jemand fürstlich dafür bezahlt. Allerdings hast du in dieser Woche schon mal jemanden unentgeltlich getötet, was mir sagt, dass du durchaus Ausnahmen machst. Deine Prinzipien sind für den Arsch, Drake!«

»Liv, verdammt!«

»Fahr los, ich bin müde.«

Er seufzte, doch er startete den Wagen. »Darüber reden wir gleich noch«, sagte er mit einer Spur Ungeduld in der Stimme.

***

»Verdammt noch mal«, fluchte Drake und blickte in den Rückspiegel.

Ich war ganz in Gedanken versunken gewesen und hatte nicht gemerkt, dass ihn irgendwas beunruhigte.

Auf meinem Sitz drehte ich mich, um aus dem Heckfenster zu sehen.

»Wa…«

»Festhalten!«, rief er und riss im gleichen Augenblick das Lenkrad herum, sodass ich mit dem Kopf an das Fenster prallte und gegen die Tür gepresst wurde. Mit aller Kraft stützte ich mich am Armaturenbrett ab und stemmte meine Füße fest auf den Boden. Drake nahm eine enge Kurve so schnell, dass ich die Bäume nur noch als dunkle Fläche erkennen konnte. Der Motor heulte auf, als er in den nächsten Gang schaltete.

»Was ist denn los?«, wollte ich wissen, als ich endlich wieder gerade auf meinem Sitz saß. Sicherheitshalber stützte ich mich aber weiterhin ab, denn Drake dachte gar nicht daran, das Tempo zu drosseln.

»Wir werden verfolgt.«

»Wirklich?«, fragte ich beinahe hoffnungsvoll und drehte den Kopf. Ich sah aber keinen Wagen.

»Kein Grund, dich zu freuen, sie werden uns nicht erwischen.«

»Das kannst du nicht wissen. Ich hoffe, sie tun es doch.« Ich war immer noch sauer und enttäuscht, aber vor allem wütend auf ihn.

»Halt deine Klappe.«

Immer wieder reckte ich den Hals und schaute durch die Heckscheibe. Irgendwann sah ich tatsächlich einen dunklen Wagen näher kommen. Wir hatten ihn also doch nicht abgehängt. Zwar konnte ich das Fabrikat nicht erkennen, aber ich hoffte, dass es ein Freund meines Vaters oder sogar er selbst war, der mich retten kam. Bald würde ich wieder zu Hause sein. Im Moment wollte ich nur noch weg von Drake. Aber erst mal mussten wir alle heil hier herauskommen, denn ich wollte auf keinen Fall, dass jemand starb.

Vorsichtig sah ich zu Drake hinüber und kaute nervös auf meiner Unterlippe herum, da ich mir der geladenen Waffe an seinem

Körper bewusst war. Selbst Drake wollte ich nicht tot sehen, wenn es nicht unbedingt sein musste. Eine kleine Gefängniszelle würde mir für ihn schon ausreichen. Der positive Aspekt daran wäre, dass ich ihn nicht mehr ständig in meiner Nähe hätte.

»Er holt auf«, sagte ich leise. Meine Hände waren schwitzig.

»Das sehe ich selbst«, schnaufte Drake.

Tatsächlich näherte sich der Wagen, obwohl wir selbst schon in einer Affengeschwindigkeit dahinrasten. Es war ein Sportwagen, vermutlich mit einer Menge PS unter der Haube, gegen den Drakes Auto auf Dauer keine Chance haben würde.

Plötzlich fielen Schüsse. Automatisch duckte ich mich.

»O mein Gott!«, rief ich schrill.

Drake schnaufte, drückte aber weiterhin aufs Gas. »Da kannst du mal sehen, wie viele Sorgen sie sich um dich machen. Sie schießen auf uns!«

»Aber nur, damit wir anhalten. Tue es! Halt an, Drake!«

»Vergiss es!«

Wieder knallte es. Die Karosserie war getroffen worden und eine weitere Kugel musste den Scheinwerfer erwischt haben. Ich hörte das Splittern von Glas.

»Bitte halt an!«, rief ich. Sie schossen tatsächlich auf uns. Wieso hatten die Freunde meines Dads überhaupt Waffen bei sich?

Drake stieß ein paar Flüche aus, drosselte aber weiterhin nicht die Geschwindigkeit, während unsere Verfolger aufholten.

»Kriech in den Fußraum!«, sagte er.

»Aber …«

»Tu, was ich dir sage!«, schrie er.

Schnell schnallte ich mich ab und rutschte vom Sitz, um mich zusammenzukauern, während weitere Salven auf unseren Wagen prasselten. Die Heckscheibe wurde getroffen und eine Kugel sauste knapp an Drakes Kopf vorbei und hinterließ Risse in der Frontscheibe.

»Halt doch an!«, brüllte ich. »Dann werden sie dir sicher nichts tun. Sie glauben wahrscheinlich, dass ich bei dir in Gefahr bin, deshalb schießen sie.«

Er antwortete nicht und zog für einen Moment den Kopf ein, als es wieder schepperte. Dann wurden wir von hinten gerammt. Der Wagen machte einen Satz nach vorne. Reifen quietschten und ich wurde in meinem kleinen Versteck hin und her geschüttelt. Meine Schulter prallte schmerzhaft gegen die Tür. Noch einmal traf uns der andere Wagen, diesmal an der Seite, hinter der ich kauerte. Ich schrie auf, als das Blech der Tür beim nächsten Stoß nach innen gedrückt wurde. Das Geräusch war furchtbar. Wenn das so weiterging, würde ich hier zerquetscht werden.

Drake presste die Lippen fest aufeinander und runzelte die Stirn. Er gab noch einmal Gas, der Verfolger hielt mit und zerschoss diesmal unsere Reifen. Es war jetzt kaum noch möglich, den Wagen vernünftig zu lenken, zumal wir schon wieder gerammt wurden. Das Knirschen und Krachen von aneinander reibendem Metall war ohrenbetäubend. Der nächste Schuss ging durch das Fenster in der Tür, direkt über meinem Kopf. Tausende Glassplitter regneten auf mich nieder.

»Verfickter Scheißdreck.« Drake trat auf die Bremse, und der Wagen kam am Straßenrand zum Stehen.

»Bleib unten«, wies er mich ruhig an, und ich tat, was er sagte, bewegte mich nicht von der Stelle.

Mit einem Mal herrschte eine gespenstische Stille um uns herum. Keine Kugeln wurden mehr abgefeuert, und Drake hatte den Motor abgestellt. Vielleicht hatte der aber auch den Geist aufgegeben, weil er ebenfalls getroffen worden war.

Panisch sah ich zu ihm hoch. Seine Lippen bildeten nur noch eine schmale Linie. Schweiß stand auf seiner Stirn und seine sowieso schon zerzauste Frisur wurde noch mehr in Mitleidenschaft gezogen, als er sich jetzt wieder hindurchfuhr. Er seufzte, bevor er den Kopf schüttelte. »Scheiße!«

»Liv, steig langsam aus dem Wagen. Ich will deine Hände sehen«, rief jemand. Ich kannte die Stimme. Es war Stan, ein langjähriger Vertrauter von Dad, der oft bei uns zu Gast gewesen war. Ich kannte ihn schon seit meiner Kindheit und glaubte, dass sie gute Freunde waren.

»Hast du mich gehört, Liv?«, rief Stan.

Drake sah mich an, sein Blick war beinahe sanft und bohrte sich dennoch in meinen, sodass ich nicht wegsehen konnte. Es war, als würde die Zeit stehen bleiben, und ich hatte das Bedürfnis, noch irgendwas zu ihm zu sagen.

»Geh, Liv, jetzt!«

Ich schluckte, wollte noch irgendwas sagen, doch mein Kopf war leer. Verwirrt schüttelte ich den Kopf.

»Komm aus dem Auto raus, Mädchen!« Das war wieder Stan.

Drake machte eine Kopfbewegung. »Es ist alles in Ordnung. Geh jetzt.«

Seine Stimme war leise, er wollte mich wohl beruhigen. Warum war ich dann nicht ruhig, sondern spürte diese Panik in mir? In meinen Ohren rauschte es, weshalb ich nicht verstand, was Drake als Nächstes sagte. Ich konnte es aber an seinen Lippenbewegungen erkennen. »Geh jetzt, Kleine. Es ist in Ordnung.«

»Liv, verdammt!« Stan verlor die Nerven.

»Ja, ich bin hier. Mir geht's gut. Ich steige jetzt aus.« Ich hob kurz meine Arme, damit er sie durch das Fenster sehen konnte, dann suchte ich blind nach dem Türgriff, irgendwo hinter meinem Kopf, während ich immer noch Drake anstarrte. Unsere Blicke waren miteinander verwoben. Selbst wenn ich gewollt hätte, so hätte ich in dem Moment nicht wegsehen können. Ich wollte die letzten paar Sekunden, die mir noch blieben, um seinen Anblick in mich aufzunehmen, auskosten. Dass das total unlogisch war, brauchte mir niemand zu sagen. Ich wusste selbst, dass es absolut keinen Sinn ergab. Ich konnte ihn in Wirklichkeit nicht leiden und war sogar froh, ihn endlich los zu sein. Dennoch gab es da etwas, das mich gefangen hielt, mich lähmte und dafür sorgte, dass ich jede Regung seines Gesichts, die schönen Augen, die Weichheit seines Bartes, die zahlreichen Tattoos und seine ganze Erscheinung in mich aufsaugen wollte. Er war ein durch und durch düsterer Mensch, mit Abgründen, die ich mir in meinen schlimmsten Träumen nicht ausmalen konnte. Aber da war auch noch etwas anderes, etwas, das – so sehr ich mich auch dagegen wehrte – mein Herz berührte. Ich bat alle Mächtigen der Welt, Götter und Geister – ob sie nun existierten oder nicht –, dafür zu sorgen, dass er niemals davon erfahren würde.

Ich hatte den Griff gefunden und drückte ihn langsam durch. Das Schloss öffnete sich nicht. Wahrscheinlich war die Tür zu sehr in Mitleidenschaft gezogen worden. »Warte«, sagte er, kletterte auf meinen Sitz und befreite den Rahmen von den verbliebenen Scherben.

»Geh durchs Fenster«, presste er hervor. »Los, geh schon.«

Ich sah runter auf seine Hände. »Du blutest!«, sagte ich panisch und wollte danach greifen, doch er lachte nur.

»Sind nur ein paar Kratzer. Ich glaub, das ist jetzt mein kleinstes Problem. Mach schon, verschwinde, sonst überlege ich es mir vielleicht anders und gönne mir eine letzte Nummer mit dir.« Seine Augen funkelten.

Mühsam kletterte ich aus meinem Versteck, setzte mich auf den Sitz, den Drake inzwischen wieder frei gemacht hatte, und zog mich rückwärts zum Fenster hoch. Dann ließ ich mich nach hinten fallen. Im letzten Moment sah ich, wie Drake die Augen schloss.

Ich wirbelte herum und fand mich auf den Knien wieder. »Stan?«

»Liv, komm hier rüber. Sofort!«

Ich blickte in die Richtung, aus der die Stimme kam, und sah Stan hinter dem Wagen, der nur einige Meter von Drakes entfernt stand. Eine Waffe war auf Drake gerichtet, oder vielleicht sogar auf mich. Auf jeden Fall hielt er sie in unsere Richtung, was mich ein wenig beunruhigte.

»Stan, bitte nimm die Pistole runter.« Meine Hände hatte ich erhoben.

»Steig in den Wagen!«

»Okay, mach ich.« Ich beeilte mich, seiner Aufforderung nachzukommen, und kletterte auf den Rücksitz.

Am Steuer saß ein Mann, den ich nicht kannte. Der Motor lief bereits. Oder noch immer?

»Ist es der Kerl?«, rief er Stan zu.

»Ja! Wir machen ihn kalt, dann kräht kein Hahn mehr nach ihm.« Und noch bevor er das letzte Wort ausgesprochen hatte, schoss er sechs Mal auf Drakes Auto. Bereits die erste Kugel hatte das hintere

Seitenfenster durchschlagen und könnte rein theoretisch für Drakes Tod gesorgt haben. Teile des Sitzes flogen durch den Fond des Wagens, als auch dieser von einer Kugel getroffen wurde.

Ich hörte panisches Geschrei und immer wieder eine Stimme, die rief, er solle aufhören zu schießen, bis mir irgendwann klar wurde, dass ich es war, die brüllte.

Er lud noch einmal nach und feuerte auch die nächste Salve auf Drakes Wagen, bis er endlich zufrieden schien.

Ich konnte Drake nicht sehen, von hier aus war mir die Sicht auf den Fahrersitz verwehrt, und hatte, erschrocken und unter Schock stehend, die Hand vor den Mund gerissen, um mich am Schreien zu hindern.

Stan stieg ein. »Los, fahr! Wir haben ihn erledigt.«

Wir haben ihn erledigt! Wir haben ihn erledigt! Wir haben ihn erledigt!

Über dem monotonen Motorengeräusch dröhnten immer wieder diese Worte in meinem Kopf, und ich glaubte, jeden Moment wahnsinnig werden zu müssen.

Es konnte nicht sein, durfte nicht sein, dass Drake tot war. Mein Gott, sie hatten ihn wirklich umgebracht! Wie war es nur dazu gekommen? Sie hatten mich doch schon, ich befand mich in Sicherheit. Wieso schossen die Männer auf ihn, wenn sie gar keine Ahnung hatten, wer er überhaupt war?

Gut, auch Drake hatte geschossen und ihren Freund Barry dabei umgebracht. Vielleicht war das die Retourkutsche, die man ihnen nicht einmal übelnehmen konnte. Aber die ganze Zeit sprachen sie nicht etwa von Barry, nein, sie erwähnten ihn nicht ein einziges Mal, aber sie sprachen über meinen Vater und redeten in Rätseln, so als dürfte ich nicht mitbekommen, worum es eigentlich ging. Ich war allerdings viel zu durcheinander und erschrocken, um genauer hinzuhören oder nachzufragen.

Wir haben ihn erledigt! Wir haben ihn erledigt! Wir haben ihn erledigt!

Nein, verdammt! Das konnten sie nicht getan haben! Ich wollte mich nicht mit dem Gedanken abfinden, sondern hoffte, dass er es auf wundersame Weise irgendwie geschafft hatte, diesen Kugelhagel zu überstehen. Das konnte es doch nicht gewesen sein! Drake durfte nicht tot sein, nicht so und nicht jetzt. Überhaupt niemals!

Selbst die Tatsache, dass meinem Vater im Falle seines Todes keine Gefahr mehr drohte, konnte mich nicht besänftigen. Und wenn ich ehrlich war, wusste ich genau, dass dieses Problem nur aufgeschoben war. Wenn es jemanden gab, der meinem Vater an die Wäsche wollte, so würde er auch zu seinem Ziel kommen. Mit oder ohne Drake.

Drake!

Wo bist du, Drake!

Ich erhielt selbstverständlich keine Antwort.

19. PAINFUL TOUCH

Drake

Ich sah dem Wagen hinterher, und obwohl gerade alles absolute Scheiße war, fühlte ich mich dennoch erleichtert. Sie war in Sicherheit.

»Zur Hölle, verdammt«, rief ich gequält und riss das Hemd an der Knopfleiste auf. Ich holte tief Luft, so tief es eben ging, bis der Schmerz zu heftig wurde, dann verschaffte ich mir einen Überblick über die Situation.

Die sich als absoluter Super-GAU herausstellte.

Sie hatten mich getroffen. Dass sich lediglich eine Kugel in meinen Körper gebohrt hatte, war beinahe ein Witz, bei der Anzahl, die sie abgefeuert hatten. Das Blut sickerte aus der Eintrittswunde an der Schulter. Und es war nicht wenig Blut, was mich ein wenig beunruhigte. Fahren wäre mit dieser Verletzung ein großes Problem, da ich währenddessen irgendwas auf den Krater pressen müsste, damit ich nicht innerhalb kürzester Zeit ausgeblutet wäre. Aber weil mein Wagen sowieso erledigt war und ich ihn nicht mehr zum Laufen bringen konnte, fiel diese Option von vornherein aus.

Mühsam stemmte ich mich etwas nach oben, um das Handy in meiner Hosentasche erreichen zu können, dann ließ ich mich kraftlos zurück auf den Sitz fallen. Scheiße, tat das weh. Aber ich konnte sie immer noch riechen. Ihr Duft lag noch in der Luft und auf meiner Haut, was für einen Moment tröstend wirkte, mich im nächsten allerdings verdammt wütend machte.

Diese Arschlöcher hatten sie mir weggenommen. Wenn ich das hier überlebte – meine Chancen standen derzeit allerdings nicht besonders gut –, würden sie dafür bezahlen, so wahr ich Drake Johnson hieß.

Ich deaktivierte die Tastensperre und wählte Bens Nummer. Er nahm nach dem ersten Klingeln ab.

»Ich hab ein Problem.« Ich konnte hören, wie gequält ich klang.

»Was ist los?«, fragte er alarmiert.

Ich biss die Zähne zusammen, bevor ich sprach. »Falls du gerade Zeit hast, wäre es gut, wenn du mich abholen könntest. Ich hab da einen etwas größeren Kratzer.«

Keine Ahnung, wie er das fertigbrachte, aber nicht mal fünfzehn Minuten später war Ben tatsächlich da. Zumindest sagte mir das die Uhr auf dem Handy, dessen grell leuchtendes Display ich wie ein Irrer die ganze Zeit anstarrte, während draußen überall Dunkelheit herrschte. Nicht mehr lange und ich hätte mein Bewusstsein verloren. Mit Schmerz konnte ich umgehen, doch gegen den Blutverlust war ich machtlos.

»Scheiße! Drake, ich bin so schnell gefahren, wie es ging.«

»Wenn du uns jetzt ein paar übereifrige Verkehrspolizisten auf den Hals gehetzt hast, nur weil du jede vorhandene Regel übertreten hast, dann Gnade dir Gott«, versuchte ich zu scherzen.

»Gott hat mich schon lange vergessen.«

»Dich doch nicht, du Schönling. Mann, danke, dass du gekommen bist.«

»Kannst du aufstehen?«, fragte er besorgt und legte mir einen Arm auf den Rücken und unter die Achsel.

»Läuft gerade nicht so gut, aber ich gebe mein Bestes.«

Schließlich hatten wir es geschafft und Ben schleppte mich zu seinem Wagen. »Ich werde dir deine schicken Polster einsauen.«

»Halt die Fresse, Mann.« Allein diese Wortwahl sagte mir schon, dass er ein wenig besorgt um mich war. Wäre ich durch meine Verletzung und den Verlust von Liv nicht so abgelenkt gewesen, hätte mich das wohl gerührt.

Vorsichtig schob er mich auf den Beifahrersitz, aber als er nach dem Sicherheitsgurt greifen wollte, umfasste ich sein Handgelenk. »Willst du mich verarschen?«

Er seufzte, ließ den Gurt zurückschnellen, kam um den Wagen herum und stieg ebenfalls ein. »Ich hab Chloe schon angerufen. Sie bereitet alles vor, um dich zu verarzten.«

»Danke, Kumpel.«

»Hör auf, mir zu danken, und spar deine Energie. So, wie sie dich erwischt haben, wirst du die noch brauchen können.«

Ich wollte wirklich nicht meckern, aber die Fahrt zu Chloe schien eine Ewigkeit zu dauern. Mein Hemd, das ich gegen die Wunde drückte, war inzwischen blutdurchtränkt und tropfte den Sitz voll. Zwar hatte ich keine Schmerzen – dem Adrenalin sei dank –, aber das nützte mir auch nichts, wenn sich kein Blut mehr in meinen Adern befand. Irgendwann schloss ich die Augen, was die Sache ein wenig erträglicher machte, denn sofort sah ich sie vor mir.

»Los, mach schon. Bring ihn rein.«

Ich blinzelte, als ich Chloes Stimme hörte. »Hey, Süße.«

Mein Mund war so furchtbar trocken.

»Ganz ruhig, Drake. Ben, beeil dich doch. Er blutet viel zu stark.« Sie hörte sich so besorgt an und das tat mir leid.

Zusammen verfrachteten sie mich in Chloes Wohnung. Den Küchentisch hatte sie mit einem abwaschbaren Tischtuch abgedeckt und auf dem Stuhl daneben lagen allerhand Verbände, Tinkturen, Medikamente und irgendwelche Scheren und Zangen. Ich verkniff mir jeden Kommentar über ihren gut ausgestatteten Medizinschrank, weil es mir zunehmend schlechter ging.

»Hilf ihm, sich hinzulegen«, wies sie Ben an, als ich mich mühsam auf den Tisch setzte, und ließ Wasser in einen Behälter laufen.

»Finger weg. Ich lass mich nur von Frauen angrabschen«, brummte ich, ließ ihn aber gewähren.

»Ich glaub, wir brauchen uns keine Sorgen machen, solange er noch Sprüche klopfen kann«, sagte er zu Chloe. Als Antwort hatte sie nicht mehr als ein Schnaufen übrig.

Endlich lag ich, und Chloe begann, die Wunde zu säubern. »Scheiße«, murmelte sie über meine Schulter gebeugt. »Das sieht wirklich übel aus. Ich weiß nicht, ob ich das hinkriege.«

»Doch, das schaffst du«, ermutigte Ben sie.

»Ich weiß es wirklich nicht. Schau doch, wie stark es blutet.« Sie wirkte leicht panisch.

»Mach einfach. Wenn es nicht hinhaut, ist der Verlust nicht allzu groß. Es gibt viele, die dir sicher dankbar wären. Allen voran die süße Liv.« Ich konnte nicht verhindern, dass sich mein Gesicht vor Schmerzen verzog. Durch den Gedanken an Liv, aber vor allem wegen des unschönen Lochs in meinem Körper.

Beide schwiegen, doch ich sah, dass sie einen schnellen Blick tauschten.

Es war vielleicht besser, meine Klappe zu halten, überlegte ich, was ich auch tat, weil ich viel zu beschäftigt war, diesen verdammten Schmerz irgendwie wegzuatmen, während Chloe an mir herumdokterte.

»Hier, trink das!«, hörte ich Ben sagen. Artig machte ich den Mund auf. Irgendwas Scharfes auf meiner Zunge, das ich sofort runterschluckte, sorgte dafür, dass die Schmerzen, aber auch die leise Unterhaltung zwischen Ben und Chloe dumpfer wurden und ich nicht mehr viel davon mitbekam.

Irgendwie verlor ich den Bezug zu Raum und Zeit, und obwohl es sich anfühlte, als würde mein ganzer Oberkörper in Flammen stehen, dämmerte ich immer wieder weg. Ich verließ mich vollkommen auf meine beiden Freunde, die das Beste für mich herausholen würden. Ob es am Ende reichte? Wer wusste das schon. Aber sie hätten es versucht. Zumindest könnte ich ihnen dafür nicht mehr in den Arsch treten.

Ich dachte an Liv und war froh, dass sie in Sicherheit war. Doch war sie das wirklich? Hatte nicht ihr eigener Vater die Anweisung gegeben, auf unser Auto zu schießen, obwohl ihm klar gewesen war, dass sie auch darin saß? So verdammt sicher fühlte sich das nicht an, und wenn man bedachte, dass sie selbst nur knapp den Kugeln entgangen war, spürte ich neben all dem Schmerz verdammte Wut in mir aufwallen, die den Druck in meinem Oberkörper noch um ein Vielfaches verstärkte. Aber egal, ich konnte nichts tun und hatte sie ihrem Vater wiedergegeben. Das war es schließlich gewesen, was sie die ganze Zeit gewollt hatte, und es war auch richtig so. Von mir hatte sie nicht viel zu erwarten, außer ein paar Stunden in der Nacht, in denen ich ihr die Kleider vom Leib riss und sie zum Stöhnen und Schreien brachte. Ich konnte sie riechen, und ihre Stimme schien mir ins Ohr zu flüstern. Verdammt noch mal, ich vermisste sie doch nicht etwa, während ich hier um mein Leben kämpfte?

Der nächste Tag begann so beschissen, wie es zu erwarten war, wenn man gerade so mit dem Leben davongekommen war, sodass ich mehrmals bereute, nicht doch ins Gras gebissen zu haben. Mit geschlossenen Augen tastete ich vorsichtig meine bandagierte Schulter und Brust ab, konnte aber nichts Auffälliges entdecken. Der Verband lag fest und trocken auf meiner Haut. Es war kein Blut mehr durchgesickert. Ich rieb mir über die Stirn und vermied es noch ein paar weitere Minuten, die Augen zu öffnen. Auf jeden Fall lag ich in Chloes Bett, ihr Geruch war unverkennbar in den Laken, und obwohl mir eigentlich nicht danach zumute war, verzogen sich meine Mundwinkel zu einem schiefen Grinsen. Wenn ich eine Schwester gewollt und sie mir hätte aussuchen dürfen, dann wäre es sicher so jemand wie Chloe gewesen.

Gerade nervte es mich allerdings, dass sie wahrscheinlich auf dem Sofa hatte schlafen müssen, damit ich es schön bequem hatte, wie ein Weichei.

Die Tür ging auf, was mich schließlich dazu zwang, unter den Wimpern hervorzublinzeln.

»Du brauchst nicht so leise sein. Ich bin schon wach.«

Ein erschrockenes Keuchen folgte. »Drake, ich bin so froh. Wie geht es dir?« Sie kam zu mir und setzte sich auf die Bettkante.

»Na ja, was soll ich sagen? Hatte schon bessere Tage.«

Ihre kühle Hand legte sich auf meine Stirn und sie überprüfte den Sitz des Verbandes um meinen Oberkörper. »Sieht gut aus. Ich war mir wirklich nicht sicher, ob wir das mit dir wieder auf die Reihe kriegen. Du hast mir einen verdammten Schrecken eingejagt.«

»Du meinst, ich werd drüber wegkommen?«

»Davon gehe ich mal aus. Du bist einiges gewohnt und wirst auch das überstehen, auch wenn ich zugeben muss, dass die Wunde wirklich heftig war.«

»Hast du sie rausgeholt?«

Sie nickte. »Ja, habe ich. Aber dafür musste ich noch ein wenig schneiden. Du hast echt Glück, dass mir der Anblick von Blut nichts ausmacht.«

»Sehr beruhigend«, sagte ich nüchtern und schnaubte.

»Hey.« Ihre Stimme war sanft, sie strich über meinen Arm. »Ich bin fast verrückt geworden, nachdem Ben mich angerufen hat. Was soll ich denn ohne dich anfangen?«

Mühsam versuchte ich, mich aufzurichten, was verdammt schmerzhaft war. Doch schließlich hatte ich es trotz Chloes Protest geschafft, mich auf meine Ellenbogen aufzustützen. »Ich hab gar nicht vor, schon abzutreten. Noch zu viel zu tun. Und Baby, ich hab noch nicht vor, dich allein zu lassen. Nicht, bevor du nicht einen verdammt anständigen Kerl gefunden hast, der gut auf dich aufpasst.«

»Jetzt wird er auch noch poetisch.« Lachend winkte sie ab, und die Sorgen verschwanden allmählich aus ihren Augen. »Vielleicht sollte ich die Kugel mal untersuchen lassen, ob die dir damit irgendwelche halluzinogenen Drogen verabreicht haben.«

»Nein, ganz im Ernst«, sagte ich und musste erst mal schlucken, um die Worte tatsächlich aussprechen zu können. »Ich danke dir. Wenn du nicht gewesen wärst, könnte man mich jetzt wahrscheinlich von der Straße kratzen. Wo hätte ich mit der Verletzung denn hinsollen?«

»Du hast immer noch Ben.«

»Ach der! Der wird ja schon ohnmächtig, wenn er sich in den Finger geschnitten hat.«

»Ich hoffe, du redest nicht von mir«, hörte ich plötzlich seine Stimme von der Tür, durch die er soeben den Kopf steckte.

»Alter! Wie du siehst, seid ihr mich noch nicht los. Nicht enttäuscht sein, die Party muss ausfallen, aber die Gelegenheit kommt bestimmt noch mal. Aber nein, tut mir leid, ich sollte wirklich keine Witze machen. Ihr wart großartig. Ich danke euch. Und jetzt …« Ich machte Anstalten aufzustehen, doch beide stürzten auf mich zu und hielten mich fest, drückten mich sogar zurück auf das Bett.

»Bist du verrückt geworden?«

»Was hast du vor?«, fragten sie gleichzeitig.

»Du kannst noch nicht aufstehen, Drake, wirklich. Du hast so viel Blut verloren. Ein paar Tage wirst du liegen bleiben müssen, bevor du einen Fuß vor die Tür setzen kannst. Tut mir sehr leid.«

Schweiß brach mir aus, als der Schmerz in meiner Schulter sich auf dem gesamten Körper auszubreiten schien, und Schwindel erfasste mich. Langsam ging mir auf, dass Chloe wahrscheinlich recht hatte. Ich war verdonnert zum Nichtstun und würde hier herumliegen müssen.

So ein verdammter Mistdreck!

20. BULLETPROOF HEART

Liv

Meine Augen brannten, was wohl ein Indiz dafür war, dass ich die ganze Nacht nicht eine Minute geschlafen hatte. Ich verspürte nicht die geringste Müdigkeit, auch wenn ich registrierte, dass mein Körper langsam rebellierte und mir zu verstehen gab, wie erschöpft er war.

Jedes Mal, wenn ich auch nur für einen kurzen Moment die Lider schloss, ließ das Brennen zwar ein wenig nach, doch ich sah sein Gesicht vor mir, was noch viel unerträglicher war. Ich konnte einfach nicht vergessen, wie er mich angesehen hatte. Dieser sanfte, fast bedauernde Blick, der mir bei ihm vorher völlig unbekannt gewesen war, hatte sich für immer tief in meine Seele gebrannt. Ich weigerte mich, ihn auch nur eine Minute zu vergessen.

Es fiel mir schwer, zu verstehen, was in mir vorging, doch die Erleichterung, von der ich erwartet hatte, dass sie sich einstellen würde, sobald ich in Sicherheit und in den vier Wänden meines Vaters war, ließ noch immer auf sich warten. Ich empfand nur unermessliche Trauer, gepaart mit der Angst, einen großen Fehler gemacht zu haben. Doch was war mir für eine Wahl geblieben? Hätte ich mich geweigert, aus dem Auto zu steigen, wäre ich nun vielleicht auch nicht mehr am Leben. Getötet bei einem Schusswechsel, der nur stattgefunden hatte, um mich zu retten. Drake hatte seine Waffe längst nicht mehr benutzt, doch Stan hatte weiterhin auf ihn geschossen.

Tränen liefen mir über die Wangen. »Drake«, sagte ich in die Stille. »Es tut mir so leid.«

Ja, er hatte mich entführt und gedroht, mich zu erschießen. Ja, ich hatte zeitweise Angst vor ihm gehabt. Doch in dem Moment wollte er nichts anderes, als mich schützen. Er wollte keine weitere

Konfrontation mit den Männern meines Vaters, die mich in Gefahr gebracht hätte, und hatte dafür mit dem Leben bezahlt.

Ich krallte meine Finger ineinander und dachte an den gestrigen Abend zurück, fühlte mich, als würde ich das alles noch einmal erleben.

Der Mann, dessen Namen ich nicht kannte, hatte Gas gegeben, sodass die kleinen Steinchen gegen das Blech des Autos geworfen worden waren. Als wir in einem Halbkreis an Drakes Wagen vorbeifuhren, reckte ich meinen Kopf, um irgendwas erkennen zu können, aber da alle Scheiben zerborsten waren und mir deshalb der Blick auf Innere verwehrt blieb, konnte ich nur vermuten, dass Drake sich noch irgendwo im Wagen befand. Hoffentlich hatte er versucht, sich vor den Kugeln zu schützen, so wie ich, als ich auf seine Anweisung hin in den Fußraum geklettert war. Aber auch wenn ich hoffte, das Schlimmste sei nicht eingetreten, sagte mir mein gesunder Menschenverstand etwas völlig anderes. Niemand konnte einen solchen Kugelhagel überleben.

»Halt!«, schrie ich. »Bleibt doch stehen, wir müssen nachsehen, ob er noch lebt.«

Stan lachte abfällig. »Na, das will ich doch nicht hoffen.«

»Aber wir können ihn nicht hier zurücklassen. Er braucht Hilfe«, versuchte ich es noch einmal.

»Ihr Leben war ihm auch keinen Pfifferling wert, als er Sie gekidnappt und in Gefahr gebracht hat. Er hat in Kauf genommen, dass Sie sich ebenfalls eine Kugel einfangen«, sagte der andere Mann, dessen dunkle Haare von zu viel Gel glänzten.

Ich presste die Lippen zusammen, um nicht laut loszuschreien, dass sie es gewesen waren, die auf das Auto geschossen und mich damit in Gefahr gebracht hatten.

»Er hat mir nie etwas getan. Im Gegenteil, er rettete mich aus einer wirklich gefährlichen Situation. Ohne ihn …« Ich seufzte schwer und dachte an die Nacht zurück, in der er mich vor den vier jungen Männern gerettet hatte. »Ich würde vermutlich schon seit Tagen nicht mehr leben. Bitte! Lasst uns nur nachsehen, ob er lebt, und ihm wenigstens Hilfe rufen.«

»Verstehen Sie das nicht? Der braucht keine Hilfe mehr, weil er vermutlich einem löchrigen Käse gleicht.«

»Einem stinkenden löchrigen Käse«, ergänzte Stan und lachte über seinen eigenen Witz.

Mein Vater öffnete die Eingangstür, als der Wagen vor dem Haus hielt. Schnell wischte ich mir die Tränen aus dem Gesicht. Was auch geschehen war, ich wollte nicht vor ihm weinen.

»Liv. Ich bin froh, dass es dir gut geht«, sagte er gefasst, während er die Treppe runterkam, an deren unterem Absatz ich stehen geblieben war. Die zwei Männer eilten meinem Vater entgegen, versorgten ihn mit ein paar Informationen, die ihm nicht zu gefallen schienen, doch dann nickte er.

»Ich danke euch, dass ihr das erledigt habt«, waren seine Worte, laut genug, dass er davon ausgehen konnte, ich bekäme sie ebenso mit. Dann schickte er sie in sein Büro, in dem er in Kürze weitere Einzelheiten besprechen wollte.

Ich wusste gar nicht, was ich fühlte, als mein Vater mir schließlich gegenüberstand. Erleichterung, weil ich nun endlich zu Hause war? War ich beruhigt, weil es Drake nicht gelungen war, ihm etwas anzutun? Fühlte ich mich sicher, weil Dad und seine bewaffneten Freunde auf mich aufpassen würden? War ich glücklich, weil ich mein Leben wiederhatte?

Erneut lösten sich ein paar Tränen, die ich trotzig wegwischte.

»Was hat er dir angetan?«, fragte er mit kalter Stimme.

»Gar nichts! Er hat mir nie etwas getan«, stieß ich mühsam hervor.

»Warum heulst du dann? Geh hinein und mach dich frisch. Wir reden später.«

Ja, warum heulte ich eigentlich? Es war ja nicht so, als hätte ich mich in diesem Kugelhagel in Gefahr befunden, als wäre nicht ein Mann gestorben!

»Dad«, sagte ich scharf, als er sich abwenden wollte. Fragend schaute er zu mir.

»Stan und dieser … Kerl haben auf den Wagen geschossen, in dem auch ich saß. Sie haben ihn … sie haben ihn getötet.« Ich schluckte und merkte, wie sehr es mir wehtat.

Mein Vater zog ärgerlich die Brauen zusammen und wandte sich mir ganz zu. »Ja, ich weiß. Du kannst froh sein, selbst noch am Leben zu sein. Dieser Kerl ist ein Mörder, der auch nicht davor haltgemacht hätte, dich zu töten. Du solltest dankbar sein, dass Stan und John dich vor ihm gerettet haben.«

»Wie kannst du dir da so sicher sein? Ich hätte ebenfalls sterben können, als sie auf unseren Wagen geschossen haben.«

»Das wäre nicht passiert.«

»Woher willst du das wissen?«

»Weil ich es weiß, verdammt! Die zwei sind erfahrene Männer, die wissen, was sie tun.«

»Erfahren in was, Dad?«, schrie ich völlig außer mir. »Im Umbringen von Menschen?«

»Jetzt werde bitte nicht dramatisch. Du bist in Sicherheit und nur das zählt. Geh in dein Zimmer, ich komme gleich nach.«

***

Fast zwei Stunden ließ er sich Zeit, bis er schließlich wie angekündigt in meinem Zimmer erschien. Die Hände in den Taschen seiner Anzughose vergraben, durchschritt er den Raum.

»Erzähl mir alles!«

»Was willst du wissen?«

»Wie bist du zu ihm gekommen? Hat er dich entführt? Er hat dich doch nicht aus Phoenix verschleppt, oder?« Zwischen dem Fenster und dem Schreibtisch, an dem ich schon als Schülerin meine Hausaufgaben gemacht hatte, blieb er stehen und sah mich fragend an.

»Ich bin alleine hergekommen. Wie du weißt, hatte es keinen Sinn mehr, das Restaurant zu betreiben. Ich habe es auf eigene Faust verkauft und mich entschlossen, wieder nach Hause zu kommen.«

»Obwohl etwas anderes abgesprochen war, aber gut, darüber werden wir auch noch reden. Später! Wie bist du in die Gewalt dieses Mannes gekommen?«

»An dem Abend, als ich hier ankam, wollte ich zu Julie. Sie war nicht zu Hause und ich wartete bei ihrem Haus auf sie.«

»Julie? Hilf mir auf die Sprünge. Sollte ich sie kennen?«

»Sie ist meine Freundin, Dad, meine einzige Freundin«, sagte ich geduldig.

»Erzähl weiter.«

»Vier Männer kamen und belästigten mich.«

»Sie belästigten dich? Was meinst du damit?«

Ich biss mir auf die Lippe. Auf einmal war ich mir nicht mehr sicher, wie viel ich meinem Vater überhaupt erzählen wollte. Irgendwas hinderte mich daran, ihm alle Einzelheiten zu berichten.

»Wer waren die Männer? Sag mir die Namen, ich werde sie überprüfen.«

»Wie willst du das anstellen?«

»Lass das mal meine Sorge sein. Ich habe einen guten Freund bei der Polizei, der mir noch einen Gefallen schuldig ist.«

Polizei! Der Freund, von dem mir Drake erzählt hatte, war auch bei der Polizei gewesen. Handelte es sich hier um einen ähnlichen Freund?

»Ich … ich weiß ihre Namen nicht. Sie haben sie mir nicht genannt.«

»Wie haben sie ausgesehen? Alter, Größe, Herkunft, all das. Ich brauche diese Informationen, dann finden wir sie.«

Ich wollte aber nicht, dass man sie fand, denn dann würde herauskommen, dass Drake einen von ihnen erschossen hatte und ich dabei Zeuge gewesen war. Es würden Befragungen und mit Sicherheit einige Schlagzeilen folgen. Drake war tot, und ich wollte trotz der Vergehen, die er zweifelsfrei in seinem Leben begangen hatte, nicht, dass man negativ über ihn sprach. Es würde niemandem nützen, wenn man das vor die Presse zerrte, außer den Angehörigen des Opfers. Aber auf die konnte und wollte ich keine Rücksicht nehmen. Ein einziges Mal musste ich an mich denken. Und an die Zeit, die ich mit Drake verbracht hatte und die für immer als Erinnerung in meinem Herzen verschlossen bleiben würde.

»Es war viel zu dunkel, als dass ich jemanden von ihnen wiedererkennen würde. Er nannte sich Dark, was bestimmt gelogen war, aber einen anderen Namen erfuhr ich nicht. Jedenfalls hat er mich aus ihrer Gewalt befreit und mitgenommen. Ich bin freiwillig mitgegangen, Dad, er hat mich nicht dazu gezwungen.«

Keine Ahnung, warum ich auf einmal die Idee hatte, meinen Vater anzulügen. Ich wollte das, was zwischen uns passiert war, vor ihm beschützen. Es ging ihn nichts an. Und weil Drake für meinen Dad keine Gefahr mehr darstellte, gab es keinen Grund, ihn zu verraten. Zwar bestand immer noch die Möglichkeit, dass der Auftraggeber einen anderen Mann engagierte, um meinen Vater kaltzumachen, aber das würde dauern, und so wie ich das sah, hatte er ja genug bewaffnete Männer um sich, die das sicher in den Griff kriegen würden. Ich durfte nur nicht darüber nachdenken, dass ihm wirklich etwas zustoßen könnte, denn dann wäre das allein meine Schuld.

»Dark hat er sich genannt?«

Mit unschuldigem Augenaufschlag nickte ich. »Ja, das war sein Name. Er hat mich ein paar Tage bei sich wohnen lassen, weil ich nicht wusste, wohin ich sollte, und mich nicht getraut habe, nach Hause zu kommen. Ich dachte, du wärst sicher sehr enttäuscht, weil ich in Phoenix alle Zelte abgebrochen habe.«

Zum Abschluss senkte ich meinen Blick auf meinen Schoß und seufzte schwer.

»Das war eine blöde Idee. Zukünftig werde ich dich besser im Auge behalten, damit solche Sachen nicht mehr vorkommen. Es …« Er hüstelte. »… es geht dir aber gut?«

»Ja, alles in Ordnung. Bis auf die Schießerei, Dad, das war wirklich furchtbar. Der arme Mann, er hat mir doch nichts getan.«

»Glaub mir, er hat es verdient. Für die Verbrechen, die er vermutlich begangen hat, wäre er sowieso auf dem elektrischen Stuhl gelandet.«

»Was hat er denn getan?«, fragte ich bestürzt. Ich brauchte das noch nicht mal spielen, denn die Erinnerung an Drakes Tod rief jedes Mal dieses und noch so unendlich viele andere Gefühle in mir hervor.

Dad winkte ab. »Vergiss es.« Dann zog er ein Foto aus der Innentasche seines Jacketts. »Ich muss dich was fragen und will, dass du genau darüber nachdenkst, bevor du antwortest. Sieh dir diesen Mann an und sag mir, ob das der ist, der dich entführt hat. Die Schwachmaten hielten es ja nicht für nötig, ein Foto seiner Leiche zu machen.«

Mit zusammengekniffenen Lippen nickte ich. Ich schmeckte Galle und hätte mich wegen der Worte meines Vaters am liebsten übergeben. Ohne zu wissen, was mich nun erwartete, ahnte ich bereits, was ich auf dem Foto zu sehen bekäme – oder wen. Ich würde Drake nicht verraten. Niemals!

Dad drehte das Bild um, und ich sah eine körnige Schwarz-Weiß-Aufnahme von Drake. Seine Haare waren kürzer und der Bart lediglich ein Schatten, sodass ich sein kantiges Kinn und die hohen Wangenknochen deutlich erkennen konnte. Mein Herz schmerzte, als ich ihm in die Augen blickte, auch wenn er selbst in eine andere Richtung schaute. Man hatte ihn ohne sein Wissen aufgenommen, so viel konnte ich erkennen.

Langsam schüttelte ich den Kopf. Genugtuung erfüllte mich, als ich nun völlig ahnungslos meinen Blick hob. »Wer ist der Mann? Ich habe ihn nie zuvor gesehen.«

Ein unterdrückter Fluch sorgte dafür, dass er rot anlief. »Sieh genau hin«, bellte er. »Es könnte sein, dass sein heutiges Aussehen ein wenig von dem Foto abweicht. Sag mir, ob das der Mann ist, der dich in seiner Gewalt hatte.«

»Ich weiß nicht, wer das ist, aber es ist nicht der Mann, bei dem ich in den letzten Tagen gewesen bin.«

Unverkennbar war das nicht die Antwort, auf die er gehofft hatte. Mit mehr Kraft als nötig stieß er das Bild zurück in die Jackettinnentasche und wandte sich zum Gehen.

Am liebsten hätte ich ihn angebrüllt und geschüttelt, um noch mehr aus ihm herauszukriegen. Was wusste er über Drake? Woher hatte er dieses Foto? Stimmten Drakes Anschuldigungen gegen meinen Vater tatsächlich? Oder hatten sie mich nur retten wollen und waren nun drauf aus, ihn für das, was er mir angetan hatte, büßen zu lassen? Aber wo waren dann die Cops gewesen? Warum hatten sie sie nicht gerufen, anstatt auf eigene Faust zu handeln? Ich würde zukünftig sehr vorsichtig sein müssen, denn mein Vater verbarg etwas vor mir, und ich würde dahinterkommen müssen, was das war. Außerdem war ich mir nicht vollkommen sicher, ob er mir tatsächlich glaubte, den Mann nie im Leben gesehen zu haben.

21. BLOOD AND LIES

Ed Holden

Ed betrat das Büro und verschloss die Tür sorgfältig hinter sich, bevor er sich langsam zu den beiden wartenden Männern umdrehte. Sie hatten sich auf den Sesseln vor dem Schreibtisch niedergelassen, wo sie nach einem Glas Whiskey gierten, der in einer wertvollen Kristallkaraffe auf dem polierten Holz vor ihrer Nase stand. Sie waren der Ansicht, den hätten sie sich redlich verdient, nachdem die Anweisungen des Chefs bis aufs Detail ausgeführt worden waren: der Entführer tot und die Tochter in Sicherheit.

Natürlich hatte Ed ihre Blicke bemerkt, doch er würde ihnen keinen Drink anbieten. Er war gereizt und ungeduldig und hätte sich längst mit anderen Problemen auseinandersetzen müssen, als einen Mann auszuschalten, der in den letzten Jahren von der Bildfläche verschwunden gewesen war. Er hatte gehofft, Johnson wäre einem der Anschläge, die er im Rahmen seiner Jagd auf ihn angeordnet hatte, zum Opfer gefallen. Nun, das war leider nicht geschehen, was seinem unfähigen Personal zuzuschreiben war. Wobei er wieder bei den beiden Idioten wäre, die sich hier in seinem Büro befanden. Es waren ihm aktuell Infos zugespielt worden, demnach Drake Johnson immer noch quicklebendig war. Nein, seinen teuren Whiskey bekamen diese Stümper nicht. Es galt, vorher einige Dinge zu klären.

»Sie weiß etwas«, sagte er ohne Einleitung.

Beide guckten überrascht, und Stan ergriff das Wort. »Nein, sie hat keine Ahnung.«

»Falsch! Sie lügt! Und ihr seid Idioten und lasst euch offenbar von einer Frau jeden Mist erzählen.«

»Wie kommst du darauf?«

Ratlos verfolgte Stan Eds Bewegungen. Dieser goss sich die bernsteinfarbene Flüssigkeit zweifingerbreit in eines der Kristallgläser, gab ihm jedoch keine Antwort.

»Sie wurde weich, klar. Ich glaube nicht, dass sie schon einmal mit angesehen hat, wie einer erschossen wird«, sagte Stan schließlich.

»Klugscheißer! Was genau hat sie gesagt?«

»Gar nicht viel. Sie wollte, dass wir nachsehen, ob er noch lebt.«

»Und?«, blaffte Ed.

»Was, und?«

Das Glas wurde auf den Tisch geknallt, sodass einige Tropfen daneben gingen, die mit Sicherheit hässliche Flecken auf dem Holz hinterlassen würden.

John räusperte sich. »Ed, mach dir keine Gedanken. Es war nicht nötig, noch mal nachzusehen. Das ganze Auto war ein Schweizer Käse. Nicht mal eine Fliege hätte das überlebt. Wir haben ihn erledigt.«

Ed atmete tief ein und wandte sich dann ab. Nachdenklich ging er im Raum umher, gefolgt von den aufmerksamen Blicken seiner zwei Männer. »Hätten wir ihn nicht verfolgt, als er sie sich noch mal geholt hat, dann wüsste ich immer noch nicht, dass er irgendwas plant.«

»Richtig. Das war ein cleverer Zug, Chef.«

»Ich gebe zu, es hat mich doch ziemlich erstaunt, als ich erfuhr, wer der Kerl war, wegen dem ich einen guten Mann verlieren musste«, sagte Ed und goss sich nach. »Aber es gibt kein verdammtes Foto von ihm, habe ich recht?«

Die beiden schwiegen und verneinten die Frage durch unbeholfene Gesten, schließlich starrten sie bedrückt vor sich hin.

»Und deshalb, weil ihr verdammten Idioten nicht auf die Idee gekommen seid, ein einziges Foto von ihm zu machen, musste ich mich von meiner Tochter anlügen lassen. Sie hat gesagt, sie hätte Drake Johnson nie zuvor gesehen, als ich ihr das gezeigt hab.« Ed zog eine ältere Aufnahme aus der Tasche seines Jacketts und hielt sie hoch.

Stan und John rutschten immer tiefer in ihre Sessel.

»War er es, oder war er es nicht?«, brüllte Ed.

John schluckte. »Ich denke schon …«

»Sie steckt mit ihm unter einer Decke!«, zischte er, inzwischen knallrot angelaufen.

Vielleicht dachten sie an Barry, der diese Aktion nicht überlebt hatte, doch damit hatten sie rechnen müssen. Drake Johnson machte kurzen Prozess, immer. Und ganz sicher ließ er sich nicht von einem Mann aufhalten, der sich ihm in den Weg stellte.

Aus irgendeinem Grund hatte Johnson Liv zurückgeholt. Wahrscheinlich, um Lösegeld zu erpressen oder ihn zu zwingen, sich ihm zu stellen. So ein Anfänger! Ein bisschen mehr Grips hätte er diesem Arschloch schon zugetraut, das schon einmal versucht hatte, sein Unternehmen auszuheben. Zusammen mit diesem Verräter, dem Cop Alexander Coleman. Vielleicht war es an der Zeit, seiner Schlampe mal wieder einen Besuch abzustatten und sie ein wenig in Angst zu versetzen. Am besten, um sie gleich auch auszuschalten. Wer konnte schon ahnen, ob sie doch irgendwann mal unbequem werden würde. Doch dann verwarf er die Idee. Er hatte Besseres zu tun, als sich um eine verbitterte Mieze zu kümmern. Aber seine eigene Tochter, die würde er im Auge behalten.

»In Ordnung, Johnson sind wir also los. Wir haben ihn ohne besonders großen Aufwand ausgeschaltet.« Seine Stimme klang kalt. Einer seiner Männer war dabei gestorben, doch so etwas kam nicht zum ersten Mal vor. »Von seinem Wunsch nach Rache und dem Ziel, meine Tochter zu entführen, war er derart eingenommen, dass er Fehler gemacht hat. Er hat uns unterschätzt und musste bezahlen. Es bleibt nur die Frage: Warum gerade jetzt? Was hat ihn dazu bewogen, gerade jetzt wieder aufzutauchen?«

»Und wenn du doch mal …« Stan druckste herum, was Ed gar nicht leiden konnte.

»Sag, was du zu sagen hast!«, fuhr er ihn an.

»Na ja, und wenn du Liv doch mal fragst, was sie weiß? Ich meine, du bist doch ihr Vater, ich kann mir nicht vorstellen, dass sie Drake gegenüber loyal ist, vor allem, weil er sowieso nicht mehr lebt. Was hätte sie davon? Frag sie, wie es ihr geht und ob er ihr etwas angetan hat.«

»Willst du mir gerade erklären, wie ich mit meiner Tochter zu reden habe?«

Abwehrend riss Stan die Arme hoch. »Nein, keineswegs.«

»Dann lass es auch verdammt noch mal sein, verstanden?«

»Okay, Boss.«

»Ich glaub, sie hat keine Ahnung, wer er wirklich ist«, warf John ein. »Er wird ihr wohl kaum seine Lebensgeschichte erzählt haben oder etwas über deine …«

Eds Brauen wanderten nach oben und John fuhr sich mit dem Zeigefinger unbehaglich über die Innenseite seines Kragens.

»Na ja, ich meine, warum sollte er deine Geschäfte erwähnen? Das ergibt doch keinen Sinn. Sie war für ihn nur Mittel zum Zweck, sonst nichts. Und sie hat sich vielleicht etwas in ihn verguckt.«

»Tja, John«, sagte Ed mit gefährlich leiser Stimme, sodass beide Männer die Luft anhielten. »Du bist ein richtig kluger Kerl. Hätte ich dir gar nicht zugetraut, als du im letzten Jahr bei uns angeheuert hast. Aber offenbar hab ich mit dir ja einen Glücksgriff gemacht.«

Das schwere Kristallglas landete an der Wand, wo es klirrend in unzählige Teile zersprang. Der Whiskey hinterließ einen unschönen Fleck direkt unter einem wertvollen Gemälde, doch keiner beachtete ihn. Anspannung lag in der Luft, und wer schon öfter mit Ed zu tun gehabt hatte, wusste genau, dass er in einer solchen Stimmung unberechenbar war.

»Ihr habt wohl etwas nicht kapiert. Ich wollte ihn *lebend*!«

»Er war bewaffnet. Es wäre zu riskant gewesen, und deine Tochter …«

»Erspart mir den Blödsinn. Ihr habt es vergeigt.«

Stan erhob seine Stimme. »Primär haben wir uns um Livs Wohlergehen gesorgt. Ihr durfte nichts geschehen, deshalb haben wir sie so schnell wie möglich aus seinem Wagen geholt.«

»*Primär* trete ich dir gleich in deinen Arsch. Liv ist, verdammt noch mal, selbst schuld«, brüllte Ed. »Sie hatte Anweisung, sich um dieses Restaurant zu kümmern. Aber offenbar kriegt sie nicht mal das hin und kommt beim kleinsten Anzeichen von Ärger wieder hier angekrochen. Eigentlich dachte ich, die Entfernung würde ausreichen, um sie mir noch ein wenig länger vom Hals zu halten.«

Beide starrten ihren Chef fassungslos an. Obwohl sie einiges gewohnt waren, empfanden sie die Art, wie er über seine Tochter sprach, als unpassend.

»Du!« Ed fuchtelte mit dem Zeigefinger vor Johns Nase herum. »Kümmere dich um Liv. Mach ihr den Hof, lade sie zu einem Drink ein. Irgendwas. Du wirst ihr vormachen, dass du dich für sie interessierst, und deshalb nicht von ihrer Seite weichen. Versuche, ihr Vertrauen zu gewinnen, schmeichle ihr und erzähl ihr die Dinge, die alle Frauen gerne hören. Verdreh *du* ihr mal ein wenig den Kopf. Du wirst herausfinden, was sie über Drake und seine Geschäfte weiß und was in den Tagen passiert ist, in denen sie bei ihm war. Finde heraus, wer Johnsons Auftraggeber war. Ich will alle Einzelheiten! Verstanden?«

»Aber, Chef …«

»Schluss jetzt! Kein Aber, du Stümper! Tu, was ich dir sage, sonst werde ich ungemütlich.«

John wechselte einen schnellen Blick mit Stan, der ihn jedoch nur mitleidig ansah. Er hatte keine andere Wahl, als das zu tun, was der Chef ihm aufgetragen hatte. Ansonsten würde dieser im schlechtesten Fall kurzen Prozess mit ihm machen.

»Geht mir aus den Augen.«

Beide sprangen auf, einen letzten gierigen Blick zum Single Malt werfend. Sie waren schon beinahe zur Tür raus, da hielt Ed sie zurück. »Haltet euch auf Abruf bereit, falls ich noch Fragen habe.«

»Klar, Boss«, sagten sie wie aus einem Munde.

22. SMILE, EVEN IF YOU WANT TO KILL THEM

Liv

»Dad, wo ist Ellen?«, fragte ich, als ich mich endlich dazu entschlossen hatte, mein Zimmer zu verlassen. Insgeheim war die Hoffnung da gewesen, Ellen würde mich von sich aus aufsuchen, damit ich in meinem Bett liegen bleiben konnte. Doch dann hatte ich mir selbst den Kopf zurechtgerückt, weil sie sicher für meinen Vater irgendwelche Aufgaben erledigte, weshalb ihr keine Zeit blieb, sich um mich zu kümmern. Aber einen kleinen Funken Enttäuschung verspürte ich dennoch.

Mein Vater sah von der Post auf, die neben seinem Frühstücksteller in drei verschieden große Stapel aufgeteilt lag.

War sein Blick schon immer so streng, beinahe kalt gewesen? Nicht umsonst hatte ich es sonst an den wenigen Tagen, die ich zu Hause verbracht hatte, vermieden, mit ihm zu essen.

»Sie ist nicht hier«, sagte er knapp und riss den nächsten Umschlag auf.

»Was meinst du damit?«

»Das heißt, sie arbeitet nicht länger für mich.«

Benommen blinzelte ich, weil ich hoffte, ihn nicht richtig verstanden zu haben. »Aber … sie kommt doch wieder?«

Das Seufzen, das er ausstieß, klang ungeduldig. »Nein, Liv, sie kommt nicht wieder. Muss ich dich daran erinnern, dass du schon seit geraumer Zeit erwachsen bist und deshalb kein Kindermädchen mehr benötigst?«

»Sie ist doch viel mehr als nur ein Kindermädchen, Dad. Sie war die gute Seele unseres Hauses, hat dafür gesorgt, dass alles funktioniert«, empörte ich mich.

»Was für ein Blödsinn. Ich habe sie bezahlt, damit sie sich um dich kümmert, dir die Mutter ersetzt und solche Sachen. Ich brauche sie nicht mehr, warum sollte ich sie weiterhin beschäftigen?«

»Sie war auch für die Küche verantwortlich, hat unser Essen gekocht, den Haushalt geregelt«, versuchte ich es weiter.

»Ich habe eine Köchin eingestellt, die auch alle Besorgungen erledigt. Ellen war schon seit Jahren kaum noch in der Lage, schwere Arbeiten zu erledigen.«

Kraftlos ließ ich mich auf einen Stuhl plumpsen. »Wo ist sie denn hin, Dad? Sie hat immer hier gewohnt. Ich verstehe das nicht.«

Er ordnete die Papiere und bildete weitere Stapel. Einige Schriftstücke zerriss er, um sie dann in den Papierkorb zu werfen, der schon immer links neben dem Tisch gestanden hatte.

»Dann werde ich es dir noch einmal erklären, Liv. Ich habe sie in ihre wohlverdiente Rente geschickt, und sie hat sich irgendwo eine nette kleine Wohnung gemietet, wo sie die Sachen tun kann, zu denen sie Lust hat.«

»Wollte sie denn wirklich gehen?«

»Was ist das für eine Frage, Liv? Wir hatten keine Verwendung mehr für sie, und in einem solchen Fall ist es üblich, das Arbeitsverhältnis zu beenden.«

»Aber sie hätte trotzdem hierbleiben können. Ellen ist doch schon beinahe ein Familienmitglied. Wie konntest du sie einfach wegschicken?«

»Schluss mit dem Theater.« Er schob geräuschvoll den Stuhl zurück und schnappte sich die nun sortierten Unterlagen. »Du bist viel zu sentimental. Das ist absolut überflüssig. Sie führt ihr eigenes Leben, gönne es ihr!«

»Wo ist sie hingegangen? Ihre Adresse!«

»Das weiß ich nicht. Und es geht mich auch nichts an.« Ohne ein weiteres Wort verließ er das Esszimmer und ließ mich betroffen zurück.

***

Es machte mir sehr zu schaffen, dass Ellen nicht mehr hier wohnte. Immer noch konnte ich es nicht glauben, war sogar in die dritte Etage gelaufen und hatte an ihre Tür geklopft. Doch als ich sie schließlich öffnete, waren all ihre Möbel, die Bilder und die Bücher, die sich bis zur Decke gestapelt hatten, verschwunden. Es mit eigenen Augen zu sehen, machte die ganze Angelegenheit noch viel schmerzlicher. Langsam rutschte ich an der Tür hinab und saß lange Zeit reglos auf dem Boden. Ungläubig, dass ich nun auch noch diesen Verlust zu überstehen hatte.

Insgeheim war da wohl die Hoffnung gewesen, dass mir ihre Nähe, die Wärme und ja, auch die Liebe, von der sie so viel zu geben hatte und die ich in ihrer Anwesenheit stets gespürt hatte, über das hinweghelfen würde, was hinter mir lag.

Was sollte ich nun ohne Ellen anfangen?

Und ohne Drake?

Erschöpft und mit gebrochenem Herzen legte ich mein Gesicht in die Hände und weinte.

Das Klopfen an meiner Zimmertür nahm ich im ersten Moment gar nicht wahr. Nachdem ich die ersten zwei Nächte so gut wie gar nicht geschlafen hatte, schlief ich inzwischen beinahe ununterbrochen und zum Glück traumlos. Tief in meine Kissen und Decken gekuschelt, hob ich leicht den Kopf, als es erneut klopfte.

Mit heiserer Stimme fragte ich: »Wer ist da?«

Der Griff wurde nach unten gedrückt und es drang etwas Licht von draußen durch den Türspalt, der jetzt immer größer wurde. Den Mann, der dort stand und sich vermutlich erst mal an die Dunkelheit gewöhnen musste, erkannte ich nicht sofort.

»Liv?«

»Nick? Bist du das?«

Das Deckenlicht wurde eingeschaltet, und ich verkroch mich wegen der plötzlichen Helligkeit unter die Decke.

»Mach das aus!«, forderte ich ihn auf.

Nick lachte. »Keine Chance. Zeit aufzustehen. Dad sagte mir, dass du gar nicht aus deinem Zimmer rauskommst, seitdem du wieder zu Hause bist.«

»Was machst du hier?« Immer noch konnte ich nicht glauben, ihn tatsächlich hier vor mir zu sehen. Zuletzt hatte er in New York gelebt.

»Ich wohne hier. Das ist auch mein Heim, hast du das vergessen?«

»Natürlich nicht, aber ich hatte keine Ahnung, dass du wieder in Miami bist.«

Nachdem er zu mir rübergekommen war, setzte er sich aufs Bett. »Das bin ich schon seit einiger Zeit. Ich arbeite für Dad.«

»Im Restaurant?«, fragte ich hoffnungsvoll.

Nick starrte mich an. »Nein, nicht im Restaurant.«

Mein Herz klopfte wild. War vielleicht doch ein Funken Wahrheit an der Sache, die mir Drake einzureden versucht hatte? Die mit den Drogen, den Morden, dem Frauenhandel und noch mehr unaussprechlichen Dingen? Ich merkte, wie die Übelkeit mich überrollte.

»Machst du etwas Illegales?«, fragte ich mutig. Nur meine Stimme zitterte dabei.

Mein Bruder brach in schallendes Gelächter aus, bei dem er sich sogar die Tränen aus den Augen wischen musste, und ich kam mir dumm und kindisch vor, überhaupt gefragt zu haben.

»Ist ja gut«, sagte ich ärgerlich. »Du brauchst mich nicht gleich auszulachen.«

»Ach Liv, du bist echt herrlich. Denkst du wirklich, Dad würde sein Geld mit krummen Geschäften verdienen? Ich kann dich beruhigen. Es sind zwar Angelegenheiten, von denen du keine Ahnung hast, weil sie einfach zu kompliziert sind, aber ganz sicher nicht illegal.«

»Zu kompliziert also? Für mich, weil ich eine Frau bin, oder was meinst du damit?«

»Ich meine damit lediglich, dass es Dinge sind, mit denen du dich nicht auseinandersetzen brauchst. Langweilige Dinge. Du weißt schon, Bilanzen, Zahlen. All das, was du nicht leiden kannst. Also kein Grund, dir darüber den Kopf zu zerbrechen.«

Ich wollte nicht lockerlassen, jetzt, da wir tatsächlich über das Thema sprachen. »Um was geht es denn? Hat Dad mit Immobilien zu tun?«

»Ja genau, so kann man es grob zusammenfassen. Kaufen, instandsetzen, wieder verkaufen. Und dabei noch einen Gewinn erzielen. Eigentlich ganz einfach.«

Erleichterung breitete sich in mir aus. Es war also doch nichts Wahres dran. Es handelte sich um ganz normale Immobiliengeschäfte.

»Du sollst übrigens zum Essen runterkommen.«

»Ich hab keinen Hunger.«

»Trotzdem. Tu es mir zuliebe, okay?«

»Muss das sein?«

»Komm schon. Wir haben einen Gast.«

»Wirklich? Wer denn?« Auf einmal war ich aufgeregt. Tausende Möglichkeiten fielen mir ein, allem voran Ellen, die Dad eingeladen hatte, um mir einen Gefallen zu tun. Oder Julie, die aus dem Urlaub wiedergekommen war.

Als ich mich eine halbe Stunde später zu den anderen in das Esszimmer gesellte, musste ich wohl sehr enttäuscht wirken. John – die einzige Person, die sich außer Dad und Nick dort aufhielt – erhob sich von seinem Platz und kam auf mich zu, doch keine Spur von Ellen oder meiner Freundin. Mich beschlich die Befürchtung, dass der Gast, von dem die Rede gewesen war, John sein sollte.

»Meine Liebe. Ich freue mich, heute Abend Ihre Gesellschaft genießen zu dürfen.« Er schob mir einen Stuhl zurecht, auf dem ich verwirrt Platz nahm.

»Dad?«, fragte ich. »Was hat das zu bedeuten?«

»Gar nichts. Ich dachte nur, es wäre gut, wenn du jemanden zum Reden hättest, wenn Nick und ich gleich noch etwas Geschäftliches zu besprechen haben.«

Das konnte er nicht ernst meinen, entsprechend starrte ich ihn auch an. »Sei nicht unhöflich, Liv. John hat sich diesen Abend extra freigehalten. Bringe ihm den nötigen Respekt entgegen.«

Während des gesamten Essens schwieg ich. Immer wieder versuchte John, ein Gespräch zu beginnen, doch ich ließ ihn jedes Mal abblitzen. Was zum Teufel sollte das?

Schließlich erhoben Dad und mein Bruder sich. Mein Vater wandte sich an mich. »Du entschuldigst uns.«

»Kein Problem«, sagte ich schnell und sprang auf. »Ich bin müde und gehe ins Bett.«

»Das ist aber schade. Ich dachte, wir könnten noch einen Spaziergang machen.«

»Das wird sie auch tun, nicht wahr, Liv?« Vater starrte mich an.

»Na gut«, seufzte ich. »Lassen Sie uns gehen.« Zum ersten Mal sah ich mir den Mann, den Dad zu einem Spaziergang mit mir verdonnert hatte, genau an. Er trug wie alle Männer, die hier ins Haus kamen, einen dunklen Anzug. Seine Haare waren schwarz und mit viel Gel zurückgekämmt, seine Figur sportlich. Etwas in seinen Augen gefiel mir nicht, aber ich konnte nicht genau sagen, was es war. Sein Alter schätzte ich auf etwa dreißig, ähnlich wie Drake es gewesen war, als …

Drake! An ihn zu denken schmerzte mich. Ich weigerte mich immer noch, vor mir selbst zuzugeben, mich in ihn verliebt zu haben – einen Mörder –, doch ich konnte nicht länger leugnen, dass er mir deutlich mehr bedeutet hatte, als gut für mich war. Andernfalls hätte ich nicht derart gelitten. Ihn tot zu wissen war ein Verlust, der mir immer wieder den Atem raubte und meine Welt auf den Kopf stellte. Nie zuvor hatte ich so intensiv für jemanden empfunden, und egal, wie man dieses Gefühl auch benennen wollte, es war allumfassend und hatte mich tief berührt.

Wir liefen durch die Straßen, blieben jedoch in der Nähe des Hauses.

»Schön, dass wir einmal unter vier Augen sind.«

»Ach ja?«

»Ehrlich gesagt, habe ich auf so einen Moment gewartet.«

»Sie meinen, seit dem Tag im Auto, als Sie den Mann erschossen haben, der mir nichts getan hatte?« Der Sarkasmus in meiner Stimme war unüberhörbar.

»Nein. Wir haben uns schon viel früher getroffen. Das letzte Weihnachten, das Sie hier verbrachten. Erinnern Sie sich nicht?«

Nein, das tat ich nicht, aber ich wollte ihn nicht verletzen, indem ich ihm zu verstehen gab, dass er nicht den geringsten bleibenden Eindruck bei mir hinterlassen hatte.

»Na ja, auf jeden Fall denke ich, wir sollten jetzt zurückgehen. Meine Füße tun in den Schuhen weh, und ich bin müde.« Hinter vorgehaltener Hand gab ich ein übertriebenes Gähnen von mir.

»Wirklich schade.«

»Ja, mir tut es auch leid, aber es geht wirklich nicht anders.«

»Dafür müssen Sie mir etwas versprechen.«

Misstrauisch kniff ich die Lider zusammen. »Und was?«

»In zwei Tagen findet eine Party statt, zu der ich sehr gerne gehen würde. Leider fehlt mir noch die perfekte Begleitung.« Er holte tief und bedeutungsschwanger Luft. »Liv, Sie sind perfekt, tun Sie mir den Gefallen und sind meine Begleitung?«

Ach herrje. Am liebsten wäre ich abgehauen, um einer Antwort zu entgehen, aber ich konnte ihn ja schlecht einfach stehen lassen.

»Das ist wirklich schmeichelhaft, John, aber ich fürchte …«

»Sagen Sie nicht Nein. Überlegen Sie es sich bis morgen.«

»In Ordnung.« Erleichterung über den gewonnenen Aufschub durchströmte mich und hielt so lange an, bis ich meine Zimmertür hinter mir verschloss. Er hatte mich doch tatsächlich bis nach oben gebracht und ich musste ihn schon fast gewaltsam auffordern zu gehen.

Den ganzen nächsten Tag ging ich John aus dem Weg, indem ich in meinem Zimmer blieb. Meine Vorfreude, ihn auf eine Party zu begleiten, hielt sich in Grenzen, und ich hoffte sehr, er würde den Wink mit dem Zaunpfahl verstehen.

Ich wollte nicht feiern, ich wollte überhaupt nicht weggehen und schon gar kein Date, denn nichts anderes war es doch, um was er mich gebeten hatte. Ich wollte auch nichts mit den Angestellten meines Vaters zu tun haben. Ich ging ja selbst ihm aus dem Weg.

Ganz dringend musste ich mir überlegen, wie mein Leben weitergehen sollte. Ich war absolut sicher, dass ich nicht weiterhin hier wohnen, sondern mir ein eigenes Apartment mieten und für meinen Unterhalt arbeiten wollte. Vielleicht würde ich dafür sogar die Stadt verlassen. Ich wollte das Leben hier endgültig hinter mir lassen, das im Grunde nie wirklich existiert hatte. Wenn ich in Phoenix noch geglaubt hatte, es könnte angenehm sein, für Dad zu arbeiten, empfand ich allein den Gedanken daran mittlerweile als grausam. Die Anerkennung, die ich mir so lange erhofft hatte, würde ich von ihm sowieso nie erhalten, und mittlerweile war sie mir auch gar nicht mehr wichtig. Ich musste mich damit abfinden, dass er ein kalter und egoistischer Mensch war, der sich wahrscheinlich nie eine Tochter gewünscht hatte.

Gegen ein Uhr in der Nacht schreckte ich auf. Ein Geräusch hatte mich geweckt. Ich spitzte die Ohren und hörte aufgebrachte Stimmen, also stieg ich aus dem Bett und ging barfuß die Treppe zur Hälfte nach unten.

Durch die Sprossen des Geländers konnte ich sehen, dass im Büro meines Vaters Licht brannte, doch ausnahmsweise war die Tür nicht verschlossen, sondern nur angelehnt.

Seine Stimme konnte ich erkennen und die von Stan, eine weitere stellte sich als die von Nick heraus. Ich war neugierig, was sie dazu gebracht hatte, sich um diese Zeit zu treffen.

Vorsichtig und ohne ein Geräusch zu machen, ging ich noch ein paar Stufen nach unten.

»Er ist eine verlässliche Quelle, Dad. Man hat das Auto gefunden, aber von ihm fehlte jede Spur. Er ist entkommen.«

»Das kann nicht sein«, fuhr Stan aufgebracht dazwischen. »Er kann das nicht überlebt haben. Der Wagen bestand nur noch aus Löchern. Die Schüsse müssen tödlich gewesen sein.«

Ich schlug meine Hand vor den Mund, um nicht zu schreien, und setzte mich auf die Stufe, an den Geländersprossen Halt suchend, sonst wäre ich vermutlich umgekippt. Sprachen sie etwa über … Drake? Allein daran zu denken war schon so unfassbar, dass ich gar nicht verarbeiten konnte, was als Nächstes gesagt wurde. Es ging hier um Drake!

Konnte es sein, dass er noch lebte? Absolut unfassbar!

»Aber ihr Schwachköpfe habt euch nicht davon überzeugt!«, rief mein Vater wütend. »Seid einfach abgefahren, ohne seinen Tod zu überprüfen. Und Stan, du weißt genau, dass ich ein Foto davon will. Jedes verdammte Mal.«

Mit angehaltenem Atem und weit aufgerissenen Augen hörte ich zu. Das war also nicht das erste Mal, dass mein Vater und seine Leute etwas mit einem Mord zu tun hatten. Mir war so schlecht, dass ich mich am liebsten übergeben hätte, doch ich musste auf jeden Fall weiter zuhören.

»Das war nicht möglich. Liv war völlig hysterisch. Wir mussten sie da wegbringen.«

Ich schnaufte empört. Von wegen! So ein Spinner. Ich war erschüttert gewesen, ja, auch traurig und verwirrt, hatte geschrien, war jedoch weit davon entfernt, einen hysterischen Anfall zu bekommen. Der Blödmann wollte nichts anderes, als seinen Hintern retten.

»Spielt keine Rolle. Regeln sind Regeln. Jetzt haben wir ein Problem und wissen nicht, ob unser Kontaktmann die Wahrheit sagt.«

»Es kann nicht sein. Vielleicht hat ihn jemand rausgeholt, um ihn in ein Krankenhaus zu bringen, in der Hoffnung, es wäre noch etwas zu retten. Ein Autofahrer, der zufällig gerade vorbeikam. Versteht ihr?« Seine Stimme kippte, ich konnte Panik darin hören.

»Wir haben alle Krankenhäuser in der Nähe überprüfen lassen. Zu dieser Zeit wurde niemand mit Schussverletzungen eingeliefert.« Das war Nick, der in ruhigem Tonfall seine Bedenken äußerte. Auch er steckte mit Dad und den Männern unter einem Hut. Ich schüttelte wie betäubt den Kopf.

»Findet es heraus. Überprüft seinen Wohnsitz, jagt ihn in die Luft, wenn auch nur die geringste Möglichkeit besteht, dass er sich dort befindet. Ich dulde keine Fehler. Wenn ihr mehr Männer braucht, dann bekommt ihr sie. Und wenn ihr ihn lebend findet, möchte ich, dass ihr ihm die Kehle durchschneidet. Habe ich mich klar genug ausgedrückt? Ich will ihn tot wissen. Endgültig.«

»Ja, Chef.«

Die Runde löste sich auf, und ich rannte eilig wieder nach oben. Als ich hörte, dass Stan das Haus verließ und auch Nick sich für die Nacht zurückzog, wusste ich, ich würde keine weiteren Informationen bekommen.

Aber ich war hellwach. Nichts und niemand hätte mich jetzt dazu bringen können, einzuschlafen. Und so ging ich, als noch einmal eine Stunde vergangen war und ich beim Vorbeigehen aus dem Schlafzimmer meines Vaters sein Schnarchen vernahm, in dessen Arbeitszimmer.

Leise schloss ich die Tür hinter mir und verriegelte sie zur Sicherheit. Das würde mich zwar nicht retten, wenn mich hier jemand erwischte, mir aber ein wenig Zeit verschaffen.

Ich knipste die kleine Lampe auf dem Schreibtisch an und sah mich um, ohne zu wissen, wonach ich eigentlich suchte. Die Unterlagen auf dem Schreibtisch sahen nicht verdächtig aus. Es lag sogar ein Bericht des Restaurants obenauf. Absicht, um mich in Sicherheit zu wiegen, falls ich einmal hier hineinging? Durchaus möglich, entschied ich. Es sei denn, es gab tatsächlich nichts Belastendes, aber ich würde suchen, und wenn etwas existierte, dann würde ich es auch finden.

Nacheinander zog ich alle Schubladen auf und wühlte in ihnen herum. In der untersten fand ich einen Revolver. Mit zitternden Händen nahm ich ihn heraus, legte ihn dann jedoch schnell wieder zurück, als hätte ich mich daran verbrannt. Ich verzichtete darauf, zu überprüfen, ob er geladen war, denn mit ziemlicher Sicherheit war er es. Die weitere Suche frustrierte mich. Es gab rein gar nichts, was auf illegale Geschäfte oder sogar Verbrechen hinwies, und ich wusste nicht, wo ich sonst noch suchen sollte.

Mein Blick fiel auf das Bücherregal. Waren in Krimis nicht immer dahinter die Tresore mit dem belastenden Material versteckt? Ich fuhr die Buchreihen entlang, nahm hier und dort ein Buch heraus und stellte es dann an die gleiche Stelle zurück. Nichts. Alles sah ganz normal aus. Dann fiel mein Blick auf das Bild, das neben der Tür an der Wand hing. Aufgeregt tastete ich den Rahmen ab und fand schließlich eine Art Hebel an der rechten Seite. Als ich ihn drückte, gab er ein klickendes Geräusch von sich, und ich konnte das Bild zur Seite klappen.

Da war er! Ich hatte den Tresor gefunden. Leider besaß er ein Zahlenschloss, was die Freude über die Entdeckung sofort enorm trübte. Doch ich wollte nicht so schnell aufgeben. Ich wusste, dass mein Vater sich Zahlen schlecht merken konnte, nicht mal seine eigene Telefonnummer wusste er auswendig. Also nahm ich an, die Nummer, die er sich für dieses Schloss ausgesucht hatte, musste eine sein, die er sich besonders gut hatte einprägen können.

Ich begann mit der Eingabe seines Geburtsdatums. Nicht besonders kreativ, aber irgendwo musste ich ja anfangen. Natürlich tat sich nichts. Als Nächstes spielte ich alle anderen Geburtsdaten durch, die mir bekannt waren. Das meines Bruders, meines, das meiner Mutter. Bei Nicks Mutter wurde es schwierig, doch dann fiel mir ein, dass er mal gesagt hatte, sie habe nur einen Tag nach ihm Geburtstag gehabt. Sogar mit Ellens probierte ich es. Mein Finger schwebte über dem Schloss, und ich kaute auf meiner Lippe herum, während ich konzentriert nachdachte.

Vielleicht sollte ich es mit anderen wichtigen Ereignissen probieren, wie seinen Hochzeiten. Das war schwierig, doch nach einigem Kopfzerbrechen gab ich die Daten ein, was leider auch nichts brachte. Entweder hatte ich mich nicht mehr richtig erinnert oder es war eine andere Nummer.

Dann fiel mir etwas ein. Ich schluckte und meine Finger zitterten. Das war das letzte Datum, das ich eingeben würde, nahm ich mir vor. Wenn es nicht passte, würde ich aufgeben.

Ich erinnerte mich an den Tag, als wäre es gestern gewesen; eigentlich kaum nachvollziehbar, wenn man bedachte, dass ich nicht älter als fünf Jahre gewesen war. Doch einschneidende Erlebnisse prägen sich wohl auch in diesem Alter bereits für die Ewigkeit ein. In jedem Jahr wurde ich aufs Neue daran erinnert und trauerte. Der Tag, an dem meine Mutter gestorben war.

Nur noch eine Zahl, dann … Es klickte und die Tür ließ sich geräuschlos öffnen. Fassungslos starrte ich auf den offenen Tresor. Ich hatte es tatsächlich geschafft. Der Inhalt war sorgfältig in zwei Fächer sortiert und bestand aus jeder Menge Papieren. Manche sahen offiziell und wichtig aus, andere enthielten nur kurze Notizen und Telefonnummern. Doch jede Einzelne davon musste sehr wichtig sein, wenn er sie dort versteckt hatte.

Es würde eine sehr lange Nacht werden, doch ich war fest entschlossen, jedes Blatt durchzusehen. Das hier war viel zu wichtig!

23. THE CONFESSION

Drake

Schweiß stand mir auf der Stirn, doch ich hatte es geschafft. Lächerlich eigentlich, sich darüber zu freuen, gerade mal zwei Meter bis zur Tür gewankt zu sein, ohne umzukippen. Halt suchend klammerte ich mich am Rahmen fest und stöhnte. Scheiße! Tat das weh.

Diese verdammten Arschlöcher hatten gute Arbeit geleistet, wenn auch nicht gut genug, denn ich atmete immer noch, auch wenn das Geräusch gerade mehr dem Röcheln eines alten, an Asthma leidenden Mannes glich.

Ich konnte mich nicht daran erinnern, mich jemals so hilflos und meiner Selbstachtung derart beraubt gefühlt zu haben. Selbst zum Pissen hatte Chloe mich nicht alleine gehen lassen, sondern darauf bestanden, mich zu begleiten. In dem Moment hatte ich sie ein wenig gehasst, denn das war der absolute Tiefpunkt in meinem sowieso schon beschissenen Leben gewesen. Auf dem Weg ins Bad hatte sie mich gestützt, damit ich mich auf den Beinen halten konnte, wenngleich ich stark vermutete, dass sie selbst beinahe unter meinem Gewicht zusammengeklappt wäre. Ich war so hilfebedürftig wie ein Kleinkind, und erst nachdem ich ihr mit einem Augenverdrehen versprochen hatte, mich während des Pissens hinzuhocken – entgegen meiner Überzeugung übrigens –, hatte sie ihre Hände in die Hüften gestemmt und war schnaubend verschwunden. In dem Augenblick erschien es mir als das kleinere Übel, wenn sie sauer auf mich war.

Überflüssig zu sagen, dass ich aufs Duschen ganz verzichtet hatte, weil ich wenig Lust verspürte, mir dabei zusehen zu lassen, wie ich mir meinen Schwanz wusch. Auch wenn ich inzwischen vermutlich stank wie eine Mülltonne, nahm ich das gerne in Kauf. Es gab Dinge, die waren schlimmer als der Tod.

Langsam schleppte ich mich durch den Flur. Ich hatte extra gewartet, bis Chloe runter in ihren Laden gegangen war, um noch ein paar Unterlagen für die Buchhaltung durchzugehen, und es dauerte auch nur geschlagene zwanzig Minuten, bis ich nach dem Pinkeln das Bad wieder verließ. Doch – hey! – es war ein Fortschritt, und ich war fest entschlossen, in den nächsten Tagen weitere folgen zu lassen. Das ewige Herumliegen machte mich wahnsinnig, und nicht zu wissen, wie es Liv ging, war unerträglich. Ich musste sie mir zurückholen, denn sie durfte mir nicht in die Quere kommen, wenn ich die Sache mit Holden durchzog.

Auf dem Weg in die Küche, der noch mal einige Zeit in Anspruch nahm, wurde ich von Chloe überrascht.

»Scheiße, Mann, hast du nichts zu tun?«, fragte ich sie, als sie zur Wohnungstür hereinspazierte.

»Ich hab ein Geräusch gehört. Außerdem …« Sie schwenkte einen Stapel Papiere. »… hab ich die Sachen, die ich brauche, gefunden.«

»Tja, das mit dem Geräusch kann schon sein, denn ich wohne ja zur Zeit hier«, erwiderte ich genervt.

»Komm schon, ich bring dich wieder ins Bett.«

»Nein, Chloe, ich hab die Schnauze voll davon, sinnlos herumzuliegen, und ich brauche auch niemanden, der mich ständig ins Bettchen packt und zudeckt. Mir geht es viel besser.«

Sie hakte sich bei mir unter und stützte mich, während sie mich in die Küche führte. »Das ist nicht sinnlos. Du bist fast gestorben, und bis diese Wunde verheilt ist, die deine Schulter ganz schön zerfetzt hat, braucht es einfach seine Zeit.«

Die Hände auf der Tischplatte abgestützt, auf der ich noch vor drei Tagen halbtot gelegen hatte, ließ ich mich auf den Stuhl sinken.

»Die Zeit habe ich einfach nicht. Wenn sie herausfinden, dass ich noch lebe, werden sie sich auf die Suche nach mir begeben. Und wenn es so weit ist, muss ich darauf gefasst und vorbereitet sein. Ich muss ihnen einfach einen Schritt voraus sein.«

»Aktuell kannst du gar nichts tun. Du musst einfach abwarten. Hier werden sie dich sowieso nicht finden.«

»Das kannst du nicht wissen, und genau das ist das Problem. Die Gefahr, sie könnten plötzlich hier vor der Tür stehen, besteht auf jeden Fall. Sie müssen mich beschattet haben und es könnte sein, dass sie mir nicht nur zu meinem Haus, sondern auch hierher gefolgt sind. In dem Fall schwebst du sogar in sehr großer Gefahr. Ich werde Ben bitten, mich nach Hause zu bringen.«

Ich verschwieg die Tatsache, dass Liv ihrem Vater von diesem Ort erzählt haben könnte. Vielleicht hätte ich es Chloe sagen sollen, doch ich wollte sie nicht mehr beunruhigen als unbedingt nötig.

»Vergiss es!«, schnaufte sie. »Du wirst keinen Schritt vor die Tür setzen.«

»Sei doch nicht dumm. Ich bin nur ein unwichtiger Krimineller. Kein Grund, dich in Lebensgefahr zu bringen.« Ich versuchte mich an einem Lächeln, das jedoch ziemlich schief ausfiel, weil bei der kleinsten Bewegung Schmerz durch meinen Oberkörper fuhr.

»Mach darüber keine beschissenen Witze«, schimpfte sie. »Ich hab dich nicht umsonst zusammengeflickt und meine Küche dabei in ein Schlachtfeld verwandelt. Einen halben Tag hab ich gebraucht, bis alles wieder sauber war. Beim nächsten Mal werfe ich dich in den Garten und lasse dich verbluten.«

Ich sah ihr in die Augen, doch sie wich meinem Blick aus.

»Ach verdammt!«, fluchte sie. »Natürlich würde ich das nicht tun. Ich würde immer wieder versuchen, dir zu helfen. Ich kann gar nicht anders, und das weißt du auch!«

»Ja, ich weiß«, sagte ich leise und griff nach ihrer Hand.

Widerstrebend ließ sie sich zu mir ziehen, damit ich meinen Arm um ihre Hüfte und meinen Kopf an ihren Bauch legen konnte. Das Schweigen, das zwischen uns hing, war schwer wie Blei, und wir beide dachten an Dinge, die geschehen waren und die wir dennoch nicht aussprechen konnten.

»Ich weiß genau, was du für mich getan hast, und dafür danke ich dir«, sagte ich leise.

»Ich will keinen Dank von dir. Den kannst du dir sonst wohin stecken. Hör sofort auf damit.« Sie wollte sich mir entwinden, doch trotz meines Handicaps war ich immer noch stärker als sie.

»Und ich weiß auch, dass ich dir mit all dem Blut und so eine Scheiß Angst eingejagt habe«, fuhr ich fort.

»Ja, das hast du wirklich. Ich konnte die Vorstellung nicht ertragen, dass wir es vielleicht nicht schaffen und du auf meinem Tisch stirbst. Als Ben dich herbrachte und ich dich so sehen musste, war das einer der schlimmsten Momente in meinem Leben.« Sie umfasste meinen Kopf und wühlte in meinen Haaren. Ich konnte sie so gut verstehen – das, was sie empfunden hatte, und die Angst, in die sie mein Zustand versetzt hatte. Ich hatte auch schon einmal geglaubt, ich würde sie verlieren.

»Ich werde aber nicht sterben. Du hast dafür gesorgt, du Lebensretterin.«

Ich hörte sie leise lachen. »Und Ben, weil er dich aus dem Auto geholt hat.«

»Ja, und Ben. Ihr beiden seid die besten Menschen, die ich kenne.«

Sie seufzte. »Ach, so gut bin ich gar nicht.«

»Stimmt!«, sagte ich und grinste zu ihr hoch. »Meistens bist du sogar ziemlich nervig.«

Lachend versetzte sie mir einen Klaps und entwand sich dann meiner Umarmung. »Ben kommt übrigens gleich vorbei und bringt uns Pizza mit.«

Wie auf Kommando knurrte mein Magen. »Gute Idee. «

Sie hob die Schultern. »Ja, dachte ich auch und so brauch ich nicht zu kochen.«

Mit einem Seufzen blickte sie auf den Papierstapel in ihren Händen.

»Du weißt, dass du noch jemanden einstellen könntest?«

»Ja, das sagtest du schon ungefähr eine Million Mal. Aber ich möchte selbst arbeiten, die Kontrolle über alles behalten. Es macht mir Spaß. Es ist etwas, das ich erschaffen habe, das mir allein gehört. Okay, auch ein bisschen dir.«

»Nein! Es ist allein dein Laden. Die kleine finanzielle Spritze am Anfang war ein Geschenk, das hatten wir längst geklärt.«

»Lass mich mal nach deinem Verband sehen«, wechselte sie abrupt das Thema.

Mein Oberkörper war sowieso nackt, und sie begann bereits, den weißen Mull abzuwickeln. »Sieht schon viel besser aus, und es hat sich auch nichts entzündet.«

Wir schwiegen beide, als sie die Wunde reinigte und einen neuen Verband anlegte. »Was ist das eigentlich mit dieser Liv und dir?«

Ich atmete tief ein. Die Erwähnung ihres Namens war, als bohrte jemand langsam und genüsslich in meiner Wunde und brachte sie dazu, wieder aufzubrechen. Wenn auf einmal das Blut in Strömen wieder daraus hervorsickern würde, wäre das nicht wesentlich schlimmer, als so unverhofft ihren Namen zu hören. Das mit Liv hatte mich total kalt erwischt, und das war auch so eine Sache, die mir extrem auf den Sack ging.

»Da ist nichts«, grollte ich.

»Lügner«, erwiderte Chloe sanft. »Du hast sie hergebracht und ihr Kleider gekauft. Ich hab gesehen, wie du sie angeschaut hast. Als wäre sie etwas ganz Besonderes.«

»Sie *ist* etwas Besonderes.«

Chloe nickte.

»Und sie ist weg«, ergänzte ich.

»Ich weiß nichts von deinen Geschäften oder dem Grund, warum die Typen deinen Tod wollten, aber ist es nicht vielleicht sogar sehr gut, dass sie nicht mehr da ist?«

Von Ben hatte sie einige Einzelheiten über Liv erfahren, doch sie wusste nicht alles, und das war auch verdammt gut so. Ich wollte unbedingt, dass es dabei blieb.

»Du hast vielleicht recht, aber ich bin mir ziemlich sicher, dass sie sich in Gefahr befindet.«

»Bei ihrer eigenen Familie?«

Ich nickte. »Ich muss sie da rausholen.«

»Wie willst du das anstellen? Wahrscheinlich wird sie bewacht.«

»Das weiß ich noch nicht, aber es muss mir irgendwie gelingen.«

»Also ist das bereits beschlossene Sache?«, fragte sie niedergeschlagen.

»Du meinst es nur gut mit mir, das ist mir klar, doch ich kann in dem Fall nicht anders. Ich kann sie nicht gehen lassen.«

»Sie bedeutet dir etwas.«

Mein Schweigen war wahrscheinlich Antwort genug.

»Dann solltest du es wohl wirklich tun.«

»Ich weiß nicht, was es ist. Die meiste Zeit geht sie mir furchtbar auf die Nerven. Sie bringt mich dazu, mir vorzustellen, wie ich ihr den Hals umdrehe. Doch in anderen Momenten …« Ich schüttelte den Kopf.

»Vielleicht ist es an der Zeit, endlich jemanden in dein Leben zu lassen.«

»Nein!«, sagte ich in festem Ton. »Ich kann niemandem dieses Leben zumuten. Ich könnte es nicht ertragen, ständig in der Angst zu leben, dass ihr meinetwegen etwas zustößt.«

Sie seufzte. »Ja, das ist der Grund, warum du auch den Kontakt zu mir auf ein Minimum beschränkst.«

»Du weißt genau, es geht nicht anders.«

»Aber man kann nicht sein ganzes Leben lang weglaufen.«

»Glaub mir, man kann!«, sagte ich aus tiefster Überzeugung. Manchmal war das die einzige Art, überhaupt zu überleben, weil alles andere einen unwiederbringlich fertigmachen würde.

»Habt ihr eigentlich miteinander …?«

»Ja«, brummte ich. »Nicht, dass es dich was angehen würde! Verdammt, sie ist so … Sie geht mir einfach nicht mehr aus dem Kopf. Das ist doch verrückt. Ich will sie für mich und gleichzeitig möchte ich sie möglichst weit von mir entfernt wissen. Aber ich kann nicht auf sie verzichten, deshalb werde ich sie mir holen.«

»Will sie das denn auch?« Chloe wirkte skeptisch.

Das war eine wirklich gute Frage. Und die Wahrheit war, dass ich es nicht wusste. Ich hatte keine Ahnung, ob die Lust in ihren Augen nur gespielt gewesen war, als wir miteinander Sex gehabt hatten oder während ihres wahnsinnig heißen Blowjobs. War ihr feuriger Blick, der meinen ganzen Körper versengt hatte, echt gewesen? Auf jeden Fall hatte es sich verblüffend echt angefühlt. Aber ich wusste auch nicht, ob die Emotionen, die sie immer so schwer verstecken konnte, real waren. Der zutiefst schmerzliche Ausdruck in ihren Augen, als sie aus dem Auto gesprungen war – hatte ich mir den nur eingebildet?

»Ich weiß es nicht, Chloe. Das weiß ich wirklich nicht.« Aber ich wusste auch nicht, ob es mich abhalten würde, wenn es nicht so wäre.

»Dann hol sie zurück und frag sie einfach«, schlug sie gut gelaunt vor.

»Das würde ich sehr gerne, aber da gibt es noch ein anderes Problem.«

»Welches?«

»Ich habe den Auftrag, ihren Vater umzubringen.« Ich sagte es, als würde ich ihr mitteilen, dass ich gerne doppelt Käse auf meiner Pizza hätte.

»O Scheiße, Drake.« Erschrocken schlug sie die Hand vor den Mund. »Das kannst du nicht tun. Nicht, wenn sie dir etwas bedeutet. Ich weiß nicht, worum genau es geht, und das will ich auch nicht. Aber wenn dir dieses Mädchen genügend bedeutet, wirst du den Auftrag aufgeben. Das musst du! Du würdest damit alles zerstören.«

»Das kann ich nicht.«

»Dann ist sie dir nicht wichtig genug.«

»Das ist Frauenlogik.«

Sie schnaufte.

»Tut mir leid, ich habe keine andere Wahl.«

Niemals hätte ich das zugegeben, doch ihre Worte fühlten sich verdammt scheiße an und sorgten dafür, dass ich das Gefühl hatte, nicht mehr atmen zu können. »Ich muss das tun.«

»Aber warum?«, rief sie. »Vergiss den Auftrag, nimm einen anderen an und lebt gemeinsam weit weg von ihrer Familie. Lass diesen Job, dein bisheriges Leben hinter dir. Du kannst nicht ewig so weitermachen, sonst wird es dich irgendwann umbringen.« Ihre Hand legte sich sanft neben die Stelle, an der die Schusswunde immer noch schmerzhaft pochte.

»Es ist einfach so. Selbst wenn ich in meinem Leben einiges ändern wollte, kann ich nicht zurück und will es auch gar nicht.«

»Es gibt immer einen anderen Weg.«

»In diesem Fall leider nicht. Ich kann dir nur so viel sagen: Es ist eine persönliche Sache. Eine Rechnung, die es noch zu begleichen gilt.«

»Okay, das verstehe ich. Aber dann sehe ich leider keinen Weg für euch. Es tut mir leid, Drake, du musst den Tatsachen ins Auge sehen.«

»Ja«, sagte ich tonlos. »Mir tut es auch leid.«

Chloes Worte waren nicht an mir abgeprallt. Im Gegenteil, sie fraßen sich schmerzhaft unter meine Haut und breiteten sich wie eine eitrige Entzündung langsam immer weiter aus. Ich wusste auch, dass sie zum Teil den Nagel auf den Kopf getroffen hatte. Das würde mich trotzdem nicht davon abhalten, mir Liv wiederzuholen. Ich musste sie bei mir haben, nur noch ein Mal. Eine gemeinsame Zukunft war etwas, was ich nie in Betracht gezogen hatte, und auch jetzt dachte ich nicht daran. Sie würde sich in meiner Nähe immer in Lebensgefahr befinden, denn es gab einfach zu viele Menschen, die mich lieber tot als lebendig sehen würden. Jemand, der mir nahestand, wäre eine gern gesehene Zielscheibe, um mir so richtig in die Eier zu treten. Wenn man ein Leben führte, wie ich es tat, ging man keine längerfristigen Beziehungen ein. Chloe war die absolute Ausnahme, und die hielt ich, soweit es ging, vollkommen aus meinem Leben raus. Wir hatten nur sehr selten Kontakt und trafen uns so gut wie nie. In den letzten beiden Jahren überhaupt nicht. Sie durfte niemals mit mir in Verbindung gebracht werden, weil man auch diese Schwäche, die diese besondere Freundschaft nun einmal war, gegen mich verwenden könnte.

Mir etwas Ähnliches im Bezug auf Liv vorzustellen, schloss ich bereits im Vorfeld aus. Bei Chloe hatte ich keine Wahl gehabt. Ohne mich würde sie nicht mehr leben, aber bei Liv konnte ich selbst entscheiden. Mein Entschluss stand fest. Ich würde sie mir holen und sie dazu bringen, ihre Familie zu verlassen, damit sie in Sicherheit leben konnte. Ohne diese Leute, aber auch ohne mich. Die kurze Zeit, bevor ich sie wegschickte, war alles, was mir noch mit ihr blieb.

24. HOPE AND GREAT PLANS

Liv

Ich weinte.

Es war mir dabei scheißegal, dass die Tränen auf das Papier tropften, das vor mir auf meinem Schoß lag. Meine Finger waren eiskalt – mir war eiskalt – und hatten sich in die linke obere Ecke des Schriftstückes gekrallt. Ich konnte nicht glauben, was ich gerade erfahren hatte, und noch immer versuchte ich zu verstehen, was diese Worte sonst noch bedeuten konnten. Irgendwas anderes, bloß nicht das! Denn es konnte unmöglich sein … nein, es durfte nicht sein!

Mein ganzes Leben, meine Familie, alles, was mich ausmachte, war in diesem Moment nichts weiter als ein Scherbenhaufen. Alles, was ich jemals erlebt hatte, jeder einzelne Tag, den ich in meinem Heim oder auf Drängen meines Vaters irgendwo anders auf der Welt verbracht hatte. All meine Erinnerungen, die guten und die weniger guten, waren nichts weiter als Lügen. Ich hatte eine Lüge gelebt, war Bestandteil eines unaussprechlich miesen Plans meines Vaters und hatte niemals auch nur die geringste Ahnung davon gehabt. Ich hatte mich zu einem Spielball in seinem verbrecherischen Leben machen lassen und – ha! – ich hatte es ihm so verdammt leicht gemacht, weil ich nie irgendwas infrage gestellt hatte. Wie zum Beispiel die Umstände des Todes meiner Mutter.

Unaufhörlich tropften die Tränen auf die Unterlagen, doch das war mir vollkommen gleichgültig. Alles hatte für mich in diesem Augenblick seinen Sinn verloren.

Natürlich war es für mich nie ein Geheimnis gewesen, dass ich nicht das Wunschkind meines Vaters war. Das war schon immer Nick! Er war der Sohn, der sein Geschäft weiterführen würde, er war der, mit dem er auch mal ernsthafte Gespräche führte. Nick musste nie auf eine Schule außerhalb dieses Staates gehen. Weit genug weg, um nicht zur Belastung zu werden, wie ich es wohl irgendwann geworden war. Dagegen hatte wohl auch Ellen nichts mehr ausrichten können. Zwar hatte ich immer vermutet, sie würde mich von ihm fernhalten, wo es nur ging, um mich zu schützen, aber ich wusste nie genau, warum das so war. Jetzt sah ich meinen Verdacht bestätigt und fragte mich, ob Ellen von all dem eine Ahnung gehabt hatte. Wenn es so war, wäre sie dann nicht in den Augen meines Vaters eine Sicherheitslücke in diesem Sumpf aus Mord, Tod, Unglück, Trauer, Lügen und Verzweiflung?

Nicht in der Lage, mich von der Stelle zu rühren, weinte ich stumme Tränen, bis ich vollkommen erschöpft war. Plötzlich hörte ich ein Geräusch auf dem Flur. Erschrocken hielt ich die Luft an und lauschte. Jemand war auf der Treppe, und ich betete, dass dieser jemand nicht hierherkam und dass man das Licht nicht unter der Tür hervorleuchten sehen konnte. Schritte kamen näher und entfernten sich wieder, womöglich war jemand auf dem Weg in die Küche. Doch ich durfte mich nicht sicher fühlen. Eilig packte ich die Unterlagen wieder zusammen. Leider blieb mir nicht die Zeit, darauf zu achten, ob alles wieder genauso da lag wie zuvor. Ich stopfte sie in die zwei Fächer zurück und ließ das Tresorschloss einschnappen. Vielleicht bekäme ich zu einem späteren Zeitpunkt die Gelegenheit, alles in Ordnung zu bringen. Als Nächstes sah ich mich fieberhaft um, auf der Suche nach einem Vorwand, in diesem Raum zu sein. Dad durfte auf keinen Fall erfahren, dass ich Bescheid wusste. Er würde mich ebenso umbringen, wie er es mit meiner Mutter getan hatte.

Gerade rechtzeitig schaffte ich es, das Schloss lautlos zu entriegeln, als auch schon die Klinke nach unten gedrückt wurde und die Tür aufging. Mein Herz klopfte bis zum Hals, Übelkeit überrollte mich. Ich hielt ein paar Stifte in der Hand, gab mich überrascht und lächelte. In Wahrheit war mir speiübel und ich spürte selbst, dass mein Mundwinkel zuckte und mir das Lächeln aus dem Gesicht zu fallen drohte.

»Liv? Wieso bist du mitten in der Nacht in meinem Büro?« Seine Stimme war streng, er betrachtete mich aufmerksam. Dann ließ er seinen Blick durch den Raum schweifen und blieb kurz bei dem Bild hängen, das ich Sekunden zuvor zurückgeklappt hatte. Seine

Miene entspannte sich ein wenig, die gerunzelte Stirn allerdings blieb.

»Es tut mir leid, falls ich dich geweckt habe, Dad. Ich konnte nicht schlafen und hab ein bisschen rumgekritzelt. So wie früher, weißt du, wenn ich mir ein paar Geschichten ausgedacht und dann in diesem Notizbuch aufgeschrieben habe.« Natürlich wusste er das nicht, denn so was hatte ich nie getan und wenn doch, hätte er davon sowieso nichts mitbekommen.

Er nickte irritiert. »Und?«

»Mein Kugelschreiber war leer und dann habe ich nach einem anderen gesucht, aber keinen gefunden. Deshalb habe ich hier nachgesehen.« Wie zum Beweis hielt ich seine Stifte in die Höhe.

»Hast du geweint?«, fragte er misstrauisch.

»Nein, meine Allergie.« Auch eine Allergie hatte ich nicht, was er vermutlich ebenfalls nicht wusste. »Keine große Sache, aber wahrscheinlich der Grund, warum ich nicht schlafen konnte.«

Er gab eine Art Grunzen von sich. »Gut, dann nimm dir einen von meinen, aber ich möchte nicht, dass du mein Büro noch einmal ohne mich betrittst. Respektiere meine Privatsphäre, du hast hier nichts zu suchen.«

»Natürlich. Tut mir leid, ich habe nicht drüber nachgedacht. Es wird nicht wieder vorkommen. Danke hierfür.« Ich hielt noch mal den Kugelschreiber in die Höhe und schlüpfte an ihm vorbei aus dem Raum. Ohne mich noch einmal umzudrehen, lief ich die Treppe nach oben, dabei musste ich mich zwingen, nicht über die Schulter zu schauen oder in Panik loszurennen.

Ich hörte, wie er das Büro verriegelte. Er wusste genau, welche Abgründe er dort verborgen hielt, und ich war mir sicher, dass er es niemals auch nur für eine Minute vergaß.

Mein Frühstück nahm ich wie immer in der Küche ein, doch ich schmeckte nichts von dem, was mir die Köchin vorsetzte. In meinem Kopf wirbelten die Gedanken durcheinander, und ich war ständig bemüht, irgendeine Ordnung dort hineinzubekommen. Fakt war, ich hatte hier niemanden, dem ich trauen konnte, niemanden, mit dem ich reden, den ich um Hilfe bitten konnte. Doch mir war auch noch etwas anderes klargeworden, als ich den Rest der Nacht in meinem Zimmer auf und ab getigert war: Drake hatte die Wahrheit gesagt. Womöglich war alles, was er über meinen Vater zu wissen behauptete, nichts anderes als die furchtbare Wahrheit. Und er hatte absolut recht damit, dass Dad dafür seine gerechte Strafe verdiente. Er musste für den Mord an meiner Mutter bezahlen.

Ich presste meine Lippen fest zusammen, um nicht wieder zu weinen. Gerade jetzt vermisste ich meine Mom so unglaublich. Der Schmerz darüber, dass sie gewaltsam ums Leben gekommen und nicht an einer Krankheit gestorben war, übermannte mich erneut. Sie war von dem Mann verraten worden, den sie geheiratet hatte, der ihr eine Tochter geschenkt und den sie sicher einmal geliebt hatte. Er hatte sie verraten, um sich selbst zu retten.

»Möchten Sie noch Kaffee?«, fragte Rhonda.

Ich schüttelte den Kopf und sah sie argwöhnisch an, als sie sich abwandte. Wusste sie von den Machenschaften meines Vaters? Oder würde sie auch sterben müssen, sollte sie irgendwann einmal dahinterkommen?

Mit dem Gefühl, mich jeden Moment übergeben zu müssen, sprang ich auf und stürzte aus der Küche, und es war mir auch egal, dass Rhonda mir verwirrt hinterher starrte. Kaum aus der Küche, prallte ich mit jemandem zusammen, der gerade eintreten wollte. Ich hob den Kopf und sah mich John gegenüber, der amüsiert auf mich herabsah. »Aber hallo. Wenn das mal keine stürmische Begrüßung ist.«

»Oh! Tut mir leid. Ich habe Sie gar nicht gesehen.«

»Das macht doch nichts. Wie sieht es aus, trinken wir einen Kaffee zusammen?«

Eilig schüttelte ich den Kopf. »Leider habe ich keine Zeit.«

»Das ist schade, aber wir sehen uns ja heute Abend, also werde ich drüber hinwegkommen, schätze ich. Die Verabredung steht doch, oder?«

Ich starrte ihn an. Die Party, auf die ich auf keinen Fall mit ihm gehen wollte, hatte ich vollkommen vergessen. Fieberhaft suchte ich nach einer glaubhaften Ausrede, um nicht mit ihm hingehen zu müssen. Doch was wäre, wenn ich es doch täte? Vertrauen konnte ich ihm nicht, das war klar. Er steckte genauso tief in dieser ganzen Sache wie Dad, Stan oder Nick, doch er war auch meine Fahrkarte aus dem Haus meines Vaters.

Bereits zweimal hatte ich angedeutet, einkaufen gehen und die Bibliothek besuchen zu wollen, doch jedes Mal hatte mein Vater mich gebeten, im Haus zu bleiben, weil es draußen nicht sicher genug für mich sei. Als ich ihn gefragt hatte, was er damit meinte, hatte er abgewunken und gemurmelt, das würde ich nicht verstehen.

Mit John zu dieser Party zu gehen, bedeutete, ich könnte dem hier entkommen. Meinen Pass hatte ich. Ich würde das restliche Geld von meinem Konto abheben und irgendwo untertauchen, bis ich wusste, was ich mit den Informationen über meinen Dad und seine kriminellen Machenschaften anfangen sollte.

Ich wünschte mir, mit Drake reden zu können. An ihn zu denken schmerzte. Er fehlte mir und ich trauerte um ihn, obwohl ich ihn kaum gekannt hatte, und vor allem hätte ich ihm gern gesagt, dass ich nun wusste, wie falsch ich gelegen hatte. Ach, ich wollte mich einfach von ihm in die Arme nehmen, seinen Duft in jede meiner Poren aufnehmen und mich von ihm trösten lassen. Allein die Vorstellung raubte mir den Atem.

Ich straffte mich. All das war leider nicht mehr möglich. Selbst wenn Drake – was höchst unwahrscheinlich war – noch lebte, musste ich es ohne ihn schaffen.

»In Ordnung. Ich gehe mit dir dahin«, sage ich und lächelte John freundlich an.

Ein Strahlen erhellte seine Züge. »Wirklich? Das ist großartig. Ich hole dich ab. Du wirst sehen, es wird ein toller Abend.«

»Ja, ich freue mich schon«, sagte ich und hoffte, dass er mir glaubte.

Auf dem Weg in mein Zimmer war ich aufgeregt und überlegte, was ich mitnehmen konnte, ohne Aufsehen zu erregen. Gepäck war ausgeschlossen, doch ein paar Sachen würde ich ohne Probleme in meiner Handtasche unterbringen. Ich hielt in der Bewegung inne, als mir eine Idee kam. Noch einmal würde ich in das Büro meines Vaters einsteigen, um die belastenden Unterlagen mitzunehmen. Damit hätte ich etwas gegen ihn in der Hand.

Immer wieder schlich ich nach unten, in der Hoffnung, Dad würde das Haus verlassen und der Weg wäre frei für mich, doch erst kurz nach fünf war es dann tatsächlich so weit. Kaum sah ich sein Auto wegfahren, rannte ich nach unten und stürmte in sein Büro, das nun zum Glück wieder unverschlossen war.

Der Zahlencode funktionierte nicht mehr. Fassungslos starrte ich auf die Kombination, die ich eingegeben hatte, doch auch nachdem ich es zwei weitere Male probiert hatte, geschah nichts. Das Schloss öffnete sich nicht. Er hatte den Code geändert. Panik wallte in mir auf, als mir klarwurde, was das bedeutete. Dad hatte den Verdacht, jemand habe versucht, sich Zugriff zum Tresor zu verschaffen. Wenn er hineingeschaut hatte, wusste er sogar, dass es demjenigen gelungen war. Mir wurde übel. Wenn er tatsächlich wusste, dass ich es gewesen war, dann befand ich mich in Lebensgefahr. Ich war nicht so naiv zu glauben, seine väterlichen Gefühle würden ihn daran hindern, mich ins Jenseits zu befördern.

»Scheiße!«, sagte ich laut und verließ eilig das Büro. Es war durchaus möglich, dass er mich auf die Probe stellte, um mich auf frischer Tat zu ertappen. Wahrscheinlich war deshalb auch die Tür nicht abgeschlossen gewesen. Er wusste genau, dass ich nicht an den Tresor konnte, und hatte bestimmt einen seiner Männer postiert, um mich zu beobachten.

Jetzt war es zu spät. Wenn es tatsächlich eine Falle gewesen war, war ich hineingetappt. Ich rannte nach oben und stopfte meinen Pass in die Tasche. Aus der Schublade nahm ich den Schmuck meiner Mutter, von dem ich glaubte, er könnte mir noch einige Dollars einbringen. Ich überprüfte die Akkuleistung meines Handys und warf auch das in meine Tasche.

Plötzlich klopfte es und ich fuhr zusammen. Panisch stopfte ich die Tasche unter das Bett und strich mir die Haare zurück. Als es erneut klopfte, öffnete ich mit einem Lächeln die Tür und fand mich John gegenüber, der wie immer in einen Anzug gekleidet war, mit dem einzigen Unterschied, dass er diesmal ein dunkles Hemd unter dem Jackett trug.

Das Lächeln verschwand aus seinem Gesicht, als er sah, dass ich Stretchjeans und Top anhatte.

»Oh. Äh … hallo John.«

Er wirkte enttäuscht. »Du bist noch nicht fertig. Hast du es dir anders überlegt?«

»Es tut mir leid, aber ich habe die Zeit total vergessen. Ich werde mir schnell etwas anderes anziehen, dauert auch nicht lange. Wartest du solange unten auf mich?«

Erleichtert atmete er auf. »Gut, ich warte dann unten, aber lass dir nicht zu viel Zeit. Der Wagen steht schon bereit, um uns abzuholen.«

»Der Wagen?«, fragte ich irritiert und überlegte, wann wir eigentlich zum Du übergegangen waren. Was denn für ein verdammter Wagen? Hatte es etwas zu bedeuten, dass er das so betonte? Wohin würde er uns fahren, und war es wirklich ratsam, mit John wegzugehen? Warum fuhr er nicht selbst? Tausende Fragen schossen mir durch den Kopf, doch dann fiel mir wieder ein, dass ich gar keine andere Möglichkeit hatte. Ich musste hier raus, und auf dieser Party, auf der sich wahrscheinlich hunderte Menschen herumtreiben würden, wäre es sicher eine Leichtigkeit, unauffällig zu verschwinden.

John winkte nur ab und grinste dabei von einem Ohr zum anderen. »Ich dachte, es wäre netter, einen Chauffeur zu haben.«

Ich glaubte ihm kein Wort. Mich zu beeindrucken war ganz sicher nicht sein Anliegen.

Als ich aus dem Haus trat, war von meinem Vater immer noch nichts zu sehen, worüber ich mehr als erleichtert war. Tatsächlich stand ein Chauffeur neben dem Auto und öffnete die Tür, als ich näher trat. Ich spürte Johns Hand leicht in meinem Rücken, als er mich auf den Wagen zuschob, doch ich reagierte nicht darauf, auch wenn ich sie unter anderen Umständen sicher unauffällig abgeschüttelt hätte. Momentan allerdings funktionierte ich lediglich wie ein Roboter. Den Weg vom Haus zum Auto erlebte ich wie durch einen Schleier hindurch. Es war so, als würde das alles nicht mir selbst geschehen, sondern ich nur einer anderen Person dabei zusehen.

Gerade wolle ich einen Fuß in die Limousine setzen, als ich meinen Kopf drehte, um noch einmal einen Blick auf den Fahrer zu werfen. Ich konnte nicht einmal genau sagen, warum ich das tat, doch es war beinahe ein innerer Drang, so als müsste ich mich selbst von etwas überzeugen, vor dem mein Unterbewusstsein mich zu warnen versuchte.

Ein Keuchen entwich mir, als ich in die dunklen – mir bekannten – Augen sah, doch der warnende Blick, der mir nun begegnete, hielt mich davon ab, ein Wort zu sagen oder mir anmerken zu lassen, dass ich ihn erkannt hatte. Es war Ben. Er war in eine Chauffeuruniform gekleidet, sodass er kein Aufsehen erregte. Was hatte das zu bedeuten?

Am Rande bekam ich mit, wie mein Begleiter ihm unser Ziel nannte, bevor er zu mir in den Wagen stieg. Ben nickte und senkte leicht den Kopf.

Von der Seite starrte ich John an, um herauszufinden, ob ihm die Situation irgendwie merkwürdig erschien, doch er wirkte ganz entspannt und so, als würde er sich auf den Abend tatsächlich freuen. Unwillkürlich fragte ich mich, was für ihn dabei heraussprang.

Immer wieder schaute ich in den Rückspiegel, in der Hoffnung, Bens Blick einzufangen. Ich hoffte, eine Erklärung für seinen Auftritt in seinen Augen zu finden. Es fiel mir schwer, mich zu entspannen. Als John mich fragte, ob mich irgendwas bedrücke, sah Ben mich im Spiegel scharf an. Es lag eine Warnung in seinem Ausdruck und ich riss mich zusammen.

Er hatte gewusst, dass ich in diesen Wagen steigen würde, es womöglich sogar geplant. Irgendwas passierte hier. Etwas, das mein Leben verändern würde, und das ließ mich erschauern. Ich musste nur noch dahinterkommen, was es war und ob es etwas Gutes oder Schlechtes war.

25. DARK KISSES

Drake

Angespannt starrte ich in die klare Flüssigkeit, bevor ich das Glas an den Mund setzte und auf ex leerte. Das war mein zweiter Drink und damit zwei mehr, als ich mir eigentlich erlaubte, wenn ich arbeitete. Zwar fand ich den Begriff im Zusammenhang mit diesem Abend und dem, was ich vorhatte, nicht passend, doch im Grunde machte es keinen Unterschied. Ich brauchte meine volle Konzentration, zu scheitern kam nicht infrage, denn das hier war unglaublich wichtig.

Meine Kopfschmerzen waren über den Tag immer stärker geworden, und die Wunde hatte wieder angefangen, unangenehm zu pochen, deshalb die Drinks. Ich hoffte, den Schmerz damit ein wenig ausblenden zu können, zumindest so lange, bis ich das hier erledigt hätte. An die Zeit danach hatte ich sowieso noch keinen Gedanken verschwendet, das konnte ich immer noch tun, wenn es endlich so weit war. Aber das Warten zehrte mehr an meinen Nerven, als ich mir, geschweige denn irgendjemand anderem, eingestehen wollte. Ich wusste selbst nicht so recht, was ich eigentlich erreichen wollte. Aber was ich wusste, war, dass ich sie wollte. Ich wollte sie zurück und niemand würde mich daran hindern.

Unauffällig tastete ich nach dem Halfter, das ich mir unter dem Jackett um die Brust geschnallt hatte. Die Waffe saß genau dort, wo sie sollte und wo ich schnell auf sie zugreifen konnte. Ich würde nicht zögern, sie zu benutzen, wenn sich mir jemand in den Weg stellte. Ich würde nicht darauf warten, dass man mich erledigte – diesmal endgültig –, sondern mein Leben verteidigen. Genau wie Livs. Vielleicht war Holden bereits dahintergekommen, dass ich sie gefickt hatte und uns damit mehr verband als lediglich der Kontakt zwischen Entführer und Opfer, Gut und Böse.

Eigentlich machte es mir nichts aus, auf den richtigen Moment zu warten, den einen Augenblick abzupassen, auf den es ankam und auf den ich die ganze Zeit hingearbeitet hatte. Es gehörte sogar dazu, war wichtig für den ganzen Prozess. Abwarten und konzentrieren. Es gab so viele falsche Momente, doch selten mehr als einen richtigen.

Heute allerdings hätte ich am liebsten alles kurz und klein geschlagen, weil dieser verdammte Uhrzeiger sich einfach nicht von der Stelle rührte. Es war immer noch früh am Abend, zu früh. Eigentlich erwartete ich sie nicht vor zehn, aber man konnte nie wissen, und ich war lieber auf alles gefasst, auch darauf, dass der Idiot sie so früh zu der Party schleppte, wenn noch kaum jemand anwesend war und sie sich deshalb langweilen würde.

Ich presste meine Kiefer so fest aufeinander, dass meine Zähne knirschten, und schwor mir, den Kerl kaltzumachen, wenn er auch nur einen Zentimeter zu dicht an Liv heranrückte.

Mein Handy gab ein Signal von sich und ich warf einen kurzen Blick drauf. Alles lief wie geplant. Sie waren auf dem Weg hierher. Entschlossen glitt ich vom Hocker und warf noch einen letzten sehnsüchtigen Blick auf das leere Glas, doch dann vergaß ich den Schmerz. Sie beherrschte meine Gedanken.

Liv!

Ihr Name hämmerte wie ein Mantra in meinem Kopf. Ich würde sie bald wieder bei mir haben. Ungeduld und Vorfreude ließen meinen Schwanz bereits hart werden. Ich schluckte bei dem Gedanken daran, wie ich ihr die Kleider vom Leib reißen würde, um jeden einzelnen Zentimeter ihres Körpers mit meinen Fingern zu erkunden, sie zu berühren, zu lecken und in ihre perfekte enge Pussy einzudringen. Ich würde sie dazu bringen, meinen Namen zu schreien und mich um mehr anzubetteln. Gott, was für eine Scheiße, ich konnte es kaum erwarten, sie endlich in den Armen zu halten, nackte Haut auf nackter Haut. Ihre weiche, makellose an meiner mit Tattoos übersäten. Da würde sie eine sehr lange Zeit bleiben, das schwor ich mir, weil es nichts gab, was mir in diesem Leben heilig war. Ich würde sie behalten, so intensiv und innig, nur um sie schließlich gehen zu lassen. Es war seltsam, doch der Schmerz, den dieses Wissen mit sich brachte, vermischte sich mit dem, der noch immer in meiner Schulter pulsierte. Doch beinahe war ich froh über dieses Einschussloch, weil ich etwas fühlte, was ich kannte und was mir nicht diese panische Angst in den Kopf pflanzte. Dieser Schmerz war echt, real, ich konnte ihn sogar sehen, wenn ich mein Hemd auszog. Diese hässliche und langsam verheilende Wunde. Das andere, dieses viel intensivere Gefühl war etwas vollkommen Unbekanntes und keinesfalls Angenehmes. Vielleicht ein Hirngespinst, eine kurzzeitige Obsession, aber ich würde sie überwinden und sie ganz sicher mich.

Ich lachte trocken. Ja, sie würde mich ganz sicher überwinden. Sie würde rennen, so schnell sie nur konnte, wenn ich sie ließ. Genau so, wie sie das schon einmal getan hatte. Doch auch da hatte ich sie durchschaut, ihr Körper hatte sie verraten. Als ich mich im Dreck auf sie warf, flehte er mich bereits an, sie zu nehmen, auch wenn ihr Verstand etwas anderes wollte. Aber Verstand und Gefühl waren wohl nur selten einer Meinung.

Sie würde ihre Gelegenheit zu verschwinden bekommen. Dann konnte sie ihr eigenes Leben führen, frei von der Gefahr, verfolgt und getötet zu werden. Frei von ihrem betrügerischen Vater und vor allem frei von mir, dem Mann, der vielleicht die größte Gefahr für sie darstellte.

Noch einmal gab mein Handy einen kurzen Ton von sich. Es war so weit. Jeden Moment würden sie hier eintreffen. Fast war ich ein wenig enttäuscht, wie einfach dieser Plan durchzuführen gewesen war. Der kleine Scheißer wollte meine Liv mit einer protzigen Limousine beeindrucken, um bei ihr zu landen? Da kannte er sie aber schlecht. So etwas entlockte ihr nicht mehr als ein müdes Lächeln. Hoffte ich zumindest. Nein, ich war mir sicher. Liv ließ sich ganz sicher nicht mit derart billigen Mitteln kaufen. Aber immerhin hatte der Wunsch des Idioten, vor ihr zu protzen, uns die Möglichkeit gegeben, Ben als Chauffeur dort einzuschleusen. Ganz unwissend hatten uns die Idioten das Fluchtauto auch noch mitgeliefert.

Langsam ging ich Richtung Eingangstür. Die Villa besaß etliche Räume im Untergeschoss, sodass man sich darin verlaufen konnte. Ich jedoch nicht. Mein Orientierungssinn funktionierte einwandfrei, aber ich hatte ihn auch ein halbes Leben lang trainiert.

Ein kleines Büro nahe der Eingangshalle war leer und ich bezog dort Stellung, die Tür im Auge behaltend, durch die sie jeden Moment hereinkommen würde. Schon im Vorfeld hatte ich diesen Ort ausgekundschaftet, er schien mir für mein Vorhaben sehr geeignet.

Ein Hausangestellter öffnete, deutete eine Verbeugung an und ließ die Gäste herein. Die Flachpfeife drängte sich zuerst hinein, bevor Liv ihm folgte. Ihr Anblick sorgte kurz dafür, dass mir sämtliches Blut aus dem Kopf in südliche Richtung schoss. Sie war atemberaubend schön in dem schlichten, aber so besonderen Kleid. Ich erkannte es wieder, und meine Brauen zogen sich zusammen. Ein Knurren entwich mir. Sie hatte es tatsächlich für ihn angezogen? Für *ihn*? Ich war so wütend, dass ich am liebsten sofort aus meinem Versteck gestürmt wäre, um sie zur Rede zu stellen. Was fiel ihr ein? Doch dann klärte sich mein Blick und ich glaubte beinahe, vollkommen den Verstand verloren zu haben. Es war nicht *dieses* Kleid. Natürlich nicht! Das konnte es auch gar nicht sein, denn das befand sich immer noch in meinem Haus in den Everglades. Sie hatte es nicht mitgenommen, da keiner von uns gewusst hatte, dass sie keine Gelegenheit mehr haben würde, es zu tragen. Für mich zu tragen. Es war immer noch dort und wartete auf sie.

Daumen und Zeigefinger presste ich gegen meine Nasenwurzel, während ich den Blick nicht von ihr abwenden konnte. *Bloß nicht durchdrehen, sonst verkackst du es noch, und das darf unter gar keinen Umständen passieren.*

Mit undurchdringlicher Miene ging sie zögernd hinter Holdens Mann in den großen Raum, wo auch die Party stattfand. Leise Musik und dezentes Getuschel drangen bis zu mir. Jetzt musste ich nur noch warten, bis ich sie irgendwo alleine erwischte.

Dieser Moment kam schneller als erwartet. Ich hatte den Eingang beobachtet und Ausschau nach Auffälligkeiten gehalten, doch nichts erweckte meine Aufmerksamkeit. Bis ich sie erblickte, als sie nach nicht mal zehn Minuten aus dem Saal stürmte und in der Halle stehen blieb. Ihr mit Rotwein gefülltes Glas setzte sie an und trank alles auf einmal. Dann stellte sie es auf einen kleinen Tisch und sah sich um. Ich wartete, bis sie sich nah an meinem Versteck befand, und zog sie mit einer schnellen Bewegung zu mir. Sie prallte gegen meine Brust, und Schmerz durchschoss meinen Oberkörper. Ehe sie reagieren konnte, schlug ich die Tür zu, drehte den Schlüssel um und presste sie gegen das Holz. Ihr Keuchen drang in meine Ohren und berührte mich auf seltsame Art. Meine Hände umklammerten ihre Oberarme, weil ich damit rechnete, dass sie versuchen würde, mir zu entwischen, aber sie stand völlig reglos da und starrte mich an. Ihre Augen waren weit aufgerissen und ein eigenartiges Glänzen lag in ihnen. Dann, als sich die erste Träne aus dem Augenwinkel löste, erkannte ich, dass sie weinte.

»Drake«, sagte sie leise. Mein Herz – wenn sich so was überhaupt in meiner Brust befand – schien in tausend Teile zu zerspringen. Diese Stimme, der Klang, mit dem sie meinen Namen gesagt hatte, ließ mich schlucken. Ungläubig, beinahe ängstlich und voll von diesen verdammten Gefühlen, die ich ihr unbedingt austreiben wollte, sah sie zu mir auf.

»Mein Gott, Drake«, sagte sie wieder, diesmal lauter, als müsste sie es selbst hören. »Du lebst.«

Ich nickte knapp. »Ganz eindeutig, Liv.«

Meine Hände lösten sich von ihren Armen, und sie schlug eine Hand vor den Mund, immer noch den Blick mit meinem verhakt. Ganz so, als traute sie sich nicht wegzusehen.

»Ich kann es nicht glauben«, schluchzte sie und schüttelte zur Untermalung den Kopf, sodass ihre Haare in glänzenden Wellen flogen.

»Du kannst es glauben, Süße«, sagte ich mit sanfter Stimme. »Ich bin hier.«

Ihre Hände legten sich auf meine Wangen, und trotz des Barts spürte ich ihre kühle und weiche Haut. Ich wollte am liebsten die Augen schließen, zwang mich aber dazu, sie weiterhin anzusehen.

Wieder schüttelte sie ihren Kopf, wirkte völlig fassungslos, was mich zu einem schiefen Grinsen veranlasste. »Du freust dich doch nicht etwa darüber, oder, Liv?«

»Wie kannst du so etwas fragen?«, zischte sie. »Ich hab deinen Tod nie gewollt.«

»Das weiß ich. Sie haben es nicht geschafft, obwohl sie sich ganz schön ins Zeug gelegt haben.«

»Ich dachte … ich … ich …« Wieder schluchzte sie. Ich strich ihr über die Wange.

»Hey«, sagte ich sanft. »Das ist doch gar nicht so schrecklich.«

»Schrecklich?«, fragte sie, ihre Stimme überschlug sich dabei fast. »Ich … ich dachte, ich würde dich niemals wiedersehen. Ich dachte, ich hätte dich verloren. Gott, zu wissen, dass du da in dem Wagen …« Sie sprach es aus, doch ich sah ihre tiefe Erschütterung. Sie suchte meinen Blick und wiederholte leise: »Ich dachte, ich hätte dich verloren.«

Unsere Gesichter waren sich ganz nah. Ihr Atem strich über meine Haut und ich sog ihn eilig ein, um so viel wie möglich von ihr zu gekommen. Ich wollte mein Verhalten nicht hinterfragen, nicht jetzt und wozu auch, sondern einfach nur meinen Instinkten folgen. Sie war hier, bei mir.

Scheiße! Ich hatte nicht erwartet, dass es sich so verdammt gut anfühlen würde, einen Menschen zu haben, dem mein Wohlergehen am Herzen lag.

Meine Hände umfassten ihre Taille, und ich drängte mich gegen sie. Ihr Keuchen drang in meine Ohren, als sie bemerkte, wie lebendig ich und gewisse Teile von mir tatsächlich waren. Es war das schönste Geräusch auf Erden. Nicht nur nach der körperlichen Nähe hatte ich mich verzehrt, auch was sie sagte, als würde ich ihr tatsächlich etwas bedeuten, machte mich mehr als nur ein bisschen an.

»Aber wie …« Mit gespreizten Fingern fuhr sie in meine Haare, zog daran. Der leichte Schmerz auf meiner Kopfhaut verursachte mir eine Gänsehaut. Zum Teufel, sie war so was von fällig, denn ich würde mich nicht mehr lange zurückhalten können.

Ich wollte nicht reden, dazu wäre später noch genug Zeit. Dafür stieß ich hart meine Hüften gegen sie und verschloss ihre Lippen mit meinen für einen intensiven Kuss. Das hatte ich nicht geplant. Nicht hier und auch nicht so, doch als sie kehlig stöhnte und sich an mir rieb, war meine Entscheidung gefallen. Meine Zunge drang sofort in ihren Mund, fand ihre. Ich legte eine Hand um ihr Gesicht, um sie zu halten, ganz nah und intensiv, während wir hungrig übereinander herfielen. Nichts und niemand würde mich jetzt dazu bringen, sie loszulassen, auch wenn mich in meinem Hinterkopf eine Stimme warnte, wie gefährlich das war. Jeden Moment konnte Holdens Flachpfeife nach ihr suchen und uns überraschen, aber die Vorstellung ließ mich sie noch mehr wollen.

Es war nichts Zärtliches an unserem Kuss, er war hitzig, eilig und ungeduldig, wie in einem Fieberrausch. Ich spürte ihre Tränen und wollte nichts anderes, als sie trocknen.

Mit der freien Hand riss ich ihr Kleid hoch und fuhr zwischen ihre Beine. Als ich die Nässe durch den dünnen Spitzenstoff ihres Höschens spürte, konnte ich nicht mehr. Das war so heiß! Kurzerhand riss ich ihr den Slip herunter, was sie erschrocken aufkeuchen ließ. Ich schob ihre Beine weiter auseinander, und sie legte sie um meine Hüften, als ich sie hochhob. Meine Hände gruben sich in ihre nackten Arschbacken, pressten sie gegen meinen pochenden Schritt, und auf einmal spürte ich ihre Finger, die sich am Verschluss meiner Hose zu schaffen machten.

Meine kleine Wildkatze. Nie zuvor hatte ich sie so sehr gewollt wie in diesem Augenblick, und wenn sie genau das auch von mir wollte, dann, verflucht nochmal, würde sie es auch bekommen.

Ich half ihr und holte meinen Schwanz hervor, der sich sofort schwer und heiß gegen ihre nasse Mitte drückte.

»Drake«, keuchte sie. »Komm schon.« Ein süßes Schluchzen hatte sich in ihre Stimme geschlichen.

Ein Lachen kroch meine Kehle hinauf.

»O Baby, so ungeduldig«, raunte ich in ihr Haar. Ihr Duft ließ mich alles vergessen, ich wollte sie wie nichts zuvor in meinem Leben. Ich konnte nicht eine Sekunde länger warten.

»Ich kann es nicht glauben« flüsterte sie, und in dem Moment, als ich tief in sie stieß, sah ich ihr tränenüberströmtes Gesicht.

Ihr Keuchen war laut, viel zu laut, und ich hielt für ein paar Sekunden inne, als sie meinen pulsierenden Schwanz wie eine Faust umschloss. Wahrscheinlich wäre ich sonst sofort gekommen.

Beide Hände hatte sie in meine Schultern gekrallt, wo sie zweifelsfrei auf das Leder des Halfters treffen würden. Meine Wunde pochte und schmerzte, doch ich ignorierte es und hob ihr Gesicht an, um sie noch einmal zu küssen. Ihre Lippen waren leicht geöffnet und zitterten, und noch bevor ich sie berührte und die salzigen

Tränen schmeckte, forderte sie mich auf, endlich loszulegen. Schon hob sie mir ihre Hüfte entgegen. »Ja, komm schon … ich will es hart.«

Etwas in mir zersprang. Ich konnte nicht anders als zuzustoßen. In raschem Tempo fickte ich sie gegen die Tür, sodass sie bei jedem Stoß ein paar Zentimeter nach oben geschoben wurde, ihr Hinterkopf prallte, immer wenn ich mich in sie rammte, dumpf gegen das Holz.

Ich wusste genau, wie scheiße das hier war, in welche Gefahr ich uns brachte, aber verflucht, ich konnte nicht anders. Ich konnte nicht aufhören, sondern stieß immer schneller und wilder in sie. Ihr Stöhnen und die Art, wie sie sich an mich klammerte und mir entgegenkam, feuerten mich beinahe an, sie noch härter zu nehmen. Sie ließ mich verstehen, dass sie es genauso verzweifelt wollte wie ich.

Es gab nur noch sie und mich, nur diesen Moment, der unausweichlich gewesen war, seit ich wusste, dass sie sich in diesem Gebäude befand.

Jedes einzelne Mal, als ich mich in sie trieb, war wie ein kleiner Orgasmus, und sie zu spüren fühlte sich absolut natürlich und zugleich auch irreal an. Nichts auf der Welt hätte mich jetzt von ihr fortreißen können, bis es auf einmal leise an der Tür klopfte. Genau in dem Moment, als Liv wieder einer ihrer Seufzer entwich.

»Liv? Bist du da drin?«

Ich legte ihr eine Hand auf den Mund und verharrte still an der Tür, noch in ihr, nur Zentimeter von dem Störfaktor draußen entfernt. Mit weit aufgerissenen Augen starrte sie mich an, ihr Atem ging heftig und ihre Wangen waren gerötet. Verdammt, sie war so wunderschön.

»John«, formte sie lautlos mit ihren Lippen, und ich nickte knapp.

»Verpiss dich, hier ist keine Liv.«

Wenn der Kerl klug war, kam er erst gar nicht auf die Idee, diese Tür öffnen zu wollen.

Schließlich hörten wir Schritte, die allmählich leiser wurden. Ich löste meine Hand von ihrem Mund, und sie leckte sich über die Unterlippe.

Mein Schwanz, der kaum merklich in ihr erschlafft war, wurde augenblicklich wieder härter, härter als zuvor, und nur einmal stieß ich meine Hüften vor. Livs Lider senkten sich und sie keuchte »Ja …«.

Dieses Mal war mein Rhythmus sanfter und langsamer, doch nicht weniger intensiv. Die ganze Zeit betrachtete ich sie, nahm jede ihrer Reaktionen in mich auf und spürte ihre Sanftheit, die seidige Wärme und wie sie sich immer wieder um mich zusammenzog. Auf einmal hatten wir es nicht mehr eilig und wollten diesen Augenblick bis zur letzten Sekunde auskosten. Zumindest mir ging es so, und auch sie schien an der Art, wie ich sie nahm, nicht das Geringste auszusetzen zu haben.

An ihrem noch unregelmäßiger werdenden Atem konnte ich erkennen, als sie so weit war, deshalb glitt ich noch zwei Mal tief in sie, bevor ich sagte: »Komm für mich, Liv. Jetzt!«

Sie gehorchte und explodierte in genau diesem Moment. Hilflos klammerte sie sich an mir fest, während die Wellen ihres Höhepunktes sie erschauern ließen und meinen Schwanz massierten, sodass ich ihr sofort folgte. Tief in ihr ergoss ich mich und – fuck! – es war der absolute Wahnsinn.

Nachdem ich in ihr gekommen war, ließ ich sie langsam an mir hinabgleiten. Sie atmete heftig und konnte sich kaum auf den Beinen halten, sodass ich ihr meine flache Hand gegen den nackten Bauch drückte.

Zumindest weinte sie nicht mehr, dafür fand ich ein Funkeln in ihren Augen, wie ich es schon einmal bei ihr gesehen hatte, nachdem sie gekommen war. Sie war so unglaublich schön in diesem Moment, und ich wollte mir ihr Gesicht einprägen, so wie es genau jetzt war.

Ich küsste sie flüchtig, während ich ihr Kleid nach unten zog.

»Du musst zurück«, murmelte ich und knöpfte mir die Hose zu.

Entsetzen legte sich in ihren Blick.

»Nicht lange. Ich werde dich holen. Aber wir dürfen uns nicht zu auffällig verhalten. Deine … Begleitung …« Ich stieß das Wort widerwillig hervor. »… darf keinen Verdacht schöpfen. Ich bin mir ganz sicher, dass er nicht allein hier ist.«

»Wie meinst du das?«

»Holden wird noch mehr Männer abbestellt haben, die auf dich aufpassen sollen.«

Sie schüttelte den Kopf. »Nein, wir sind allein gekommen. Es wäre mir aufgefallen, wenn uns ein Wagen gefolgt wäre.«

»Ich denke, du liegst falsch. Das Risiko, du könntest noch einmal entführt werden, wird er nicht eingehen. Und weil sie inzwischen herausgefunden haben dürften, dass sie mich nicht erledigt haben, hoffen sie vielleicht, ich würde Kontakt zu dir aufnehmen.«

Ihrem Blick nach zu urteilen, hielt sie das auch für möglich.

»Was hast du ihnen über mich erzählt?«

Ihre Antwort bestand aus einem sachten Kopfschütteln.

»Nichts? Gar nichts?«

»Ich habe gelogen und gesagt, ich hätte es mit einem Mann namens Dark zu tun gehabt.« Ihr Schmunzeln wirkte ansteckend.

»Du hast mir den Namen Dark verpasst?«

»Na ja, auf die Schnelle ist mir kein anderer eingefallen. Trotzdem hast du recht, sie hatten zumindest den Verdacht, du könntest am Leben sein. Ich konnte es nicht glauben … oder … ich wollte es nicht, weil ich es nicht ertragen hätte, wenn …«

»Dark gefällt mir«, unterbrach ich sie und streichelte ihre Wange. Dann legte ich den Kopf schief und betrachtete sie. »Du kommst freiwillig mit?«

Eifrig nickte sie. »Du hattest recht. Mit allem.« Sie fuhr sich fahrig über die Stirn. »Mein Vater … es ist wahr. Du hast mir die Wahrheit gesagt. Entschuldige, dass ich dir nicht geglaubt habe.«

Ich nahm ihre Hand in meine und legte einen Finger auf ihre Lippen. »Ist schon gut. Ich war ein Fremder für dich.« *Und bin es immer noch.* »Wir reden später darüber. Du musst aber erst wieder auf die Party. Tu so, als wäre alles in bester Ordnung. Amüsier dich oder gib zumindest vor, es zu tun. Irgendwann werdet ihr euch auf den Heimweg begeben. Es sei denn, wir erwischen ihn vorher. Der Chauffeur …«

»Ben«, sagte sie.

»Ja, er wird euch wieder fahren, und ich werde dabei sein. Lass dir nichts anmerken, dieser John dürfte sehr aufmerksam sein.«

Sie versprach mir, sich unauffällig zu verhalten und zumindest so zu tun, als hätte sie Spaß.

Ich öffnete die Tür für sie und bedeutete ihr zu verschwinden. Als sie gerade durch die Tür schlüpfte, fiel mir etwas ein.

»Liv!«

Sie fuhr herum.

»Wenn er dich anfasst, bringe ich ihn auf der Stelle um.«

Ihr Zögern dauerte zwei Sekunden, dann nickte sie. Das war keine Floskel. Ich würde es tun.

26. DEAD MEN DON'T TALK

Liv

Das Brennen zwischen meinen Beinen war bei jedem Schritt spürbar, während ich zu John zurückging. Ich war froh über den süßen Schmerz, andernfalls hätte ich es für eine verrückte Fantasie gehalten, was eben hinter dieser Tür passiert war.

Nicht nur, dass Drake lebte, nein, er hatte mich so hart genommen, dass ich vermutlich eine Beule am Hinterkopf und ein paar blaue Flecken zurückbehalten würde – und ich würde jeden davon lieben. Jeder Stoß war die Bestätigung für so vieles gewesen, und ich hatte es härter und noch härter gewollt. Dann war er auf einmal so sanft gewesen. Die Erinnerung daran brachte meine Wangen noch mehr zum Glühen, als sie es ohnehin schon taten. Er war lebendig, aber auch ich fühlte mich lebendiger als je zuvor. Noch als ich heute Abend von zu Hause weggefahren war, hatte ich mich wie ein Roboter gefühlt, der irgendwie funktionieren musste. Es gab niemanden in meiner Nähe, dem ich vertrauen oder den ich um Hilfe bitten konnte. Auf einmal war ich nicht mehr allein. Drake war wegen mir gekommen, um mich dort wegzuholen. Und ich würde mit ihm gehen, ohne auch nur eine Sekunde zu zögern. Vielleicht konnte er mir mit seinen Beziehungen dabei behilflich sein, mir ein neues Leben zu verschaffen. Ich wollte mit dem alten, in dem mein mörderischer Vater die Hauptrolle gespielt hatte, nichts mehr zu tun haben und auch nicht mit meinem Bruder, der meinem Vater viel zu sehr ähnelte.

Doch vorerst musste ich noch die folgsame Tochter spielen.

Als ich wieder in den Partyraum schlüpfte, setzte ich ein Lächeln auf, denn ich sah, dass John beunruhigt wirkte, als er mir entgegenkam. Hatte Drake recht und John den Auftrag meines Dads, auf mich aufzupassen, während dieser mit irgendeiner Sache beschäftigt war, von der ich nicht erfahren durfte?

Mein Lächeln verstand er offenbar falsch, was ihn in meinen Augen etwas zu besitzergreifend werden ließ. »Liv, wo zum Teufel bist du gewesen?«, fragte er vorwurfsvoll und legte einen Arm um mich. »Ich hab dich überall gesucht.«

»Auf der Toilette. Mir war nicht gut.« Vergeblich versuchte ich, ein wenig Abstand zu ihm zu nehmen.

»Aber dort warst du nicht.« Misstrauisch sah er mich an und strich mir eine Strähne hinter das Ohr. Mir blieb das Herz stehen, weil ich wahrscheinlich völlig derangiert aussah.

»Die Frau, die ich gebeten habe, nach dir zu sehen, versicherte mir, dass sich niemand in dem Toilettenraum befand.«

»Ach das!« Ich winkte mit einem schrillen Lachen ab. »Ich bin kurz vor die Tür gegangen, um frische Luft zu schnappen. In der Zeit muss sie wohl nach mir gesucht haben. Jetzt geht es mir aber wieder viel besser und ich habe Hunger.«

John hielt mir allerhand Fingerfood unter die Nase, doch ich hätte mich am liebsten übergeben. Um keinen Verdacht aufkommen zu lassen, ich hätte ihn angelogen, schob ich mir jedoch widerwillig ein paar davon in den Mund. Das war mir immer noch tausend Mal lieber, als mich von ihm begrabschen zu lassen.

Als ich seine Hand auf meinem Ellenbogen spürte, drehte ich den Kopf weg und hatte plötzlich Drakes Duft in der Nase. Ich erstarrte. *Er lebt. Gott! Sie haben Drake nicht ermordet.* Erneut wirkte die Tatsache wie ein Schock auf mich. Obwohl ich ihn sogar noch zwischen meinen Beinen spüren konnte, war es schwer zu glauben. Ich hatte so sehr um diesen Mann getrauert, den ich kaum kannte und der keine derart wichtige Rolle in meinem Leben spielen sollte.

»Geht es dir wirklich gut?«, fragte John.

»Ja, es ist alles wieder in Ordnung. Lass uns tanzen gehen, ja?«

Von der Idee schien er begeistert, und während er sich auf der Tanzfläche an mich presste, hörte ich Drakes Worte in meinem Kopf, dass er John töten würde, wenn er mich anfasste. Ich wand mich aus seiner Umarmung und tanzte ein paar Schritte entfernt weiter, doch John ließ sich nicht so schnell abwimmeln. Offenbar wollte er die Gelegenheit nutzen, mir so nah wie möglich zu sein.

Als er mir schließlich zu aufdringlich wurde, schob ich ihn sanft von mir.

»Bitte, John.«

»Was denn? Stell dich nicht so an, Süße. Magst du mich denn nicht? Wir sind doch ein so schönes Paar. Dein Vater war von uns beiden zumindest sehr angetan.«

Also doch! Sofort verabscheute ich meinen Vater noch ein wenig mehr und funkelte John an. »Mir ist egal, was mein Vater dazu sagt. Ich suche mir meine Freunde immer noch selbst aus.«

»So war das doch gar nicht gemeint, Baby. Lass uns diesen Abend genießen und sehen, was heute noch passiert.« Einschmeichelnd strich er mir über die Wange und ließ seine Hand dann sogar an meinem Hals liegen.

Ich hörte das Klicken einer Waffe, noch bevor ich die Person sah, die das Geräusch verursacht hatte. Sofort drängte sich die Erinnerung an den Abend in meinen Kopf, der noch gar nicht so lange zurücklag, aber dennoch ein ganzes Leben her zu sein schien. Drake hatte mich vor den vier Männern gerettet und wenig später einen von ihnen erschossen. Auch da war das Erste, was mir seine Anwesenheit signalisiert hatte, das Spannen des Hahns gewesen. Jetzt hielt er John eine Waffe an den Kopf, während Ben danebenstand, um den anderen Gästen die Sicht auf uns zu versperren.

Mein Herz blieb stehen.

»Du hast ihm wohl nicht deutlich genug klargemacht, dass er die Hände von dir zu lassen hat, hm?«, fragte er mich im Plauderton.

Johns vor Schreck weit aufgerissene Augen richteten sich auf mich und seine Brauen zogen sich wütend zusammen. »Was soll das, du Schlampe?«

»Na, na, na, das ist aber nicht der Ton, den man gegenüber einer Lady anschlagen sollte.«

»Was willst du, Arschloch?«, fauchte John und lief rot an. »Was glaubst du, was du damit erreichst? Ich werde dich kaltmachen.«

»Für einen Kerl in deiner Situation klopfst du ganz schön große Sprüche.«

Drakes Blick suchte meinen. Er ließ mich nicht aus den Augen, aber auch ich konnte nicht wegsehen. Wo war der Mann, der mir noch vor wenigen Minuten einen Wahnsinnsorgasmus verschafft hatte? Der Mann, den ich angefleht hatte, mit mir flüchtigen Sex im Stehen zu haben? Vor mir sah ich wieder den Mörder, der mir immer noch ein wenig Angst einjagte, auch wenn ich wusste, dass sich seine Wut nicht gegen mich richtete.

»Dir wird dein vorlautes Gequatsche noch vergehen«, sagte John. »Du wirst mich wohl kaum vor all den Leuten abknallen, hab ich recht?«

»Leider muss ich dich enttäuschen. Mir ist das völlig egal, denn du hast mich gerade richtig wütend gemacht, und das macht mich für dich unberechenbar.«

Johns Blick flackerte unsicher, doch er versuchte, sich seine Angst nicht anmerken zu lassen. »Mr. Holden wird dir den Arsch dafür aufreißen, dass du mich bedrohst, während ich auf seine Tochter achtgebe. Ich bin mit ihr hier, weil er das so wollte.«

»Mr. Holdens Tochter kann auf deinen verschissenen Schutz verzichten. Der ist nur Dreck wert. Während du geduldig gewartet hast, dass sie von der Toilette zurückkommt, war sie bei mir, um sich ficken zu lassen! Na, wie findest du das, Arschloch?«

Mein Gesicht wurde bei seinen Worten vor Scham ganz heiß.

So unauffällig wie möglich gingen wir nach draußen. Ein paar Mal versuchte John, sich aus Drakes Griff loszureißen, doch als Argument, sich lieber still zu verhalten, reichte die kalte Mündung der Waffe, die auf eine Stelle seines Nackens gerichtet war, schließlich aus. Anfangs hatte er vielleicht noch gehofft, ich würde eingreifen, aber selbst wenn ich gewollt hätte, wie sollte ich das anstellen? Ich besaß ja nicht mal eine Kanone.

Am Wagen angekommen, stieß Drake John auf den Rücksitz und setzte sich neben ihn. Immer die Waffe auf ihn gerichtet. Mit dem Kopf bedeutete er mir, vorne neben Ben Platz zu nehmen.

Bens Miene war vollkommen ausdruckslos, beinahe beängstigend kühl. Genauso, wie ich ihn kennengelernt hatte. Ich empfand ihn sogar als noch undurchdringlicher als Drake, der seine Wut nur schwer verstecken konnte.

»Fahr los«, wies er Ben an, der sofort den Wagen startete.

»Und was habt ihr mit mir vor? Wollt ihr Lösegeld erpressen, oder was soll das werden, wenn es fertig ist?«

»Halt's Maul und rede nur, wenn du gefragt wirst.« Drakes Stimme erinnerte mich an das Brummen eines wütenden Bären.

»Nun werd mal nicht gleich nervös. Ein paar Fragen werden doch wohl erlaubt sein.«

»Du darfst atmen – noch – und das ist auch schon alles, was ich dir Stück Dreck erlaube.«

»Hey, hey.« Abwehrend hob er seine Hände. »Ich weiß gar nicht, was ihr von mir wollt, ich habe nur meinen Job gemacht. Der alte Boss wollte, dass ich mich ein wenig um sein kleines Mädchen kümmere. Hätte ich etwa ablehnen sollen? Wo sie so gut duftet und ihre Pussy sicher noch richtig schön eng ist. Wer könnte …«

Ein dumpfes Geräusch sorgte dafür, dass John auf einmal nichts mehr sagte. Drake hatte ihn mit dem Kolben der Pistole geschlagen und sein Kopf war gegen die Fensterscheibe geknallt.

»Du stinkendes Stück Scheiße«, murmelte er.

John lachte nur, wenn auch mit schmerzverzerrtem Gesicht. »Du bist sowieso so gut wie tot, ich hoffe, das weißt du und hast deinen letzten Fick genossen! Keine Ahnung, wie du da überhaupt rausgekommen bist. Eigentlich haben wir oft genug abgedrückt.«

»Da kannst du mal sehen, mit was für Versagern ich mich rumschlagen muss. Du hast es verkackt, und ich werd auch diesmal nicht der sein, der den Löffel abgibt.«

Ich drehte mich im Sitz um und sah Blut, das über Johns Schläfe lief, doch er schien sich gar nicht daran zu stören.

»Okay«, seufzte er. »Lasst mich gehen, ich könnte euch als Tausch ein paar Informationen über Holden liefern.«

Drake schnaufte. »Halt's Maul, bevor ich mich vergesse.«

»Drake! Nicht!«, rief ich. Wir tauschten einen kurzen Blick.

Ben seufzte. »Mach ihn bitte nicht hier drin kalt, wenn es sich irgendwie vermeiden lässt. Ich hab die Limousine nur geliehen und keine Lust, sie noch reinigen zu lassen.«

»Hast du nicht gehört, was der für einen Müll von sich gibt? Ich kann mir das nicht länger reinziehen.«

»Ich habe es gehört. Aber es wäre gut, wenn du, wie sonst auch, einen kühlen Kopf bewahrst, Drake.«

Ben klang, als wäre er wirklich sauer, und Drake schwieg.

In meinem Sitz wurde ich immer kleiner. Ich überlegte, was das alles für mich bedeutete. Befand ich mich genau wie John in Gefahr? Würde Drake mir auch wehtun? Oder Ben? Ich wusste es nicht. Ich wusste einfach gar nichts mehr und wäre am liebsten aus dem fahrenden Auto gesprungen, um wieder Luft zu bekommen und in Ruhe nachzudenken.

Das Wiedersehen mit Drake hatte mich eiskalt erwischt und meine Freude war echt gewesen. Ja, es hatte mich so unglaublich glücklich gemacht, ihn auf einmal wieder vor mir zu sehen, dass ich mit der Situation vollkommen überfordert gewesen war. Doch ging es ihm ebenso? Wollte er bei mir sein oder verfolgte er damit wirklich nur einen Plan, der letztlich dazu diente, meinen Vater umzubringen?

Mir war schlecht und ich fühlte mich erbärmlich. Drakes kalte, aggressive Art verwirrte mich, auch wenn sie nicht gegen mich gerichtet war.

»Hey«, rief er auf einmal, und ich drehte mich nach hinten um.

Immer noch hielt er die Waffe auf John gerichtet, der jetzt nach vorne kippte und den Kopf zwischen die Beine legte.

»Was soll der Scheiß?«

»Mir ist … ich weiß auch nicht …«

»Setz sich sofort wieder aufrecht hin, Idiot, sonst drücke ich ab.«

»Mir ist schlecht«, röchelte John, dann machte er eine ruckartige Bewegung nach oben. Ich dachte, Drake würde jeden Moment schießen, doch das geschah nicht. Stattdessen spürte ich plötzlich etwas Kaltes an meinem Hals und Ben fluchte, während Drake ein paar wüste Beschimpfungen von sich gab.

»So!«, hörte ich auf einmal einen viel selbstbewussteren John sagen. »Ich denke, wir können noch mal neu verhandeln.«

Dieses Schwein hielt mir eine Klinge an den Hals. Keine Ahnung, ob es ein Messer war, aber ich nahm es an. Ich spürte ein Brennen, als er meine Haut ritzte, doch ich traute mich nicht, einen Ton von mir zu geben oder mich auch nur einen Zentimeter von der Stelle zu rühren. John hatte nichts zu verlieren, und ich ging nicht davon aus, dass ich von besonderem Wert für ihn war. Ihm ging es einzig und allein darum, sein Leben zu retten.

Ich atmete flach, um mich möglichst unbeweglich in meinen Sitz pressen zu können. Mit weit aufgerissenen Augen starrte ich nach vorne, ohne irgendwas zu sehen. Meine Hände krallte ich links und rechts von mir in den Sitz, bis meine Oberarmmuskeln zitterten. Die Panik hatte mich vollkommen in ihrer Gewalt.

»Du verdammter Hurensohn, wenn du ihr auch nur ein Haar krümmst, wirst du dir noch wünschen, tot zu sein. Ich werde dir deinen Schwanz in Scheiben vom Körper schneiden und ihn in dein dreckiges Maul stopfen, bis du daran erstickst.«

»Ja sicher«, höhnte John. Er besaß gerade ganz klar die Oberhand. Weil er aber keine Ahnung davon hatte, ob ich für Drake von besonderem Wert war – nicht mal ich hätte das mit Bestimmtheit sagen können –, konnte er eigentlich nicht davon ausgehen, dass Drake alles tun würde, was John von ihm verlangte. Zumindest hoffte ich, dass es so war. Doch ich machte mir gerade viel mehr Sorgen um das Messer, das meinen Hals berührte.

»Eine falsche Bewegung und ich schneide ihr die Kehle auf. Dann kannst du dir immer noch überlegen, was du mit meinem Schwanz machen möchtest, bloß wird es für sie dann zu spät sein. Also …« Er holte tief Luft.

»Fuck! Ich hätte direkt abdrücken sollen.«

»Das hast du aber nicht getan. Wolltest du der Kleinen den Anblick ersparen? Süß! Nun, so mitfühlend bin ich nicht! Dieser Möchtegern-Chauffeur wird jetzt umkehren und wir werden alle gemeinsam zu Mr. Holden fahren.«

Niemand reagierte, und ich konnte förmlich hören, wie Drake sich auf der Suche nach einer Lösung den Kopf zerbrach. Ben hingegen dachte nicht daran, den Wagen zu wenden, um Johns Forderung nachzukommen. Wartete er auf eine entsprechende Anweisung von Drake?

»Hörst du schlecht?«, rief er, und ich spürte wieder ein Brennen am Hals. »Du sollst umkehren.«

Ich schluckte. Dieses Mal hatte er tiefer geschnitten. Das Blut lief in den Ausschnitt meines Kleides und mir wurde übel. Nicht wegen dem bisschen Blut, sondern dem, was vielleicht noch passieren würde.

»Tu es«, sagte Drake mit kalter Stimme.

Ben sah in den Rückspiegel, um sich noch einmal zu vergewissern, dann nickte er kaum merklich und schlug bei nächster Gelegenheit das Lenkrad stark ein, um die Fahrt in die entgegengesetzte Richtung fortzusetzen. Der Wagen schlingerte, die Bremsen quietschten und wir drehten uns um die eigene Achse. Ich zischte vor Schmerz, weil das Messer sich heftig in meine Haut drückte, doch dann berührte es nicht länger meinen Hals. Ein Schuss ertönte und John sackte in sich zusammen. Ich schrie auf.

Eine Stunde später entledigten sich Drake und Ben Johns leblosen Körpers, indem sie ihn in der Sumpflandschaft zurückließen, wo sich wilde Tiere um ihn kümmern würden.

Keiner von uns sprach ein Wort, als sie wieder beim Auto waren, selbst Drake und Ben schienen sich lautlos zu verständigen. Drake holte mich zu sich auf die Rückbank, nahm meine Hand und warf einen Blick darauf. Vergeblich versuchte ich, ihn dazu zu bringen, mich anzusehen. Er wirkte kalt und professionell. Genau so, wie ich ihn kennengelernt hatte.

Nachdem er ein wenig von dem Blut weggewischt hatte, fluchte er. »Fahr zu Chloe.«

»Bist du sicher? Aber vielleicht folgen …«

»Fahr einfach. Die Wunde ist zu tief, sie muss versorgt werden.«

»Es geht schon«, krächzte ich. »Ich glaube, es sieht schlimmer aus, als es ist.« Drake reagierte gar nicht auf meinen Einwand.

Ein paar Sekunden sagte Ben nichts, bis er schließlich an Drake gewandt fragte: »Bist du sicher?«

»Absolut, Mann. Jetzt mach schon!«

Es war, als hätten sie meine Anwesenheit vollkommen vergessen.

Ben änderte wieder die Fahrtrichtung, während Drake mich an sich zog und irgendwas gegen meinen Hals drückte, um damit die Blutung zu stoppen.

Mir wurde schwindelig und ich stöhnte. Es tat ganz schön weh.

»Liv, alles in Ordnung? Wir werden die Wunde versorgen, keine Angst. Chloe hat Erfahrung damit.«

»Chloe?«, fragte ich leise.

»Ja, du hast sie einmal kennengelernt.«

Ich nickte. »Eine Freundin von dir.«

»Ja, das ist sie. Du kannst ihr vertrauen. Sie wird dir helfen.«

Der Blick, mit dem Chloe mich taxierte, als wir ihre Wohnung betraten, war undurchdringlich. Ich konnte nicht beurteilen, wie sie dazu stand, sich um mich kümmern zu müssen. Aber wenn ich sie beim letzten Mal als herzlich sympathisch empfunden hatte, so war heute nichts mehr davon zu erkennen. Dafür registrierte ich, wie sie Drake ansah. Ernst, mit einem leichten Kopfschütteln.

Ganz klar, ich war hier nicht erwünscht. Wahrscheinlich kam es ihr ungelegen, eine von Drakes Bettgeschichten zu verarzten. Ab und zu fragte sie mich, ob es auszuhalten war, zum Beispiel, als sie die Wunde desinfizierte, doch ansonsten sprach sie nicht mit mir. Irgendwann ging sie, um eine Nadel zu holen. Ich hörte sie draußen leise mit Drake reden, der die ganze Zeit schweigend mir gegenüber auf dem Stuhl gesessen, aber mit ihr die Küche verlassen hatte. Offenbar wollte man nicht, dass ich etwas von dem Gespräch mitbekam. Das versetzte mir einen Stich. Die beiden schienen sich so vertraut, wie er und ich höchstwahrscheinlich niemals sein würden. Dabei sehnte ich mich danach, dass er mich wieder ansah wie zu Anfang des Abends. So, als würde ich ihm etwas bedeuten. Doch das hier war nicht der Moment dafür.

Schließlich fuhren wir wieder. Drake und Chloe wechselten noch einmal ein paar Worte, während Ben mit verschränkten Armen am Auto lehnte und auf Drake wartete. Ich wusste nicht mehr, warum ich ihn zuvor für einen Chauffeur gehalten hatte. Er wirkte nicht einen Moment so. Zwar trug er nicht mehr das schwarze Jackett und hatte die Hemdsärmel hochgekrempelt, doch dieser Mann hatte einfach eine viel zu starke Präsenz, um jemals als Chauffeur durchgehen zu können. Etwas schwelte in ihm, ein Feuer, das jeden Moment auszubrechen drohte, obwohl sein Gesicht ständig vollkommen ausdruckslos wirkte. Es waren seine Augen, die mir immer wieder eine Gänsehaut verursachten.

Drake setzte sich neben Ben auf den Beifahrersitz, während ich auf der Rückbank Platz zusammengesunken war. Die Wunde an meinem Hals pochte. Das Brennen war verschwunden und dank Chloe blutete sie auch nicht mehr. Tatsächlich hatte sie den Schnitt sogar mit drei Stichen genäht. Die Narbe würde mich wohl für alle Zeit an diese Nacht erinnern, in der ich glaubte, Drake wiedergefunden zu haben, nur um ihn im gleichen Moment wieder zu verlieren, oder weniger poetisch ausgedrückt: Um festzustellen, dass ich mich grandios geirrt hatte. Drake machte sich nichts aus mir, er war immer noch lediglich an der Erfüllung seiner Aufgabe interessiert. Es war nur Zufall, dass wir beim Sex so wahnsinnig miteinander harmonierten.

Die beiden unterhielten sich leise miteinander, doch ich war zu erschöpft, um zuzuhören. Irgendwann nickte ich sogar ein und wurde erst wieder wach, als Ben mich sanft wach rüttelte. Ich warf einen Blick über seine Schulter, um nach Drake Ausschau zu halten.

»Er ist schon vorgegangen. Nachsehen, ob die Luft rein ist«, erklärte er.

Na klar! Ich schnaufte.

»Gib ihm ein bisschen Zeit. Er wird mit dir reden, wenn er bereit ist.«

»Manche Worte bleiben lieber ungesagt.« Ich klang ein wenig verbittert, hoffte jedoch, Ben hätte davon nichts mitbekommen.

»Wieso sind wir hier?«, fragte ich und sah skeptisch an der Fassade von Drakes großem Haus empor. »Ist das nicht zu gefährlich?«

Er hob die Schultern. »Drake hat Vorsichtsmaßnahmen ergriffen und wir werden nicht lange bleiben. Vielleicht eine Nacht. Er ahnte, dass sie inzwischen wissen, wie unerwartet lebendig er noch ist.«

»Warte, Ben!« Panisch hielt ich ihn am Ärmel fest. »Es ist viel zu gefährlich hierzubleiben. Wenn mein Vater erfährt, dass ich heute Abend verschwunden bin, wird er als Erstes hier nach uns suchen.«

»Bist du dir sicher?«, fragte er mit gefurchter Stirn.

Ich nickte. »Ich habe ein Gespräch zwischen meinem Vater und seinen Männern belauscht. Mit mir hat er natürlich nicht geredet, erst recht, weil ich sie auf eine falsche Fährte geführt hatte. Er hat ihnen gesagt, dass sie hier suchen sollen. Vielleicht haben sie es bereits getan, aber die Situation hat sich geändert und dann werden sie ganz bestimmt zurückkommen. Sie werden nicht ruhen, solange sie Drake nicht erledigt haben. Mein Vater hat es sich zur Lebensaufgabe gemacht.«

»Scheiße! Ich muss mit Drake reden. Er dachte, es bliebe ihm noch ein wenig Zeit, aber er muss sofort von hier verschwinden.« Eilig ging er vor, und ich folgte ihm die Treppe zum Haus hoch.

27. TRUE WORDS CAN KILL US

Drake

Diesen kurzen Moment brauchte ich für mich. In meinem Schlafzimmer hatte ich das Hemd aufgerissen und presste nun die Hand so fest gegen meine Schulter, dass der Druck den anderen Schmerz beinahe überlagerte. Viel länger hätte ich mich vor Liv nicht mehr zusammenreißen können.

Ich hasste die verdammte Hilflosigkeit und diese nervigen Schmerzen, die meine Verletzung nach sich zog. Und es war noch viel schlimmer geworden, nachdem ich Liv an dieser Tür genommen hatte. Die Konsequenz war eine wieder aufgerissene Wunde, die Chloe unter wüsten Beschimpfungen erneut versorgt hatte. Livs Verletzung war nur ein Vorwand gewesen, zu Chloe zu fahren, denn der Schnitt, den ihr dieser verfluchte – Wie hieß er doch gleich? Ach ja, John. – beigebracht hatte, hatte sich auf den zweiten Blick als nicht sehr tief herausgestellt. Zwar hatte ich im ersten Moment eine Scheißangst und unglaubliche Wut auf den Kerl verspürt, der ihr wehgetan hatte, doch bevor er sie richtig erwischen konnte, hatte ich ihn erledigt. Selbst schuld! Ich hatte ihn vorgewarnt. Die Erleichterung, weil Liv nichts Schlimmeres passiert war, hätte mich fast zum Flennen gebracht. Wie ein Baby! Zum Teufel, was war nur aus mir geworden? Ein invalides und heulendes Arschloch!

Es klopfte, im gleichen Moment ging auch schon die Tür auf.

»Den Sinn des Anklopfens sollte dir noch mal jemand erklären«, brummte ich mit schmerzverzerrtem Gesicht.

Ben ignorierte meine Bemerkung und kam direkt auf mich zu. Ich hatte mich mittlerweile auf das Bett gesetzt, um noch einen Moment durchzuatmen.

»Wie sieht es aus?«, wollte er mit einem Blick auf meinen Verband wissen.

»Könnte besser sein, aber geht schon irgendwie.«

»Erzähl keinen Scheiß, du hast Schweißperlen auf der Stirn.«

»Ist eben heiß heute.«

»Und das, obwohl deine Klimaanlage auf Hochtouren läuft.« Er schnaufte. »Brauchst du was gegen die Schmerzen? Ein Medikament? Ich kann dir was besorgen.«

»Lass mal, passt schon.«

»Das ist doch Blödsinn. Wieso solltest du nichts einnehmen, wenn es dir dadurch besser geht?«

Ich seufzte genervt und deutete auf das ans Schlafzimmer angrenzende Bad. »Schau mal im rechten Schrank nach. Ich glaub, da ist noch was.«

Ben ging und kam nach ein paar Minuten mit einem Röhrchen wieder. Ich schüttete mir ein paar Tabletten in die Hand und schluckte sie ohne Flüssigkeit.

Stirnrunzelnd starrte er mich an. »Mit der Dosierung nimmst du es wohl nicht so genau, oder?«

»Ich werd schon nicht abkratzen, wenn ich ein oder zwei zu viel nehme. Hauptsache, dieser Schmerz lässt endlich nach.«

»Chloe war verdammt sauer.«

Meine Lippen verzogen sich zu einem Grinsen. »Sie liebt mich eben.«

»Darauf kannst du wetten. Ich kann aber auch verstehen, dass sie keine Lust darauf verspürt, dich laufend wieder zusammenzuflicken.«

»Die gleiche Abreibung hat sie mir auch schon verpasst, also spar dir das, Klugscheißer.«

»Ohne Witz, du solltest besser auf dich achtgeben.«

»Dafür hab ich wohl die verkehrte Laufbahn eingeschlagen. Du übrigens auch.«

»Ich bekomm das aber besser hin als du. Wie ist das überhaupt passiert?«

Ach verdammt, ich hatte gewusst, dass diese Frage früher oder später kommen würde. Unwillkürlich zog ich meine Augenbrauen nach oben und vertiefte mein Grinsen.

»Was? Liv? Hast du mit ihr …? Du bist so ein Idiot. Kannst du deinen Schwanz nicht mal in der Hose lassen?«

»Mein Schwanz geht dich einen Scheißdreck an.«

Er hob abwehrend beide Arme. »Ich will auch nichts mit dem kleinen Kerl zu tun haben, aber man wird sich ja noch Sorgen machen dürfen.«

»Süß! Aber überflüssig. Mir geht's gut. Mach dir von mir aus um einsame Hundewelpen Sorgen.«

»Der Sinn für Komik geht dir jedenfalls vollkommen ab, denn das war nicht witzig.«

»Jaaa, mir hat schon mal jemand gesagt, dass ich zu Humor nicht tauge.«

Wir schwiegen beide eine Weile. Ben stand mit dem Rücken zu mir und starrte aus dem Fenster. Auch wenn wir hier unsere Witze machten, arbeitete sein Hirn bereits auf Hochtouren und er plante die nächsten Schritte.

»Wie geht es jetzt weiter?«, fragte er.

»Du meinst mit ihr?«

Das bejahte er. »Du kannst hier nicht bleiben und du kannst sie nicht gegen ihren Willen hierbehalten.«

»Habe ich nicht vor. Ich könnte mich ja täuschen, aber sieht sie vielleicht aus, als würde ich sie zwingen, hier zu sein? Soweit ich weiß, ist sie freiwillig mitgekommen. Johnny-Boy war keine zuverlässige Begleitung mehr nach Hause.«

Ben gab ein Brummen von sich.

»Du kannst das nicht durchziehen und sie gleichzeitig ficken. So ein Wichser bist nicht mal du!«

Wir wussten beide, wovon er sprach. Holden.

»Wer sagt das?«

Er drehte sich wieder zu mir um und betrachtete mich, den Kopf leicht schief gelegt und das Gesicht reglos. »Du willst sie gar nicht gehen lassen, oder?«

Ich hob die Schultern, was mich wieder schmerzhaft an meine Wunde erinnerte. »Doch. Klar werde ich sie gehen lassen. Sie kann immer weg, wenn sie das möchte.«

»Und ich wette, du bringst genügend Argumente vor, um sie davon zu überzeugen, dass sie es nicht möchte.«

»Worüber reden wir eigentlich?« Langsam reichte es mir. War ich etwa im Gerichtssaal?

»Wir reden davon, dass du dein Ziel aus den Augen verlierst.«

»Ich verliere *mein* Ziel keineswegs aus den Augen. Das geht dich nichts an, Ben. Das ist meine Sache.«

»Falsch! Seitdem ich mit drinhänge, ist es nicht mehr nur deine Sache. Normalerweise hättest du recht, es ist dein Auftrag und ich mische mich nicht ein, aber die Lage ist jetzt nun mal eine andere. Du hast bereits Chloe mit reingezogen.«

Meine Kiefer spannten sich an. Das brauchte er mir nicht zu sagen, denn es war mir nur zu bewusst und ging mir selbst genügend gegen den Strich. Aber das war leider auch nicht mehr zu ändern.

»Chloe wird nichts passieren.«

»Das kannst du überhaupt nicht wissen. Die ganzen Jahre hast du eure Treffen auf ein Mindestmaß beschränkt. Du hast damals die Stadt verlassen, um sie zu schützen, und jetzt bringst du Liv dorthin.«

»Muss ich dich daran erinnern, dass du es warst, der mich angeschossen bei ihr abgeladen hat?«

»Das ist doch etwas völlig anderes. Ich wusste nicht mal, ob du die Fahrt dorthin überhaupt überlebst. Chloe war in dem Moment deine einzige Chance, aber ab jetzt solltest du sie komplett aus allem heraushalten.«

Ben hatte recht, das konnte ich nicht abstreiten. Wütend fuhr ich mir mit beiden Händen durch die Haare. »Werde ich, okay? Ab sofort werde ich das tun, so wie ich es vorher auch immer gemacht habe. Chloe soll in Ruhe und in Frieden leben können.«

»Okay. Aber noch was …« Er räusperte sich und ich zog argwöhnisch die Brauen zusammen.

»Was denn? Spuck's aus!«

»Holden sucht wahrscheinlich bereits nach dir. Liv sagte, dass sie nicht nur einen Verdacht haben, du könntest am Leben sein. Sie wissen es mittlerweile sicher. Dass sie verschwunden ist, erleichtert die Sache nicht gerade. Jede Minute, die wir uns länger hier aufhalten, ist zu viel.«

»Moment mal! *Liv* sagte? Warum sprichst du mit Liv darüber?«

»Sie hat es mir erzählt, ganz einfach.«

Hitze wallte in mir auf und Wut packte mich. »Ja, das hab ich schon verstanden. Ich will wissen, wieso sie mit dir, aber nicht mit mir redet.«

»Woher soll ich das wissen? Frag sie doch! Es hat sich so ergeben, als du schon ins Haus gegangen bist und ich noch mit ihr draußen war.«

»Ach ja? Hat sich da sonst noch was ergeben?« Mittlerweile war ich vom Bett aufgesprungen und sah ihn provozierend an.

»Hast du einen Schaden?« Ben starrte mich an, und seine sonst so kontrollierte Miene wirkte für einen Moment vollkommen entgeistert. »Denk mal drüber nach, was du für eine gequirlte Scheiße von dir gibst, und dann erwarte ich 'ne Entschuldigung von dir.«

Er machte sich auf den Weg zur Tür. Den Griff schon in der Hand, drehte er sich noch mal halb zu mir um. »Und denk auch mal drüber nach, warum dich die Tatsache, dass sie mit mir gesprochen hat, offenbar mehr beschäftigt als die, dass dir ein ganzer Mafia-Clan auf den Fersen ist, während du die Tochter des Bosses entführt und seine rechte Hand erschossen hast. Ich wette, du stehst auf deren Abschussliste gerade ziemlich weit oben.«

Wütend knallte er die Tür zu. Ich führte mich auf wie ein Vollidiot, aber wenn es um Liv ging, schien mein Gehirn irgendwie nicht mehr normal zu arbeiten. Und der Gedanke, dass sie sich Ben anvertraute, den sie faktisch gar nicht kannte, machte mich fertig.

Mit zwei Schritten war ich bei der Tür und rief Ben zurück.

»Was ist?«, wollte er mürrisch wissen. Ich konnte es ihm nicht verdenken.

»Diese eine Nacht, okay? Lass uns heute hierbleiben, nicht mehr als ein paar Stunden. Ich muss ein paar Waffen mitnehmen und … na ja, ich befürchte, ich brauch die Zeit einfach, bis diese verdammte Wunde endlich wieder aufhört zu bluten. Morgen machen wir uns auf den Weg. Sie werden noch nicht sofort nach Liv suchen. So eine Party dauert unter Umständen bis in die frühen Morgenstunden und bis dahin sind wir längst weg.«

Ben, der sich bisher nur halb zu mir umgedreht hatte, wandte sich nun ganz um und musterte mich.

»Und? Was meinst du?«, wollte ich von ihm wissen.
»Eine Nacht?«
Ich nickte.
»Aber bevor es hell ist, verschwinden wir.«
»Genau.«
»In Ordnung.«

Ich riss irgendein T-Shirt aus dem Schrank und zog es mit zusammengebissenen Zähnen über, dann ging ich auf die Suche nach Liv, um ihr ein paar Fragen zu stellen.

»Gibt es vielleicht irgendwas, was du mir sagen willst?«, brummte ich im gleichen Moment, als ich die Tür öffnete.

Sie hatte auf dem Bett gelegen und an die Decke gestarrt, jetzt allerdings setzte sie sich erschrocken auf und starrte mich an. »Was?«

»Irgendein Detail, das ich vielleicht wissen sollte?«, gab ich ihr einen weiteren Tipp.

»Ich verstehe nicht, wovon du sprichst.«

Meine Brauen zogen sich zusammen. »Du verstehst mich nicht? Vielleicht ist das ja unser Problem: Wir haben Verständigungsprobleme.«

Sie funkelte mich wütend an und kam ein paar Schritte auf mich zu. Siehe da, ich hatte sie so schnell aus der Reserve gelockt.

»Wenn du dich mal ein bisschen deutlicher ausdrücken würdest, könntest du uns diesen ganzen Quatsch ersparen. Ich hab keine Lust auf Ratespiele. Sag einfach, was du willst, und dann verschwinde wieder!«

»Ach, du willst, dass ich verschwinde? Soll ich dir dann gleich Ben schicken? Mit dem scheinst du deine Zeit ja viel lieber zu verbringen.«

Ihre Lippen kräuselten sich, ihre Wangen glühten und sie stemmte ihre Hände in die Hüften. »Ich hab es mir überlegt. So einen Mist brauche ich mir nicht anzuhören. Ich bin gar nicht dran interessiert, zu erfahren, was dich da gerade beschäftigt. Verschwinde einfach und lass mich in Ruhe.«

»Das würde dir wohl so passen.« Mittlerweile standen wir uns direkt gegenüber. Ich hätte nur den Arm ausstrecken und sie an mich ziehen müssen. Die Versuchung war verdammt groß.

In einer verzweifelten Geste warf sie ihre Arme in die Luft und verdrehte die Augen. »Na gut, dann mach schnell. Sag schon, was ich verbrochen habe, wenn du dich dann besser fühlst, aber dann zieh Leine.«

»Du hast Ben erzählt, Holden sucht nach mir?«

»Das dürfte dir nicht neu sein. Ich habe dir gesagt, sie vermuten, du hättest die Schießerei überlebt.«

»Vermuten, ja! Aber nicht, dass sie bereits mit der Suche begonnen haben.«

Sie wartete, starrte mich an und schüttelte nach einigen Sekunden den Kopf. »Gut, dann weißt du es jetzt ja! Und? War's das?«

»Liv, ich würde dir raten, mich nicht zu provozieren. Ich bin gerade nicht besonders gut drauf«, sagte ich und betrachtete sie mit schräg gelegtem Kopf.

»Wäre mir ja gar nicht aufgefallen«, schnaubte sie. »Wo ist bitte dein Problem?«

»Das Problem ist, dass du es Ben und nicht mir gesagt hast.«

»Du hast ja nicht mehr mit mir gesprochen und Ben war da. Außerdem hat er gesagt, er würde mit dir reden. Ehrlich, Drake, ich verstehe gerade nicht, was eigentlich los ist.«

Das Blöde war, dass ich es selbst nicht verstand. Reagierte ich so überzogen, weil sie sich lieber an ihn statt an mich wandte? Hatte ich die Befürchtung, sie würde mich mit ihm hintergehen? Machte mir der Gedanke, ich würde die Kontrolle verlieren, so große Angst, dass ich zum ersten Mal in meinem Leben unüberlegt handelte und drauf und dran war, schwerwiegende Fehler zu begehen? Meinen einzigen Freund hatte ich schon vor den Kopf gestoßen. War ich eifersüchtig?

»Bist du etwa eifersüchtig?«, fragte sie im gleichen Moment.

Fuck! Was für eine Scheiße! Konnte sie Gedanken lesen, oder was war auf einmal los?

Ich stöhnte und strich mir die Haare nach hinten. Ihr Blick ruhte abwartend auf mir, als ich die paar Schritte zum Bett ging und mich setzte.

»Vergiss es einfach, okay?«

Zögernd nickte sie. Aber natürlich konnte ich nicht anders und musste noch einmal nachsetzen.«

»Wenn du scharf auf Ben bist, wüsste ich das gerne«, brummte ich.

Sie lachte ihr glockenhelles Lachen. »Du bist ja irre. Das kann ich nicht ernst nehmen, tut mir leid.«

Jetzt fühlte ich mich wie ein absoluter Idiot.

Livs Lachen schwächte ab. »Offenbar hast du gar keine Ahnung.«

Weil in dieser Position die Wunde schmerzte, versuchte ich, mich etwas anders hinzusetzen. Das entging Liv natürlich nicht. Ihr entging offenbar überhaupt nichts, was manchmal wirklich nervte.

»Was ist los? Hast du Schmerzen?«, fragte sie, mit einem Mal besorgt. Nichts war mehr zu erkennen von der Wut, die eben noch ihre Stimme zum Beben gebracht hatte. Sie setzte sich neben mich und betrachtete mich aufmerksam. Ihre Hand, die sie vorsichtig auf meinen Arm gelegt hatte, brannte wie Feuer. Erregung durchfloss mich und ließ meinen Schwanz hart werden. Na prima, wenn ihr das auch noch auffiel, würde sie mich wohl für einen absoluten Idioten halten.

»Es ist nichts. Mir geht es gut«, wiegelte ich ab.

»Das stimmt nicht. Irgendwas hast du doch. Du bist blass, und ganz offensichtlich tut dir etwas weh.«

Ja, Süße, mein Herz, wollte ich schon sagen, biss mir aber lieber auf die Zunge und schwieg stattdessen.

Langsam fuhr ihre Hand meinen Arm nach oben. Mein Körper spannte sich an, als sie an der Schulter angekommen war und darüberfuhr. In Höhe des Verbandes hielt sie inne. Ihre Brauen runzelten sich so niedlich, als sie mir fragend in die Augen schaute, dass der Wunsch, sie mit der Fingerspitze zu berühren, meine Gedanken beherrschte.

Anstatt etwas zu sagen, schüttelte ich nur den Kopf, was sie aber nicht davon abhielt, am Shirt zu ziehen.

Fassungslos starrte sie auf den Verband, durch den zum Glück kein Blut mehr gesickert war. »O mein Gott, was ist das, Drake? Du bist verletzt. Wann ist das passiert?«

»Es ist wirklich nichts.«

»Das ist nicht *nichts*! Du hast Schmerzen und deine Schulter und der halbe Oberkörper sind bandagiert. Sag mir sofort, was geschehen ist!« Sie war auf einmal völlig aufgebracht.

»Eine Kugel hat mich dann wohl doch getroffen …«

»Die Verletzung stammt von einer Kugel?«, fragte sie mit hoher Stimme. »Von der Schießerei, als sie mich mitgenommen haben?«

… als sie mich mitgenommen haben, hatte sie gesagt und nicht: *… als ich dir entkommen bin.*

»Hat sich das ein Arzt angesehen?«

Ich verneinte.

»Dann müssen wir einen rufen. Es ist schon so viele Tage her, ich hoffe …«

»Liv!«

»So eine Schusswunde kann sich entzünden, das muss ich dir doch wohl nicht sagen.«

»Liv!«, wiederholte ich ruhig.

»Vielleicht ist ja ein wichtiges Organ getroffen. Du könntest schon längst tot sein.«

»Liv, hör auf!«

»Wie kannst du so sorglos damit umgehen? Wenn es keine große Sache wäre, dann hättest du nicht immer noch solche Schmerzen. Es müsste längst verheilen.«

Ich griff nach ihren Händen und verschränkte unsere Finger miteinander. »Kannst du mir für einen Moment zuhören?«

Endlich hatte ich ihre Aufmerksamkeit. Sie starrte auf unsere ineinander verwobenen Hände und hob dann langsam den Kopf, um mir in die Augen zu schauen.

»Okay«, hauchte sie.

»Es geht mir gut. Wirklich!« Sie wollte mir schon wieder ins Wort fallen, doch ich sah sie streng an. »Chloe hat die Wunde noch am gleichen Abend versorgt, die Kugel rausgeholt, die Wunde desinfiziert – ich kann dir sagen, das hat wirklich scheiße-wehgetan –

und anschließend genäht. Das wird wieder. Außer einer Narbe wird nichts davon zurückbleiben.«

»Sie musste genäht werden?«, fragte sie ruhig. Beinahe zu ruhig, wie ich fand.

Ich nickte. »Die Kugel saß zu tief und Chloe musste an dem Einschussloch ein wenig rumschneiden, um dranzukommen. Aber jetzt ist wirklich alles gut, glaub mir.«

»Kann ich sie sehen?«

»Was?« Ich verstand nicht.

»Deine Verletzung.« Sie begann bereits, die Klebestreifen zu lösen, mit dem die Enden des Verbandes fixiert waren. »Ich muss mit eigenen Augen sehen, was sie dir angetan haben. Im Auftrag meines Vaters!«

Die letzten Worte hatte sie bitter hervorgestoßen.

»Liv, er wollte dich nur zurückhaben und konnte ja nicht wissen, dass ich nicht eine Minute vorhatte, dir etwas anzutun.«

»Das spielt keine Rolle. Sie haben geschossen, immer weiter und weiter und haben einfach nicht aufgehört.« Sie schüttelte den Kopf, als wäre die Erinnerung zu schmerzhaft und sie müsste sie abschütteln.

»Deshalb kann ich doch ganz froh sein, dass sie mich nur einmal erwischt haben.«

Sie kniete mittlerweile neben mir und beugte sich halb über mich. Einen Teil des Verbandes hatte sie bereits abgewickelt, und ich spürte, dass sie mir nicht wehtun würde. Im Gegenteil, ihre Hände auf meinem Körper bewirkten etwas ganz anderes in mir.

»Es hätte nie so weit kommen dürfen. Es tut mir leid, dass das passiert ist.«

»Aber du kannst doch gar nichts dafür.« Ich griff nach ihrem Handgelenk, als sie gerade bei der letzten Schicht angekommen war. »Es ist wirklich in Ordnung, und wenn du heil davongekommen bist, hab ich genau das erreicht, was ich wollte.«

»Du hattest das geplant?«, fragte sie atemlos. »Du hast mich aus dem Auto und zu ihnen geschickt, weil du wusstest, dass sie so lange schießen würden, bis sie dich erledigt haben, nicht wahr?«

»Sie haben auch guten Grund dazu gehabt. Ich hatte dich und sie wussten bereits, dass ich vielleicht plante, den großen Boss zu töten. Ich bin für sie kein Unbekannter«, erinnerte ich sie.

Ihr brannte die Frage auf der Seele, ob ich das immer noch vorhatte, aber sie sprach sie nicht aus, weil sie die Antwort längst kannte. Stattdessen schluckte sie nur.

Als ich die kühle Luft auf meiner nackten Haut spürte, warf ich einen Blick zu meiner Schulter. »Ach, Mist«, sagte ich mit schmerzverzerrter Miene.

Am liebsten wollte ich sie küssen.

»Sie ist noch gar nicht verheilt. Drake, da stimmt doch was nicht. Wieso blutet sie immer noch?«

»Na ja, ich schätze, es liegt daran, dass ich dir auf der Party heute Abend nicht widerstehen konnte.«

Ihre kühle Hand legte sich auf meine Rippen. »Es tut mir so leid. Hätte ich davon gewusst …«

»Hätte ich es trotzdem getan.« Mit einer Hand auf ihrer Wange zwang ich sie, mich anzusehen. »Und ich würde es jederzeit wieder tun. Ich wollte dich spüren, will es immer noch. Du hast ja keine Ahnung.« Ich schüttelte langsam den Kopf. Jedes weitere Wort wäre zu viel gewesen. Ich hatte auch so schon genug gesagt.

Ihr Blick war intensiv und sie schien atemlos. Verführerisch funkelten ihre Augen, die sie nicht von mir abwandte, und ihre rosa Zunge fuhr über ihre Unterlippe, sodass diese glänzte.

Ich musste sie küssen, sofort, sonst würde ich verrückt werden.

Sanft zog ich sie an mich heran. Sie schlang ihre Arme um meinen Hals, ihre Handflächen glitten über meinen Nacken, doch sie hielt Abstand, sorgsam darauf bedacht, die verletzte Stelle nicht zu berühren.

Das leise Geräusch, das über ihre Lippen kam, als sie auf meine trafen, sorgte dafür, dass ich nur noch daran denken konnte, wie es sich anfühlte, in ihr zu sein. Ich wollte sie spüren, sie riechen und schmecken, wollte sie heute Nacht bei mir haben. Wer konnte schon sagen, wie viele solcher Gelegenheiten es noch geben würde?

Mein Griff in ihrem Haar wurde fester, der Kuss intensiver. Sie atmete bereits heftig, doch schließlich löste sie sich von mir. Ich wollte bereits Protest einlegen und sie wieder an mich ziehen, da drückte sie mich sanft nach unten, sodass ich auf dem Rücken lag und sie sich an mich schmiegte.

»Liv.« Ich strich ihr eine Strähne hinter das Ohr und fuhr mit den Fingerspitzen die Konturen ihres Gesichts nach. Ihre Lippen öffneten sich und sie schloss genießerisch die Augen. Sie war so unfassbar schön in diesem Augenblick. Dieses Bild wollte ich für immer in meinen Gedanken festhalten. Noch eines, das sich zu den vielen gesellte, die ich bereits von ihr abgespeichert hatte.

»Mir geht es gut. Wirklich. Ich hab schon so viel Schlimmeres erlebt. Das hier ist gar nichts.«

Sie nickte und ein schmerzhafter Ausdruck legte sich über ihre Züge. Auch wenn das vielleicht erbärmlich war, ihr Mitgefühl bedeutete mir etwas. Es war so fremd für mich, aber gerade deshalb fühlte es sich so gut an.

Wieder küssten wir uns, sanft und zärtlich, und auch wenn ich sie gerne leidenschaftlich genommen hätte, genoss ich diese ungewohnte Empfindung, die sich mit einem Mal viel intensiver anfühlte, mir mehr unter die Haut ging.

Ihre Lippen glitten über meinen Mundwinkel, fuhren meine Unterlippe entlang. Mit der Zungenspitze strich sie abwärts, meinen Hals hinab, und ich schloss meine Augen, ließ mich fallen, womöglich das erste Mal in meinem Leben.

»Hast du wirklich niemals vorgehabt, mich zu töten?«, fragte sie. Ihr Kopf auf meiner Schulter sorgte dafür, dass mein Arm langsam einschlief, doch ich wollte nicht, dass sie auch nur einen Millimeter von mir abrückte. Sie zu halten war eines der schönsten Dinge, die ich mir vorstellen konnte.

»Am Anfang war ich mir nicht sicher. Und glaub mir, es gab schon den einen oder anderen Moment, da war die Versuchung groß, allerdings wollte ich andere Sachen noch viel lieber mit dir tun. Aber um deine Frage zu beantworten: Nein, bei mir bist du absolut sicher, ich könnte dir nie etwas antun. Ich habe es wohl auch nie vorgehabt. Und ich werde alles in meiner Macht Stehende tun, um dich zu beschützen, solange ich lebe.«

Ihr Seufzen klang so schön in meinen Ohren, wenngleich es auch ein wenig traurig wirkte. »Warum führst du dieses Leben? Ich meine, es kann doch keinen Spaß machen, Menschen das Leben zu nehmen. Ich glaube nicht, dass du so bist.«

»Da muss ich dich leider enttäuschen. Genau das bin ich.«

Und genau deshalb wirst du schon bald wieder fort sein.

»Erklär es mir«, bat sie.

»Da gibt es nichts zu erklären. Ich werde bezahlt, um Menschen auszuschalten. So einfach ist das.«

Sie rappelte sich auf und stützte sich auf ihren Ellbogen ab. Ich bedauerte, dass ich sie nun nicht mehr im Arm hielt.

»Das kannst du nicht so meinen. Du könntest dir einen anderen Job suchen, vielleicht als Personenschützer oder so. Das wäre doch zumindest nicht ganz unähnlich.«

»Hör auf, Liv. Das hat doch keinen Sinn. Das ist mein Leben. Vielleicht kein wertvolles, aber das einzige, das ich habe. Töten ist das Einzige, was ich kann.«

Um sie an einem Einwand zu hindern, hob ich die Hand und sie schwieg. »Es ist keine Selbstverständlichkeit, dass ich überhaupt noch auf dieser Erde bin, aber hey, ich bin es, und das ist doch gut. Solange ich der bin, der zuerst zieht und abdrückt, werde ich so weitermachen, bis es irgendwann jemanden gibt, der schneller ist. Das ist dann auch okay für mich. Glaub mir, ich habe Dinge gesehen, die sollte man nicht erleben müssen, schon gar nicht als Kind. Ich habe dabei zugesehen, wie meine Mutter von drei Männern gleichzeitig vergewaltigt wurde. Sie haben sie so hart rangenommen, dass überall Blut war, und ich könnte ums Verrecken nicht sagen, aus welcher Öffnung es geflossen ist. Ich habe auch gesehen, wie sie von einem wütenden Freier so lange verprügelt wurde, bis das letzte bisschen Leben aus ihr gewichen war. Selbst als sie nicht länger schrie oder bettelte, es längst klar war, dass er sie gekillt hatte, hörte er nicht auf, sie zu ficken. Dann ließ er sie liegen wie ein Stück Dreck, das sie wahrscheinlich auch gewesen war, und trat noch mal nach ihr. Ich habe bei all dem zusehen müssen, nachdem er mich niedergeschlagen hatte. Ich war ein Kind und es war ihm egal! Wahrscheinlich geilte er sich an meiner Angst und daran, dass ich weinte und schrie, noch auf. Erzähl mir nichts über das Schlimme auf dieser Welt oder dass ich mich schlecht fühlen sollte für das, was ich tue oder getan habe. Ein Mörder zu sein ist nicht das Schlimmste, mit dem ich klarkommen musste.«

Ich legte eine Hand über meine Augen, denn in ihre weit aufgerissenen, in denen Tränen glitzerten, konnte ich nicht länger schauen.

»Ach Scheiße, Liv. Ich hätte dir das nicht erzählen sollen.«

»Das tut mir so leid«, schluchzte sie. Ich spürte ihre Hand, die sich auf meine legte. Ich konnte nicht verhindern, dass sich das tröstlich anfühlte.

»Das braucht es nicht. Du kannst doch nichts dafür.«

»Nein, ich kann nichts dafür. Aber ich kann Mitleid und Mitgefühl für einen kleinen Jungen haben, der niemandem etwas Schlimmes getan hat. Der mit ansehen musste, wie seine Mutter sich prostituiert hat und von den Freiern misshandelt wurde, bis sie schließlich sogar auf grausame Weise starb. Ich verstehe dich, auch wenn ich wahrscheinlich niemals vollkommen nachempfinden kann, was du Grausames zu erleiden hattest. Jemand hätte dich an die Hand nehmen und dir helfen müssen. Man hätte dir die schönen Dinge des Lebens zeigen sollen, das Wertvolle. Und vor allem hätte jemand da sein sollen, der dir zeigt, wie wertvoll du bist. Du bist kein Abschaum, der nichts anderes kann als töten. Du bist liebenswert und gefühlvoll, und auch wenn du das sicher abstreiten wirst, sage ich dir jetzt, dass auch du Seiten an dir hast, die verletzlich sind. Jeder von uns hat sie.«

»Alles, was in mir vielleicht einmal verletzlich war, wurde schon vor langer Zeit ausgelöscht.«

»Nein, das glaube ich nicht. Du hast auch gute Seiten. Zu mir … da bist du gut. Meistens jedenfalls. Ich … fühle mich bei dir sicher und … beschützt. Ich fühle mich ge…«

…*liebt?* Wollte sie das sagen? Denn wahrscheinlich hatte sie damit sogar recht.

»In deiner Nähe fühle ich mich besonders. Das machst du! Nur du! Und das ist gut.«

Sie hatte es nicht ausgesprochen und ich merkte, wie sich ein leichtes Lächeln in meine Mundwinkel schlich. Vielleicht hatte ich es noch nicht deutlich genug gezeigt, was wahrscheinlich sogar gut war.

Ihre Stimme war immer leiser geworden und – fuck –, sie hatte recht, ich wollte für sie gut sein. In ihrer Nähe wollte ich ein besserer Mensch sein. Weil ich aber wusste, dass es situationsbedingt war und nichts bedeuten sollte, drängte ich diese merkwürdigen Anwandlungen immer wieder weg von mir.

Auf einmal schien ich keine Kraft mehr zu haben, gegen meine Gefühle anzukämpfen, denn ich fühlte etwas für sie, was ich noch nie empfunden hatte. Sie machte das mit mir, und das war schlecht. Ich konnte die ganze Zeit nichts anderes tun, als auf ihre Lippen zu starren, die Worte in mir aufzusaugen, die aus dem schönen Mund kamen. Ja, es fühlte sich gut an, so etwas über sich selbst zu hören. Zum ersten Mal im Leben. Trotzdem musste ich ihr die Illusion nehmen, ich sei so was wie ein Märchenprinz.

»Ich bin, wie ich bin. Das werde ich auch bleiben.« Vorsichtig richtete ich mich leicht auf und zog sie für einen Kuss an mich, während ich versuchte, den Ausdruck auf ihrem Gesicht zu ignorieren.

Lächerlich – als würde mir das auch nur für eine Sekunde gelingen. Aber davon brauchte sie ja schließlich nichts erfahren.

»Jetzt erzähl mir, was du über deinen Dad herausgefunden hast.«

28. LIFE IS A LIE

Liv

Irgendwie war es noch schwerer, über ihn als einen Verbrecher zu reden, jetzt, wo Drake ihn Dad genannt hatte. Die Bezeichnung Dad hatte ich immer mit einem lieben, treusorgenden Vater assoziiert, der mein Vater nie gewesen war. Aber immerhin hatte er für mich gesorgt, mir eine anständige Schuldbildung ermöglicht und mich zu einem eigenständigen Menschen erzogen.

Ich schluckte die Trauer und das Grauen herunter, das Drakes Geschichte in mir ausgelöst hatte. Der kleine Junge in ihm würde immer mein Mitgefühl besitzen, und der Wunsch, ihm irgendwie zu helfen, war unermesslich groß.

»Ich habe ein bisschen herumgeschnüffelt und es schließlich geschafft, seinen Tresor zu öffnen.«

Ernst nickte er.

»Es waren hauptsächlich Unterlagen darin. Viele davon einige Jahre alt, kaum neuere. Es ging um Nicks Mutter, die meinen Vater wirklich verlassen hat. Offenbar ist sie gegangen, als in ihr der Verdacht aufkeimte, dass mein Vater in kriminelle Machenschaften verwickelt war. Vielleicht trennte sie sich aber auch aus ganz anderen Gründen von ihm. Ich fand eine Scheidungsurkunde und sie lebt demnach in Europa. Es gibt immer wieder Notizen aus den vergangenen Jahren über sie. Aufenthaltsorte, Menschen, mit denen sie zu tun hat, berufliche Verbindungen, all solche Sachen. Ich vermute, sie behalten sie im Auge, um sicherzugehen, dass sie nie auf die Idee kommt, irgendwas auszuplaudern. Aber vielleicht hat sie auch gar nicht genug gewusst, um meinem Vater wirklich gefährlich zu werden.« Ich holte tief Luft. Das hier war so verdammt schwer. »Dann fand ich Unterlagen über meine Mutter.« Mein Hals wurde eng, als ich wieder daran dachte, was ich gelesen hatte. »Offenbar hat sie über alles Bescheid gewusst. Sie spionierte ihn aus und hatte vor, den ganzen Ring auffliegen zu lassen … deshalb … musste sie sterben. Für ihren Mut und den Wunsch nach Gerechtigkeit hat er ihr das Leben genommen.«

Tränen liefen mir über das Gesicht, doch ich wischte sie nicht weg. Es war mir egal, ob Drake mich weinen sah. Es kostete mich schon viel zu viel Kraft, über diese ganze Sache zu reden. Er unterbrach mich nicht, sondern wartete geduldig, bis ich weitersprach. Inzwischen hatte er sich auch aufgesetzt, sodass wir uns auf Augenhöhe befanden. Sein Blick war ernst.

»Ich kann mich noch daran erinnern, wie er mir erzählte, Mom leide an einer unheilbaren Krankheit. Ich bat ihn unter Tränen, sie besuchen zu dürfen, doch er sagte, sie sei zu schwach, um Besuch zu empfangen. Ich hatte solche Hoffnung, sie sehen zu dürfen, dabei lebte sie zu diesem Zeitpunkt wahrscheinlich gar nicht mehr. Er hatte einem seiner Männer den Auftrag gegeben, sie nach einem Einkaufsbummel an einen verlassenen Ort zu fahren und dort ihrem Leben ein Ende zu machen, wie ich heute weiß. Stundenlang hatte ich aus dem Fenster gestarrt und auf ihre Rückkehr gewartet. Ich habe sie nie wieder gesehen und die Geschenke, die ich zu meinem nächsten Geburtstag bekam, waren Dinge, die sie in ihren letzten Lebensminuten gekauft hatte.«

Am Rande bekam ich mit, wie Drake beruhigend meinen Arm streichelte, doch ich war viel zu sehr in der Vergangenheit gefangen, um darauf zu reagieren. Ich fühlte den gleichen Schmerz wie damals, als ich geglaubt hatte, ich hätte meine Mom wegen einer furchtbaren Krankheit verloren. Es fühlte sich an, als müsste ich Moms Tod ein zweites Mal verkraften.

»Das Schlimme ist, dass er sie wirklich geliebt hat. Die Zahlenkombination des Tresors war ihr Todestag. So etwas tut man doch nicht, wenn einem der Mensch nichts bedeutet hat.«

»Bestimmt hat er sie geliebt, immerhin haben sie irgendwann mal geheiratet.«

»Aber weißt du denn, was das bedeutet?«

Kaum merklich schüttelte er den Kopf.

»All die Liebe, alle Gefühle, die gemeinsame Vergangenheit, das Leben, das man sich aufgebaut hat, Kinder, die aus der Beziehung entstanden sind, das alles bedeutet gar nichts. Es gibt Menschen, die lieben sich selbst am allermeisten. Es gibt keine Garantie und auch keine wirkliche Liebe.«

»Nein, das glaube ich nicht. Zwar gebe ich dir recht, dass es für nichts eine Garantie gibt, denn niemand kann an dem Tag, an dem eine Ehe geschlossen wird, sagen, ob sie für immer besteht. Gefühle verändern sich, werden stärker oder schwächer, verschwinden manchmal vollkommen. Doch das heißt ja noch lange nicht, dass man den Partner sofort umbringen wird.«

»Aber deine Mutter …«

Traurig schüttelte er den Kopf. »Ich bin ziemlich sicher, dass nichts, was meiner Mutter widerfahren ist, etwas mit Liebe zu tun gehabt hat. Das kannst du nicht mit deiner Mom vergleichen. Du musst dich damit trösten, dass es mal eine Zeit gab, in der sich deine Eltern etwas bedeutet haben.«

»Das kann kein Trost sein. Sie muss in dem Wissen gestorben sein, von ihrem Ehemann verraten worden zu sein. Ihr Leben im Tausch gegen Macht und Geld.« Ich schniefte. Dann fiel mir etwas ein. Beinahe ängstlich suchte ich seinen Blick und flehte ihn in Gedanken an, mir nicht das Herz zu brechen. »Hast du immer noch vor …«

Er nickte und ersparte mir so, den Satz zu Ende zu sprechen.

»Dann werde ich nicht mehr hier sein«, sagte ich mit fester Stimme. »Trotz allem, was er getan hat, kann ich nicht bei dir sein, wenn du ihn …«

»Ich weiß«, erwiderte er ruhig.

»Er ist mein Vater«, hauchte ich.

Er nickte langsam. »Das weiß ich.«

Mir war vollkommen klar, dass er sich nicht von seinem Vorhaben abbringen lassen würde, deshalb ersparte ich mir, ihn darum zu bitten. Ich hätte die Enttäuschung nicht ertragen, diesen Schmerz, den es mit sich gebracht hätte, wenn er sich in dieser Sache gegen mich wendete, um seinen Auftrag zu erfüllen. Sein Job stand an erster Stelle, die Verpflichtung, die er eingegangen war, als er diesen angenommen hatte. Er hatte mich zu diesem Zeitpunkt noch nicht gekannt, nichts von meinem Leben gewusst und dennoch … Ich konnte es nicht, die Angst vor Zurückweisung war so groß.

Er starrte mir bis in die Seele, regungslos, seine Finger mit meinen verschränkt. Wir waren miteinander verbunden.

»Man kann nicht Unrecht mit Unrecht vergelten, Drake.« Eine letzte Hoffnung, ein letzter Rettungsring, nach dem ich griff, ihn mit allem, was ich hatte, nun doch anflehend, seinen Plan aufzugeben. Für mich, für das, was zwischen uns war, auch wenn ich gar nicht so recht wusste, was das eigentlich sein sollte. Doch dass es da etwas gab, konnte auch er nicht ignorieren. Oder war nur ich es, die so empfand? Nur ich, die dabei war, sich zu verlieben und sich im gleichen Moment zu verlieren, weil es nicht sein durfte?

»Es tut mir leid«, sagte er, und ich hätte schwören können, dass ich das Geräusch hörte, als mein Herz brach.

Nach Ewigkeiten hatte ich in den Schlaf gefunden, doch nun wurde ich durch ein Geräusch wieder geweckt. Es war stockdunkel und ich befand mich in Drakes Schlafzimmer, eng umschlungen hielt er mich, war mein Schutz und zugleich mein Untergang. Aber ich hatte schließlich seine Nähe gesucht. Zu einem bestimmten Zeitpunkt war man auf Trost angewiesen, und es war völlig egal, wer diesen spendete. Nun, in meinem Fall war es der Mann, den ich über alles auf der Welt hassen sollte. Zum Teil tat ich das auch, doch andererseits liebte ich ihn bereits.

Niemand hätte mir zu sagen brauchen, dass ich schnell das Weite suchen sollte, um noch irgendwie aus dieser Sache herauszukommen. Vielleicht existierte sogar eine Möglichkeit, meinen Vater zu retten, indem ich die Cops rief, bevor Drake ihn sich schnappte. Doch wie sollte ich das anstellen? Er würde mich nicht mehr aus den Augen lassen, bis es endlich erledigt wäre.

Irgendwas stimmt nicht, dachte ich und richtete mich vorsichtig auf. Im Dunkeln warf ich einen Blick auf Drake, der tief und fest schlief. Kein Wunder, seine Verletzung raubte ihm Kraft, und die Schmerzmittel, die er eingenommen hatte, sorgten nun für den erholsamen Schlaf.

Vorsichtig kroch ich aus dem Bett und tapste barfuß zur Zimmertür. Als ich sie öffnete und sie lautlos aufschwang, schickte ich ein Dankesgebet nach oben, doch ich hatte noch keinen Schritt in den Flur gesetzt, als ich Drakes Stimme hörte: »Schaff deinen Arsch zurück ins Bett!«

»Äh … ich muss ins Bad.«

»Fuck, Liv! Ich habe das Geräusch auch gehört. Komm hierher, hab ich gesagt.«

Knapp nickte ich und schloss die Tür genauso leise, wie ich sie geöffnet hatte.

Drake war schon aus dem Bett gesprungen und schlüpfte in seine Jeans. Er nahm sich nicht die Zeit für ein Oberteil, sondern überprüfte bereits seine Waffe und steckte sie sich in den hinteren Hosenbund. Ganz hinten aus der Schublade holte er zusätzliche Munition und schob sie in die Hosentasche, dann sah er mich an, seine Augen funkelten.

Ein lautes Poltern und das Splittern von Glas erschütterten das Haus. Ein ohrenbetäubender Knall folgte und die Mauern um uns herum zitterten. Die Fensterscheiben zerbarsten.

Ich schrie auf, während Drake einen lauten Fluch ausstieß.

»Sie sind hier!«, rief er. »Verdammt, ich dachte, wir hätten wenigstens eine Nacht.« Wütend trat er gegen einen Stuhl, sodass dieser umkippte.

»Was ist passiert?«, rief ich angsterfüllt.

»Wir müssen hier raus. Ich denke, sie wollen das Haus in Schutt und Asche legen. Mit einem Teil dürfte ihnen das schon gelungen sein.«

Ben stürmte herein. In voller Montur und bewaffnet bis an die Zähne. Er warf Drake eine weitere Kanone zu, die er lässig mit einer Hand auffing.

»Sie sind unten und haben die Zimmer dort teilweise dem Erdboden gleich gemacht. Sie wollen uns nicht einfach nur erledigen. Sie wollen, dass wir wie die Ratten das sinkende Schiff verlassen oder es zumindest versuchen. Es ist eine Falle, und sobald wir aus dem Haus sind, werden sie uns abknallen. Draußen wimmelt es von ihnen.«

Drake ging mit großen Schritten zum Fenster und linste, dicht an die Wand gedrückt, hinaus. »Scheiße!« Er fuhr sich über die Stirn, tief in Gedanken versunken und so gefährlich wie nie.

Ich starrte von Drake zu Ben und wieder zurück. Panik drohte, die Oberhand zu gewinnen, doch ich durfte mich dadurch nicht handlungsunfähig machen lassen.

Herrgott! Wir würden alle sterben.

»Wir müssen sie in Sicherheit bringen«, sagte Drake. »Sie könnte über die hintere Terrasse …«

»Nein, ich bleibe hier. Ich werde jetzt nicht gehen. Zwing mich nicht dazu.«

»Diesmal werden sie nicht haltmachen. Es wird sie nicht interessieren, ob sie dein Leben aufs Spiel setzen.«

»Dann ist es doch noch viel gefährlicher, wenn ich das Haus verlasse. Sie würden mich sofort erschießen. Willst du das etwa?« Meine Stimme war vor Panik ganz schrill, als ich auf Drake einredete. »Lass mich hierbleiben, bitte! Zwing mich nicht da raus.«

»Verfickte Scheiße!«, rief er. Verzweiflung lag in seinem Tonfall und sie fand sich auch auf seinem Gesicht. Hatte er Angst? Wenn dem so war, saßen wir in der Scheiße.

Ich schluckte. »Bitte!«, sagte ich leise.

Sein Kopf fuhr zu mir herum. Er kam zwei große Schritte auf mich zu und stand dann dicht vor mir. Die Waffe, die er eben von Ben entgegengenommen hatte, drückte er mir in die Hand.

»Sie ist geladen, pass auf! Hast du schon mal geschossen?«

Erschrocken schüttelte ich den Kopf. »Nein, noch nie.«

»Du musst sie mit beiden Händen festhalten, am besten mit leicht gespreizten Beinen, sonst wirft der Rückschlag dich um und es wird sich anfühlen, als reiße dir jemand die Arme aus. Hier entsicherst du sie.« Er zeigte mir mit ein paar Handgriffen, wie ich diese tödliche Waffe zu bedienen hatte, und ich versuchte mir alles zu merken. Entsichern, mit festem Griff auf das Ziel richten, abdrücken. Natürlich wollte ich sie nur im absoluten Notfall verwenden, doch wer wusste schon, wie schnell dieser eintreten würde? Ich hatte nicht vor, heute zu sterben, und würde zumindest versuchen, zu kämpfen.

Als Zeichen, dass ich verstanden hatte, was Drake mir zu der Waffe erklärt hatte, nickte ich.

»Du bleibst hier. Versteck dich unter dem Bett oder dort im Wandschrank.«

»Drake«, rief ich, als er bereits auf dem Weg war, das Zimmer zu verlassen. Tränen stiegen mir in die Augen.

Für einen Moment sah er mich an, der Zorn verschwand aus seiner Miene. Dann kam er zu mir zurück, legte grob eine Hand in meinen Nacken und drückte mir seine Lippen hart auf den Mund.

»Wer auch immer hier reinkommt, erschieß ihn!«, sprach er dicht an meinen Lippen.

Ich nickte.

»Ich meine es ernst, Kleine, drück ab, bevor sie dich erwischen.«

»Ja, werde ich«, stieß ich hervor.

»Was in meiner Macht steht, werde ich tun, um das zu verhindern, aber wenn sie bis hier oben kommen, weißt du, was zu tun ist.«

»Ja, verstanden.«

Immer noch hielt er mich fest, sah mir in die Augen, und ich hatte das Gefühl, er wollte noch irgendwas sagen. Fragend wanderten meine Brauen nach oben und er lächelte. »Enttäusch mich nicht. Bleib am Leben.« Dann wandte er sich ab.

Bevor er aus dem Raum und aus meinem Sichtfeld verschwunden war, rief ich: »Du auch!«

Sein Kopf legte sich schief.

»Enttäusch du mich auch nicht und bleib ebenfalls am Leben.«

Er grinste. »Ich bin unsterblich, Baby.«

Die Kanone in den zitternden Händen, sank ich auf die Knie und sah ihm und Ben nach, als sie durch den Flur verschwanden.

29. TODAY IT WILL BE THE END

Drake

Dicht an die Wand gedrückt, schlichen wir durch den Flur; Ben bewegte sich lautlos nah hinter mir. Ich konnte noch nicht genau bestimmen, wo sich die Eindringlinge befanden, geschweige denn, wie viele von den Arschlöchern sich in meinem Haus aufhielten und auf der Lauer lagen. Weil aber Teile des Untergeschosses explodiert waren, ging ich nicht davon aus, dass Holden viele seiner Leute hineingeschickt hatte. Vielleicht waren sie aber auch schon wieder draußen und wir saßen auf einer Zeitbombe, die jeden Moment hochgehen würde. In dem Fall hätten wir keine Chance. Keiner von uns!

Ben gab mir ein Zeichen, dass er die restlichen Räume hier oben kontrollieren wollte. Ich dachte an Liv und nickte knapp. Wenn es sich vermeiden ließ, würde keiner von ihnen auch nur einen Fuß auf die obere Stufe setzen, zumindest nicht ohne Kugel im Kopf.

Während Ben die Räume absuchte, behielt ich das Untergeschoss beziehungsweise das, was ich davon sehen konnte, im Auge. Jemand war unten, ich hatte gehört, wie er auf die Scherben getreten war, aber ich konnte noch nicht genau sagen, wo er sich befand.

Nach wenigen Minuten kehrte Ben kopfschüttelnd zurück. Ich nickte knapp, zufrieden, weil wenigstens hier oben die Luft rein und Liv für den Augenblick in Sicherheit war. Geduckt schlich ich die Treppe nach unten, die Kanone auf Augenhöhe, jederzeit bereit zu schießen. Ein Schatten huschte durch das Wohnzimmer, doch er war bereits wieder verschwunden, bevor ich das Ziel richtig anvisiert hatte. Mit viel Glück hatte mich der Typ noch nicht entdeckt. Ich näherte mich dem Raum. Wieder ein Geräusch, ein dumpfes Poltern. Es war der kleine Tisch, gegen den er gestoßen war, damit wusste ich, an welchem Punkt er stand. Ich machte eine schnelle Drehung, stand im Eingang und schoss. Lautlos sackte der Kerl zusammen und blieb liegen. Das war einfach gewesen, den Ersten hatten wir erledigt. Doch den Ersten von wie vielen?

Ich hoffte nur, dass Liv nicht die Nerven verlieren würde und sich da oben ruhig verhielt, wenn sie die Schüsse hörte. Unter Umständen wussten Holdens Männer gar nicht, dass sie sich in meinem Haus befand, auch wenn das sehr unwahrscheinlich war. Das würde ihre Chance zu überleben allerdings erhöhen. Dieser verdammte Holden hatte seine eigene Frau gekillt. Ganz sicher würde er nicht davor haltmachen, seine schnüffelnde und zunehmend lästige Tochter aus dem Weg zu schaffen, wenn sich die Gelegenheit bot. Wenn ihr etwas zustieß, könnte ich mir das niemals verzeihen.

In geduckter Haltung bewegte ich mich vorwärts und durchsuchte das Wohnzimmer. Ben gab ich zu verstehen, dass er sich nebenan umschauen sollte. Kampfgeräusche drangen wenig später zu mir herüber, ich machte mir allerdings nur bedingt Sorgen um meinen Freund. Ben war ein unschlagbarer Zweikämpfer, der jeden Mann erledigen konnte. Plötzlich pfiff eine Kugel dicht an meinem Kopf vorbei und bohrte sich in die Wand. Ich duckte mich und rutschte hinter das Sofa. Dann lauschte ich, doch nichts war zu hören. Die Kampfgeräusche waren verstummt, und der Schütze schoss nicht noch einmal, was mir zumindest verraten hätte, wo er sich ungefähr aufhielt. Bewegungslos verharrte ich in meinem Versteck, den Blick immer auf den Eingang gerichtet. Wahrscheinlich stürmten sie hier nun nach und nach hinein, um uns zu erledigen, anstatt das Haus komplett in die Luft zu jagen. Der Grund konnte nur Liv sein. Sie wussten längst, dass sie bei mir war, und vielleicht war in dem Kerl doch noch ein letzter Funken Menschlichkeit, der ihm nicht gestattete, das Leben seiner Tochter aufs Spiel zu setzen. Fast hoffte ich darauf, nicht für mich, aber für Liv, denn ich wollte nicht, dass sie erfahren musste, wie es sich anfühlte, dem eigenen Fleisch und Blut egal zu sein. Das hatte mein Mädchen nicht verdient.

Die nächste Kugel erwischte mich am Oberarm, als ich gerade mein Versteck verließ. Doch glücklicherweise war es lediglich ein Streifschuss, der mich nicht außer Gefecht setzte. Na warte, du Arschloch!, dachte ich und sprang über die Lehne, rollte mich über den Boden. Das brachte mir meine Schussverletzung wieder schmerzhaft in Erinnerung, doch ich biss die Zähne zusammen. Ich hatte nicht viel Zeit, aber sie reichte, um dem Mann ein Loch in die Brust zu schießen. Auch er sackte lautlos zusammen.

Wir fanden niemanden mehr, das hieß, eine unbekannte Anzahl Männer hatte es sich in meinem Garten gemütlich gemacht, allesamt ihre Waffen auf das Haus gerichtet, und ich wusste ums Verrecken nicht, was genau sie vorhatten. Vorsichtig schaute ich aus dem Fenster. Auf der anderen Seite der Auffahrt befand sich eine Wiese mit ein paar Bäumen am hinteren Ende. Dort vermutete ich den Großteil von Holdens Leuten. Mit einer Handgranate hätte ich den ganzen Haufen in die Luft jagen können, doch ich besaß nicht mehr als die Kanone und ein paar Schuss Munition. Sie würde reichen müssen, um uns heil hier rauszubringen. Sie musste es! Wenn es mir auch nahezu egal war, was mit mir passierte, so wollte ich Liv retten. Auf keinen Fall durfte ihr etwas zustoßen. Nach all der verdammten Scheiße, die sie in den letzten Tagen hatte erleben müssen, sollte sie in Ruhe irgendwo ein neues Leben beginnen können, mit Menschen, die sie liebten. Einem Mann, Kindern … Meine Brauen zogen sich grimmig zusammen. Na gut, ein Mann musste ja nicht gleich sein. Aber vielleicht ein Beruf, der ihr Spaß machte. Ich musste das hier nicht länger nur für Alex tun, sondern auch für Liv. Die Last der Schuld, die ich empfand, weil ich sie da mit hineingezogen hatte, drückte mich nieder. Abtreten stand für mich noch nicht zur Debatte. Es gab noch zu viel zu erledigen.

»Drake!«, hörte ich Ben zischen und fuhr herum. Gerade rechtzeitig konnte ich meine Waffe auf den Typen richten, der sich auf mich stürzen wollte, und beförderte auch ihn ins Jenseits.

»Es kommen immer mehr. Wahrscheinlich schickt Holden sie nach und nach hier rein, damit sie uns erledigen.«

»Sie wissen, dass Liv hier ist.«

»Wie kommst du darauf?«

»Einen Teil des Hauses haben sie in die Luft gejagt, warum nicht den Rest? So hätten sie uns ohne eigene Verluste im Nu erledigt. Sie glauben, sie befindet sich hier, und wollen sie lebend.«

»Na ja, sie ist seine Tochter. Natürlich will er sie lebend.«

Ich schnaufte und warf ihm einen vielsagenden Blick zu. »Das hat einen anderen Grund. Vielleicht reicht es ihm nicht, mich tot zu sehen, denn wir wissen ja, dass er gerne mit seiner Beute spielt, bevor er sie erlegt.«

»Wahrscheinlich hast du recht. Mann, was für ein Scheiß!« Er schüttelte den Kopf, und ich wusste, er dachte in diesem Moment auch an Alex und an das, was Holden mit ihm getan hatte. »Ich werde mich noch mal in den Trümmern deiner ehemaligen Küche umsehen.«

Ich nickte. »Pass auf!«

»Immer.« Und weg war Ben.

Vorsichtig, in sicherem Abstand zu den Fenstern, schlich ich zur Haustür, die ebenfalls zerstört war. Ich überlegte, ob es mir irgendwie gelingen könnte, Liv hier rauszubringen, doch da ich nicht wusste, wie viele Männer sich draußen befanden und wo sie sich aufhielten, war das Risiko einfach zu groß. Sie würde dort warten müssen, bis wir hier unten alles unter Kontrolle hätten. Solange war es meine Aufgabe, zu verhindern, dass sich jemand Zutritt zur oberen Etage verschaffte.

Aus keinem bestimmten Grund richtete ich meinen Blick nach oben. Es beruhigte mich zumindest ein wenig, dass ich Liv dort nirgendwo entdecken konnte. Ich hoffte, sie hielt sich genau an meine Anweisungen und versteckte sich.

»Ist ja interessant«, hörte ich plötzlich eine Stimme.

Ich fuhr herum und sah Nick Holden in dem zerstörten Eingangsbereich stehen. Automatisch richtete ich meine Waffe auf ihn, als ich es auch schon klicken hörte. Für meinen Geschmack zu nah an meinem Kopf.

»Das würde ich lassen, Arschloch!«, sagte Nicks Handlanger. »Lass die Waffe fallen!«

Fluchend tat ich, was er wollte. Sicherheitshalber achtete ich aber darauf, sie nicht außer Reichweite zu schieben. Doch der Typ schnaufte und stieß sie mit dem Fuß ungefähr zwei Meter in Nicks Richtung. Zugegeben, es sah gerade nicht besonders rosig für mich aus.

Nick machte ein abfälliges Geräusch. »Ehrlich gesagt, enttäuschst du mich ein wenig. Der knallharte Drake Johnson lässt sich so schnell außer Gefecht setzen? Ein Jammer! Es gab Zeiten, da wäre dir das niemals passiert. Was ist los, Mr. Johnson, wirst du alt?«

Langsam kam er auf mich zu. Sein überhebliches Lächeln lud regelrecht dazu ein, es ihm aus dem Gesicht zu prügeln. Leider derzeit keine Option für mich, hier war ich im Nachteil, aber ich behielt sie im Hinterkopf.

»Quatsch keinen Scheiß!«, presste ich hervor. »Was willst du?«

»Was ich will?«, fragte er und sah mich voller Unverständnis an. »Ist das denn nicht klar? Mann, Johnson, ich wusste immer, dass wir uns irgendwann wiedersehen würden. Und es hat mich in eine angenehme Aufregung versetzt, es mir vorzustellen. Weißt du auch warum?«

Ich ersparte mir eine Antwort.

»Ich hab dich was gefragt, Scheißkerl! Antworte gefälligst.«

Die Mündung der Pistole drückte fester gegen meine Schläfe.

»Fuck! Spuck schon aus. Ich kann die Spannung nicht länger aushalten«, sagte ich mit vor Sarkasmus triefender Stimme.

»Dir werden deine Sprüche schon noch vergehen, verlass dich drauf.« Er fuhr sich durch die Haare und streckte dann die Arme seitlich vom Körper aus. »Auf dieses Wiedersehen habe ich mich so gefreut, weil wir so was wie alte Freunde sind. Ich kann es kaum erwarten, dich umzulegen und damit das zu tun, was meinem Vater damals nicht gelungen ist. Schluss damit, dass du uns in die Quere kommst! Schluss damit, dass du versuchst, zu zerstören, was uns gehört. Schluss mit deinem Alleingang. Du bist ein Nichts, ein absoluter Niemand. Nicht mehr wert als der Dreck unter meinen Schuhen.«

Bitter lachte ich auf. »Damit hast du nicht mal ganz unrecht. Ich bin nicht besonders viel wert und abgesehen davon, dass ich die Menschheit von dem ganzen Abschaum befreie, zu dem auch du gehörst, unterscheidet uns vielleicht gar nicht so viel. Trotzdem …«

Seine Faust landete in meinem Gesicht, während der andere Kerl mich festhielt. Meine Nase knackte; ich spürte warmes Blut herauslaufen. Mit dem Arm wischte ich es fort, dann lachte ich. »Nein, ich korrigiere. Du bist ein stinkender Haufen Dreck, mehr als ich es je sein könnte.«

Das brachte mir einen nicht zu verachtenden Kinnhaken ein. Ich schüttelte meinen benommenen Kopf und lachte.

»Du bist ja irre!«, sagte Nick fassungslos und wendete sich ab. »Erledige ihn!«

»Willst du nicht dabei zusehen?«, provozierte ich ihn. »Komm schon, wegsehen gilt nicht! Ich denke, du hast dich so drauf gefreut. Lass dir das nicht entgehen.«

Nick blieb stehen und kam dann zu mir zurück, bis er dicht vor mir stand. Er war einige Zentimeter kleiner als ich, weshalb ich zu ihm hinabsehen musste.

»Erledigst du das nicht mal selbst?«, spie ich ihm entgegen.

»Siehst du? Das ist auch so etwas, was uns deutlich voneinander unterscheidet. Ich brauche mir meine Finger nicht an solchem Abschaum, wie du es bist, zu beschmutzen. Mein Mann hier …« Er klopfte dem Kerl mit der Waffe freundschaftlich auf die Schulter. »… übernimmt diese Dinge sehr gerne für mich. Ich kann mich zurücklehnen und genießen, wie du deinen letzten Atemzug tust. Aber was mir noch einfällt: Wo ist meine Schwester, die Hure?«

Scheiße! Ein Alarm ging in mir los. Jeder meiner Muskeln war mit einem Mal angespannt, zitterte. Ich war bereit, mich aus der Umklammerung seines Mannes zu befreien und ihm meinen Ellbogen in den Oberkörper zu rammen. Liv durfte nichts geschehen, deshalb musste ich am Leben bleiben.

»Ach, sieh an!«, sagte er überrascht. »Wo sind deine klugen Sprüche? Deine Versuche, mich zu provozieren? Rieche ich da etwa Angst, ich könnte deiner kleinen Gespielin etwas zuleide tun?«

»Sie ist deine Schwester«, sagte ich, was völlig überflüssig war. Ich wusste bereits, dass ihm das vollkommen egal war. Familie zählte für ihn nicht. Wenn er überhaupt so etwas wie Loyalität empfand, dann gegenüber dem vielen Geld, das er zusammen mit seinem Vater angehäuft hatte, aber keinesfalls einem anderen Menschen gegenüber.

»Sollte mich das vielleicht interessieren? Sie ist das Resultat von Dads Spielereien mit dieser Schlampe. Sie war jünger als meine Mutter, vielleicht hübscher.« Er schnaubte, wirkte fassungslos. »Er hat sie einfach ausgetauscht. Aber trotzdem hat er sie kaltgemacht, als sie anfing rumzuschnüffeln. So läuft das eben. Aber letztendlich war sie wie all die anderen: bedeutungslos, nur leider zu neugierig, und ihre Tochter tut es ihr gleich. Und wie die Mutter muss die Tochter jetzt dran glauben. Also, wo ist sie?«

Ich ersparte es mir, ihm zu sagen, dass Livs Mutter keineswegs nur eine Hure gewesen war, sondern Holdens Ehefrau. Es würde nichts bringen.

»Du wirst von mir gar nichts erfahren.«

»Gut, gut.« Er lachte. »Das macht gar nichts. Wir werden sie schon finden. Ein kleines Katz-und-Maus-Spiel ist immer wieder lustig, nicht wahr?«

Schritte kamen näher, und ohne sich umzudrehen, befahl Nick: »Geht nach oben! Dort muss sie sein.«

Angespannt ballte ich meine Fäuste, als zwei gesichtslose Gestalten sich in der Dunkelheit langsam nach oben pirschten. Meine Augen verfolgten jeden Schritt, den sie taten. Meine Zähne knirschten. Sie wollten sie umbringen, und ich konnte nichts tun.

Wo zur Hölle war Ben, wenn man ihn brauchte?

Nick ging auf und ab. »Sagt Bescheid, wenn ihr sie habt! Und tötet sie noch nicht gleich. Ich möchte ihr gerne noch ein oder zwei Worte sagen.« Er stand wieder vor mir, mit einem Grinsen, das ich ihm am liebsten aus dem Gesicht geprügelt hätte. »So von Angesicht zu Angesicht. Der Bruder und seine geliebte Schwester.«

Nun seufzte er theatralisch. »Aber wie heißt es so schön? Man muss Opfer bringen können, um sein Ziel zu erreichen. Liv hat es uns unfassbar leicht gemacht, indem sie sich mit dir eingelassen hat. Das können wir nicht dulden! Auch wenn man ihre anderen Fehler außer Acht lassen würde, diesen hätte sie lieber nicht begangen.«

Sein Blick richtete sich nach oben, an die Decke. »Was ist jetzt? Habt ihr sie?«

»Sie ist hier!«, triumphierte einer der Männer, und ich schloss die Augen.

»Ach, wisst ihr was, erledigt sie gleich. Warum kostbare Zeit verschwenden?« Nicks Lachen war laut und fraß sich durch meine Haut bis in meine Blutbahn. Jeder einzelne Muskel in meinem Körper zitterte, bereit zu kämpfen. Ohne darüber nachzudenken, schwang ich meinen linken Arm nach oben und erwischte den Mann am Kinn. Leider ließ er die Waffe nicht fallen, doch er verlor für einen Moment das Ziel aus den Augen. Und diese wenigen Sekunden nutzte ich, um ihm den Arm zu verdrehen. Es knackte, er schrie und ein Schuss löste sich. Sekundenbruchteile wartete ich auf den Schmerz, doch er stellte sich nicht ein. Er hatte ins Leere geschossen und die Waffe fiel polternd zu Boden.

Während er keuchend seine ausgekugelte Schulter hielt, stürzte Nick nach vorne, um die Kanone zu erreichen, doch ich war näher dran. Ich ließ mich auf den Boden fallen und bedeckte sie mit meinem Körper. An meiner Hüfte spürte ich das schwere und kalte Metall, als ich wieder dieses verdammte Geräusch eines sich spannenden Hahns vernahm.

»Zur verfickten Hölle«, rief ich und schwang mich im gleichen Moment herum. Ich hielt die Waffe in der Hand und drückte ab. »Du hättest Liv nicht Hure nennen dürfen.«

Nick riss ungläubig seine Augen auf, sein Gesichtsausdruck wirkte überrascht, dann senkte er den Blick auf seine Brust, wo sich ein blutroter Fleck auf seinem ehemals weißen Hemd ausbreitete. Ich konnte gerade noch zur Seite rutschen, bevor er auf den Boden sackte und leblos liegen blieb.

Doch ich hatte keine Zeit. Sein Mann mit der ausgekugelten Schulter war nun auch wieder bereit zu kämpfen und wollte sich die andere Knarre schnappen, meine, die in einigen Metern Entfernung immer noch auf dem Boden lag. Ein aussichtsloses Unterfangen, denn ich hatte bereits abgedrückt, bevor er nur in die Nähe kam. Idiot!

Hier gab es für mich nichts mehr zu tun, deshalb lief ich in das angrenzende Esszimmer. Irgendwo musste Ben doch sein, und wir mussten Liv da oben rausholen. Sie hatte zwar eine Waffe, doch ich zweifelte daran, dass sie die auch wirklich benutzen würde. Außerdem hatte ich eine Scheißangst, dass ihr selbst etwas zustieß.

Nebenan erfasste ich die Szene mit einem Blick. Noch hatten sie mich nicht bemerkt, was ein Vorteil war, denn ich hatte vor, meinem Kumpel da rauszuhelfen.

Sie standen sich gegenüber, Ben und einer von Holdens Männern. Mann gegen Mann, ihre in der Dunkelheit nur schemenhaft erkennbaren Waffen auf den jeweils anderen gerichtet. Es kam nun lediglich darauf an, wer den längeren Atem hatte, vor allem aber die besseren Nerven, und wer einen kurzen Augenblick der Unaufmerksamkeit des Gegenübers nutzen würde, um ihn zu erledigen. Ihre Gesichter angespannt, waren sie nur aufeinander fixiert, und selbst wenn sie mich gehört hätten, wäre das Risiko für jeden von ihnen wohl zu groß gewesen, den Blick auch nur für den Bruchteil einer Sekunde abzuwenden. Andererseits konnte jede Ablenkung dafür sorgen, dass sich versehentlich ein Schuss löste, was ich jedoch in Bens Fall für beinahe ausgeschlossen hielt. Selten war mir ein Mensch begegnet, der eine derart ausgeprägte Selbstkontrolle besaß wie er.

Weil ich lieber auf Nummer sicher gehen wollte, zielte ich, krümmte meinen Finger und drückte ab. Der Schuss warf ihn sofort um und Ben ließ mit einem Seufzen die Arme sinken. »Alter, das hat verdammt lange gedauert«, brummte er.

»Sorry, ging nicht schneller. Ich war beschäftigt.«

»Du blutest«, bemerkte er ganz richtig.

Gleichgültig hob ich die Schultern. »Halb so schlimm, nur ein Kratzer.«

»Okay, gut.«

»Los!«, sagte ich nur. Er wusste, was zu tun war, und nickte knapp.

Wir schlichen lautlos die Treppe hoch, niemand schien in der Nähe zu sein. Waren die anderen, die sich auch noch hier herumgetrieben hatten, verschwunden? Und wo war Holden? Ließ er seine Männer und seinen Sohn die Drecksarbeit allein machen? Das kam mir eher unwahrscheinlich vor, weil ich von der Blutrünstigkeit des Mannes wusste. Er würde es sich nicht nehmen lassen, mich aus nächster Nähe zu erledigen, wenn er dazu die Möglichkeit hatte.

Als sich in der ersten Etage ein Schuss löste, gefror mir das Blut in den Adern. Ich wollte losrennen, aber damit hätte ich Liv womöglich noch viel mehr in Gefahr gebracht – wenn sie überhaupt noch lebte. Allein die Vorstellung, sie wäre verletzt, vielleicht längst tot, brachte mich beinahe um. Es zerriss mich innerlich. Sie gehörte zu mir und sollte bei mir in Sicherheit sein. Ich würde alles dafür tun, sie wieder in meine Arme schließen, ihre nackte Haut unter mir spüren und jeden Zentimeter ihres Körpers küssen zu können. Ich wollte dieses süße Geräusch hören, das sie von sich gab, wenn sie es mit geschlossenen Augen genoss, von mir gefickt zu werden. Ich wollte sie halten und nie wieder loslassen. Was, wenn ich das alles nicht mehr konnte? Nie wieder? Was, wenn sie gestorben war? Was, wenn irgendeiner dieser Wichser sie einfach kaltgemacht hatte? Diese Frau würde bis in alle Ewigkeit mir gehören, wenn wir das hier überlebten, das schwor ich bei meinem verfickten Leben. Sie musste leben! Wenn nicht, würde ich mich bei meinem nächsten Job abknallen lassen. Ja, das würde ich tun, denn weiterzumachen, wenn ich Liv nicht mehr bei mir haben konnte, war unvorstellbar. Es konnte nicht schlimmer sein, mir bei vollem Bewusstsein das Herz rauszureißen.

Wir mussten uns auch weiterhin ruhig verhalten, damit wir sie überraschen konnten, also schlichen wir weiter, Stufe um Stufe nach oben. Gerade hatten wir den Flur erreicht, wandten uns nun in Richtung der offen stehenden Tür, da hörten wir den zweiten Schuss. Jede Vorsicht war vergessen, und ich stürzte in den Raum. Es reichte! Ich musste zu Liv, was auch immer mich dort erwartete.

30. THE PROMISE

Liv

Mein Atem ging ganz flach, auch wenn mein Herz so wild schlug, dass es mir aus der Brust zu hüpfen schien. Ich hörte sie die Treppe raufkommen, Stufe um Stufe, und ich wusste genau, gleich würden sie mich entdecken. Die Panik in mir wuchs, denn ich war nicht sicher, ob ich bereit war, einen Menschen umzubringen, um mein eigenes Leben zu retten. Aber gleich zwei – ausgeschlossen, das würde mir unter keinen Umständen gelingen.

Der widerliche Geschmack von Eisen in meinem Mund holte mich zumindest teilweise aus meiner Erstarrung. Ich hatte mir so fest auf die Innenseiten der Wangen gebissen, dass sie bluteten.

Jeden Moment wären sie hier bei mir und würden im Türrahmen auftauchen, den ich von meinem Versteck im Wandschrank aus genau im Blick behielt. Ich spähte durch die Lamellen der Tür und vermied es dabei, so gut es ging, zu blinzeln, war absolut konzentriert, hielt die Waffe unter meinem Kinn auf die Tür gerichtet.

Dann wurde sie aufgeworfen und prallte gegen die Wand, an der der Türgriff sicher eine tiefe Kerbe hinterlassen würde. Ich kannte den Mann nicht, der sich – eine Pistole in der Hand – im Zimmer umsah, den zweiten konnte ich noch nicht sehen.

Dann traf mich sein Blick. Natürlich, er hatte schon gecheckt, dass der Schrank das einzig mögliche Versteck war. Im gleichen Moment hörte ich eine Stimme aus dem unteren Geschoss nach oben rufen. »Was ist jetzt? Habt ihr sie?«

Mein Herz zog sich zusammen. Nick?

Triumphierend zog der Kerl seine Mundwinkel nach oben. »Sie ist hier«, rief er und dann leiser: »Dort im Schrank.«

»Drück ab«, hörte ich die dumpfe Stimme des Mannes, der sich noch immer im Verborgenen befand.

Eine Gänsehaut kroch mir den Rücken herauf, auch wenn ich nicht in der Lage war, zu begreifen, was mir mein Unterbewusstsein zuflüsterte.

Von unten waren Schüsse zu hören und eine kalte Hand schloss sich um mein Herz. Meine Angst um Drake war beinahe noch größer als die um mein eigenes Leben.

»Halt sie in Schach!«, befahl eine Stimme, die mir bekannt vorkam, doch mein Verstand wollte das nicht begreifen. Noch nicht. Und mir blieb keine Zeit darüber nachzudenken.

Der Mann nickte, dabei ließ er mich nicht aus den Augen. Langsam, mit einem überheblichen Grinsen näherte er sich, war nur noch ein paar Meter entfernt. »Komm schon, Süße, es wird nicht schlimm werden. Du wirst gar nichts spüren.« Er hob die Waffe in meine Richtung und …

Ich drückte ab. Die Wucht schleuderte mich nach hinten, sodass ich mit dem Kopf an die Rückwand schlug, doch sofort rappelte ich mich wieder auf und lugte durch die Lamellen, in denen jetzt ein großes Loch klaffte. Mit weit aufgerissenen Augen schlug ich die Hand vor den Mund. Ich hatte tatsächlich einen Mann erschossen, der gerade stöhnend, die Hände auf den Bauch gepresst, zusammenbrach. Doch ich empfand keinerlei Reue, sondern Erleichterung, weil selbst mein verwirrtes Hirn kapierte, dass ich sonst an seiner Stelle blutend am Boden gelegen hätte.

Fahrig tastete ich nach der Waffe, die ich hatte fallen lassen, als mir bewusst wurde, dass er ja nicht allein gekommen war, denn ich hörte den anderen schon wieder die Treppe nach oben laufen. Er konnte nicht ganz unten gewesen sein, so schnell wäre er sonst niemals zurück gewesen. Meine Hoffnung, mir ein anderes Versteck suchen zu können, löste sich in Luft auf. In dem Moment betrat der Mann den Raum. Noch immer nach der Kanone suchend, hörte ich, wie er zu applaudieren begann.

Verwirrt runzelte ich die Stirn, aber immer noch suchte ich zwischen Schuhen und Kartons diese Pistole. Ah! Da war sie ja. Ich nahm sie wieder in meine zitternden Hände, erst dann konnte ich den Blick heben. Als mir endgültig klar wurde, wer mir da gerade Beifall zollte, schluchzte ich auf und starrte ihn ungläubig an.

»Bravo! Das hätte ich dir gar nicht zugetraut. Aber vielleicht ist es ja tatsächlich so, dass der Apfel nicht weit vom Stamm fällt.«

O Gott, das war mein Vater. Für einen kurzen Moment spürte ich so etwas wie Erleichterung, doch dann erstarrte ich, als ich erkannte, dass ich noch lange nicht in Sicherheit war. *Drück ab*, hatte er gesagt. Er hatte gewollt, dass der andere Mann mich tötete, und erst als diesem das nicht mehr möglich war, weil ich ihm zuvorgekommen war, hatte er den Raum betreten, um … um es selbst zu tun?

Eine Schlinge legte sich um meinen Hals, die es mir fast nicht mehr ermöglichte, Luft zu holen. Meine Augen waren weit aufgerissen und die Waffe in meiner Hand zitterte. Plötzlich war sie viel zu schwer für mich, und ich wollte die Arme sinken lassen. Ich konnte es nicht tun. Ich konnte doch nicht meinen eigenen Vater umbringen. Es würde mich zu einem Menschen machen, der nicht besser war als er selbst. Eine Tochter konnte, nein, durfte ihren Vater nicht erschießen. Davon war er offenbar auch überzeugt, denn er näherte sich langsam. Weit und breit war keine Waffe zu sehen. Er wusste sehr genau, dass ich nicht in der Lage war, ihn kaltblütig abzuknallen, und klatschte einfach immer weiter.

Meine Hände, die mittlerweile unkontrolliert zitterten, waren schwitzig, und beinahe rutschte mir die Waffe aus der Hand.

»Ich muss sagen, du machst mich ein bisschen stolz. Das erste Mal in meinem Leben. Vielleicht hätte ich doch auf dich und nicht auf Nick setzen sollen. Dein Bruder ist tot! Der Versager.«

O Gott, mein Bruder war tot. Jetzt gab es nur noch ihn und mich. Tränen sammelten sich in meinen Augen. Ich konnte nicht glauben, wie nüchtern er über Nick und dessen Tod sprach. Ich saß in der Falle und wäre nie und nimmer dazu in der Lage, meinen Vater zu erschießen. Drake hatte ich verlassen wollen, weil er nicht bereit gewesen war, von diesem Vorhaben abzurücken, und jetzt musste ich diese Entscheidung treffen. Die Vorstellung, dass ich mich dem Mann hingegeben hatte, der Ed Holden umbringen wollte, mich sogar in ihn verliebt hatte, war nicht zu ertragen gewesen. Und nun stand ich hier vor einer Situation, die mir eigentlich nur eine einzige Möglichkeit ließ.

Krampfhaft hielt ich die Waffe auf ihn gerichtet, was ihn nicht im Mindesten beeindruckte.

»Andererseits …«, überlegte er laut weiter, »bist du die Tochter deiner verräterischen Mutter. Wie könnte ich dir jemals vertrauen? Nein, das scheint mir auch keine gute Lösung zu sein, oder, Liv?« Seine Hand hob sich, leer, keine Pistole war darin. Er war immer noch davon überzeugt, dass nichts Böses in mir schlummerte. Und er wollte mir nichts tun. Oder?

»Dann hast du dich auch noch auf den falschen Mann eingelassen. Nicht gerade eine stolze Leistung für meine Tochter. Die beiden werden für ihre Taten bezahlen, das schwöre ich. Sie hätten sich nicht mit mir anlegen sollen. Es war immer klar, dass es einmal darauf hinauslaufen würde, das wusste auch dein Johnson, aber jetzt ist Schluss. Nach zwei Jahren, in denen wir sie gejagt haben, ist es jetzt endlich so weit. Erst Johnson und dann Coleman. Danach wird endlich wieder Ruhe einkehren. Wir werden wieder stark und mächtig, wie wir es immer waren.«

»Wie kannst du so etwas sagen?«, schluchzte ich. »Nick ist tot. Du hast meine Mutter umbringen lassen und denkst immer weiter daran, Menschen zu töten. Was bist du nur für ein Mensch?«

»Ja, das mit deiner Mutter ist bedauerlich«, sagte er und es klang beinahe, als würde er es tatsächlich so meinen. »Eigentlich wollte ich nie, dass du es herausfindest, aber du musstest ja unbedingt herumschnüffeln. Im Leben muss man manchmal Opfer bringen, um seine Ziele zu erreichen.«

»Opfer?«, rief ich. »Ist das dein Ernst? Sie war deine Ehefrau, meine Mutter.«

»Ja, das weiß ich besser als jeder andere. Glaub nicht, dass es mir leichtgefallen ist. Und glaub auch nicht, dass mir das leichtfällt, was ich jetzt tun muss.«

Er öffnete die Schranktür, sah auf mich herab, wie ich vor ihm kauerte, das Haar hing mir halb im Gesicht, meine Augen waren weit aufgerissen, Tränen liefen an meinen Wangen hinunter.

»Sag schon, Liv, bist du vertrauenswürdig, hm?« Er bückte sich und hob seinen Mann an der Schulter an, um ihn umzudrehen. Die starren Augen blickten an die Decke, und der rote Blutfleck in seinem Bauchraum war deutlich zu erkennen. Mein Vater hob seine Waffe vom Boden auf und überprüfte, ob sie noch geladen war, dann legte er den Kopf schief und klopfte sich mit dem Lauf ein paar Mal überlegend ans Kinn.

Die Pistole in meiner Hand zitterte immer noch, doch ich ließ sie nicht los. Schweiß lief von meiner Stirn über das Gesicht und tropfte von meiner Nase.

»Ich tue das wirklich nicht gerne, Liv, aber du musst das verstehen. Es …«

»Dann hoffe ich, du verstehst das!«, stieß ich hervor. Wie in Zeitlupe betätigte mein Finger den Abzug. Jede Millisekunde brannte sich in mein Gedächtnis, als würde das alles sich über einen langen Zeitraum erstrecken. Es war, als würde ich mir dabei zusehen, wie ich das letzte Familienmitglied tötete, das mir geblieben war. Ich würde meine Vergangenheit auslöschen.

Dieses Mal traf mich die Wucht des Rückschlags nicht ganz so heftig, weil ich schon darauf vorbereitet gewesen war. Ich konnte noch den ungläubigen Ausdruck in den Augen meines Vaters sehen, die Fassungslosigkeit und dann die Gewissheit, dass er zu hoch gepokert und verloren hatte. Er war einfach davon ausgegangen, dass ich nicht in der Lage sei, das zu tun. Es war eine Sache, einen mir fremden Mann zu erschießen, der die Waffe auf mich gerichtet hielt, aber eine andere, den eigenen Vater kaltzumachen, der vielleicht, aber vielleicht auch nicht vorgehabt hatte, mich umzubringen.

»Das ist für meine Mutter«, rief ich, während mir Tränen die Sicht nahmen. Als hätte ich mich daran verbrannt, ließ ich die Waffe fallen, nahm sie dann aber wieder hoch und richtete sie erneut auf die Tür. Sicher waren da noch mehr Männer, die mir nach dem Leben trachteten. Ich wusste nicht, was mit Drake oder Ben geschehen war und ob sie noch lebten, aber solange noch eine Kugel in der Waffe wäre, würde ich kämpfen.

Drake. Die Erinnerung an ihn schmerzte, und die Angst, ich hätte ihn verloren, erfasste meinen ganzen Körper. Angestrengt hielt ich weiter die Tür im Blick, wischte mir mit dem Ärmel von Drakes T-Shirt ärgerlich den Rotz von der Nase und die Tränen aus den Augen. Jeder Muskel zitterte, doch ich würde nicht aufgeben. Wenn ich es bis hierher geschafft hatte, würde ich zumindest so lange weitermachen, wie ich konnte. Für meine Mom, weil sie ihr Leben dafür gelassen hatte, die Machenschaften meines Vaters und seines Verbrecherrings aufzudecken. Ich würde es beenden oder zumindest den Weg dahin so weit gehen, wie es in meiner Macht stand.

Da waren schon wieder Schritte. Zu früh! Ich hätte mir noch ein paar Minuten gewünscht, um meine Fassung halbwegs wiederzuerlangen, doch offenbar wurden sie mir nicht gegönnt. Vielleicht war es sowieso besser, wenn das hier so schnell wie möglich zu Ende ging. Angst verspürte ich keine mehr, denn ich konnte ohnehin nichts an den Tatsachen ändern. Der Tod war nicht das Schlimmste, was einem Menschen – mir – geschehen konnte. Darin zumindest war ich mit Drake einer Meinung, wenn es in anderen Bereichen auch oft anders war. Ich lächelte unbewusst, weil ich an ihn dachte. Ja, wir beide, das war ein Abenteuer gewesen. Mein schöner und düsterer Geliebter. Mittlerweile wusste ich, ich hätte nichts anders machen wollen, wenn ich noch einmal die Wahl gehabt hätte. Wenigstens war er es, der bis zuletzt meine Gedanken beherrschte, und doch schmerzte mich die Tatsache, dass ich ihn nicht mehr sehen würde, unglaublich.

Als ich den Schatten in der Tür sah, drückte ich den Rücken durch, schloss kurz die Augen und holte Luft. Ich würde es wieder schaffen und danach vermutlich noch einmal, bevor meine Munition zur Neige ginge. Kostbare Minuten und vielleicht die letzten, die mir blieben. Gott, wahrscheinlich würde ich hier und heute tatsächlich sterben. Ich bereitete mich auf die Wucht vor, mit der mein nächster Schuss mich zurückwerfen würde, und spannte die Muskeln meiner Arme an, bis sie brannten.

Drake tauchte in meinem Blickfeld auf. Ich blinzelte, glaubte an eine Fata Morgana. Gab es so etwas in lebensbedrohlichen Ausnahmesituationen? Zumindest hatte ich noch nie davon gehört. Mir wurde heiß und kalt gleichzeitig. Eine Woge der Erleichterung schlug über mir zusammen, und es war, als würde ein Bann brechen, die Welt, die soeben noch gestanden hatte, schien sich auf einmal weiterzudrehen. Ich fühlte wieder so etwas wie … Hoffnung.

Sein Blick erfasste mich sofort. Ich sah etwas in ihm, das ich zuvor noch nie wahrgenommen hatte. Nackte Angst. Selbst vor ein paar Tagen im Auto, als sie auf ihn geschossen hatten, war nichts davon in seiner Miene sichtbar gewesen. Er hatte seinen Tod nicht gefürchtet. An diesem Tag hatte er vielmehr traurig gewirkt, und ich war der Grund gewesen. Weil er mich gehen lassen musste. *Es gab so viel schlimmere Dinge, die man einem Menschen antun konnte, als den Tod.*

Vor ein paar Minuten hatte ich ansatzweise gefühlt, wie sehr es wehtun würde, ihn nie wieder in die Arme schließen zu können, und das war so viel grausamer gewesen als alles, was ich mir sonst vorstellen konnte. Hatte er auch so empfunden? Und war es das, was er auch jetzt empfand? Angst? Angst um mich? Fürchtete sich der sonst so furchtlose Drake Johnson davor, mich zu verlieren? Hatte er geglaubt, dass sie mich bereits erledigt hatten?

Obwohl mir sehr wohl bewusst war, dass das hier noch nicht überstanden war, fühlte ich mich leichter und freier. Drake war alles für mich, und er war bei mir.

Ben befand sich hinter ihm und erfasste die Situation mit einem Blick – die Leichen auf dem Boden, die Waffe in meiner Hand –, während Drakes Aufmerksamkeit nur auf mir lag. Er stürzte auf mich zu und riss mich in seine Arme. Mit voller Wucht prallte ich gegen seine harte Brust, sodass mir für einen Moment die Luft wegblieb. Doch dann spürte ich seine warme, schützende Umarmung, die Hände auf meinem Rücken, seine Halsbeuge an meinem Gesicht, wo sein Bart mich kitzelte. Sein Duft, der so unverkennbar seiner war, dass ich ihn allein daran immer und überall erkennen würde, drang in meine Nase. Doch mit einem Mal fiel auch die letzte Anspannung von mir ab, das Adrenalin war aufgebraucht und ich vollkommen leer und erschöpft. Ich schluchzte und ließ meinen Tränen freien Lauf. Dass er mich so liebevoll streichelte, machte das alles nicht besser, auch wenn ich genau das gerade brauchte. Seinen Trost und die Gewissheit, dass sein Herz noch so kräftig schlug wie meines.

Ich verlor das Gefühl für Raum und Zeit, und obwohl mein Unterbewusstsein ganz vorsichtig immer wieder anklopfte und mich daran erinnerte, dass wir immer noch nicht in Sicherheit waren, konnte ich einfach nicht aufhören, zu weinen und mich an Drake festzuklammern.

»Liv, Süße«, flüsterte er mir ins Ohr. »Es wird alles wieder gut. Du bist bei mir in Sicherheit. Jetzt kann dir nichts mehr geschehen. Du bist hier, bei mir.«

Immer wieder flüsterte er diese Worte, als müsste er sich selbst davon überzeugen.

»Er ist tot.«

»Ich weiß«, sagte er, und sein Griff wurde noch ein wenig fester.

»Ich habe ihn umgebracht. Meinen eigenen Vater.«

»Du hattest keine Wahl. Sonst wärst du bereits tot, und dann hätte ich ihn dafür sowieso gekillt. Du hast alles richtig gemacht, Baby.« Seine Stimme war so sanft, und ich wusste, dass er mich beruhigen wollte.

»Ich habe meinen eigenen Vater umgebracht.«

Drake holte tief Luft. »Er hat es nicht verdient, so genannt zu werden. Er war ein gewissenloser Killer, der alle ausgeschaltet hat, die sich ihm in den Weg stellten.«

»Wie meine Mom.«

»Ja, wie deine Mom. Du hast der Menschheit einen Gefallen getan. Mach dir keine Vorwürfe.«

»Niemand ist mehr da. Ich habe keinen Menschen mehr auf dieser Welt.«

»Nein, das ist nicht wahr.« Drake schob mich behutsam ein Stück von sich, damit er seine Hände um mein tränennasses und verquollenes Gesicht legen und mich dabei ansehen konnte. »Du hast mich, Liv. Wenn du mich lässt und falls du mich willst, hast du mich. Ganz und gar! Ich werde immer für dich da sein, jetzt wo ich weiß, wie es sich anfühlen würde, dich zu verlieren. Das ist scheiße. Ich will das nie wieder fühlen.«

Wieder zog er mich fest an sich und versenkte sein Gesicht in meinen Haaren, als er weitersprach: »Ich hatte so eine verdammte Scheißangst, dass ich fast verrückt geworden bin. Wie du hier gesessen hast, die Waffe fest in deinen Händen, mit dem wilden Blick und bereit, alles zu tun, was nötig ist, war das Heißeste, was ich in meinem ganzen Leben gesehen habe. Du bist das Schönste und Beste, was mir passieren konnte. Es tut mir leid, dass ich dich in mein verkorkstes Leben gezogen habe, aber du musst dich damit abfinden, dass ich dich nie wieder gehen lasse. Ich werde für immer auf dich aufpassen. Und du wirst dasselbe tun.«

»Ist das ein Versprechen?«

»Das ist nicht nur ein Versprechen, Liv, das ist ab sofort mein Auftrag.«

»Der bringt dir aber lange nicht so viel Geld ein wie deine üblichen Jobs.«

»Du hast ja keine Ahnung! Er bringt mir alles ein! Alles, was mir wichtig ist.«

Fast verlor ich mich in seiner Umarmung, in seinem Geruch, doch etwas musste ich noch wissen: »Drake, wer ist Coleman und warum war mein Vater hinter ihm her?«

Ich spürte, wie er erstarrte und seinen Kopf drehte, um einen Blick mit Ben zu wechseln. Verwirrt blinzelte ich und sah gerade noch, wie Ben kaum merklich den Kopf schüttelte. Ich schnaufte. Natürlich würden sie mir jetzt nichts darüber erzählen.

Wenig später kletterte ich aus dem Schrank und versuchte, die Leichen nicht anzuschauen, als wir an ihnen vorbei aus dem Zimmer gingen. Ben wartete unten und hatte bereits begonnen, die *Schweinerei* aufzuräumen, wie Drake den Zustand seines Hauses bezeichnete. Dort konnte ich zumindest keinen Toten mehr entdecken. Ich erfuhr nie, wo sie abgeblieben waren.

Wir wussten noch nicht, wie es mit uns weitergehen würde, wo und wie wir in Zukunft leben würden. Ich konnte mir vorstellen, dass es hier derzeit zu gefährlich war, solange wir keine Ahnung hatten, was die Männer planten, die aus dem engeren Kreis um meinen Vater noch übrig waren. Vielleicht befanden wir uns immer noch in akuter Lebensgefahr, denn ich war mir ganz sicher, dass es jemanden gab, der den Platz beanspruchen würde, den mein Vater hinterließ.

Bisher hatte Drake sich immer unsichtbar gemacht, sobald ein Auftrag erledigt war. Jetzt war ich bei ihm, vielleicht würden wir zu zweit unsichtbar werden, doch letztendlich spielte das keine Rolle. Wichtig war nur, dass wir zusammen waren.

Ende

DANKSAGUNG

Mit diesem Roman habe ich mich an etwas Neues gewagt, das mir allerdings schon seit längerer Zeit im Kopf herumschwirrt. Die Geschichte um Drake und Liv ist düsterer und vielleicht schockierender als die, die ich vorher geschrieben habe. Ich glaube, genau das hat mich daran gereizt. Trotzdem denke ich, mir treu geblieben zu sein.

Aber es haben sich auch Zweifel aufgetan. Die Frage, ob ein Happy End überhaupt möglich ist, ohne unglaubwürdig zu sein, habe ich mir mehrere Male gestellt. Können sich zwei Menschen lieben, die das Schicksal auf diese Art zusammengeführt hat? Kann eine Frau sich auf einen Mann einlassen, der einen derartigen Plan verfolgt?

Ich habe es mir wirklich nicht einfach gemacht, bin aber jetzt davon überzeugt, eine gute Lösung gefunden zu haben. Ja, ich mag, wie es für Drake und Liv ausgegangen ist, und ich hoffe natürlich, es geht euch ebenso. Natürlich hatte ich beim Entstehungsprozess Hilfe von einigen mir besonders wichtigen Menschen, denen ich von ganzem Herzen danke, weil sie mich und meine Bücher seit langer Zeit begleiten und sie zuerst in die Finger bekommen.

Mandy H, ich höre (fast) immer auf dich, und wenn du zufrieden bist, bin ich es auch. Du verstehst mich und weißt oft, was ich sagen bzw. schreiben will, noch bevor ich selbst es weiß. Durch dich erhält jede Geschichte ein wenig mehr Glitzer – manchmal in Schwarz (und nicht nur, weil das deine Lieblingsfarbe ist).

Natascha T, die Begeisterung, mit der du meine Storys nicht nur liest und dabei die unauffälligsten Fehler herauspickst, sondern geradezu durchlebst, möchte ich niemals missen. Ich liebe die unzähligen Nachrichten über die emotionale Achterbahnfahrt zu Drakes und

Livs Geschichte und weiß einfach, dass sie dir genauso sehr am Herzen liegen wie mir.

Silvia Ü, mit dir zusammenzuarbeiten ist eine Bereicherung. Dass ich dich nach so vielen Büchern noch überraschen konnte, werte ich als großes Kompliment, und egal, ob meine Nerven gerade blank liegen und ich dich in einem leichten Wahn von Hysterie um Hilfe anflehe oder einen professionellen Rat brauche, du bist immer für mich da.

Tina J, ich würde mal sagen, es war die absolute Sympathie auf den ersten Blick. Deine oftmals gleichen Ansichten und das Gefühl, sofort losquatschen zu können, egal, wie lange wir uns nicht gesprochen oder geschrieben haben, sind der Beweis dafür, dass wir uns auf gleicher Wellenlänge befinden. Ich schätze deinen Rat, deine Begeisterung und habe jeder deiner Sprachnachrichten über Drake und Liv entgegengefiebert. Deine Ideen für Fortsetzungen sorgen dafür, sodass ich am liebsten sofort loslegen will.

Jeanette T, Leserin der ersten Stunde. Du hast viel dazu beigetragen, dass ich werden konnte, was ich heute bin. Du hast mich als unbekannte Neuautorin unterstützt, bestärkt und an mich geglaubt. Deine Meinung ist mir immer wichtig und ich hoffe, niemals darauf verzichten zu müssen.

Danke an all die Leser, die dieses und auch meine anderen Bücher auf legalem Weg erworben haben. Danke, dass ihr sie gelesen, weiterempfohlen und rezensiert oder mir euer Feedback sogar in einer persönlichen Nachricht hinterlassen habt. Ihr seid der Grund, warum ich jeden Tag schreiben und neue Geschichten erschaffen möchte.

Und zu guter Letzt danke ich meinem Ehemann, der mich ertragen muss, wenn ich, in Schreibwut verfallen, mal wieder alles um mich herum vergesse. Danke für deine Unterstützung und danke dafür, dass du verstehst, wie wichtig mir das Schreiben ist.

Eure Louisa